PAULINE MAI

Ein Wunsch im Winter

AF288667

Autorin

Pauline Mai, 1987 geboren, wuchs am Tegeler See in Berlin auf. Sie studierte Literaturwissenschaft und war später als Lektorin in einem großen Publikumsverlag tätig. Heute arbeitet sie als Literaturscout und bringt vor allem selbst bezaubernde Geschichten zu Papier. In ihrer Freizeit erkundet Pauline Mai gern die schönsten Sehnsuchtsorte der Welt – neben dem Reisen hat aber auch der Zauber von Weihnachten einen ganz besonderen Platz in ihrem Herzen.

Weitere Informationen unter: www.paulinemai.de

Von Pauline Mai bereits erschienen
Das Glück ist lavendelblau · Das Leben leuchtet sonnengelb ·
Liebe funkelt apfelgrün

Pauline Mai

Ein Wunsch im Winter

Roman

blanvalet

Penguin Random House Verlagsgruppe FSC® N001967

1. Auflage
Originalausgabe 2023 by Blanvalet in der
Penguin Random House Verlagsgruppe GmbH,
Neumarkter Str. 28, 81673 München
Copyright © 2023 by Fauline Mai
Dieses Werk wurde vermittelt durch die
Literarische Agentur Michael Gaeb.
Redaktion: Angela Kuepper
Umschlaggestaltung und -motiv www.buerosued.de
DK · Herstellung: sam
Satz: Buch-Werkstatt GmbH, Bad Aibling
Druck und Bindung: GGP Media GmbH, Pößneck
Printed in Germany
ISBN 978-3-7341-1179-2

www.blanvalet.de

Prolog

Schneeschwer hingen die Wolken über den Bergen. Es war schon später Abend, doch das helle Leuchten des Winterhimmels wich nicht. Es warf sein Licht über die Erhebungen unter sich, die Tannenbäume, deren glitzernde Spitzen sich dem Himmel entgegenreckten.

Dort, zwischen vier Berghöhen kaum sichtbar, lag ein kleines Dorf. Dicht an dicht standen die Häuser, als suchten sie nach wärmender Nähe in der kalten Winternacht. Weißer Rauch stieg aus ihren Schornsteinen in den Himmel empor. Winzige perlförmige Lichter strahlten in den Fenstern: Ketten, Bögen und Sterne verkündeten die Adventszeit. Die Häuser schienen allesamt in Richtung eines Platzes zu schauen, auf dem es wimmelte und wogte. In seiner Mitte ragte ein runder Pavillon auf, reichlich mit Lichterketten geschmückt, und drum herum standen hölzerne Buden. Weihnachtliche Melodien tönten über das Gewusel aus Stimmen hinweg. Eine ständige Bewegung herrschte unter den Menschen mit den bunten Wollmützen, Aufregung und Freude lagen in der Luft. Es war der Weihnachtsmarkt, der in dem kleinen Bergdorf alle aus ihren Häusern gelockt hatte.

»Komm schon. Nur noch einen kandierten Apfel. Der Zug fährt dir gewiss nicht weg.« Madita war stehen geblieben und sah mit sehnsüchtigem Blick zu dem bunt beleuchteten Süßigkeitenstand hinüber.

»Du hattest schon eine große Tüte gebrannte Mandeln und ein Lebkuchenherz. Du kannst nicht noch mehr Hunger haben!«, erwiderte Viktor mit ungläubiger Miene, ergriff Maditas behandschuhte Hand und versuchte, sie von der Bude fortzuziehen. Es war nur einer von zahlreichen Ständen, die sich auf dem Platz rund um den Pavillon reihten. Weiße Schneehauben schmückten ihre Dächer ebenso wie die Zweige der Nadelbäume, die von Lichterketten in allen Farben zum Glitzern gebracht wurden. Um Madita und Viktor herum tummelten sich die Dorfbewohner und die Besucher aus den umliegenden Orten. Der Weihnachtsmarkt war seit jeher der Jahreshöhepunkt im Dorf. Alle, sogar die Touristen, kamen an den Adventstagen hier zusammen, um sich von der besonderen Stimmung anstecken zu lassen, um gemeinsam zu naschen, Glühwein zu trinken und beim Dosenwerfen herauszufinden, ob der Arm übers Jahr wirklich schon wieder eingerostet war.

»Wer spricht denn von Hunger?«, rief Madita und strich die rotbraune Haarsträhne fort, die sie am Kinn kitzelte. »Es ist unser letzter gemeinsamer Abend auf dem Weihnachtsmarkt, bevor du zu deinen Eltern fährst. Bitte, nur noch einen Apfel! Oder magst du lieber eine Schokobanane?«

Mit der freien Hand strich Viktor sich das unter der Mütze hervorlugende blonde Haar zurecht. Allein der Anblick seiner ungeordneten Strähnen sorgte für ein Prickeln in Maditas Brust.

»Einen Apfel, aber nur einen kleinen«, willigte Viktor ein und löste in Madita ein glucksendes Lachen aus. Doch gerade als sie sich wieder dem Stand zuwenden wollte, wurde sie von Viktor an sich gezogen. Die dick gefütterten Jacken federten ihren Taumel weich ab. Schon hatte Viktor die Arme um sie gelegt und blickte sie mit seinen hellen Augen liebevoll an.

»Du wirst mir fehlen«, sagte er und stupste mit der Nase sanft gegen ihre. »Das erste Weihnachten ganz ohne dich.«

Madita lächelte traurig. Ihre Wangen waren von der Kälte leicht gerötet, und eine dünne Wolke aus weißem Dunst bildete sich vor ihrem Mund, als sie sprach.

»Musst du denn wirklich fahren? Du könntest die Feiertage auch bei uns verbringen, Thea kocht, und meine Eltern haben Lebkuchen gebacken. Es wird bestimmt …«

»Du weißt, dass ich zu meinen Eltern muss. Ich habe sie seit ihrem Umzug nach Bremen nicht ein einziges Mal besucht. Und es ist Weihnachten. Du würdest auch nicht ohne deine Eltern feiern wollen.«

Madita senkte den Blick. Er hatte ja recht. Ein Weihnachten ohne Familie konnte sie sich nicht vorstellen. Es wäre nicht dasselbe ohne ihre kleinen Traditionen: das Glühweintrinken mit ihrer Schwester Thea und ihren Eltern am 23. Dezember, das leicht verkaterte Baumschmücken am Morgen vor Heiligabend, die liebenswürdigen Sticheleien unter den Schwestern und das laute Weihnachtsliedsingen, wenn Thea das Essen kochte und Madita der Torte den letzten Schliff gab.

»Ohne dich möchte ich aber auch nicht feiern.«

Seitdem sie gemeinsam in denselben Kindergarten – zugegebenermaßen den einzigen im Ort – gekommen waren, waren Madita und Viktor unzertrennlich. Natürlich hatte es die üblichen Fälle von aufbrausenden Freundschaftskündigungen gegeben, die aber nur bewiesen, wie sehr sie einander doch brauchten. Sie hatten dieselbe Grundschule besucht und dasselbe Gymnasium und waren dann zusammen zum Studium nach Erfurt gezogen, wo sie sich eine gemütliche Wohnung teilten. Da hatte sich ihre Freundschaft schon längst in etwas gewandelt, was weit darüber hinausging. Doch seit Anbeginn waren die Weihnachtstage zweigeteilt gewesen: Sobald es dunkel wurde, so lautete die Regel, ging es nach Hause und an den Tisch, wo ein Dauermarathon aus Essen und, in Maditas Fall, Brettspielen bei dämmerigem Licht und Kinderpunsch oder Glühwein anstanden. Die hellen Stunden davor aber verbrachten die beiden gemeinsam, oft auch mit ihren Schulfreunden, auf den Rodelbahnen oder, wenn es kalt genug war, mit Schlittschuhen auf dem zugefrorenen Bach, der sich parallel zu den Bahnschienen durch den Ort schlängelte. In den letzten Jahren hatten Madita und Viktor die Weihnachtstage meist damit zugebracht, Hand in Hand in den schneebedeckten Wäldern spazieren zu gehen oder sich bei Tee und Plätzchen in Decken einzukuscheln, aneinanderzuschmiegen und Filme zu sehen. Ohne Viktor würden diese Tage zum ersten Mal völlig leer sein.

»Dir fällt schon etwas ein, was du ohne mich anstellen kannst, da bin ich absolut sicher. Und wenn dir selbst nichts einfällt, gibt es da immer noch Thea«, sagte Viktor mit einem halben Lächeln und küsste Madita. Als sie seine Lippen auf ihren spürte, die trotz der Kälte so warm waren, beschleunigte sich ihr Herzschlag. Ihr Kuss wurde intensiver, doch da wurden sie von einem Zwicken in Maditas Arm unterbrochen. Unwillig sah sie auf, hörte jedoch nur noch, wie eine allzu bekannte Stimme grölte: »Nehmt euch mal ein Zimmer, so was in aller Öffentlichkeit!«

Madita grinste. Besagte Stimme gehörte Sofie, ihrer besten Freundin, mit der sie am Vorabend noch ein paar Becher Glühwein getrunken hatten.

»Oder natürlich auch Sofie«, murrte Viktor in gespielter

Empörung. »Dass man hier aber auch nie mal eine Minute für sich hat.«

»Wovon träumst du denn? Hier auf dem Weihnachtsmarkt, wo das ganze Dorf versammelt ist? Los, der Apfel«, drängelte Madita und zog Viktor zum Süßigkeitenstand, wobei er fast über einen Haufen zusammengefegten Schnees stolperte.

»Und wenn du dann am 28. wieder da bist, gibt es erst einmal nur uns beide«, sagte Madita in schwärmerischem Ton, während sie an der letzten verbliebenen Ecke ihres kandierten Apfels knabberte und dabei den Kopf an Viktors Schulter schmiegte. Sie hatten sich beim Essen aus dem Trubel des Marktes hinaus in Richtung der Dorfgrenze bewegt, wo die Durchgangsstraße zu dem kleinen Bahnhof gute fünf Gehminuten weiterführte. Es gab nur ein Gleis, und nur selten fuhren Züge durch, zu unbedeutend war das Bergdorf. Fremde Besucher verloren sich nur hierher, um auf Wanderungen die Wälder zu erkunden oder den Weihnachtsmarkt zu sehen, dessen Urigkeit sich in Geschichten und Gerüchten tatsächlich weit über die Berge hinaus herumgesprochen hatte.

Madita hatte sich beim Gehen dicht an Viktor gedrängt und dieser einen Arm um sie gelegt, soweit es der große Rucksack auf seinem Rücken zuließ.

»Ich werde mir ein paar Überraschungen für dich einfallen lassen«, sagte sie und lächelte.

Viktor kannte ihre Überraschungen nur zu gut. Schon als Kleinkind hatte sie ihm kleine Geschenke in den Kindergarten mitgebracht: besonders geformte Steine, die sie auf dem Weg gefunden hatte, oder zu Bändern geflochtene Halme. Sie liebte es, andere mit Geburtstagsfeiern zu überraschen oder sie auf freche Weise herauszufordern, indem sie ihnen eine Handvoll

Schnee in den Kragen schmuggelte. Nicht alle waren begeistert davon und funkelten sie erst wütend an, wenn sie sich von dem Schreck erholt hatten. Doch sobald sie merkten, wie Madita ihnen half, den Schnee loszuwerden, und in dieser ihr typischen Weise lachte – es war eher ein Glucksen, laut und fröhlich –, dann war jede Wut sogleich vergessen, und sie konnten alle nicht anders, als in das Lachen einzustimmen.

Der Weg war glatt, sodass sie nur langsam vorankamen, doch das passte Madita gut, die insgeheim hoffte, dass Viktor den Zug verpassen und eine weitere Nacht mit ihr im Dorf bleiben würde.

»Hauptsache, ich muss nicht wieder vor deiner gesamten Familie mein Geschenk auspacken«, murmelte Viktor. »Ich habe mir fast in die Hosen gemacht, nicht genug Freude zu zeigen und sie damit zu enttäuschen.«

Madita warf ihm einen belustigten Blick zu. Seine helle Haut war so kälteempfindlich, dass die Wangen sich bereits im Herbst puterrot färbten. Madita liebte diese roten Wangen, hatte sie schon immer geliebt. Sie ließen ihn so lebhaft aussehen.

»So schlimm war das auch wieder nicht«, wandte sie ein. »Sie hätten dich nicht verstoßen, wenn du es nicht gemocht hättest.«

»Trotzdem. So viel Aufmerksamkeit bin ich nicht gewöhnt.«

Viktor war das Einzelkind zweier viel beschäftigter Eltern, die es durch einen seltsamen Zufall in das kleine Dorf verschlagen hatte, als die hiesige Bürgermeisterin gemeint hatte, zwei potente Politik- und Wirtschaftsberater aus der großen Stadt heranziehen zu müssen. Immerhin zwanzig Jahre waren sie geblieben, auch als sie längst in anderen Projekten in der weiteren Umgebung tätig gewesen waren. Viktor hatte entsprechend wenig von ihnen gesehen. Ihr Verhältnis war nicht schlecht, aber etwas distanziert. Und obwohl Maditas Familie ihn bei sich aufgenommen hatte, als gehörte er schon immer dazu, blieb eine gewisse Schüchternheit in ihm verhaftet, die ihn besonders dann überfiel, wenn er ungewohnt viel Aufmerksamkeit auf sich zog.

»Keine Sorge. Ich will dich sowieso mit niemandem teilen, wenn du endlich zurück bist. Dann will ich dich für den Rest unserer Ferien nur für mich haben«, sagte sie fröhlich und versuchte damit, den aufsteigenden Abschiedsschmerz zu unterdrücken.

Sie erreichten die Kreuzung, an der es geradeaus weiter zum Bahnhof und linksherum zu Theas Wohnung ging, bei der Madita – und auch Viktor – während des Heimatbesuchs übernachteten. Beide verlangsamten das Tempo, bis sie zum Stehen kamen.

»Ich kann dich wirklich noch zum Bahnhof bringen. Thea wird mit dem Essen bestimmt auf mich warten«, beteuerte Madita und griff nach Viktors Händen.

»Dass du überhaupt schon wieder essen kannst nach all dem Süßkram.« Viktor schüttelte lachend den Kopf.

»Ich weiß nicht, ob du die Theorie vom Dessertmagen schon kennst? Das ist ein zweiter Magen, der …«

»Den nur Madita Schroffenstein hat, niemand sonst auf dieser Welt!«, beendete Viktor den Satz, wobei sein Lachen anhielt. »Und ja, du hast diese Theorie schon ein paarmal mit mir geteilt. Falls du es vergessen hast: Ich wohne mit dir zusammen. Und ich liebe dich.«

»Warum fragst du dann überhaupt?«, gab sie mit einem frechen Grinsen zurück, während sie der warmen Woge nachspürte, die seine letzten Worte in ihrem Innern ausgelöst hatten. Viktor schnaufte, ungläubig und amüsiert zugleich, und zog Madita an sich.

»Du solltest braver sein. Der Weihnachtsmann hört alles, und falls du es vergessen haben solltest: In zwei Tagen kommt er schon.«

»Ich weiß!« Jede Frechheit wich aus Maditas Gesicht und wurde von einem Strahlen abgelöst, das kein kleines Kind besser hinbekäme. Es gab keinen Feiertag, auf den sie sich mehr freute als auf Weihnachten. Wieder schüttelte Viktor den Kopf, doch diesmal zeigte er ein verliebtes Lächeln, in das sich eine Spur Wehmut mischte.

»Ich muss los, der Zug ...«

»Ich komme noch mit zum Bahnhof.«

»Das macht es uns nur noch schwerer, außerdem bin ich schon spät dran.« Er seufzte leise und sah sie bedauernd an.

»Okay«, lenkte Madita ein und ergab sich der Pflicht. »Meldest du dich, wenn du in Bremen angekommen bist?«

»Klar, ich rufe dich an.« Er beugte sich zu ihr vor und küsste sie. »Ich liebe dich. Frohe Weihnachten.«

»Frohe Weihnachten«, hauchte sie. Dann löste er sich von ihr und setzte sich in Bewegung, so schnell es der glatte Untergrund erlaubte. Sie sah ihm kurz nach, seufzte, dann wandte sie sich ihrem Weg zu und machte vorsichtige erste Schritte.

»Ich rufe dich an!«, hörte sie da seine Stimme. Sie blickte zur Seite und sah ihn, wie er sich noch einmal zu ihr gedreht hatte.

»Ich kann es kaum erwarten«, rief sie glücklich zurück und winkte ihm mit beiden Armen nach. »Ich liebe dich!«

1 Madita

Am häufigsten waren es die Zahlen. Zweiundzwanzig. Zwölf. Der 22.12. Ihnen konnte sie am schlechtesten ausweichen. Wo immer sie sich aufhielt, ob beim Einkaufen oder im Teeladen, wo sie Preise in die Kasse tippte, tauchten sie aus dem Nichts auf und lösten, egal wie gut Madita gewappnet war, diesen plötzlichen und unausweichlichen Schmerz in ihr aus. Mal schaffte sie es, die Tränen zurückzuhalten oder wegzublinzeln, mal konnte sie sie auf halbem Weg die Wange hinunter wegwischen, doch manchmal traf er sie so hart, dass sie sich nur noch mit einer Entschuldigung von der Kundin oder dem Verkäufer abwenden konnte.

Seltener war es der Name. Viktor war glücklicherweise so gut wie nie zu hören, besonders hier, in dem Örtchen, das von den weißen Bergen umgeben war, tauchte sehr selten ein Junge oder Mann auf, der diesen Namen trug. Häufiger begegnete ihr die weibliche Form, Viktoria, doch die ließ sie nur kurz zusammenzucken.

Schlimmer waren die Orte. Ihre Wirkung ließ sich vorher nie abschätzen. Da war zum Beispiel der Dorfplatz, auf dem im Sommer die Bierbänke und die Tanzfläche für das große Dorffest und im Winter die Buden für den Weihnachtsmarkt aufgebaut wurden. Zu Beginn hatte Madita sein Anblick hundert zerfetzende Kugeln in die Brust gejagt, doch dann war es langsam besser geworden. So war es auch mit dem Schulgebäude und dem angrenzenden Spielplatz, auf dem sie sich gefühlt jeden Nachmittag ihres Schülerinnenlebens mit Viktor getroffen hatte. Hier, auf den beiden Schaukeln sitzend, hatten sie sich zum ersten Mal geküsst, damals mit fünfzehn.

Doch es gab noch immer Orte im Dorf, da kam der Schmerz völlig überraschend. Zig Male war sie in den letzten drei Jahren an ihnen vorbeigegangen, ohne dass etwas geschehen wäre, doch dann, auf einen Schlag, riefen sie eine Erinnerung wach, die ihr entfallen war: wie sie und Viktor mit elf bei Herrn und Frau Paulsen die Kirschen gepflückt hatten. In der sommerlichen Wärme waren sie durch die Bäume geklettert, den ganzen Körper mit Kirschen behangen, die meisten aber waren im Bauch gelandet, und am Nachmittag hatten sie beide mit Krämpfen auf der Erde gelegen, wo das Gras sie an Armen und Beinen gekitzelt hatte. Oder wie sie mit achtzehn nach der Abiparty per Räuberleiter in das Waldbad eingebrochen waren, um beschwipst und verliebt endlich ihre langjährige Wette umzusetzen und nackt in das Becken zu springen. All die Jahre hatte sie nicht daran gedacht, und nun schwappte diese und jene Erinnerung hoch, als wollte sie Madita aus dem oberflächlichen Frieden herauszwicken, der sie mittlerweile für kurze und manchmal sogar längere Momente überkam. Am schlimmsten aber war der Fußgängerübergang der Durchgangsstraße am Ende des Dorfes. Den hatte sie bis heute gemieden, aus Furcht davor, den Schmerz nicht ertragen zu können.

Nie würde sie das Geheul der Sirenen vergessen, das durch die abendliche Ruhe bis zu ihrem Fenster gedrungen war, nie den Anruf, der sie beinahe zeitgleich erreicht hatte. Nie würde sie die tonlose Stimme seiner Mutter aus ihrem Gedächtnis bannen können und ihre Worte, die sich in ihr Innerstes eingraviert hatten. Und niemals die grausamen Minuten im Auto, den grellen Krankenhausgang, die fahlen Gesichter anderer Besucher. Weiter hatte sie es nicht geschafft, sie war zusammengebrochen, ohne in den Raum zu gelangen, in den man ihn nach den vergeblichen Wiederbelebungsversuchen geschoben hatte.

All das hatte eine Narbe zurückgelassen, die ihren gesamten Körper zu umgeben schien. Die Worte, die später erst wirklich in ihr Bewusstsein vorgedrungen waren und stockend wiedergaben, dass Viktor beim Überqueren der Straße vor dem Bahnhof von einem Auto erfasst worden sei. Nie würde sie die Polizistin vergessen, die sie aufgesucht und befragt hatte, auch wenn ihre Fragen zu einem einzigen lang anhaltenden Ton zusammengeschmolzen waren. Nie würde sie den bohrenden, schockartigen Schmerz ausradieren können, der sie getroffen hatte, als sie endlich verstanden hatte: Viktor war tot.

Vor dem Fenster fielen die Flocken in dichten Mengen, ein tanzender weißer Vorhang aus Schnee. Madita wusste genau, wie sie sich auf ihren Wangen anfühlen würden, wenn sie hinausginge: schwerelos, ein angenehm kaltes Zwicken, bevor sie auf der warmen Haut dahinschmolzen. Es war der erste Schnee des Jahres. Seit gestern fiel er ununterbrochen und schwemmte wie jedes Jahr aufs Neue ihre dunkelsten Gedanken an die Oberfläche. In einer dicken weißen Schicht setzte er sich auf das Fensterbrett und begann im Schein der Lichterketten zu glitzern, die Thea vor wenigen Tagen in den Scheiben des Teeladens aufgehängt hatte. Es war fünf Uhr am Nachmittag und der Himmel bereits dunkel. Die Kälte war klirrend, sodass sich an den Scheiben feine Eisblumen gebildet hatten. Die zarten geschwungenen Linien erinnerten Madita an den Spitzenkragen ihrer Urgroßmutter, den ihre Mutter vor einigen Jahren auf dem Dachboden wiedergefunden hatte. Vorsichtig, als fürchtete sie, sie durch ihre Körperwärme zu gefährden, fuhr sie an der Innenseite der Scheibe entlang und folgte den Windungen der Muster.

»Ich wüsste nicht, wann es das letzte Mal im Dezember so kalt gewesen wäre«, riss Theas Stimme sie aus ihrem beinahe meditativen Zustand. »Schnee gibt es ja jedes Jahr, aber diese Temperaturen!«

Madita wandte sich ihrer Schwester zu. Ganz vertieft wirkte sie, wie sie an der Theke kleine nummerierte Papiertüten mit Tee aus einem der großen Gläser befüllte, die sie aus den eng stehenden Holzregalen des Lädchens entnommen hatte. Dabei schob sie immer wieder das rotbraune Haar zurück, das ihr ins Gesicht fiel. Theas Haare waren länger als Maditas, die ihre schulterlang trug, aber sie hatten die gleiche Farbe und die gleiche Dicke. Manche Dorfbewohner meinten, die beiden nur wegen Maditas Brille auseinanderhalten zu können. Aber das war in ihren Augen Quatsch.

Trotz der traurigen Stimmung, die sich in ihrem Inneren breitmachte, musste Madita lächeln.

»Ehrlich gesagt behauptest du das jedes Jahr. Und vorher hat Mama es immer gesagt und davor ...«

»Oma«, nahm Thea ihr das Wort aus dem Mund und schmunzelte ebenfalls. Ein warmes Leuchten hatte sich in ihre Augen geschlichen. »Und sie haben recht. Dass es hier in den Bergen aber auch immer so kalt werden muss!«

Der Teeladen bestand bereits seit mehreren Generationen. Ihre Urgroßmutter mit dem Spitzenkragen hatte ihn gemeinsam mit ihrem Ehemann einst als Gemischtwarenladen gegründet. Seitdem war er von der Mutter an deren Kinder weitergegeben worden, bis heute. Und wenn Ella oder Janosch, Theas Kinder, es sich eines Tages wünschten, würde diese Tradition auch weiterhin fortbestehen. Es war kein großes Geschäft, es gab lediglich einen Verkaufsraum, doch der war mit den dunklen Holzbalken und den alten Möbeln so gemütlich, dass es die Kunden nicht zu stören schien, wenn sie sich einmal darin drängen mussten. Das kam meist eh nur kurz vor Weihnachten vor, wenn im Dorf die panische Suche nach den letzten Geschenken um sich griff. Was eignete sich dafür besser als eine der duftenden Teemischungen der Schwestern Schroffenstein zusammen mit einer der ausgewählten Porzellantassen? Jeder Bewohner des Dorfes hatte mindestens drei davon, auch die kleinsten unter ihnen. Deswegen sorgten Thea und Madita dafür, dass die Kollektionen regelmäßig ausgetauscht wurden, damit es nicht zu einem versehentlichen Doppelkauf käme.

Madita löste sich von der Scheibe, nahm das Staubtuch, das sie auf dem Fensterbrett abgelegt hatte, und fuhr damit fort, die Regale und Gläser abzuwischen, damit alles für den Weihnachtsansturm bereit wäre, der sicherlich mit der Eröffnung des Weihnachtsmarkts in wenigen Tagen beginnen würde.

In diesem Moment öffnete sich die Ladentür. Zusammen mit einem Stoß eisiger Luft drängte sich eine kleine stämmige Frau herein, die Arme voller Einkaufstaschen. Kaum war sie durch die Tür, ließ sie die Taschen in der nächsten Ecke fallen, riss sich die Pudelmütze vom Kopf und rieb sich die behandschuhten Hände.

»Sofie!«, rief Madita erfreut und lief zu ihrer besten Freundin, um sie zu umarmen. Der Schnee, der ihr dabei von Sofies Mütze in den Kragen rieselte, brachte sie zum Schlottern. Sofie war in einen dicken Mantel mit Kunstfellkragen gepackt, den sie nun Knopf um Knopf öffnete.

»Was für eine Kälte, ich sag's euch. Seid froh, dass ihr hier drin in der Wärme bleiben könnt und eure kleine Treppe hinauf zur Wohnung habt. Bei diesen Temperaturen wird der Arbeitsweg zur Folterqual.«

Madita warf einen weiteren Blick auf das eisig verzierte Fenster, dann sah sie zu der schmalen Wendeltreppe hinter der Kassentheke, die direkt zu Theas Wohnung führte – und ihrer, erinnerte sie sich wie schon Hunderte Male zuvor. Vor drei Jahren, als sie beschlossen hatte, das Studium nicht weiterzuführen, um nicht ohne Viktor in Erfurt zurückbleiben zu müssen, war sie zu Thea in die ehemalige Wohnung ihrer Eltern gezogen. Denn die war selbst für eine vierköpfige Familie zu groß. Sie erstreckte sich über zwei Etagen, die direkt über dem Teeladen lagen. Madita teilte sich das oberste Stockwerk mit Ella und Janosch, auf der mittleren Etage befanden sich das Wohnzimmer, die Küche und das Schlafzimmer von Thea und Björn. Als Thea mit Ella schwanger gewesen war und den Laden sowieso von ihrer Mutter hatte übernehmen wollen, hatte diese den Vater gedrängt, der Tochter auch gleich die Wohnung zu überlassen, die für die beiden allein zu groß geworden war. Sie lebten mittlerweile in einer kleineren Mietwohnung in einem ebenso schönen alten Fachwerkhaus nur wenige Schritte entfernt. Und als Madita Thea berichtet hatte, dass sie nach den Weihnachtsferien nicht zurück nach Erfurt gehen wolle, hatte diese sofort vorgeschlagen, dass Madita das freie Zimmer in ihrer Wohnung beziehen könne. Sie solle ihr im Laden aushelfen, bis sie so weit sei, darüber nachzudenken, wie es weitergehen solle. Außerdem war Björn als Polarforscher so oft beruflich auf Reisen, dass sie Unterstützung bei Ella und dem kleinen Janosch gut gebrauchen konnte. Madita war geblieben. Manchmal kam sie sich in der Wohnung zwar wie ein Eindringling ins Familienglück vor, doch Thea, Björn und die Kinder ließen sie das nicht spüren, sondern hatten sie aufgenommen, als hätten sie nie getrennt gelebt. Seitdem lief sie an jedem Wochentag diese Treppe hinab, um den Laden aufzusperren.

»Na, dein Arbeitsweg ist ja nun auch nicht gerade weit«, wandte Thea sich an Sofie.

»Zu weit!«, beschwerte sich diese, die es zu Fuß ganze vier Minuten zu dem Steuerbüro hatte, in dem sie arbeitete. »Bei dieser Kälte ist jeder Schritt zu weit. Ich hoffe nur, die nimmt zum Wochenende hin ab, sonst können wir den Weihnachtsmarkt vergessen. Wer will bei den eisigen Temperaturen schon stundenlang draußen stehen und sich die Füße abfrieren?«

»Das hat hier noch niemanden abgehalten«, meinte Madita und dachte an den Enthusiasmus der Dorfbewohner, wenn es um den Weihnachtsmarkt ging. Jede einzelne Kundin, die in dieser Woche in den Laden gekommen war, hatte bereits vor Vorfreude geschwärmt. *Endlich* sei es wieder so weit. Dass Madita diese Freude nicht recht teilte, war keiner von ihnen aufgefallen. Lächelnd hatte sie genickt und versucht, das ungute Gefühl, das sich bei dem Gedanken an den Markt in ihre Brust drängte, zu ignorieren. Auch jetzt spürte sie es wieder und hoffte, ihrer besten Freundin würde dies nicht auffallen. Aber die kannte sie einfach zu gut. Sofie betrachtete sie, während sie den Mantel aufschlug. Ein ernsthafter Zug legte sich über ihr Gesicht, und sie strich Madita über den Arm.

»Wir schaffen das zusammen, ja?«, sagte sie aufmunternd, dann blinzelte sie über die Theke. »Oh, ich sehe, ihr macht schon die Adventskalender fertig. Meine Bestellung habt ihr auf dem Schirm, oder? Fünf Stück, wie jedes Jahr.«

Dankbar über die Ablenkung wandte sich auch Madita Thea zu, die ein Päckchen nach dem anderen auf dem Tresen stapelte, um sie später mit Madita in die Weihnachtsschachteln zu legen, von der Eins bis zur Vierundzwanzig.

»Natürlich, deine Kalender machen wir als Allererste fertig«, versicherte Thea in gespieltem Gehorsam.

»Dann ist es ja gut. Schließlich bin ich eure beste Kundin.« Sofie reckte die Brust wie ein stolzer Pfau.

»Die häufigste auf jeden Fall«, sagte Madita lächelnd und deutete auf den Ohrensessel, der gerade so zwischen zwei Regalen Platz fand. Sofie setzte sich mit einem Schnaufen, während Madita in das winzige Kabuff hinter der Wendeltreppe eilte, um drei Tassen Tee einzuschenken, diesmal war es eine Blütenmischung mit Zitronengras und getrockneten Himbeerstückchen, die Madita an den Sommer erinnerte, denn daran wollte sie festhalten, solange es ging. Sie suchte die letzte freie Stelle auf dem Tresen für die Tasse ihrer Schwester, drückte dann Sofie die zweite in die Hand und stellte ihre in dem Regal ab, an dem sie eben noch mit dem Staubtuch zugange gewesen war. Sie nahm es wieder zur Hand und setzte die Arbeit fort, während sie Sofie lauschte.

»Was heute bei uns los war, das könnt ihr euch gar nicht vorstellen. Dass den Leuten zum Jahresende immer so plötzlich einfallen muss, was sie alles noch nicht erledigt haben. Ein absolutes Durcheinander, und zu allem Überfluss kommt am Wochenende auch noch die Schwiegermutter zu Besuch. Marius möchte, dass ich einen Kuchen backe. Ich! Meine Idee ist, sie einfach auf den Markt zu schleppen und sie mit Glühwein und Schmalzgebäck vollzustopfen. Warum seid ihr eigentlich beide hier? Wer ist bei den Kindern?«, fragte sie da plötzlich. »Ist Björn etwa in der Stadt? Das habe ich gar nicht mitbekommen.«

Thea richtete sich mit einem leisen Stöhnen auf und streckte sich. Vorsichtig nahm sie die dampfende Tasse vom Tresen und trank einen kleinen Schluck. Überraschung flackerte in ihren Augen auf, als sie die sommerliche Mischung schmeckte, die so gar nicht zu dem Wetter da draußen passen wollte. Ihr Blick huschte kurz zu Madita, die tat, als wäre sie ganz in ihre Arbeit vertieft, dann zurück zu Sofie. Madita bemerkte den kurzen Blickwechsel zwischen den beiden, in dem alles steckte, worüber sie sich in den letzten drei Jahren bestimmt immer wieder ausgetauscht hatten. Eine Mischung aus Sorge, Bedauern und Ungeduld. Das schlechte Gewissen meldete sich in ihrem Bauch, sie spürte den Drang, sich zu erklären, aber seufzte nur tonlos auf. Wie oft hatte sie es schon versucht und doch jedes Mal das Gefühl gehabt, das wirklich Wichtige nicht ausdrücken zu können? Es war wie verhext! Als würden die Worte, die so stark in ihr brannten, es nicht über die Zunge hinausschaffen. Das hatte sie vorher noch nie erlebt, sie, Madita, die doch immer einfach hatte losplaudern können, egal mit wem und egal worüber.

»Nein, nein, unsere Mutter kümmert sich um die Kinder, damit wir alles für den Markt vorbereiten können«, sagte Thea als Antwort auf Sofies Frage. Sie deutete auf die Tüten vor sich, die noch zu Adventskalendern werden wollten. Sie verkauften sie zusammen mit ihren Tees und Tassen nicht nur im Laden und per Onlinebestellung, sondern hatten vor einigen Jahren damit begonnen, sie auch den Besuchern des Marktes anzubieten, was bisher immer sehr erfolgreich gewesen war. Dann trübte sich ihr Blick ein wenig. »Björn ist noch bis Mai in Spitzbergen.«

Sofie schüttelte sich.

»Brrr, wenn ich daran denke, jetzt als Polarforscherin da irgendwo in der Antarktis zu hocken, wird mir ganz anders. Nee, du, mir reicht die Kälte hier absolut.« Wie um einen Punkt zu machen, nahm sie einen Schluck vom wärmenden Tee. »Wobei ich mich hiermit fühle, als säße ich gerade auf einer Blumenwiese im Sonnenschein und hörte die Bienen um mich herumschwirren. Wie schaffst du das nur immer, mit deinen Teemischungen solche Gefühle zu wecken, Madita? Verrückt.« Als wollte sie weiter der sommerlichen Wärme frönen, nahm sie einen großen Schluck.

»Das hat sie von unserer Uroma, die konnte das auch«, erklärte Thea sofort. »Manche im Dorf meinten sogar, sie sei eine Hexe, aber …«

»Aber das weißt du doch alles längst«, unterbrach Madita sie, der es unangenehm war, über ihr eigenartiges Talent zu sprechen. Sie folgte bei ihren Teemischungen doch nur den eigenen Gefühlen und der Intuition. Dass sie damit bei den Teegenießern viel mehr auslöste, war ihr nicht bewusst gewesen, bis sie im Laden zu arbeiten begonnen hatte und die Wünsche der Kunden immer ausgefallener und spezieller geworden waren. Nellie Wunders wollte mit einem Mal eine Mischung, die »mich an den guten alten Hamburger Dom erinnert, mit dem leckeren Schmalzgebäck und den Minz-Zuckerstangen, die ich als Kind so geliebt habe«. Und Frank Rollenberg bat darum, das Gefühl eines Angelausflugs mitsamt des Seegeruchs und der prickelnden Kühle des Sommermorgens in einen Tee zu packen, damit »ich mal abschalten kann, wenn die Trude wieder mit mir meckert«.

»Außerdem ist Björn in der Arktis und nicht der Antarktis«, lenkte Madita das Thema zurück. »Lass das nicht Ella hören, sonst hält sie dir einen ganzstündigen Vortrag über die Unterschiede von Nord- und Südpol.«

22

»Den hat sie mir bestimmt schon zwölf Mal gehalten. Die Kleine wird wohl mal in Papas Fußstapfen treten, was?« Sofie lächelte, und Madita musste einstimmen, als sie an Ella dachte, wie sie über ihren Sachbüchern für Kinder brütete und sie sich von Madita vorlesen ließ, um sich jeden Fakt über den Ort einzuprägen, an dem ihr Vater Monate verbrachte, um über das Eis zu forschen. Tatsächlich machte sie nicht den Anschein, als würde sie einmal diejenige sein, die an Theas statt Adventskalender für den Markt packte, aber das sahen weder Thea noch Madita als Problem an. Es wäre zwar schön, wenn der Laden in Familienhand bliebe, doch wenn es Ella und Janosch lieber in die Ferne zog, so wie ihren Vater, würde sich jemand anderes finden, der sich dafür genauso gut eignete.

Da öffnete sich wieder die Tür, ein älteres Ehepaar kam herein und mit ihm ein Schwall kalter Luft.

»Oh, macht nur schnell die Tür wieder zu«, rief Sofie bibbernd und strahlte die beiden an, die in graue wollene Mäntel gehüllt und mit schicken Hüten im selben Ton bekleidet waren. Sie waren am Eingang stehen geblieben, um durchzuatmen und sich hier im Warmen zu sortieren.

»Guten Abend, Frau Paulsen, Herr Paulsen!«, rief Madita erfreut und hielt mit der Arbeit inne, um sich den Neuankömmlingen zuzuwenden. Die beiden waren seit Langem Stammkunden, schon vor Maditas und Theas Zeit. »Wie geht es Ihnen heute?«

Auch Thea begrüßte sie lächelnd und räumte ein wenig Platz auf dem Tresen frei.

»Ach, ihr seid ja schon ordentlich am Ackern!«, sagte Herr Paulsen mit seiner durch das Alter brüchig gewordenen Stimme. Seine Frau lächelte und stützte sich auf ihren Gehstock, während sie ebenfalls die Päckchen auf dem Tresen in

Augenschein nahm. Seit einigen Monaten wurde sie mit jeder Woche stiller, was die Schwestern mit Sorge wahrnahmen.

»Aber so was von!«, sagte Sofie und gab ein Ächzen von sich, während sie sich genüsslich in dem Sessel zurücklehnte und einen Schluck von dem Tee nahm. Herr Paulsen ging einen Schritt auf sie zu und tippte ihr mit dem Zeigefinger gegen das Kinn.

»Sofie Ludwig, frech wie eh und je«, sagte er und gab ein heiseres Lachen von sich.

»Möchten Sie sich setzen? Eine Tasse Tee?«, fragte Madita und machte Anstalten, ihre Freundin von dem Sessel aufzuscheuchen, doch Herr Paulsen winkte ab.

»Wir wollen nur schnell etwas Nachschub für zu Hause erstehen, wenn es recht ist.«

»Aber natürlich, was darf es denn sein?«, fragte Thea und strich sich eine weitere entschlüpfte Haarsträhne hinters Ohr. »Hundert Gramm von dem Earl Grey, wie immer?«

Herr Paulsen nickte. »Und hundert von dem Spezialtee deiner Schwester, bitte«, fügte er leiser hinzu, während seine Frau, für die Madita den Kräutertee vor einigen Monaten zusammengestellt hatte, ihr ein warmes Lächeln schenkte. Madita erwiderte es, zückte eine Papiertüte, hob das Glas aus dem Regal, das sie eben noch abgestaubt hatte, und füllte mit der Schaufel den duftenden Schwarztee in die Tüte. Dasselbe tat sie mit dem Spezialtee, der in einer kleineren Dose in einem Regal hinter dem Tresen verstaut war. Sie verschloss die Tütchen und reichte sie dem alten Mann. Dieser hatte bereits einige Münzen aus seiner Hosentasche gezogen, auf den Cent genau abgezählt. Diese schob er Thea auf der Theke zu, die sie in die klobige metallene Kasse fallen ließ, die noch von ihrer Urgroßmutter stammte.

»Vielen Dank«, sagte er, verstaute die Tüten in seinem Einkaufsbeutel und hakte vorsichtig seine Frau unter. »Und bis bald! Komm, Gretel, jetzt können wir wieder nach Hause und uns einen schönen Tee machen.«

Madita öffnete ihnen rasch die Tür, und die drei Frauen beobachteten stumm, wie das Paar mit kleinen Schritten den Laden verließ und vorsichtig den gestreuten Weg am Fenster entlangging.

»Die Kälte scheint ihr noch mehr zuzusetzen«, sagte Thea besorgt, und Madita nickte.

»Hoffentlich übersteht sie den Winter gut«, fügte sie hinzu, schloss die Tür leise und wandte sich seufzend dem letzten Glas zu, um es von der dünnen Staubschicht zu befreien, die sich innerhalb von nur zwei Wochen darauf abgesetzt hatte.

»Sie scheint aber nicht unglücklich, immer lächelt sie, nicht?«, meinte Sofie, ebenfalls ungewohnt leise.

»Sie hat ja auch den tollsten Mann der Welt«, sagte Thea. Sie lehnte sich seitlich an die Theke und trank von ihrem Tee. »Herr Paulsen ist immer höflich, hat ständig ein Auge auf sie, kümmert sich um alles. Er lernt sogar ganz neue Rezepte, die er für sie kochen kann, hat er mir letztens erzählt.«

»Und dabei ist er nicht mal langweilig«, stimmte Sofie zu. »Hast du gesehen, wie er mir ins Kinn gekniffen hat?« Sie lachte bei der Erinnerung, und Thea stimmte ein. Dabei bemerkten sie nicht, wie sich Maditas Augen mit Tränen gefüllt hatten, während sie stoisch das längst strahlende Glas polierte.

»Der tollste Mann der Welt«, hallte es durch ihren Kopf. Erinnerungen durchzuckten sie wie Kugelblitze. Sie sah Viktor vor sich, wie er am Herd ihrer gemeinsamen Wohnung stand und ihr Lieblingsgericht zubereitete: Gnocchi mit Fenchel und Walnusspesto. Wie er sich die Zeit nahm, die Gnocchi selber zu machen, und wie sich der Duft langsam in der Wohnung ausbreitete, bis sie es nicht mehr aushielt und sich hibbelig an seine Seite drängte. Nicht mal das hatte ihn beim Kochen aus der Ruhe gebracht, und er hatte sogar mit ihr Scherze gemacht und gelacht.

Ob sie ihm gesagt hatte, dass er für sie der tollste Mann der Welt war? Hatte sie es oft genug getan? Von den anderen unbemerkt, wischte sie sich rasch die Tränen von den Wangen.

2 Madita

»Ich glaube, für heute haben wir es.« Mit diesen Worten schob Thea entschlossen die Kassenlade zu und sah hinüber zu Madita. Diese knipste gerade die Lampen im Laden aus, nur die Lichterketten blieben an und beleuchteten das Miniaturdorf aus Steinhäusern im Schaufenster, das seit Generationen zum Advent dort aufgebaut wurde. Madita nickte ihrer Schwester mit einem Lächeln zu, das die Müdigkeit nach dem langen Arbeitstag verriet. Mit dem anstehenden Advent hatte der Onlinehandel enorm zugenommen, und die beiden waren hauptsächlich am Paketpacken gewesen. Sie streckte sich ein wenig in alle Richtungen, wobei sie immer gegen ein Teeregal oder einen Holzbalken stieß. Der Laden war schlicht und einfach zu eng für Gymnastikübungen. Thea drängelte sich an ihr vorbei in Richtung der Treppe und drehte sich auf der ersten Stufe noch einmal um, als wäre ihr ein plötzlicher Gedanke gekommen.

»Hast du dir eigentlich schon überlegt, ob du eine neue Weihnachtsmischung machen wirst?«

Wie auf Knopfdruck wich Madita dem Blick ihrer Schwester aus.

»Ich weiß noch nicht, vielleicht«, murmelte sie.

Ideen hatte sie jedenfalls keine. So wie in den letzten Jahren auch schon schien sich ihr Kopf zum Advent hin zu verweigern. Sie blickte dann auf die typischen Zutaten wie Zimt, getrocknete Apfel- und Orangenstücke, Nelken und Rosinen, doch es wollte einfach keine Idee kommen. Dabei war das Kreieren neuer Teemischungen in der restlichen Zeit des Jahres ihre absolute Lieblingsbeschäftigung. Es gab kaum etwas Schöneres, als die wunderbaren Momente des Jahres, wie das Entdecken der ersten Schneeglöckchen im anbrechenden Frühling oder das Kitzeln des Grases unter den nackten Füßen im Sommer, in einen Tee zu bringen. Der Advent aber hielt für Madita einfach nur Gefühle bereit, die sie ausklammern und am liebsten überspringen würde. Thea schien auf eine Antwort zu warten, noch immer ging sie nicht weiter und verharrte in der halben Drehung, auch als Madita direkt unter ihr vor der Treppe stand. Ihre Stirn lag in Falten, und es wirkte, als würde sie mit sich ringen, ob sie die Worte über die Lippen bringen sollte oder nicht. Doch dann wandte sie sich Madita ganz zu und blickte sie ernst an.

»Du«, sagte sie mit leiser, aber entschlossener Stimme, »ich weiß, dass diese Zeit schrecklich für dich ist.«

Madita hörte innerlich die Alarmsirene angehen und verkrampfte sich sofort. Sie konnte diese Gespräche einfach nicht führen, es zerriss sie jedes Mal, zum einen, weil sie dem Schmerz nicht begegnen wollte, der dann immer aufwallte, und zum anderen, weil sie wusste, dass sie über das Geschehene nicht frei sprechen konnte.

»Ich würde dich wirklich gerne vor alldem schützen, was jetzt kommt und dich an Viktor erinnert. Dieses ganze Weihnachtsding. Also, wenn du lieber nicht auf dem Markt arbeiten willst, kann ich auch eine Aushilfe engagieren, das kriegen wir schon irgendwie hin ...« Während Thea sprach, fuhr sie sich durch ihr Haar. Und obwohl sie erst Ende zwanzig war, wirkte sie plötzlich so viel älter. Ihre Augen sahen müde aus und die Haut fahl. Sofort fühlte Madita sich noch schlechter. Ihre Schwester hatte ganz andere Probleme: Sie war quasi alleinerziehend mit zwei Kindern, solange Björn auf Forschungsreise war. Madita und ihre Eltern halfen ihr zwar, wo sie konnten, aber dennoch gab es Dinge, die nur sie erledigen konnte, und die Belastung blieb groß. Zumal sie mit dem Teeladen auch noch ein eigenes kleines Unternehmen führte.

Selbst wenn Madita hätte reden können, wollte sie Thea nicht mit ihren Gefühlen belasten. Nach drei Jahren musste die Trauer doch abnehmen, oder nicht? Zumindest war es das, was sie in den Blicken vieler Freunde und selbst ihrer Eltern las. Diese Ungeduld. Und auch jetzt schimmerte sie leicht in Theas Augen auf, als Madita den Kopf schüttelte.

»Das ist nicht nötig, ich helfe dir auf dem Weihnachtsmarkt. Wie immer!« Sie versuchte sich an einem ermutigenden Lächeln und hoffte, dass es überzeugend rüberkam. »Die Schroffenstein-Schwestern schaffen das.« Zumal der Weihnachtsmarkt ja zum Glück nur an den Wochenenden stattfand und nicht mehr wie bis vor zwei Jahren noch die gesamte Adventszeit hindurch. Die paar Tage würde sie doch wohl durchhalten.

Thea erwiderte ihr Lächeln nicht. Ihre Augen schienen Madita zu durchforsten, ihre Gedanken scannen zu wollen, doch sie fanden nichts, woran sie sich festhalten konnten. Da seufzte Thea leise und wandte den Blick von Madita ab.

»Okay«, sagte sie resigniert.

Madita wollte nicht, dass Thea sich ihretwegen so fühlte, aber dennoch war sie sich sicher, dass es besser war, sie nicht weiter zu behelligen. Würde sie ihr ihre wahren Gefühle anvertrauen, ginge es Thea noch hundertmal schlechter. Oder sie wäre endgültig so genervt von der Gefühlsduselei ihrer Schwester, dass sie gar nicht mehr mit ihr sprechen wollte. Nein, dachte Madita, während sie Thea die knarzenden Stufen der Wendeltreppe nach oben folgte, so ist es besser.

Kaum hatte Thea die Tür am oberen Treppenabsatz geöffnet, sprangen ihr auch schon zwei Rotschöpfe in die Arme. Madita blieb schmunzelnd stehen und sah von hinten zu, wie die fünfjährige Ella und ihr zwei Jahre jüngerer Bruder Janosch ihre Mutter begrüßten, als wäre sie drei Jahre fort gewesen und nicht nur den Tag über.

»Nun lasst uns erst mal reinkommen«, rief Thea lachend und schlurfte mit den beiden an den Beinen durch den Flur und bis ins Wohnzimmer. Erst dort schienen die Kinder auch ihre Tante zu bemerken und liefen zu Madita, um die Arme um ihren Hals zu schlingen, als sie sich zu ihnen hinunterbeugte.

Über die kleinen Schultern hinweg sah Madita, dass das Wohnzimmer gemütlich beleuchtet war. Die winterliche Dunkelheit wurde auch hier mit Lichterketten und Kerzen vertrieben, die die Einrichtung aus alten Möbelstücken der Großeltern und modernen Teilen aus Björns Bestand in warme Farben tauchten. Im Kamin neben der Couch brannte hinter der Glasscheibe ein knisterndes Feuer. Wären die Kinder nicht da gewesen, dieser Anblick hätte etwas Beklemmendes für sie gehabt, doch nun drückte sie die Kleinen fester an sich, schloss für einen Moment die Augen und vergrub die Nase in Ellas duftendem Haar.

»Na, was habt ihr heute erlebt?«, fragte sie dann und lauschte mit einem Lächeln der aufgeregten Erzählung der beiden über ihre Kindergartenabenteuer. Dabei landete ihr Blick auf ihrer Mutter, die gerade aus der Küchentür getreten war. Das volle weiße Haar hing ihr offen über die Schulter, und sie wirkte wie immer, wenn sie Zeit mit ihren Enkeln verbrachte, freudig erregt, mit geröteten Wangen und einem Strahlen in den dunklen Augen. Madita formte mit den Lippen einen Gruß, um die Kinder nicht zu unterbrechen.

»… und dann haben wir eine Höhle gebaut. Emil hat geholfen, aber nur ein bisschen. Und dann hat Ronja Saft ausgekippt. Auf ihr Krokodil. Und dann …«

»Und dann war es Zeit für euch, ins Bettchen zu hüpfen«, meldete sich plötzlich eine dunkle Stimme. Madita lächelte ihren Vater an, der mit grauem Haar und Vollbart neben ihnen auftauchte und Janosch in die Seite zwickte.

»Hallo, Papa.«

Er hatte wohl bis eben in dem Sessel gesessen, der mit dem Rücken zum Flureingang stand, sodass Madita ihn gar nicht gesehen hatte. Seine stets vergnügten Augen mit den lebendigen Fältchen funkelten, als Janosch ihn zurückzwickte und natürlich mit keiner Silbe auf den Vorschlag einging, jetzt ins Bett zu müssen. Der Kleine hatte schnell durchschaut, dass es die beste Taktik war, ungern Gehörtes einfach zu übergehen. Vielleicht vergaßen die Erwachsenen ja ihre blöden Vorschläge …

Ella hingegen war zu ihrer Mutter gerannt und protestierte: »Mama, ich muss aber noch nicht ins Bett. Ich bin größer als Janosch!« Als wüsste sie nicht ganz genau, dass sie immer ein wenig länger als Janosch wach bleiben durfte. »Guckst du noch Bücher mit mir an? Das neue über den Nordpol?«

Thea lächelte beruhigend.

»Natürlich. Wir machen es wie immer. Ich bringe Janosch ins Bett, während du dir die Zähne putzt und den Schlafanzug anziehst, und dann lesen wir noch ganz lange, okay?«

»Ja!«, jubelte Ella mit einem Strahlen auf den Lippen. Sie lief von Thea zu ihren Großeltern und Madita, um allen einen raschen Kuss auf die Wange zu geben, dann nahm sie die Treppe ins obere Geschoss.

Janosch sah alles andere als begeistert aus. Er zog einen Flunsch und krallte sich an dem Pullover seines Großvaters fest. Doch dieser hob ihn mit einem Stöhnen hoch und trug das quietschende Kind kopfüber nach oben. Später würde er wieder darüber klagen, dass die Kinder seinen Rücken ruinierten.

Thea winkte ihrer Mutter und Madita zu.

»Bis später!« Dann verschwand auch sie nach oben.

Maditas Mutter machte einen zufriedenen Laut und wandte sich ihr zu.

»Hast du Hunger? Wir haben Nudeln mit Tomatensoße gegessen. Magst du eine Portion?«

Doch Madita winkte ab, ließ sich auf die Couch am prasselnden Feuer fallen und streckte die Beine von sich.

»Später, danke! Ich esse zusammen mit Thea, wenn sie runterkommt. Jetzt muss ich erst mal die Beine ausruhen.«

Ihre Mutter lächelte verständnisvoll, strich sich das weite Hemd glatt, das sie über einer eng anliegenden Hose trug, und setzte sich neben ihre Tochter. Dabei klackerten die Holzperlen der langen bunten Ketten, die um ihren Hals hingen.

»Ich weiß noch gut, wie sich das angefühlt hat nach einem langen Arbeitstag im Laden. Ich hatte das Gefühl, ich hätte Holzklötze statt Füße an den Beinen.«

»Jaaa«, seufzte Madita lang gezogen und streckte die Arme nach oben, wobei ihr ein Gähnen entfuhr. »Genau so!«

Ihre Mutter beugte sich schmunzelnd zum Couchtisch vor und griff nach einer Strickarbeit, die dort im Korb mit der Wolle und weiteren Nadeln lag. Die große Rundnadel, auf der sich die ersten Reihen eisblauer Wolle wanden, verriet, dass sie an einer Mütze arbeitete. Schon war das Klacken der Nadeln zu hören, das Madita ihre gesamte Kindheit hindurch begleitet hatte. Genau hier vor dem Kamin hatte sie auch damals gesessen und zum regelmäßigen Klickgeräusch mit Thea oder Viktor Türme gebaut oder auf einem Brettspiel gewürfelt.

»Für wen ist die?«, fragte sie nun und folgte mit dem Blick den routinierten Bewegungen der Finger ihrer Mutter.

»Die ist für Ella. Sie wünscht sich ein Eisbärenmotiv auf der Mütze, aber ob ich das hinbekomme …« Sie zog die Brauen hoch und sah Madita mit einem ratlosen Lächeln an. »Am Ende werden es wohl wieder Schneeflocken.«

»Die auch immer sehr schön sind«, merkte Madita als pflichtbewusste Tochter und jahrelange Trägerin der selbst gestrickten Mützen ihrer Mutter an. Sie erwiderte deren Lächeln, doch dem herzlichen Blick konnte sie gerade nicht standhalten. Wie von selbst sah sie rasch in die andere Richtung zu den glühenden Feuerscheiten und den Flammen im Kamin. Noch immer fühlte sie sich aufgewühlt von den Gedanken, die die Adventszeit in ihr weckte, von den Erinnerungen an ihre Kindheit, die auf irgendeine Weise stets mit Viktor zusammenhingen, und von dem Gespräch mit Thea. Das schlechte Gewissen, das auf ihr lastete, war von Anfang an beständiger Teil ihres Alltags. Aber wenn sich der erste Advent näherte, nahm das Brennen und Stechen noch einmal zu.

Schritte drangen von der Treppe her, und wenige Sekunden später ließ sich Maditas Vater mit einem zufriedenen Grunzen in den Sessel plumpsen. Er fuhr sich mit beiden Händen einmal übers bärtige Gesicht und murmelte durch die Handrücken hindurch kaum vernehmbar: »Dieser kleine Racker … Woher kommt die Energie? Woher?« Sein Lächeln aber, das kurz darauf wieder erschien, verriet, wie gern er seine beiden Enkel hatte. Mit einem weiteren Seufzen beugte er sich zu dem Korb vor und griff nach Wolle und Nadeln, um es seiner Frau nachzutun. Nach einem ersten Herzinfarkt mit nur vierzig Jahren hatte er sich das Hobby abgeguckt und pflegte seither einen ruhigeren Lebensstil, der sich in gewaltigen Ladungen von Strickprodukten manifestiert hatte. Was die Zopfmuster in Pullovern und Schals anging, hatte er seine Frau sogar schon überboten.

»Schläft Janosch jetzt?«, fragte Madita nach. In den letzten drei Jahren hatte es ihr in schwierigen Phasen geholfen, sich auf die Alltäglichkeiten zu konzentrieren und sich damit durch den Tag zu hangeln.

»Noch nicht ganz«, sagte ihr Vater. »Aber Thea hat übernommen. Du weißt ja, wie sie ist. Wenn sie die Kinder den ganzen Tag nicht gesehen hat, will sie sie wenigstens ins Bett bringen und noch ein bisschen mit ihnen kuscheln.«

Madita sah in die liebevoll blitzenden Augen ihres Vaters und beneidete Thea ein wenig um den Moment der Nähe und Ruhe, den sie jetzt mit den Kindern verbrachte.

Doch so verführerisch diese Vorstellung auch war, konnte sie darin nicht allzu lange verweilen. Ihre Mutter räusperte sich vernehmlich und sagte mit halblauter Stimme wie beiläufig: »Wir wollten mit dir reden.«

Sofort war Madita alarmiert. Dieser Satz hatte noch nie etwas Gutes bedeutet und war für sie in den letzten Jahren zu einem absolut roten Tuch geworden. Was war heute nur los? Sie wappnete sich innerlich, doch die nächsten Worte warfen sie trotzdem aus der Bahn.

»Hast du noch mal über das nachgedacht, was wir besprochen hatten? Ob du dir nicht doch professionelle Hilfe suchen willst?«

Es war, als stießen mit den Worten kleine Pfeile in Maditas Brust. Sie setzte sich auf und sah erst in die unschuldig dreinblickenden Augen ihres Vaters, der sich sogleich ganz auf seine Strickarbeit zu konzentrieren schien, und dann in die ihrer Mutter, in denen sie ein nervöses Flackern ausmachen konnte. Als ihre Blicke sich trafen, beeilte sich ihre Mutter weiterzusprechen: »Ich meine nur … Wir sehen ja, wie es dir geht. Dass es nicht besser wird. Und vielleicht wäre es wirklich eine gute Idee, mit jemandem zu sprechen, der Ahnung von so etwas hat. Die Marianne hat mir von einer Psychologin erzählt, die wirklich ganz toll sein soll …«

»Mama.« Maditas Stimme war mehr ein Flüstern, dennoch verstummte ihre Mutter sofort. Das dunkle Gefühl von zuvor hatte sich in Madita noch verdichtet. Und sie musste sich anstrengen, ihre Worte bedächtig und ruhig herauszubekommen, ohne die Stimme brechen zu lassen. »Ich möchte das nicht, das habe ich euch doch schon gesagt.«

»Ich weiß, ich weiß, aber diese Psychologin scheint ihr Metier wirklich ausgezeichnet zu beherrschen. Marianne sagt, dass sie wahre Wunder an ihr vollbracht hätte.« Es war offensichtlich, dass ihre Mutter sich die Worte vor dem Gespräch zurechtgelegt hatte. Sie klangen gestelzt, wie von einer Laienschauspielerin der Dorftheatergruppe vorgetragen. Madita konnte ihr nicht länger zuhören und seufzte innerlich tief auf. Sie wusste, dass ihre Eltern es gut meinten. Doch warum konnten sie nicht verstehen, dass dies nicht ihr Weg war? Sie wollte nicht mit einer fremden Person, deren Beruf sie zwang, Madita zuzuhören, über Viktor reden. Ehrlich gesagt wollte sie gar nicht über Viktor sprechen, zumindest nicht über seinen Unfall und ihr Innenleben seit dieser Nacht. Sie wollte nicht in Worte fassen, was in ihr vorging, weil sie Angst hatte. Schlicht und einfach Angst. Angst davor, was diese Gespräche noch zutage bringen würden. Sie war sich sicher, nicht noch mehr Schmerz ertragen zu können. Es gelang ihr gerade so zu funktionieren. Nicht gut, aber immerhin. Käme erst einmal all das Dunkle, Ungesagte hervor, würde es sie überschwemmen, da war sie sicher. Und sie fürchtete sich davor, was dann mit ihr passieren würde.

»Sie hat Marianne Hausaufgaben gegeben. Jede Woche eine neue, die ihr geholfen haben, wieder auf den Weg zurückzufinden«, hörte sie ihre Mutter wie aus weiter Ferne erklären. Auf den Weg zurückzufinden. Im Stillen lachte Madita bitter auf. Es gab keinen Weg, auf den sie zurückfinden konnte. Ihren Weg hatte sie mit Viktor geteilt. Wenn Viktor nicht war, dann gab es diesen Weg auch nicht mehr. Er war weg, zerstört.

»Dein Studium«, setzte ihre Mutter nun neu an, als sie merkte, dass Madita nicht auf ihren Bericht von der Psychologin reagierte. »Möchtest du es nicht wieder aufnehmen? Das hat dir doch Spaß gemacht mit der Ernährungswissenschaft.«

Madita krümmte sich unter dem bohrenden Blick ihrer Mutter und den Seitenblicken ihres Vaters.

»Ich denke nicht«, sagte Madita in möglichst neutralem Ton. Doch sie fühlte sich aufgewühlt, und das war in ihrer Stimme zu hören. Da ihre Eltern offensichtlich auf eine ausführlichere Antwort warteten, hob Madita zu einer Erklärung an und fixierte dabei eine der Nadeln, die aus dem Strickkorb herausragten. »Es hat mir schon Spaß gemacht, aber gerade fühle ich mich hier im Teeladen wohler. Ich mag es, Thea mit den Mischungen zu helfen. Eigentlich habe ich das Studium ja ausgesucht, um genau das zu machen – neue Geschmäcker finden und den Leuten damit etwas Gutes tun … Das mache ich jetzt hier und kann Thea dabei noch unterstützen. Und Erfurt … ich möchte da nicht mehr hin.«

»Du wolltest aber so gerne raus aus dem Dorf und etwas Neues sehen«, versuchte ihre Mutter es weiter. Ihr Strickzeug hatte sie auf dem Schoß abgelegt und vergessen. Sie beugte sich leicht zu Madita hinüber, sodass die Ketten um ihren Hals in der Luft schwebten.

Hatte Madita das wirklich gesagt, dass sie etwas anderes sehen wolle? Vielleicht. Aber nur, weil sie einen Teil von zu Hause bei sich gehabt hatte: Viktor. Seitdem dieser Teil weggebrochen war, ertrug sie die Vorstellung nicht, das Dorf zu verlassen. Sie wollte hier sein, wo sie sich geborgen fühlte. Selbst wenn ihr dieses Zuhause täglich Schmerz zufügte.

Ihr Vater setzte zum Sprechen an, musste sich aber räuspern, weil seine Stimme wohl zu rau war, und einen zweiten Versuch machen.

»Aber hier im Dorf gibt es doch auch all die Erinnerungen an Viktor. Und du bist erst fünfundzwanzig. Vielleicht solltest du es noch mal ganz neu versuchen. In Berlin oder München zum Beispiel. Die Großstadt hat so viel an Ablenkung zu bieten. Da kommst du mal auf andere Gedanken.«

Ihre Mutter nickte nachdrücklich und verlieh ihrer Ungeduld mit der Tochter auf diese Weise Ausdruck. Madita spürte Widerstand in sich. Sie wusste ja, die beiden meinten es nur gut, aber, so schwach und müde, wie sie war, fiel es ihr unendlich schwer, diese Gespräche zu führen.

»Ich glaube nicht, dass ich in eine Großstadt möchte. Da fühle ich mich nicht wohl. Ich ...« Sie atmete tief und spürte, dass sie nicht länger konnte. Ihre Stimme wurde brüchiger, und sie war kurz davor zu weinen. Vor Anstrengung und Ärger über ihr eigenes Unvermögen, dieses Gespräch vernünftig zu führen. Und einfach, weil sie traurig war, wie jeden Tag.

Ihr Vater schien zu spüren, was in ihr vorging. Er legte das

Strickzeug auf seinem Schoß ab und beugte sich zu ihr vor. Seine Stirn lag in Falten, seine Augen wirkten sorgenvoll.

»Wir wollen dir nur helfen, Madita. Alles, was wir wollen, ist, dass es dir wieder gut geht.«

Diese Worte rührten an etwas so Tiefem in Madita, dass sie die Tränen nicht länger zurückhalten konnte.

»Das weiß ich«, sagte sie. Dabei fing sie unter den schweren Lidern den Blick ihrer Mutter auf, aus dem jetzt pure Sorge sprach. Madita liebte ihre Eltern. Aber was sollte sie tun? Diese Gespräche fühlten sich einfach so falsch an. Sie richtete sich auf, blinzelte die Tränen fort und murmelte mit zugeschnürter Kehle, sodass es kaum vernehmbar war: »Entschuldigt, ich bin sehr müde. Wir ...«

Mit schweren Gliedern erhob sie sich, mied die Blicke ihrer Eltern und bahnte sich ungelenk einen Weg zwischen den Beinen ihrer Mutter und dem Couchtisch vorbei, um zur Treppe zu gelangen. Ausgerechnet jetzt kam Thea mit raschem Schritt die Stufen hinunter und stolperte beinahe in Madita hinein. Als sie den Blick und die feuchten Wangen ihrer Schwester sah, blieb sie abrupt stehen und griff nach ihrem Arm.

»Was?« Doch Madita wand sich behutsam aus dem Griff, schüttelte entschuldigend den Kopf und lief nach oben. Nicht jetzt. Später, irgendwann, würden sie das Gespräch führen. Bestimmt. Aber nicht jetzt. Denn wie sollte Madita ihnen sagen, was sie eigentlich fühlte? Dass sie mit Sicherheit wusste, es würde ihr nie wieder gut gehen.

3 Madita

»Sind das hier wir fünf um den Baum herum?«, fragte Madita, als sie am nächsten Nachmittag mit ihrer Nichte am Wohnzimmertisch saß und beobachtete, wie diese den Buntstift über ihrem Blatt kreisen ließ und einen großen braunen Geschenksack unter einer bunt geschmückten Tanne malte. Madita erkannte fünf Figuren um den Baum herum, einige größer, einige kleiner, aber alle mit großen Knollnasen und langen Wimpern versehen. Doch Ella sah nicht einmal zu ihr auf, sondern drückte den Stift weiterhin fest auf und malte Strich um Strich den Beutel braun aus.

»Ja«, sagte sie kurz angebunden.

Madita spürte ein warmes Pulsieren in ihrer Brust, als sie ihrer Nichte so zusah, wie sie ungeschickt, aber aufs Höchste konzentriert ihr Kunstwerk vollendete.

»Das hier bist bestimmt du, oder?« Sie deutete auf die kleine Figur mit dem gelben Pullover. Gelb war derzeit Ellas Lieblingsfarbe. »Und das ist dein Bruder.«

Ellas Stift pausierte in der Luft, und sie beobachtete gespannt, wie Maditas Finger von einer Figur zur nächsten wanderte. Sie nickte, ohne eine Miene zu verziehen, als wäre es doch eigentlich völlig klar, welche Figur welches Familienmitglied darstellte.

»Der Große hier mit dem Bart ist dein Papa, stimmt's?« Ella

nickte wieder. Und nun wurde Maditas Stimme unsicher. Die letzten Figuren sahen sich sehr ähnlich, so wie Thea und sie sich ähnlich sahen mit ihren rotbraunen Haaren. Doch dann erkannte Madita, dass eine der beiden eine Brille trug. »Das hier bin ich! Die Brille hast du sehr gut gemalt.« Das entlockte ihrer Nichte dann doch ein stolzes Lächeln. »Aber was sind das hier für blaue Punkte in meinem Gesicht? Habe ich etwa die Masern?«

Langsam beugte sich die Kleine wieder über das Bild, betrachtete es einen Augenblick, dann malte sie weiter, als wäre nichts. Dabei sagte sie leise: »Das ist, weil du doch immer weinen musst, wenn der Weihnachtsmann kommt.«

Ertappt richtete Madita sich auf und spürte sofort ein Ziehen in der Rippengegend. Genau in diesem Moment hörte sie Getrappel auf der Treppe, und kaum, dass sie sich umblickte, sah sie auch schon einen kleinen Feuerball auf sich zurennen, der sich als der dreijährige Janosch mit knallroter Pudelmütze entpuppte und sich auf ihre Beine schmiss. Ihm folgte in gemäßigtem Schritt Thea, mit einer Einkaufstüte in der Hand und einem belustigten Schmunzeln auf den Lippen. Wie so oft in letzter Zeit taten Madita und Thea nach dem gestrigen Abend so, als hätte es keine abgebrochenen Gesprächsversuche oder Tränen gegeben, und Madita war froh darum. So fiel es ihr leichter, die aufwühlenden Gedanken zu verdrängen und sich auf den Tag mit seinen kleinen Aufgaben zu konzentrieren.

»Na, ihr beiden, seid ihr am Malen? Ach, Janosch, Ella, wollt ihr Maddi nicht bitten, euch bei euren Weihnachtsbriefen zu helfen, während ich ausräume?«

Sofort mischte sich Aufregung in den Blick der Kinder. Schon war Janosch auf einen freien Stuhl geklettert und hüpfte darauf auf und ab.

»Weinacktsbrief, Weinacktsbrief, Weinacktsbrief!«, rief er,

während seine fluffigen roten Haare im Takt wippten. Die Schwestern wechselten einen belustigten Blick.

»Es geht um ihre Wunschzettel. Sie dürfen Briefe mit ihren Wünschen an den Weihnachtsmann basteln«, erklärte Thea, und Madita erinnerte sich, dass sie auch im letzten Jahr schon dergleichen angefertigt hatten. »Würdest du mitmachen? Ich habe sie beinahe vergessen.«

»Na klar«, willigte Madita ohne Zögern ein. Sie zog Janosch die Mütze vom Kopf, während er sich aus seiner Winterjacke schälte und sie auf den Boden fallen ließ. Schnell beluden die drei den Tisch mit Bastelpapier, Zeitschriften und Spielzeug-katalogen, Kinderscheren, Kleber und Glitzerstiften.

Ella wischte ihr Bild zur Seite, griff einen der Kataloge und blätterte hektisch darin, als suchte sie etwas ganz Bestimmtes, während Janosch jeden einzelnen Stift in die Hand nahm und inspizierte.

»Also, erklärt mir mal, wie das funktioniert«, sagte Madita. »Das letzte Mal ist so lange her, ich weiß gar nicht mehr, wie das ging.«

»Janosch und ich müssen Bilder ausschneiden und kleben«, meinte Ella, ohne ihre Suche zu unterbrechen. »Und dann musst du schreiben. Wir sagen dir, was du schreiben musst.«

»Alles klar«, sagte Madita und lehnte sich zurück. Janosch hatte seiner Schwester genauso konzentriert gelauscht wie sie und griff nun schnell ebenfalls nach einem Katalog.

»Das will ich!«, rief er laut aus und deutete auf ein Tipi, dann fiel sein Blick auf eine Rennbahn. »Und die! Und das Feuer-wehrauto!«

»Nein, Janosch, du machst das falsch«, mischte sich seine große Schwester sofort ein. »Du darfst nicht so viel nehmen, sonst kommt er gar nicht.«

»Wer?«, fragte ihr Bruder nach und zog erschrocken die Augenbrauen hoch.

»Na, der Weihnachtsmann!«

Entsetzt fixierte Janosch seine Schwester, dann schien er das Gehörte verarbeitet zu haben und studierte die Seite erneut, ernstlich in Not, eine Entscheidung zwischen all den Verlockungen zu treffen.

»Was hast du dir denn schon die ganze Zeit gewünscht?«, versuchte Madita ihm zu Hilfe zu eilen.

Zerstreut wanderte sein Blick zu ihr, als wüsste sie die Antwort besser als er, und er müsste sie nur von ihren Augen ablesen.

»Fahrrad?«, sagte er dann, wobei es mehr wie eine Frage denn wie eine Antwort klang.

»Du bist zu klein für ein Fahrrad!«, rief Ella erbost, da sie selbst erst in diesem Jahr ein Rad bekommen hatte und schon eine Ungerechtigkeit witterte.

»Ich glaube, er meint ein Laufrad, stimmt's, Janosch?«

»Ja!«, sagte der entschieden und blätterte ein wenig patschig den Katalog durch, bis er endlich auf eine Seite mit verschiedenen Lauf- und Fahrrädern stieß. Schnell war eines ausgewählt, das genauso rot wie seine Mütze war, und er begann unter Maditas Aufsicht zu schneiden, während Ella noch immer den Katalog durchstöberte.

»Was wünschst du dir denn?«, fragte Madita.

Ella nuschelte etwas Unverständliches, dann schien sie aber doch gefunden zu haben, was sie suchte, und griff gleich zur Schere. Neugierig beugte Madita sich hinüber und entdeckte eine Playmobil-Polarstation mit zugehörigem zweitem Spielset. Natürlich, darauf hätte sie auch von selbst kommen können. Ordentlich schnitt Ella die Bilder aus, griff nach einem Briefbogen und öffnete die Kappe des Klebestifts.

»Du kannst ja schon mal schreiben«, forderte sie Madita auf und schob ihr einen Stift zu, ohne hinzugucken. »Lieber Weihnachtsmann, ich wünsche mir die Playmobil-Polarstation. Bitte! Danke! Deine Ella.«

»Und ein Laufrad«, quäkte Janosch dazwischen.

»Manno, Janosch, das kommt doch nur in deinen Brief!«

In ordentlichen Druckbuchstaben schrieb Madita die gewünschten Texte auf zwei Blätter und schob sie den Kindern zu, damit sie sie für ihre Briefe kopieren konnten.

»Jetzt deine Wünsche«, befahl die Kleine.

»Meine Wünsche? Ich dachte, ich schreibe eure auf.«

»Aber du musst dir auch was wünschen, sonst kommt der Weihnachtsmann nicht.«

Madita fragte sich, wer ihrer Nichte so oft damit gedroht hatte, dass der Weihnachtsmann nicht kommen würde, wenn man dieses oder jenes nicht tat.

»Ich habe aber alles, was ich mir wünsche.«

Ella hob den Kopf und sah ihre Tante irritiert an. Dann schob sie einen weiteren Briefbogen zu Madita hinüber.

»Schreib!«, befahl sie mit der ihr eigenen freundlichen Strenge.

»Na gut«, sagte Madita und griff nach einem Kuli. Was sollte sie schreiben? Sie hatte ja wirklich alles, was sie brauchte, bis auf … Aber das konnte sie sich ja schlecht wünschen. Gedankenverloren beobachtete sie, wie Ella sich über den Tisch lehnte, um ihrem Bruder beim Kleben zu helfen.

Lieber Weihnachtsmann, schrieb sie und musste schmunzeln. So etwas Albernes. Sie wollte den Stift gerade beiseitelegen, da traf ihr Blick den von Ella, die ihr mit einer Freude zunickte, die Madita das Herz aufgehen ließ. Um ihre Nichte nicht zu enttäuschen, setzte sie den Stift wieder an. Sie schrieb nieder, was ihr gerade in den Sinn kam.

Lieber Weihnachtsmann, was ich mir wünsche … einen neuen Wasser-
kocher vielleicht … Bei unserem verbrenne ich mir regelmäßig die Finger,
weil der doofe Deckel klemmt. Andererseits mag ich ihn dafür auch be-
sonders gern. Irgendwie hat er ja Charakter, und es täte mir leid, ihn nur
wegen der kleinen Macke zu verbannen. Also, noch mal: Was wünsche
ich mir? Na ja … Ob Du wohl sehr wütend wärst, wenn ich mir wün-
schen würde, dass Weihnachten schon vorbei wäre? Ich weiß, ich weiß, es
ist gemein all den Kindern gegenüber, die sich auf das Fest freuen, aber
ganz ehrlich: Können wir nicht einfach einen kleinen Sprung machen und
den Advent und Weihnachten schon hinter uns haben? Dann hätten sie
Weihnachten feiern können, und ich müsste da nicht mehr durch. Aber
ich weiß ja, dass das Quatsch ist.

Sie sah zu ihrem Neffen auf, der in seiner Konzentration die
Zunge zur Seite herausstreckte. Er gab sich richtig Mühe für
diesen Brief. Und sie hatte bisher nur Albernheiten aufge-
schrieben. Da riss sie sich zusammen und dachte zum ersten Mal ernsthaft über ihre Wünsche nach. Ihr Blick blieb an
dem weißen Papier hängen, bohrte sich hinein, bis die Buchstaben darauf verschwammen. Mit einem Ruck setzte sie sich
auf und schrieb.

Ich habe eigentlich nur einen richtigen Wunsch. Es soll Ella und Janosch
und meiner Familie gut gehen. Ich wünsche mir, dass sie nie Schmerz er-
fahren müssen. Dass sie einander nie verlieren.

Ja, dachte sie und nickte gedankenverloren, während der Stift
immer schneller über das Papier wanderte.

Ich wünsche mir, dass sie alle gesund bleiben und in keine Gefahr geraten,
dass sie immer eine Familie sind. Ich wünsche mir ein langes und glück-

liches Leben für Thea und Björn, die zusammengehören und die wundervollsten Menschen auf dieser Erde sind. Sie haben einfach nichts anderes als das Allerbeste verdient.

Dann zögerte sie und kaute gedankenverloren auf dem Stift, bevor sie weiterschrieb:

Ich weiß, dass sich manche Dinge nicht rückgängig machen lassen, selbst nicht von Dir, oder wohl eher: gerade nicht von Dir, Du existierst ja gar nicht wirklich. Aber was soll's ... Jeden Tag muss ich an Viktor denken, ich vermisse ihn so sehr, dass es sich manchmal anfühlt, als wäre da gar kein Platz mehr in mir für irgendeinen anderen Gedanken. Wenn Du also doch irgendwo da draußen im Schnee herumstapfst und für die Erfüllung von Wünschen zuständig bist, dann bitte: Mein größter Wunsch ist, ich hätte Viktor nie verloren.

Manchmal frage ich mich, ob es nicht an mir lag, dass er gestorben ist. Ob es meine Liebe zu ihm war, die das ausgelöst hat. Und dann habe ich wirklich Angst, dass ich auch Thea und ihrer Familie Unglück bringen könnte. Ich bin mir sicher, Viktor wäre noch am Leben, wenn ich ihn nicht geliebt hätte – oder zumindest weniger! Hätte ich ihn doch bloß ein bisschen weniger geliebt und ihn gehen lassen, nur ein paar Sekunden früher, dann säße er hier neben mir, und ich müsste nicht einen so verdammt traurigen Brief schreiben. Manchmal wünsche ich mir ... ich hätte niemals in der Intensität geliebt, wie ich es tat.

»Tante Maddi?«

Erschrocken setzte Madita sich auf und sah zu ihrer Nichte. Sie spürte die zugeschnürte Kehle und die Tränen, die sich in ihren Augen sammelten.

»Guck mal, hab ich das richtig geschrieben?«

»Guck mal, Tante Maddi«, echote Janosch, schob Madita

seinen Brief hin und krallte sich einen Glitzerstift, mit dem er das nächste Blatt Papier vollschmadderte.

Wortlos nahm Madita die Blätter entgegen und ließ den Blick über die mühevoll gezeichneten Buchstaben gleiten, die teilweise spiegelverkehrt oder auf dem Kopf standen, aber trotzdem lesbar waren. Sie umtanzten die aufgeklebten Spielzeugbilder, von denen entgegen der Regel doch noch ein paar hinzugekommen waren, und das von Ella gemalte Bild eines Tannenbaums, das sie auch für den Brief ihres Bruders kopiert hatte. Trotz des traurigen Gefühls, das sie zu überrollen drohte, musste Madita leicht schmunzeln. Sie legte die Briefe zusammen.

»Perfekt«, sagte sie und versuchte, ihre Stimme fest klingen zu lassen. »Die sind wunderschön geworden. Da wird der Weihnachtsmann sich sehr freuen.«

Ella zückte einen großen Umschlag, doch Madita spürte, wie sie die Tränen nicht länger zurückhalten konnte. Ihr Blick huschte zu dem Brief, zu den Worten, die ihr entgegensprangen und in denen viel zu viel Zerstörungskraft lag. Sie murmelte etwas, griff nach dem Blatt, stand schnell auf, lief in den Flur und ließ ihren Gefühlen freien Lauf, während sie den Brief in den Händen zerknüllte. Sie hörte, wie Thea in das Wohnzimmer kam, und atmete beruhigt durch. Das ließ ihr ein paar Minuten mehr Zeit, sich wieder zu sammeln. Die Tränen liefen mittlerweile unaufhaltsam ihre Wangen hinab und tropften auf den weiten Wollpullover. Sie unterdrückte das Schluchzen, so gut es ging, wusste aber, dass es keinen Sinn hatte, die Tränen mit einem Tuch zu trocknen, solange noch nicht alle geweint wären. Erst nach einigen Minuten, in denen sie sich auf das Rascheln und das gedämpfte Gespräch zwischen Thea und den Kindern zu konzentrieren versuchte, griff sie nach den

Taschentüchern auf dem Beistelltisch. Ihre Augen würden gerötet sein, das ließe sich nicht mehr verhindern. Sie konnte nur versuchen, dies durch ihre Stimmung wettzumachen. Tatsächlich fühlte sie sich besser als nach den meisten Trauerüberfällen. Obwohl es sie Überwindung gekostet hatte, die Gedanken, die sie schon seit geraumer Zeit quälten, aufs Papier zu bringen, hatte es zugleich auch gutgetan, sie in Worte zu fassen und aus sich herauszulassen. Sie richtete sich auf, wischte noch einmal mit dem Handrücken unter den Augen entlang, dann warf sie den zerknüllten Brief und das Taschentuch in den Papierkorb neben der Garderobe und ging zurück ins Wohnzimmer.

Thea und die Kinder waren vom Tisch, der schon wieder aufgeräumt war, zum Sofa gewechselt. Vor ihnen auf dem Couchtisch stand Theas Laptop, er war geöffnet. Ein wenig verzerrt drang Björns Stimme daraus hervor.

»... habe ich ja letztes Jahr schon erzählt, haben das Ozonloch gesichtet. Hier sind wir gerade dabei, die Ergebnisse unserer Forschungen zur Auswirkung auf die Permafrostschmelze auszuwerten. Das wird uns über Weihnachten hier ordentlich auf Trab halten.«

Madita ging um den Tisch herum zu der kleinen Gruppe, beugte sich zu dem Bildschirm hinunter und winkte in die Kamera, in der Hoffnung, dass die roten Ränder unter ihren Augen nicht zu erkennen waren.

»Hallo, Maddi! Wie geht's dir?«, rief Björn fröhlich. Wie immer, wenn er auf Reisen war, wucherte sein roter Bart unbehelligt vor sich hin. Seine dunklen Augen blitzten, wie sie es nur taten, wenn es um seine Arbeit oder seine Familie ging. Hier kam beides zusammen.

Wie immer, wenn sie Björn sah, verspürte Madita vertraute Wärme und genoss das beruhigende Gefühl, das durch sie hindurchfloss. Obwohl er ein wenig älter als Viktor gewesen war, war Björn eng mit ihm befreundet gewesen. Gemeinsam mit Sofies Mann Marius hatten sie zu Schulzeiten eine Dreierclique gebildet. Und es tat Madita immer gut, mit Björn oder Marius zu sprechen, da sie das Gefühl hatte, in ihnen etwas von dem eigenen Schmerz widergespiegelt zu sehen. Als gäbe es zwischen ihnen ein besonderes Verständnis.

»Wir haben gerade an deinen Nachbarn, den Weihnachtsmann, geschrieben«, versuchte Madita zu witzeln, denn natürlich würde sie der Familie nicht das Gespräch mit düsteren Gedanken verderben. »Sitzt ihr schon den ganzen Tag im Dunkeln?« Sie ließ sich neben Thea auf die Armlehne sinken und spürte, wie ihre Schwester ihr kurz über den Arm strich. Natürlich hatte sie gemerkt, was los war. Sie schüttelte mit einem sanften Lächeln den Kopf: Ist schon gut.

»Klar, schon seit Ende Oktober.«

»Aber ist doch hell da!«, rief Janosch und zauberte ein warmes Lächeln auf die Lippen seines Vaters.

»Das ist eine Lampe«, erklärte er, »die macht ein Licht, das so hell ist wie das der Sonne. Deswegen sieht es hier so aus, als wäre gerade ein schöner Tag.«

»Wie die Sonne«, raunte Janosch und sah seine Mutter von der Seite an. Erst als sie nickte, schien er zu glauben, was sein Vater ihm da erzählte.

»Ich vermisse euch«, sagte Björn plötzlich. »Ich wünschte, ich könnte Weihnachten bei euch sein.« Seine Stimme war angefüllt mit Gefühl und Wärme, sodass es Madita plötzlich drängte, die Familie für sich zu lassen. Dies war deren Moment, nicht ihrer. Langsam erhob sie sich, ohne dass die anderen es zu merken schienen. Sie lächelte Björn zu und winkte, dann schlich sie hinter dem Sofa entlang zur Treppe. Hier sah sie noch einmal zurück, sah Thea mit ihren zwei Kindern im Arm, sah das Lächeln auf ihrem Gesicht, hörte die Worte – »nur noch wenige Monate« –, dann wandte sie sich um und ging mit schweren Schritten die Stufen zu ihrem Zimmer hinauf, während sie sich noch einmal wünschte, die Uhr vordrehen zu können. Sie hasste einfach alles an Weihnachten und an diesem verfluchten Weihnachtsmarkt.

4 Emil

Emil liebte einfach alles an diesem Weihnachtsmarkt. Er liebte die Düfte, die schwer in der Luft lagen und das ganze Dorf herbeilockten: die würzige Note von Glühwein und Pfefferkuchen, den süßen Teiggeruch des Schmalzgebäcks, das nussige Aroma von gebrannten Mandeln und den herzhaften Duft von Knoblauchbrot und Pilzen. Er liebte das Gedränge, das aufgeregte Vibrieren, das die Besucher, die von allen Seiten herbeiströmten, miteinander verband. Er beobachtete, wie sie von Stand zu Stand schlenderten oder sich in Grüppchen zusammenfanden, um sich bei einem ersten Punsch für den Abend in der bitterkalten Winterluft zu wappnen. Er liebte die unzähligen Lichterketten, die den runden Platz um den Pavillon erleuchteten. Und er liebte die Geräusche: das Stimmengewirr und den Gesang des Schulchors, der sich an dem Platz zwischen Zuckerwatte- und Glühweinstand platziert und nach aufgeregtem Gemurmel und Geräusper »Leise rieselt der Schnee« angestimmt hatte. All das versetzte ihn in freudige Aufregung, und er fühlte sich beinahe wieder wie ein kleiner Junge, der spürte, dass der Weihnachtsabend endlich näher rückte.

Völlig in die Betrachtung des Getümmels und der Lichter versunken, bemerkte er die junge Frau erst, als sie ihm von hinten die Wollmütze über die Augen zog.

»Laini!«

Sofort entfuhr ihm ein lautes Lachen. Statt dem Reflex nachzugeben, die Mütze sofort wieder hochzuziehen, tastete er blind und mit Zombiearmen nach seiner Freundin und zog sie sanft, aber bestimmt in den Schwitzkasten, wo er ihr kurzes lockiges Haar unter dem Stirnband durcheinanderwuschelte. Sie verfiel ebenfalls in Lachen und rief um Hilfe.

Endlich entließ er sie aus seinem Griff, nahm sich ein wenig außer Puste die Mütze vom Kopf, fuhr sich einmal durch die braunen Haare und setzte sich die Mütze wieder auf, ohne Laini aus den Augen zu lassen. Beide hatten ein Funkeln in den Augen, das immer dann auftrat, wenn sie einander Streiche spielten. Es war eines der vielen Dinge, die sie seit langer Zeit so eng verbanden.

»Na, mein kleines Dorfei«, sagte Laini mit diesem feixenden Lächeln, das Emil manchmal auf die Palme brachte, »die vier Monate hier haben dich ziemlich aus der Übung gebracht, wenn du nicht mal merkst, dass ich mich anschleiche. Das wäre dir früher nie passiert. Das Dorf tut dir einfach nicht gut.«

»Ach ja? Dabei nervst du mich doch beinahe wöchentlich mit deinen Videoanrufen und Stippvisiten. Und trotzdem bin ich tiefenentspannt und muss mich nicht ständig vor deinen Überraschungsangriffen fürchten. Anscheinend tut das Dorf mir extrem gut.«

Laini bedachte ihn mit einem skeptischen Blick und schob sich das lila-türkise Stirnband zurecht, das wohl bei jeder anderen Frau albern ausgesehen hätte, ihre Augen aber nur noch stärker zum Leuchten brachte. Dann ließ ihr Blick von ihm ab und wanderte über das Geschehen auf dem Platz. Die Skepsis dem Dorf gegenüber schien ein wenig zu bröckeln, denn ein Lächeln schummelte sich wieder auf ihr Gesicht.

Als sie Emils Blick aufschnappte, sagte sie: »Ertappt. Der Weihnachtsmarkt ist wirklich ziemlich schön, vor allem mit dem Schnee auf den Baumwipfeln, fast wie aus dem Märchenbuch. Aber ich habe ja auch nie gesagt, dass es hier nicht schön wäre.«

Wie zum Friedensangebot hakte sie sich bei ihrem besten Freund unter, schmiegte den Kopf kurz an seine Schulter, dann zog sie ihn in die Menge zwischen den Marktständen, die sich im Kreis um den Pavillon in der Mitte reihten. Während sie sich der ersten kleinen Hütte näherten, in der ein mittelaltes Paar selbst getöpferte Schalen und Krippenfiguren anbot, raunte sie ihm ins Ohr: »Ich vermiss dich einfach so, und deshalb muss ich dieses Dorf blöd finden.«

Emils Lächeln wurde noch ein wenig wärmer, als er ihre Hand drückte und meinte: »Das weiß ich doch. Und du fehlst mir auch.«

Emil war der Umzug aus der Stadt vor vier Monaten an sich nicht schwergefallen. Er hatte sich sofort in das kleine Dorf in den Bergen verliebt, in seine hübschen Fachwerkhäuser, die schmalen Gassen und den Dorfplatz, der mit den Pflastersteinen, dem Pavillon und der Bergkulisse einem kitschigen Heimatfilm entsprungen zu sein schien. Und auch der Kindergarten, in den er wechseln sollte, hatte ihm gefallen: Die kleine Gruppe, die liebevolle Einrichtung und die sympathische Kollegin waren alles Dinge, die ihm in seinem letzten Job als Erzieher gefehlt hatten. Aber eines hatte ihn doch beinahe zurückgehalten, und das war eben Laini gewesen. Sie war ihm über die letzten zehn Jahre so wichtig geworden wie noch kein Mensch außerhalb seiner Familie zuvor.

Gerade griff sie nach einer kleinen Figur aus der Auslage des Standes und hielt sie ihm lachend entgegen: Es war ein

Frosch mit Umhang und Krone auf dem Kopf, der sich da zwischen die Heiligen Drei Könige geschmuggelt hatte. In diesem Moment wirkte sie so unbefangen und lebensfroh, und genau dafür liebte er sie.

Doch da stieg ihm ein intensiver Duft in die Nase, der die anderen übertünchte, und sofort reckte er den Hals.

»Komm, da vorne gibt es gebrannte Mandeln!«, rief er Laini zu und bahnte sich schon einen Weg durch die Menschen. Als er sich schließlich umsah, bemerkte er, dass Laini noch einige Worte mit den Froschkünstlern wechselte, also blieb er stehen und wartete, als er plötzlich eine Hand an seinem Arm spürte.

»Emil, hallo!«, rief eine etwas zu grelle Stimme neben ihm. Dort stand eine Frau um die dreißig, mit schulterlangen blondierten Haaren, weißer Plusterjacke und rosa Lippenstift.

»Ach, hi, Valentina«, sagte er lächelnd und blickte suchend an ihren Beinen hinab. »Wo hast du denn Ronja gelassen?«

»Ich habe es dir schon so oft gesagt, nenn mich doch bitte Tini«, sagte die Frau und strahlte ihn mit perlend weißen Zähnen an. Was sie wohl für Zahncreme benutzte, um die Zähne so sauber zu bekommen, fragte sich Emil und erinnerte sich plötzlich an eine seiner Lieblingsfolgen von *Friends*, in der Ross es mit dem Zähnebleichen übertrieb und seinem Date im Dunkeln entgegenleuchtete. Er konnte ein kleines Lachen nicht unterdrücken, das Valentina wohl als Zustimmung auffasste. Sie kam einen Schritt näher heran und erklärte: »Ronja ist mit ihrem Papa bei der Wurfbude. Die Mama hat heute Abend Freigang.« Dabei zupfte sie an einer ihrer hellblonden Haarsträhnen. Emil erschien die Formulierung seltsam, und irgendwie fühlte er eine leichte Nervosität in sich aufsteigen. Er schob seine Mütze höher und zog sie dann zurück an ihren Platz.

»Cool«, sagte er, ohne sein höfliches Lächeln fortzuwischen. »Tja, dann will ich dich gar nicht länger …«

»Sag mal«, Valentina sah sich um, als wäre ihr der Trubel um sie herum zu viel, und rückte noch näher an Emil heran, sodass ihre Jacken sich beinahe berührten. Ihr süßliches Parfüm stieg ihm in die Nase. »Hast du nicht zufällig deinen Schlüssel für den Kinderga…«

»Oh, hallo«, wurde sie da brüsk von Laini unterbrochen, die sich endlich von den Töpfermeistern gelöst und sich einen Weg zu Emil gebahnt hatte. »Sind Sie eine der Mütter von Emils süßen Schützlingen? Sie können sich gar nicht vorstellen, wie verliebt Emil in seine Gruppe ist. In einer Tour schwärmt er mir von den lieben Kindern vor.« Erwartungsvoll lächelte sie Valentina an, die einen Schritt zurückgesprungen war und erschrocken aufblickte. Nun schien sie sich zu sammeln. Sie fuhr sich durch das Haar, während ihr Blick die hochgewachsene Frau an Emils Seite scannte.

»Ah ja?«, fragte sie nach und lächelte ein wenig gequält. »Also ja, meine Tochter ist in Emils Kindergartengruppe, und ich bin … ja, die Mutter. Und wer sind … Ach, da ist ja Ronja. Und ihr Vater.« Sie deutete in die Menge, doch Emil konnte nichts von dem kleinen quirligen Mädchen erkennen. »Tschüss dann, bis Montag, Emil!«

»Tschüss … Tini!«, rief er ihr hinterher und begegnete Lainis Blick, der ihn durchbohrte, kaum dass Valentina sich abgewandt hatte. Ihre Lippen zuckten auf verdächtige Weise.

»Warte«, sagte er bestimmt. »Drei, zwei, eins …« Und dann brachen beide in lautes Prusten aus.

»Was, bitte, war das denn?«, fragte Laini immer noch lachend und blickte in die Menge, in die Valentina verschwunden war. »Passiert dir das öfter?«

Emils Wangen taten weh, so sehr hatte er lachen müssen. Mit einer Hand rieb er sich den Nacken und erwiderte leicht verlegen ihren Blick.

»Hin und wieder. Aber so hemmungslos habe ich es noch nie erlebt.«

»Sie wollte wirklich mit dir in den Kindergarten verschwinden, während ihre Tochter und ihr Mann hier auf dem Markt Bälle werfen?« Laini schüttelte den Kopf. »Okay, alles, was bei *Desperate Housewives* erzählt wird, stimmt. Das Dorf ist viel, viel schlimmer als die Stadt!«

»Sie ist geschieden«, erklärte Emil, »aber eigentlich dachte ich, sie wäre mit diesem Immobilienheini zusammen.«

»Wahnsinn«, hauchte Laini und riss staunend die Augen auf. »Ich nehme alles zurück. Du bleibst hier, ich komme dich jede Woche besuchen und erfahre brühwarm den neuesten Klatsch, klar?«

Lachend legte Emil einen Arm um ihre Schulter und führte sie endlich zu den heiß ersehnten gebrannten Mandeln, von denen er sich gerade so viel lieber verführen ließ als von gefährlich flirtenden Müttern mit gebleichten Leuchtezähnen.

5 Madita

Madita war froh um die Hektik, die sie und Thea an ihrem Stand umgab. Kaum hatten sie die letzte Porzellantasse vorsichtig zwischen zwei Körben mit Teepäckchen auf dem Auslagetisch abgestellt, riss der Strom an Kaufenden nicht mehr ab. Sie begutachteten die Teemischungen, ließen sich Tassen einpacken und nahmen die Adventskalender unter die Lupe. Dazwischen mischten sich Bekannte und Freunde, die bereits wussten, was sie wollten, und gerne noch einen kurzen Plausch mit den Schwestern einlegten.

All dies hielt Madita davon ab, sich genauer umzuschauen, nach dem Ort, wo sie vor drei Jahren Viktor geküsst hatte, nach dem Stand, an dem sie ihm seinen letzten kandierten Apfel gekauft hatte, bevor sie ihn hatte gehen lassen. Es hielt sie davon ab, sich den Schuldgefühlen hinzugeben, die sie jedes Mal überfielen, wenn sie an diesen Abend dachte.

»Da sind sie ja, meine beiden Weihnachtsengel!«, hörte sie eine vertraute Stimme über das Gewusel hinweg. Sie sah auf und erblickte Sofie, die sich zu ihnen hindurchkämpfte. »Ich sehe schon, das Geschäft brummt, ich will gar nicht länger stören, nur Bescheid geben, dass ihr mich am Glühweinstand findet, wenn euch nach einer Pause zumute ist.«

Madita beugte sich über den Tisch und ließ vorsichtig einen

Adventskalender in den Beutel einer Kundin gleiten, lächelte ihr noch einmal zu und nahm schon die nächste Bestellung entgegen. Während sie die gewünschte Tasse in Packpapier einwickelte, rief sie Sofie zu: »Wir kommen später vorbei, sobald es hier etwas ruhiger wird.« Erfahrungsgemäß verlagerte sich der Trubel zum späten Abend von den Geschenkeständen zu den Essens- und Getränkebuden, sodass Thea und Madita ihren Stand schließen und sich zu ihren Freunden gesellen konnten.

»Dann noch ein gutes Geschäft!« Sofies Worte gingen in dem Trubel beinahe unter, doch Madita winkte ihr noch einmal zu, bevor sie sich wieder den Kaufwünschen der Kunden widmete.

Aber ihre Konzentration hielt nur kurz an, denn wenige Minuten nach Sofies Besuch erschien plötzlich der Bommel einer knallroten Pudelmütze vor dem Verkaufstresen und schob sich langsam nach oben, bis zwei fröhlich blitzende Augen sichtbar wurden.

»Janosch!«, rief Madita überrascht. Die Kundinnen um den kleinen Jungen herum nahmen ein wenig Abstand und sahen mit amüsierten Blicken zu, wie Janosch die kurzen Arme hob und sie hin und her wackeln ließ, um seiner Tante zuzuwinken.

»Janosch«, kam es von Thea, die ihren Sohn nun auch bemerkt hatte. »Was machst du denn hier alleine? Wo sind Ella und Oma?«

Suchend sah Janosch sich um, schien aber unter all den Beinen keine bekannten zu entdecken, also zeigte er einfach vage in irgendeine Richtung.

»Du darfst der Oma nicht einfach weglaufen, das weißt du doch.« Thea öffnete rasch die Tür des Holzstandes, ging, Entschuldigungen murmelnd, darum herum und griff sich den Ausreißer im Schneeanzug, um mit ihm in die Verkaufsbude zurückzukehren. Keine der Kundinnen schien sich an der Verzögerung groß zu stören. Janosch übte besonders auf ältere Damen eine unerklärliche Wirkung aus. Trotzdem wandte Madita sich rasch der nächsten Kundin zu.

»Was darf es denn für Sie sein?«

»Oh, ach so, was wollte ich denn? Ach ja, bitte zwei von den Adventskalendern.«

Madita zog das Gewünschte unter dem Tisch hervor und reichte es der Kundin, die ihr das Geld entgegenstreckte. Währenddessen lauschte sie dem Gespräch zwischen Thea und Janosch. Thea hatte den Kleinen abgesetzt und sich zu ihm gehockt.

»Ich habe dir doch schon so oft gesagt, dass du nicht einfach weglaufen darfst. Wir wollen dich nicht verlieren.«

»Aber du bist doch hier.« In Janoschs hohe Kinderstimme mischten sich Unverständnis und Trotz.

»Ja, in diesem Fall schon.« Thea seufzte. »Wo hast du die Oma denn zuletzt gesehen?«

Der Kleine überlegte einen Moment, dann leuchteten seine Augen auf.

»Zuckerwatte!«, rief er, ohne dass so recht klar war, ob er welche von der Großmutter bekommen hatte oder wollte.

»Bei dem Zuckerwattestand?«, fragte Thea nach, und Janosch nickte, wobei sich jedoch schon wieder ein unkonzentrierter Blick in seine Augen schlich. Madita beobachtete das Ganze lächelnd aus den Augenwinkeln, während sie die Kunden bediente. Es passte wieder einmal so gut zu ihrem Neffen, dass er der Oma ausgebüxt war und nun an nichts als Süßigkeiten denken konnte.

»So kommen wir nicht weiter«, sagte Thea resigniert. »Ich rufe sie an. Nicht, dass sie sich Sorgen macht.«

»Mama weiß, dass das ganze Dorf hier ist. Jeder kennt Janosch und würde ihn zu uns bringen, wenn sie merken, dass er verloren gegangen ist«, versuchte Madita, ihre Schwester zu beruhigen.

»Trotzdem.« Thea erhob sich und zog ihr Handy aus der Jackentasche. Während sie wählte, suchte Madita heimlich eines der Karamellbonbons aus der Tüte, von denen sie immer eine bei sich trug. Ihre Nachbarin Frau Raubein machte sie selbst und gab sie in Tüten im Laden ab, damit die Schwestern sie weiterverkauften. Schon als kleines Mädchen hatte Madita sie für die cremigsten Bonbons gehalten, die sie je probiert hatte. Jedes Mal, wenn sie sich eines davon in den Mund schob, war sie wieder die Kleine von damals, die sich zu der Großmutter oder später der Mutter an dem Verkaufstresen hinaufreckte, um ein Bonbon entgegenzunehmen. Madita hielt es Janosch hin und legte einen Finger auf den Mund. Der Junge verstand sofort, patschte in komplizenhafter Geste gleich eine ganze Hand vor die Lippen und nahm das Bonbon entgegen, um es sich dann schnell zwischen den Fingern hindurch in den Mund zu schieben. Doch kaum dass Madita eine Tüte Bergkräutertee verkauft hatte, tönte der nächste Schrei an ihr Ohr.

»Eeeeemiiiii!« Erschrocken fuhr sie zu Janosch herum. Der Kleine hüpfte aufgeregt auf und ab und deutete in die trubelige Menge vor ihnen. »Emil, Emil, Emil, Emil!«, skandierte er immer weiter. Verdutzt sah Madita sich um und erkannte endlich den Grund für Janoschs Freudenausbruch. Ein junger Mann passierte gerade den Stand. Er war offenbar in ein Gespräch mit einer Frau in seinem Alter vertieft, die vor ihm ging und sich immer wieder zu ihm umdrehte. Als die Schreie des kleinen Unruhestifters an sein Ohr drangen, wandte er den Kopf suchend umher.

Janosch rief weiter, bis Emils Blick ihn endlich erfasste. Ein breites Lächeln erschien auf seinem Gesicht, das nicht allein den Mund einnahm, sondern genauso seine Augen und jeden Zentimeter seines Gesichts. In einer offensichtlichen Gewohnheitsgeste schob er die dunkelgrüne Mütze ein wenig hoch, nur um sie dann wieder in die Stirn zu ziehen.

»Janosch, du Rabauke!«, rief er, als er es bis an den Stand geschafft hatte. »Sorgst du wieder für Stimmung, ja?«

Janosch stand breit grienend da, das Bonbon sichtbar zwischen den Zähnen. In dem Schneeanzug sah er aus wie ein kleiner Wintertroll und brachte alle Damen in der Reihe vor sich zum Dahinschmelzen. Als sie nun noch den Mann mit dem freundlichen Gesicht entdeckten, der diese Reaktion bei dem Kleinen auslöste, waren sie völlig hin und weg. Hinter ihm trat auch Emils Freundin näher, auf ihrem Gesicht lag ebenfalls ein Lächeln, als sie beobachtete, wie Janosch freudig zappelte.

»Ist das einer deiner Fans?«, fragte sie und erntete ein freches Grinsen von Emil.

»Einer meiner exakt acht Fans«, antwortete er, dann wanderte sein Blick zu Madita. »Hi«, sagte er, und sie erwiderte den Gruß lächelnd. Sie kannte Emil als Erzieher von den Nachmittagen, an denen sie Janosch und Ella abgeholt hatte, doch hatte sie nie mehr mit ihm gesprochen als die üblichen Kindergartenfloskeln: »Und, hat er sich benommen?« – »Natürlich nicht, aber er hat uns alle zum Lachen gebracht und sogar fünf Minuten lang Mittagsschlaf gehalten.« Emil war erst vor wenigen Monaten in das Dorf gezogen, als die Stelle des Erziehers frei geworden war. Natürlich war er, wie jeder Neuankömmling, sofort zum Dorfgespräch geworden, schließlich hatten alle wissen wollen, wer da in ihre Reihen gekommen war. Jede neu hinzugezogene Person frischte den Tratsch über die immer gleichen Leute ordentlich auf, worüber alle froh waren. Über Emil wusste Madita allerdings nur, dass er aus einer benachbarten Kleinstadt stammte, dort zuvor schon als Erzieher gearbeitet hatte und – wie sie jetzt feststellte – offenbar eine Freundin hatte.

»Oh, Emil, entschuldige«, meldete sich Thea, die von ihrem Telefonat wiederaufgetaucht war und ihr Handy in der Jackentasche versenkte. »Janosch ist seiner Oma ausgebüxt und macht jetzt hier Randale.«

»So kennen und lieben wir ihn«, meinte Emil mit herzlichem Grinsen. »Janosch, du weißt, was passiert, wenn man einfach so abhaut.«

Gespannt beobachtete Madita, wie Janosch sofort die Arme sinken ließ und beinahe – aber auch nur beinahe – schuldbewusst den Blick senkte. Er murmelte etwas Unverständliches.

»Was hast du gesagt?«, fragte Emil in einem Ton nach, der nicht streng, aber bestimmt war und zugleich verständnisvoll und geduldig. Wie lange man wohl die Erzieherschule besuchen musste, um genau diese Balance hinzubekommen?

»Kein Spielplatz«, sagte Janosch jetzt lauter.

»Genau, dann darfst du erst später zu den anderen Kindern auf den Spielplatz.« Er wandte den Kopf zu der jungen Frau um, die noch immer dicht hinter ihm stand und ihr Kinn neugierig auf seiner Schulter abgelegt hatte. Sie war mit ihrem dunklen Haar und dem ausdrucksstarken Lächeln genauso hübsch wie Emil mit seinen ausgeprägten Kieferknochen und dem stets lächelnden Mund, fand Madita, ein wirklich schönes Paar. »Ganze zehn Sekunden später, um genau zu sein«, raunte Emil gerade so laut, dass Madita es ebenfalls hören konnte, was ihr ein Lächeln entlockte.

»Na ja, die Oma ist jedenfalls noch immer am Zuckerwattestand«, mischte Thea sich ein. »Sie hat zum Glück gesehen, wohin Janosch gelaufen ist. Du kannst erst mal hierbleiben, bis sie dich gleich abholt. Was hast du da eigentlich im Mund?«

»Emil, möchtet ihr vielleicht etwas Tee?«, fragte Madita schnell. »Oder einen unserer Adventskalender oder ein, ähm, Karamellbonbon?« Schuldbewusst deutete sie auf die Schale mit den Bonbons zum Probieren. Da spürte sie schon Theas Finger, die sie in die Seite zwickten. Zum Glück hatte sie die dicke Jacke an.

»Danke«, lachte Emil, »ich komme lieber mal in euren Laden. Auf Weihnachtsmärkten ist es mir immer zu trubelig, um etwas auszuwählen. Ich kaufe dann aus Versehen noch den halben Stand leer.«

Doch Thea hatte schon eine Tüte ihrer Lieblings-Winterteemischung geschnappt und drückte sie Emil in die Hand. »Einen schönen ersten Advent!«

6 Madita

Gegen einundzwanzig Uhr nahm der Andrang auf den Teestand endlich ab. Thea und Madita hatten stundenlang einen Kunden nach dem anderen bedient, zwar hatten nicht alle etwas gekauft, aber wenn es das restliche Wochenende so weiterginge, würden die Einnahmen trotzdem die einer üblichen Arbeitswoche übersteigen. Hinzu würden die Internetbestellungen kommen, die vor Weihnachten ebenfalls zunahmen, sodass sie sich für das Jahresende und selbst für die ersten Monate des kommenden Jahres keinerlei Sorgen zu machen brauchten.

Als sie alles aufgeräumt, das Verkaufsfenster mit Brettern verriegelt und den Stand mit einem Hängeschloss hinter sich verschlossen hatten, kamen sie endlich dazu, den Markt abzugehen und zu sehen, was in diesem Jahr neu hinzugekommen war. Sie drehten eine gemächliche Runde, kauften zwei Paar der selbst gestrickten Socken von Frau Paulsens engster Freundin Else Krämer, die ihnen zuraunte, dass auch sie sich große Sorgen um die Freundin mache. Sie habe die Paulsens heute gar nicht auf dem Markt gesehen, und das wäre doch kein gutes Zeichen. Sie kauften Pralinen von Freunden ihrer Eltern, tauschten Grüße aus, und dann gingen sie zu dem Stand mit den Champignons, ließen sich jeweils eine große Portion mit

Sauerrahm und Baguette reichen und blickten sich um. Thea entdeckte sofort die Truppe mit den wenigen Schulfreunden, die nach dem Abitur noch im Dorf geblieben oder später hierher zurückgekehrt waren, und gesellte sich zu ihnen. Mit jedem Wochenende, das sie näher an Weihnachten rückten, würde die Gruppe größer werden. Viele nahmen Urlaub, um einen Teil der Adventszeit und natürlich Weihnachten in ihrer ursprünglichen Heimat zu verbringen.

Endlich erspähte Madita Sofies kleine Gestalt in einer größeren Gruppe von Arbeitskollegen und gemeinsamen Schulfreunden und suchte sich einen Weg zu ihr hindurch, ganz darauf bedacht, ihren Teller mit den Champignons aufrecht zu halten und den Sauerrahm bloß nicht an irgendeinen Ärmel zu schmieren.

»Da bist du ja endlich!«, rief Sofie fröhlich, als sie Madita erblickte. Die rot leuchtenden Wangen und die Frequenz ihrer Stimme, die sogar noch über der üblichen Höhe lag, verrieten Madita sofort, dass Sofie die Stunden am Glühweinstand nicht ungenutzt gelassen hatte. Madita stellte sich neben ihre Freundin und schob den Teller zwischen die zahlreichen Tonbecher auf dem Stehtisch. »Du hast so viel verpasst«, sagte Sofie und klopfte dem Mann neben sich, einem Arbeitskollegen, den Madita bisher nur vom Sehen kannte, auf die Schulter. »Till hier hat gerade die Geschichte erzählt, wie er nach einer verlorenen Wette mal komplett nackig die Skipiste runterfahren musste.«

»Na ja, dicke Socken hatte ich unter den Schuhen schon noch an«, meinte Till mit einem verlegenen Lächeln. Er schien noch nicht auf Sofies Trunkenheitslevel angekommen zu sein und rieb sich das Ohr. »Und es war so früh, dass kaum jemand auf der Piste war, also vor allem keine Kinder.«

»Die hätten sich bestimmt gekringelt vor Lachen«, meinte

Madita und unterdrückte ein Kichern. Der arme Kerl! Dass Sofie ihr gleich diese Geschichte auftischen musste … Schnell beugte sie sich über ihren Teller und schob sich einen großen Champignon in den Mund. Kaum breitete sich der Geschmack des Pilzes mit dem Bratfett und dem Knoblauch auf ihrer Zunge aus, wurde sie zurückkatapultiert in vergangene Jahre. Sie war wieder das kleine Mädchen, das die bunten Lichter des Marktes mit staunenden Augen betrachtete, das stundenlang vor dem Chor verharrte und fasziniert dem Klang der Stimmen lauschte, die »O du Fröhliche« und »Stille Nacht« sangen. Sie war die Jugendliche, die mit ihren Freunden über den Markt zog und versuchte, hinter dem Rücken der Eltern einen Schluck Glühwein zu stibitzen, die sich den Bauch mit allem vollschlug, was hier angeboten wurde und davon nicht einmal Bauchschmerzen bekam. Sie war die Abiturientin, die Arm in Arm mit Viktor herumschlenderte, die sich in den schmalen Gängen zwischen den Ständen versteckte, um Viktor minutenlang zu küssen. Ein unangenehmes Ziehen ging durch Maditas Bauch. Sie legte die Gabel ab, der Appetit war ihr mit einem Mal vergangen. Nur noch gedämpft spürte sie Sofies Hand am Arm, hörte ihre Stimme wie aus weiter Ferne, wie sie versuchte, Madita in das Gespräch zu integrieren. Ihr Blick hob sich und fand wie von alleine die Stelle, an der sie damals mit Viktor gestanden hatte, bevor sie den kandierten Apfel gekauft hatten. Warum bloß hatte sie ihn dazu überredet?

»Hey, Madita, nun sag halt auch mal was! Du weißt doch noch genau, wie wir damals Coco dazu gebracht haben, nackt durch das Lehrerzimmer zu flitzen. Wie war das denn noch mal? Mussten ihn nicht sogar die Eltern abholen?«

Kaum merklich schüttelte Madita den Kopf, um wieder im Hier und Jetzt anzukommen.

»Doch. Seine Eltern haben ihn abgeholt, und er musste zur Strafe die Außenwände der ganzen Turnhalle streichen.« Ihre Stimme klang hölzern und in ihren eigenen Ohren fern, doch das schien Sofie in ihrer Angetrunkenheit zum Glück nicht zu merken.

»Stimmt«, rief sie laut lachend. »Wir haben dann in einer nächtlichen Aktion alle beim Streichen mitgeholfen.«

Till stimmte in das Lachen mit ein, und Madita fiel auf, dass er selbstbewusster wirkte, wenn er lachte. Er überragte ihre Freundin um anderthalb Köpfe, beugte sich aber immer wieder interessiert zu ihr hinunter, wenn sie sprach. Er musste nur wenig älter als sie und Sofie sein und hatte ein ausdrucksstarkes Gesicht mit lebhaften Augen und dunklen Brauen.

Einfach nicht mehr nachdenken, redete sie sich selbst zu. Versuch, nicht an Viktor zu denken.

»Wo ist denn eigentlich Marius?«, fragte sie, um wieder ganz im Hier und Jetzt anzukommen. »Und deine Schwiegereltern?«

»Ach, ich habe Glück gehabt«, kicherte Sofie hinter vorgehaltener Hand. »Ihr Auto hat einen Motorschaden, und sie mussten den Besuch verschieben. Und Marius, der ist dahinten mit seinen Sportkumpels.«

Madita blickte sich um und erhaschte die große und breite Gestalt von Sofies Mann in einer Gruppe weiter hinten, die offenbar vom Glühwein- zum Bierstand gewechselt hatte.

»Sagt mal, kennt ihr euch überhaupt schon?« Sofie sah fragend von Madita zu Till und zurück. Sie schüttelten den Kopf. »Till, das ist die beste Freundin, die man sich nur wünschen kann: Madita. Und das, Madita, ist der beste Kollege, den man sich nur wünschen kann. Er ist seit drei Wochen in unserem Team. Till erträgt mich sogar in meinen schlimmsten Phasen mit einer Engelsgeduld.«

»Schlimme Phasen?«, fragte Till mit einem Grinsen. »Keine Ahnung, was du meinst.«

Mit einem weiteren Kichern schlug Sofie dem großen Mann gegen den Unterarm, sodass der letzte Schluck Glühwein aus dem Becher in seiner Hand schwappte. Alle drei sprangen rechtzeitig beiseite und retteten ihre Hosenbeine und Schuhe vor dem Schwall, der platschend auf dem Boden landete.

»Auweia, gib mir den Becher. Ich hole uns neuen Glühwein. Madita, mit oder ohne? Ach, was für eine Frage, mit Schuss natürlich, du musst aufholen!« Und schon stapfte Sofie los. Kaum zwei Schritte weiter wurde sie von einer Bekannten angesprochen und blieb stehen. Wahrscheinlich würden sie auf ihren Glühwein länger warten müssen.

Madita sah zu Till auf, der sich wieder das Ohr zupfte und offenbar nicht wusste, wie er ohne die Quasselstrippe Sofie das Gespräch in Gang halten sollte. Er erinnerte sie in seiner Unbeholfenheit ein wenig an Viktor.

»Du kommst nicht von hier«, sagte sie mit betont fröhlicher Stimme. »Hm, lass mich raten, du bist Felsensteiner, stimmt's?«

Verdutzt sah er Madita an und vergaß darüber sogar, sich das Ohr weiter zu zwicken.

»Das stimmt. Woher weißt du das? Hat Sofie es verraten?«

Madita schüttelte den Kopf.

»Ich habe ein Gespür dafür.«

»Ein Gespür«, wiederholte Till ungläubig. Madita streckte einen Finger aus und tippte Till gegen die Schläfe. Er zuckte nicht zurück, wie es sonst viele getan hätten. Madita vergaß manchmal, dass ihr Empfinden, wenn es um körperliche Nähe ging, ein anderes war als das der Mehrheit. Sie fand nichts dabei, einem Fremden, mit dem sie zufällig ins Gespräch gekommen war, die Hand auf den Arm zu legen, oder eine Frau, die ihr auf den ersten Blick sympathisch war, zur Begrüßung zu umarmen. Doch manches Mal spürte sie die Versteifung im Armmuskel des Fremden oder die Anspannung der Frau und pfiff sich zurück. Tills Augen hingegen weiteten sich nur minimal vor Überraschung. Der sonst so schüchterne Mann schien ihre Berührung nicht unangenehm zu finden.

»Da drin«, sagte sie und nahm den Finger wieder von seiner Schläfe. »Im Umkreis von, sagen wir mal bescheiden, fünfzig Kilometern kann ich dir genau sagen, wer woher kommt.«

»Aber woran merkst du das? Ist es meine Aussprache?«

»Vielleicht«, sagte Madita geheimnisvoll und erzählte ihm nicht, dass es natürlich sein weich ausgesprochenes R war, das ihn verriet.

Till betrachtete sie lächelnd und doch mit gerunzelter Stirn.

»Ich würde dich ja gern auf die Probe stellen«, sagte er und sah sie schüchtern an, bevor er den Blick senkte.

Vier Becher mit dampfendem Glühwein wurden mit einem Rumsen auf dem Tisch neben Maditas beinahe unangetasteten Champignons abgestellt. Doch nicht Sofies Hände mit den bunt lackierten Fingernägeln steckten in den Henkeln, sondern ein paar haarige Pratzen, die Marius gehörten. Madita gab einen freudigen Ruf von sich und fiel ihm in die Arme.

»Dich habe ich ja schon ewig nicht mehr gesehen«, sagte sie breit lächelnd, als sie sich von ihm löste. »Seitdem du nicht mehr hier im Ort arbeitest, kriegt man dich gar nicht mehr unter die Augen!«

»Ich weiß, ich weiß«, sagte Marius und hielt die Hände entschuldigend hoch. »Dafür hast du heute ein kostenloses Glühwein-Abo bei mir frei. Ich versorge dich mit Getränken, bis du umfällst.«

»Na danke«, sagte Madita und hielt sich die Hand vor die

Augen. »Vielleicht können wir abmachen, dass zu dem Abo gehört, auf die Abonnentin aufzupassen, damit sie uns nicht völlig abschmiert?«

Mit Grauen erinnerte Madita sich an die Glühweinabende vergangener Jahre, die selten damit geendet hatten, dass sich alle nach dem vierten Becher brav verabschiedet hatten und nach Hause gegangen waren. Auf dem Weihnachtsmarkt traf man alte Bekannte und aus den Augen geratene Freunde wieder, und diese Chance, sich mit ihnen auszutauschen, wollte sich natürlich keiner entgehen lassen. Da man aber trotz allem in der Kälte stand, war ein regelmäßiger Schluck heißen Glühweins einfach notwendig. Und er schmeckte ja auch ziemlich köstlich …

Für Madita hatte der Glühwein seit dem vorletzten Jahr einen weiteren Effekt gehabt, den sie gerne angenommen hatte: Der Alkohol hatte ihr geholfen, sich auf ihre Freunde einzulassen, ohne mit jedem halben Gedanken bei Viktor zu landen. Sie konnte lachen und sich leicht und beschwingt fühlen. Dass die Sehnsucht nach ihm sie umso heftiger überfiel, sobald sie allein in ihrem Zimmer war, um ein Vielfaches potenziert durch den Alkohol in ihrem Blut, verdrängte sie bis zum nächsten Marktwochenende wieder. Und die Verkaufstage auf dem Markt halfen zum Glück, den Katerblues in seine Grenzen zu verweisen.

»Na klar, ich habe immer ein Auge auf dich«, meinte Marius kumpelhaft, legte einen schweren Arm um Maditas Schulter und drückte sie gegen seinen breiten bierbäuchigen Körper. Marius war zwar zwei Klassen über ihnen gewesen, aber wie Viktor und Björn in der Schach-AG ihrer Schule, worüber die drei sich kennengelernt hatten und schnell zu besten Freunden geworden waren. Madita wusste, dass er an Tagen wie dem heutigen ebenfalls an Viktor dachte, und sie fand Trost in dem Gedanken, auch nach drei Jahren nicht allein mit der Trauer zu sein. Selbst wenn sie sich weder mit ihm noch mit Björn je richtig über ihre Gefühle ausgesprochen hatte.

»Aber jetzt wird angestoßen. Wo ist meine Frau? Sofie!«, brüllte Marius über die Menge hinweg. Alle Köpfe drehten sich ihm zu. Sie erkannten ihn und lachten oder grinsten ihm zu. Sofie wurde sanft durch die Menge zu ihrem Mann geschoben, bis sie mit leuchtend roten Wangen vor der Gruppe stand, freudig den Becher voll heißem Glühwein entgegennahm und ihn gegen die anderen krachen ließ.

»Auf uns und auf Weihnachten!«, rief sie, und Till stimmte lächelnd ein, während er sich erneut das Ohr zupfte.

Marius hielt Madita immer noch fest im Arm und fügte leise, sodass nur sie es hören konnte, hinzu: »Auf Viktor.«

»Auf Viktor«, flüsterte sie.

7 Emil

Der Wasserkocher gab ein piepsendes Geräusch von sich, und Emil stieß eine kleine Verwünschung aus. Er hasste es, dass alle Geräte mittlerweile nach ihm pfiffen und piepsten. Früher war man doch auch ohne die nervigen Geräusche zu heißem Wasser gekommen. Als er sich von der Couch erhob und den kurzen Weg in die Küche antrat, musste er über sich selbst schmunzeln. Er klang schon wie sein Vater, der immer über alles schimpfen musste, was nicht aus der Zeit seiner ersten fünfzehn Lebensjahre stammte. Er sah ihn vor sich, wie er sich in seinem durchgesessenen Sessel zurücklehnte und seine Unzufriedenheit in die Welt posaunte. Besonders laut wurde er, wenn es um Weihnachten ging – er hasste alles, was damit zu tun hatte, ja, boykottierte das Fest sogar, weshalb Emil es seit jeher mit Laini feierte. Der Gedanke an den zeternden Vater brachte Emil zum Lachen, und schon war sein eigener Ärger vergessen.

Er nahm eine Teekanne vom Regal und musste sich nur umdrehen, um die andere Seite der wohl winzigsten Küche der Welt zu erreichen, in die eine Person gerade so hineinpasste, und auch die durfte kein allzu großer Anhänger von Burgern und Bier sein, sonst würde sie hier stecken bleiben. Wie der Sohn der Vermieterin, Marius, sich hier wohl bewegt hatte? Ob er die Küche mit seinem wuchtigen Körper überhaupt jemals betreten hatte? Als Emil vor vier Monaten in das kleine Dorf in den Bergen gezogen war, hatte er die Wohnung, in der Marius vorübergehend gewohnt hatte, mitsamt ihrer Einrichtung sofort genommen. Emil hasste es, sich lange mit der Suche nach Wohnungen oder sonst irgendetwas herumzuschlagen. Die Wohnung hatte von der Größe her gut gepasst, die Einrichtung war nicht schick, aber auch nicht scheußlich, und er brauchte nichts dazukaufen. Außerdem lag sie nur fünf Gehminuten vom Kindergarten entfernt, wo er mit einer Kollegin die momentan acht Kinder betreute. Wobei, dachte er, während er die Tüte mit dem Adventstee öffnete, die Thea ihm auf dem Weihnachtsmarkt geschenkt hatte, und die Nase hineinsteckte, hier im Ort ja eigentlich nichts weiter als fünf Fußminuten voneinander entfernt lag. Wieder musste Emil vor sich hin schmunzeln. Ihm gefiel der kleine Ort besser als die Stadt, aus der er kam. Hier kannte man sich, man achtete aufeinander, auch wenn das manchmal hieß, einander etwas zu gut im Blick zu haben. Er hatte genau gemerkt, wie er bei seinem Eintreffen in Augenschein genommen und zum Dorfgespräch geworden war. Nachbarinnen kamen mit Kuchen auf einen »Willkommensplausch« vorbei und fragten ganz unverblümt nach seinem gesamten Vorleben, blinzelten auf der Suche nach einem Ring an seinem Finger und inspizierten den Sauberkeitsstatus der Wohnung. Mütter und Väter schreckten nicht einmal davor zurück, ihre Kindergartenkinder als kleine Spione zu nutzen: »Wieso bist du aus der Stadt weg?«, oder: »Magst du eigentlich lieber Frauen oder Männer?« Seine Antwort: »Vor allem mag ich kleine Monster!«, wobei er sich den Nachwuchs-James-Bond schnappte und in der Luft herumwirbelte, bis das Kind seinen Auftrag vergessen hatte.

Er gab den duftenden Tee in das Kannensieb und kippte heißes Wasser darüber. Alles in allem hatte er sich hier gut eingelebt und genoss es sogar, von einigen Einwohnern bereits als Teil der Gemeinschaft aufgenommen worden zu sein. Immer mal wieder wurde er zum Abendessen oder auf ein Bier in das einzige Bistro des Ortes eingeladen. Das war nett, auch wenn sich daraus noch keine richtigen Freundschaften ergeben hatten.

Mit der Kanne und der Tasse, die er sofort zu seinem Favoriten erkoren hatte – darauf reckten großäugige Giraffen ihre Hälse nach dem Tassenrand –, ging er zurück in das Wohnzimmer, das mit nur einem Griff am Sofa zum Schlafzimmer umfunktioniert wurde, und ließ sich in die Polster fallen. Mit seinen gerade mal fünfundzwanzig Jahren ging es schon los, dass ihm nach einem langen Tag im Kindergarten der Rücken schmerzte. Na ja, eigentlich zog es ja nur minimal und rührte wohl vom Muskelkater her, doch Emil spielte sich und den Kindern manchmal gerne den alten Mann vor, der mit einer Hand am Rücken nur mühsam vom Stuhl kam. Die Kinder immerhin fanden das jedes Mal so witzig, dass sie sich reihenweise vor Lachen auf den Boden schmissen – wortwörtlich.

Er griff zu der Fernbedienung, um die CD in der Uraltstereoanlage ein weiteres Mal zu starten. Auch sie war mitsamt den CDs ein Überbleibsel von Marius, der hier einfach alles stehen und liegen gelassen hatte, was er nicht mehr brauchte, als er mit seiner Freundin Sofie zusammengezogen war. Emil hatte Marius bei der Besichtigung und Übergabe kennengelernt und war überrascht gewesen, dass sich dessen früherer Musikgeschmack so von dem Bild des stämmigen Bärenmannes unterschied. Gerade lief das Unplugged-Album von Eric Clapton, die einzige CD, die Emil nicht nach zwei Pop-Liedern sofort nervte oder zu einem Lachanfall zwang, wenn er sich vorstellte, wie ein jüngerer Marius den runden Bauch dazu schwang.

Dann goss er sich von dem Tee ein und probierte. Eine Mischung aus winterlichen Apfel- und Gewürzaromen, so abgeschmeckt, dass kein Bestandteil den Rest dominierte. Emil leckte sich die Lippen und nahm gleich noch einen Schluck, nicht zu groß, dafür war der Tee noch zu heiß. Neben der Teekanne stapelten sich die Briefumschläge, die ihm die Kinder heute zugesteckt hatten. Es waren nicht acht: Leon hatte seinen natürlich vergessen, und Ella hatte den Wunschzettel ihres Bruders zusammen mit ihrem eigenen in einen Umschlag gesteckt – »um Papier zu sparen«, wie sie erklärte. Emil mochte das Mädchen mit den ernsten Augen. Sie wusste genau, was sie wollte, und gab sich große Mühe, diese Ziele auch zu erreichen, und damit war sie ihm mit ihren fünf Jahren bereits um einiges voraus.

Emil stellte die Tasse auf dem Tisch ab, griff nach dem Brief, der obenauf lag, und öffnete ihn. Eine hellblonde Barbiepuppe blickte ihm mit überdimensional großen Augen entgegen; die Haut war so blass, dass Emil sofort einen Vitamin-D-Mangel diagnostizierte. Sie trug ein glitzerndes blaues Kleid. Natürlich kannte Emil die Figur aus dem Disney-Film, schließlich gab es für einige Mädchen kein größeres Ideal als sie, und den Schneemann Olaf hatte sogar er ziemlich amüsant gefunden. Unter dem Bild stand in krakeliger Schrift:

Lieber Weihnachtsmann, bitte bring mir Elsa. Das ist mein größter Wunsch. Dann will ich auch immer brav sein. Deine Ronja

Emil seufzte. Wenn die Versprechen, die kurz vor Weihnachten gemacht wurden, eingehalten werden würden, stünde ihm das wohl entspannteste Jahr seines Lebens bevor. Mit Bleistift notierte er den Namen Ronja auf dem Briefumschlag und legte ihn beiseite. In den nächsten Tagen würde er die Eltern noch einmal an den Wunsch des jeweiligen Kindes erinnern, wobei viele beim Briefbasteln und -schreiben sowieso assistiert hatten. Die Briefe würde er mit den Kindern zusammen in den nächsten Tagen weiter an den Weihnachtsmann in Himmelpfort schicken und dann genauso aufgeregt wie sie auf die Antwort der fleißigen Ehrenamtler warten, die den Weihnachtsmann beim Beantworten der Briefe unterstützten.

Dem nächsten Wunschbrief war ein buntes Bild beigelegt, das den Weihnachtsmann auf seinem Schlitten zeigte, vier Rentiere waren davor gespannt und zogen ihn durch den Nachthimmel in Richtung des nächsten Schornsteins. Auf dem Brief stand in zwar krakeliger, aber schon sicherer wirkender Schrift:

An den Weihnachtsmann: Bitte vergiss uns nicht, auch wenn wir zwischen den großen Bergen versteckt sind. Ich wünsche mir einen Kindercomputer. Ich weiß, der ist teuer, aber ich habe schon lange nicht mehr meine Schwester gehauen. Bis bald! Dein Jakob

Emil lachte auf. Jakob war der Älteste in der Gruppe und würde mit seinen sechs Jahren im nächsten Jahr an die Grundschule wechseln. Seine Schwester, deren Brief als Nächstes kam und die den Wunsch nach einer Autorennbahn äußerte, würde noch ein paar Jahre länger bei ihnen bleiben.

Nun folgte der Umschlag von Ella. Während Emil ihn mit einer Hand öffnete, leerte er die Tasse mit dem Adventstee in wenigen Schlucken. Es war das zweite Mal in diesem Jahr, dass ihn ein Anflug von Weihnachtsgefühl überkam, wachgerufen vom gestrigen Weihnachtsmarktbesuch und nun von den Worten der Kinder und den Zimt- und Nelkennoten des Tees. Endlich, dachte er und dankte Thea im Stillen für das Teegeschenk. Er hatte es bisher noch nicht in ihren kleinen Laden geschafft, da es ihn nach den Stunden im Kindergarten meist in die Natur zog, wo er sich die Beine vertrat und sich den Kopf freipusten ließ. Als er nun die perfekt abgestimmte Mischung schmeckte, ermahnte er sich, den Laden bald aufzusuchen und die öden Supermarktteebeutel aus der Küche zu verbannen.

Er zog die gefalteten Blätter aus dem Umschlag und überlegte dabei, was er in den anstehenden Adventswochen alles mit den Kindern unternehmen würde, um die Wartezeit für sie so schön und festlich wie möglich zu gestalten. Sie würden natürlich viel basteln und den Kindergarten schmücken, dann stünden bald die Nikolausüberraschung an und das tägliche Weihnachtsliedersingen. Er würde ein paar einfache Gedichte mit ihnen einüben und ein großes Plätzchenbacken organisieren. Emil sah sich in seiner engen Wohnung um. Hier müsste sich auch noch einiges tun, wenn weihnachtliche Stimmung aufkommen sollte. Er nahm sich vor, Lichterketten zu kaufen und Kerzen. Doch nun faltete er die Blätter auseinander, obenauf lag Ellas Brief. Natürlich, sie wünschte sich eine Polarstation, wie sollte es anders sein? Ellas Vater arbeitete auf einer solchen, irgendwo im Norden, wenn Emil sich richtig erinnerte. Er stellte es sich nicht einfach für die Kinder und ihre Mutter vor, monatelang so ganz ohne Vater und Mann auszukommen, selbst wenn er danach lange Station im Dorf machte und umso mehr Zeit für die Familie hatte. Unter Ellas Brief kam Janoschs zum Vorschein, der vor aufgeklebten Spielzeugbildern nur so strotzte. Emil grinste, als er versuchte, die Wörter, die zum Teil überklebt worden waren, zu entziffern.

Danach ging er die anderen Briefe durch und notierte die Namen bis auf Leons auf den Umschlägen. Sieben Kinder, sechs Umschläge. Ein ungelesener Brief war noch übrig. Emil zupfte sich das Haar. Hatte er sich vertan, oder hatte Leon seinen Brief doch noch abgegeben, vielleicht an Kathi, die ihn ohne Emils Wissen zu den anderen gelegt hatte? Er nahm den Umschlag zur Hand, öffnete ihn und zog das gefaltete Papier daraus hervor, das seltsam faltig und uneben wirkte, als hätte jemand es zerknittert und dann versucht, es wieder zu glätten.

Emil hatte fest mit einem Bild von Leon gerechnet und richtete sich überrascht auf, als er die geschwungene Handschrift eines Erwachsenen erblickte. Der Brief war auch sehr viel länger. Er runzelte die Stirn, als er die Anrede sah. Hatte da ein Elternteil die Wünsche des Kindes verbalisiert? Doch als er den ersten Satz las, wurde ihm klar, dass es um die Wünsche des Erwachsenen selbst gehen musste. Aber warum schickte dieser seinen Wunschzettel mit den Kindergartenbriefen an ihn, wo die Erwachsenen doch darüber informiert waren, was mit den Briefen geschah? Wollte er oder sie, dass der Brief bei der Weihnachtsmannstation in Himmelpfort landete? Aber dann hätte er ihn doch direkt dorthin schicken können, ohne dass Emil ihn las. Emils Blick huschte ans Briefende und suchte nach einem Namen, doch es gab keinen. Der oder die Schreibende hatte nicht unterzeichnet, auch eine Abschiedsformel fehlte, als wäre der Brief einfach abgebrochen worden. Eine Sekunde lang blickte er zur schnöden weißen Decke hoch. Der Brief gehörte zu denen, die ihm übergeben worden waren. Also durfte er ihn lesen, oder? Er zuckte mit den Schultern und machte eine Geste, als nickte er dem Weihnachtsmann irgendwo in der Ferne zu. Dann senkte er den Blick auf den Brief und las.

8 Madita

Am Montag nach dem ersten Weihnachtsmarktwochenende ließen Madita und Thea den Teeladen geschlossen, um sich von den anstrengenden Tagen zu erholen, die durchgefrorenen Füße in langen Bädern aufzutauen und die letzten Spuren des Katers vom Samstagabend mit viel Tee auszukurieren.

Immer mal wieder trafen sie sich in der Küche im mittleren Stockwerk, doch es war, als hätte die Aufregung des Marktes ihre ganze Energie aufgebraucht, ihre Redelust eingeschlossen, und schnell verschwanden sie wieder auf ihr jeweiliges Stockwerk und in ihrem Bett, um sich dort in mehrere Decken einzukuscheln, den Laptop mit einer laufenden Serie heranzuziehen oder ein Buch aufzuschlagen.

Madita war froh darum, sich an diesem Tag ein wenig von allem zurückziehen zu können. Der Weihnachtsmarkt mit seiner besonderen Stimmung, die Gerüche und Geschmäcker, die Gesichter von Freunden, die sie seit Monaten nicht gesehen hatte, all das hatte so viel in ihr aufgewirbelt. Zwar hatten mittlerweile alle von dem Unglück erfahren, und sie wurde nicht mehr wie noch im ersten Jahr gefragt, wo denn Viktor bliebe, aber dennoch war es manchmal schwer, die mitleidigen Blicke zu ertragen oder auf die Frage, wie es ihr inzwischen gehe, auf die Weise zu antworten, die man von ihr zu erwarten schien: nicht zu fröhlich, nicht zu traurig. Niemand wollte sich die Stimmung vermiesen lassen, und doch hing Viktors Tod in der Luft, und eine gewisse Traurigkeit wurde von ihr regelrecht erwartet.

Madita zog die Wolldecke höher über die Beine und schob den Laptop darauf zurecht. Die Serie lief weiter, ohne dass sie in die Geschichte eintauchen konnte. Diese Unsicherheit, die sie seit drei Jahren auf Schritt und Tritt verfolgte, hatte sie nach der schweren Trauerwelle des ersten Jahres völlig überfordert. Jede Situation musste von ihr neu erprobt werden: Was löste sie in ihr aus, welche Erinnerungen setzte sie frei, und welche Reaktion wurde von ihr erwartet? Sie hatte sich in jener Zeit wie mit bloßen Füßen auf einem Nagelbrett bewegt: Die kleinste Bewegung konnte unendlichen Schmerz auslösen. Bis heute wusste sie nicht genau, ob sie wirklich wieder fröhlich sein durfte oder ob dann alle dächten, sie hätte Viktor vergessen.

Doch an diesem Tag plagte sie noch etwas anderes, eine seltene Form des schlechten Gewissens, besonders seit heute Mittag, als Sofies Nachricht eingetroffen war:

Till fand dich offenbar seeehr nett. Er redet heute nur von dir (und ein bisschen von seinem Kater).

Hatte sie dem schüchternen Mann, der sie ein wenig an Viktor erinnert hatte, etwa falsche Hoffnungen gemacht? Sie konnte sich nicht mehr genau daran erinnern, wie der Abend geendet hatte. Sie meinte nur noch zu wissen, dass sie sich schwankend an Marius gelehnt hatte, als der sie vor ihrer Haustür abgesetzt hatte. Oder war das etwa gar nicht Marius gewesen? Wenn sie genau darüber nachdachte, kam ihr der Mann in der Erinnerung sehr viel größer als Marius vor und schlanker. Madita schlug sich die Hand vor die Stirn.

Und tatsächlich meldete in genau diesem Augenblick ihr Handy eine neue Nachricht von einer unbekannten Nummer:

Hallo Madita, hoffentlich geht es dir heute besser als meinem Kopf! Es hat mich sehr gefreut, dich kennenzulernen. Du bist mir noch eine Erklärung schuldig, woher du weißt, dass ich aus Felsenstein komme – vielleicht bei einem Kaffee? Liebe Grüße, Till

Maditas Stirn legte sich in Falten, und sie fuhr sich mit der Hand über die müden Augen. Am spitzesten waren die Nägel auf dem Brett, wenn es sich um das Thema Männer drehte. Madita konnte sich nicht vorstellen, jemals einen anderen als Viktor zu lieben. Da war natürlich die Angst, sie könnte noch einmal eine derart stark geliebte Person verlieren. Aber bisher war sie auch gar nicht in die Situation gekommen, dass ihr jemand gefallen hätte, im Gegenteil schienen Männer für sie jedwede Anziehungskraft verloren zu haben. Sie unterhielt sich gerne mit ihnen, so wie mit Till am Samstag, aber wie sie aussahen und welche Wirkung sie auf sie ausübten, darüber verlor sie keinen Gedanken. Als sie einmal versucht hatte, Sofie das zu erklären, hatte die nur abgewinkt und gemeint: »Das kommt wieder, du musst nur auf den Richtigen warten.« Eigentlich hatte sie das Gefühl, dass außer Sofie niemand von ihr erwartete, einen neuen Partner zu finden. Eher schien sie für eine Art ewige Witwe gehalten zu werden, die partnerlos durch ihr Leben ging. Und ehrlich gesagt war das genau das, was sie selbst sah, wenn sie versuchte, sich ihre Zukunft auszumalen.

Sie nahm das Handy und tippte langsam eine Antwort:

Hallo Till, mich hat es auch gefreut! Und ich verrate es dir ausnahmsweise: Das Felsensteiner R erkenne ich sofort. ;) Alles Gute für deinen Kopf und liebe Grüße, Madita

Sie fühlte sich schlecht, seine Frage nach einer Verabredung so zu übergehen, aber bestimmt hatte Sofie ihm schon etwas über ihre Vergangenheit erzählt, und dann würde er es sicherlich verstehen. Sie konnte ihn nicht treffen, wollte es auch nicht.

Das lag mit daran, dass sie eine gewisse Angst davor hatte, Viktor vergessen zu können, jetzt schon, und das erst recht, wenn ein anderer Mann seinen Platz einnähme. Sofort nach seinem Tod hatte sie in einem Notizbuch alles niedergeschrieben, was sie nicht an ihm vergessen wollte, jede Kleinigkeit, die sie an ihm liebte. Und trotzdem entfielen ihr manchmal ebendiese Dinge. *Wie er sich auf eine Seite der Unterlippe biss, wenn ihn etwas ärgerte,* hatte sie notiert. Doch das Bild davon war weg. Madita saß dann da, las den Satz wieder und wieder, versuchte, sich sein Gesicht in diesem Moment vorzustellen, starrte ein Foto von ihm an, doch sie konnte es nicht mit der Mimik zusammenbringen. Sie vergaß ihn. Und eine Welle aus Schuldgefühlen, Sehnsucht und Trauer überrollte sie. Sie rauschte durch sie hindurch und erschütterte sie, brachte sie zum Weinen und verursachte ein Ziehen im Zwerchfell, so stark, dass die Bauchmuskeln noch die nächsten Tage schmerzten. Minute um Minute hielt die Welle an, brandete auf und ab, und wenn sie gerade dachte, sie ebbe ab, durchflutete es sie erneut und so durchdringend, dass sie zu bersten meinte. Ihre Augen wiesen rote schmerzende Ränder auf, der Kopf wummerte. Und dann, ganz plötzlich, zuckte ein Bild durch das Schwarz in ihrem Kopf. Das Bild von Viktor, wie er ärgerlich auf seine Unterlippe biss. Ganz kurz nur, aber es war da. Die Tränen liefen weiter, der Ärger über sich selbst wich der Erleichterung und der Sehnsucht, sein Gesicht zu berühren, über seine Wange zu streichen, leicht hineinzuzwicken und ihm ein Lächeln abzuringen, das bald schon seinem üblichen Strahlen wich. Er hatte nie lange böse auf sie sein können.

Madita seufzte und strich geistesabwesend über die Matratze, den leeren Platz neben sich.

»Wärst du jetzt doch nur hier«, flüsterte sie. Doch ehe sie sich dem Schmerz hingeben konnte, hörte sie Getrappel und laute Stimmen auf der Treppe. Thea musste Ella und Janosch aus dem Kindergarten abgeholt haben. Schon wurde die angelehnte Tür ihres Zimmers aufgestemmt, und ein kleines bemütztes Gesicht erschien in dem Spalt. Als Janosch sie entdeckte, zögerte er keine Sekunde, trappelte los und zog sich mühsam an dem hohen Bett hoch. Madita wollte ihm helfen, wurde aber gleich zurechtgewiesen.

»Selber machen!«

Kaum war er oben angelangt, ließ er sich quer über Maditas Oberschenkel fallen und starrte auf den Laptop.

»Was guckst du?« Doch die Antwort hörte er gar nicht mehr, so gebannt hing er an dem Geschehen auf dem Bildschirm, während er sich abwesend aus dem Schneeanzug pellte.

Ella erschien in der Tür und nahm mit neugierigem Blick das Bild vor sich auf.

»Darf ich auch mitgucken?«, fragte sie höflich. Madita klopfte auf die Matratze, und schon kletterte auch Ella zu ihnen hinauf, kuschelte sich an Maditas Seite und schaute in den Laptop.

Madita genoss die körperliche Wärme der Kinder, die auf sie überging. Ihre Anwesenheit hatte etwas so Tröstliches. Zusammen lagen sie auf dem Bett und schauten eine Weile zu, wie sich Joey Tribbiani einen ganzen Truthahn über den Kopf gezogen hatte. Die Kinder kicherten so ansteckend, dass auch Madita lächeln musste. Sanft strich sie über ihr Haar und sog den warmen Aprikosenduft ihres Shampoos ein. Was mache ich mir nur für einen Kopf, dachte sie. Sollte sie Till Hoffnungen gemacht haben, würde sie das eben richtigstellen. Denn so nett er auch war, er war eben nicht Viktor. Und solange sie die Kinder und ihre Familie um sich hatte, brauchte sie keinen anderen Mann.

9 Emil

Am nächsten Tag passierte Emil etwas, was zuvor nie geschehen war: Er verschlief. Als Frühaufsteher hatte er normalerweise keine Probleme mit dem zeitigen Arbeitsbeginn, doch der letzte Abend war so aufwühlend gewesen, dass er erst spät zur Ruhe gekommen war. Auch das Glas Wein, das er sich irgendwann zur Beruhigung eingeflößt hatte, hatte eher den gegenteiligen Effekt gehabt und ihn stundenlang wachgehalten.

»Dieser Brief«, fluchte er leise vor sich hin, während er sich im Eiltempo die Zähne bürstete und zeitgleich versuchte, die dunklen Haare zu glätten, die nach dieser Nacht in alle Richtungen strebten. Es waren die Worte des Briefeschreibenden gewesen, die ihn durcheinandergebracht hatten. Die Trauer in ihnen war so spürbar gewesen, dass sie in Emil etwas wachriefen, von dem er geglaubt hatte, es seit Jahren bekämpft zu haben. Doch die Worte waren völlig unerwartet auf ihn eingeprasselt, sodass seine gewohnten Taktiken nicht geholfen hatten, den Schmerz abzublocken. In den Träumen, die ihn im unruhigen Halbschlaf heimsuchten, vermischten sich Bilder seiner im Krankenbett liegenden Mutter mit denen eines sterbenden Mannes, den er nicht kannte und von dem er doch wusste, dass er Viktor hieß.

Er spritzte sich kaltes Wasser ins Gesicht in der Hoffnung, damit die Erinnerungen an die Albträume abzuwaschen, doch die blieben an ihm kleben wie Fliegen an einer Leimfalle.

Erst als er fast eine Stunde zu spät im Kindergarten ankam und in den mit Kinderstimmen und Lärm angefüllten Raum trat – wo er sofort zu seiner Kollegin Kathi stürmte und sie entschuldigend drückte –, fiel das zermürbende Gefühl endlich von ihm ab. Es verschwand nicht völlig, wurde aber von dem Trubel um ihn herum verdrängt, und so ließ er sich an diesem Morgen noch lieber von ihm einsaugen als sowieso immer schon. Er liebte seine Arbeit, er liebte es, mit den Kindern zu spielen und zu sprechen. Er liebte ihre Energie und ihren Tatendrang, ihre Fantasie und ihre Anhänglichkeit. Natürlich gab es Tage, an denen er geräuschempfindlich und überreizt war und seine Nerven kurz davor waren, durchzubrennen. Dann musste er kurz Luft schnappen, und schon hatte sein Inneres sich wieder eingependelt. Das wirkte auf ihn besser als jede Yogastunde.

Die Kinder saßen allesamt an dem niedrigen Tisch und waren vom Malen und Plaudern so absorbiert, dass sie Emils Ankunft kaum bemerkten.

»Sie malen Bilder von ihren Adventskränzen«, erklärte Kathi. »Aber was ist mit dir passiert? Du hast ja Augenringe bis zu den Knien, dabei ist der Weihnachtsmarkt doch schon zwei Tage her.«

Emil winkte grinsend ab.

»Das hat nichts mit Alkohol zu tun. Oder nur ganz wenig. Ich hatte einfach eine wahnsinnig schlechte Nacht.«

»Dann hat das nichts mit der schönen Frau zu tun, die du auf dem Markt dabeihattest?«, hakte Kathi mit einem findigen Grinsen nach, wohl weniger aus Eigeninteresse an Emil, der dreißig Jahre jünger war als sie und ihrem Mann an Herzlichkeit wohl nur knapp das Wasser reichen konnte, sondern um des Dorfklatsches willen. Emil rollte die Augen.

»Laini meinst du? Wohl kaum.«

»Dabei saht ihr ziemlich verliebt aus.«

Emil hatte keine Lust, das Thema zu vertiefen. Sollte das Dorf ruhig etwas zum Tratschen haben, er würde die Sache nicht aufklären.

»Das muss an dem vielen Zucker gelegen haben. Ich habe ungefähr eine Million gebrannte Mandeln gefuttert, plus Lebkuchen und Zuckerwatte.«

Die Kinder, die ihnen am nächsten saßen, schwangen die Köpfe herum, als sie die Zauberworte hörten.

»Ich will auch Zuckerwatte«, meldete sich schon das erste, und es dauerte keine fünf Sekunden, schon stimmten auch die restlichen sieben Kinder ein.

»Ihr«, sagte Emil laut und mit der Autorität eines Zirkusdompteurs in der Stimme, »bekommt jetzt erst mal einen Teller mit leckeren Äpfeln und Bananen, was haltet ihr davon?«

Aus irgendeinem Grund schien auch das die Kinder zu begeistern, und Emil ergriff die Chance, um in die Küche zu verschwinden und Kathis Inquisition zu entschlüpfen.

Es war früher Nachmittag, die Sonne stand tief über den schneebedeckten Bergen, die vom Fenster aus zu sehen waren. Der Mittagsschlaf war bereits gehalten, von manchen mehr, von anderen wie Janosch weniger, und ein weiterer Rohkostteller verdrückt, als Emil die Kinder wieder am Tisch versammelte und endlich die Briefe mit ihren Weihnachtswünschen hervorholte.

»Wollen wir sie jetzt an den Weihnachtsmann schicken, damit er sie rechtzeitig vor Heiligabend bekommt?«, fragte er in die Runde und erntete ein Konzert aus Ja-Schreien.

»Okay«, sagte er und setzte sich auf den für seine langen Beine viel zu niedrigen Stuhl. Janosch neben ihm klopfte ihm spaßeshalber auf das Knie, das spitz über den Tisch ragte. »Hier ist der Umschlag. Und den werden wir noch schön machen, damit der Weihnachtsmann sich auch so richtig freut. Dafür basteln wir jetzt ein paar Schneeflocken, die wir darauf kleben.« Zusammen mit Kathi half er den Kindern beim Basteln, wobei Papierdreiecke gefaltet und wilde Muster hineingeschnitten wurden, die beim Auffalten eine einzigartige Schneeflocke ergaben. Während er den Kindern zuschaute, gingen seine Gedanken erneut auf Wanderschaft. In ihm bohrte die Frage, wer diesen Brief geschrieben hatte und wie er in der Post der Kinder gelandet war. Es musste eine Verbindung zu den Kindern geben, das lag auf der Hand. Ella und Janosch sowie ihre Elten wurden darin ja sogar erwähnt, dachte Emil gerade, da riss Ella ihn aus den Gedanken, als sie ihm ihre auseinandergefaltete Schneeflocke entgegenhielt.

»Die ist wunderschön«, sagte Emil ehrlich und betrachtete das feine Muster. »Los, die bekommt einen besonderen Platz auf dem Umschlag.« Und gemeinsam mit dem Mädchen klebte er die Papierflocke direkt über die Adresszeilen.

Als der Umschlag fertig verziert war, durfte jedes Kind seinen Brief hineinstecken, Janosch benetzte die Klebelasche mit jeder Menge Spucke und versiegelte den Brief, um ihn am nächsten Tag bei einem gemeinsamen Winterspaziergang in den Briefkasten vor dem kleinen Postamt zu stecken.

Nur ein Brief fehlte. Der lag noch in Emils Tasche im Kindergartenflur.

Auch nachdem alle Kinder abgeholt worden waren, beschäftigte ihn das Gelesene. Er und Kathi räumten das Spielzeug auf und fegten durch den Raum, da stützte er sich plötzlich mit beiden Händen auf die Besenstielspitze, legte das Kinn darauf ab und meinte: »Sag mal, Kathi, du kennst doch die Dorfbewohner und ihre Geschichten recht gut, oder?«

Kathi schob mit der Hand die letzten Papierschnipsel vom Tisch in den Papierkorb.

»Klar, ich habe mein ganzes Leben hier verbracht, da bekommt man einiges mit, ob man will oder nicht.«

»Ist vielleicht irgendwann mal etwas … etwas Tragisches passiert? Ich frage nur, weil ich letztens so etwas aufgeschnappt habe und dachte, es wäre nicht unwichtig, das zu wissen, wo ich doch hier Erzieher bin und es vielleicht die Kinder betrifft.«

Die Erklärung hatte Emil sich schon im Laufe des Tages zurechtgelegt, um den Brief nicht erwähnen zu müssen. Er erschien ihm zu intim, um ihn mit jemand anderem zu teilen. Zumal er sich ja schon unsicher war, ob die Zeilen wirklich für seine Augen bestimmt gewesen waren.

Kathi stellte den Papierkorb zurück an seinen Platz und setzte sich dann halb auf den Tisch. Ihre Miene wirkte mit einem Mal viel ernster als zuvor.

»Du kennst die Geschichte also noch nicht«, stellte sie fest und spielte sichtlich nervös an der Uhr an ihrem Handgelenk herum. So hatte Emil seine Kollegin noch nie erlebt, die sonst zu jedem Schwatz aufgelegt war. Er schüttelte den Kopf, ohne ihn von den Händen zu nehmen. »Na ja, hier passiert nicht oft was, deswegen wissen eigentlich alle Bescheid. Es ist noch gar nicht so lange her, also, warte mal, ja, drei Jahre sind es jetzt. Damals ist Viktor, das war Maditas Freund, die beiden waren schon seit Jahren zusammen, eine Jugendliebe, verstehst du?

Tja, er ist angefahren worden. Das war kurz vor Weihnachten, auf dem Weg zum Bahnhof, wo er den Zug zu seinen Eltern nehmen wollte.«

Emil hob nun doch den Kopf.

»Madita?«, fragte er und kramte in seinen Gedanken. »Du meinst Tante Maddi von Janosch und Ella?«

Kathi nickte traurig.

»Das ist ja schrecklich! War sie etwa dabei?«

»Zum Glück nicht. Sie hatten sich kurz zuvor verabschiedet. Das war schlimm, besonders für das Mädchen. Sie ist ja noch so jung und musste schon so einen Verlust erleben. Die beiden wohnten zusammen, eigentlich haben sie alles zusammen gemacht, wenn ich jetzt so darüber nachdenke. Und dann war er plötzlich nicht mehr da.«

Emil war der Schmerz eines Verlusts nicht fremd, und doch fand er bei der Vorstellung, wie es Madita damals ergangen sein mochte, keine Worte. Nun verstand er ihren Brief besser.

»Kurz vor Weihnachten war das, hast du gesagt?«, hakte er nach.

»Ja, ich weiß noch, dass das ganze Dorf während der Feiertage unter Schock stand. Niemand von uns konnte verstehen, dass der Junge wirklich gestorben war. Natürlich passieren auch hier Unfälle, aber an etwas derart Schlimmes kann ich mich sonst nicht erinnern.«

Emil nickte langsam. Nun verstand er den Brief besser. Wie und warum er unter den Kinderbriefen gelandet war, wusste er nicht. Vielleicht hatte Madita gemeinsam mit Ella und Janosch an den Wunschbriefen gewerkelt und dabei selbst einen geschrieben. Und irgendwie, durch einen seltsamen Zufall, eine plötzliche Anwandlung oder – und hier kratzte Emil sich den Kopf – durch ein Kind, das Schicksal spielen wollte, war er mit

Ellas und Janoschs Brief abgegeben worden, um zum Weihnachtsmann geschickt zu werden.

Kathi erhob sich ein wenig mühsam vom Tisch.

»Komm«, sagte sie, »schließen wir alles ab und gehen in den Feierabend. Traurige Geschichten machen mich immer hungrig.«

10 Emil

Emil konnte das Gehörte selbst dann noch nicht abschütteln, als sie den Kindergarten hinter sich abschlossen, sich voneinander verabschiedeten und er durch die von gelben Straßenlaternen beleuchtete Gasse ging. Er wollte noch nicht in seine Wohnung zurückkehren, die sich sowieso nicht recht nach einem Zuhause anfühlte. Am liebsten hielt er sich an der frischen Luft auf, und da wollte er auch jetzt sein. Also bog er in die entgegengesetzte Richtung auf einen schmalen Pfad ab, der einen Hügel hinunter und zu einem Bach führte. Es war bereits dunkel, also schaltete er die Lampe seines Handys ein und folgte dem Lichtkegel, der vor ihm auf und ab hüpfte und ihn an sein Ziel brachte. Im August, als Emil in das Dorf gezogen war, hatte der Bach noch fröhlich in seinem Bett gesprudelt und gegluckst, doch nun lag er still und zugefroren da. Nur leises Gurgeln und Knarzen waren zu vernehmen. Unter Emils Füßen knackte das vereiste Gras, und er merkte, wie Ruhe in ihn einkehrte. Er spürte die gewaltigen dunklen Schatten der Berge um sich, spürte die Kraft der Natur, all das Leben. Er hörte das Rascheln von kleinen Tieren in den Büschen und das vereinzelte Krächzen einer überwinternden Nebelkrähe auf den Bäumen, die weiß glitzernd neben ihm aufragten, wenn er die Lampe hob. Obwohl er wusste, dass es in dieser Gegend

Wildschweine gab, fürchtete er sich nicht. Er wusste, auf welche Geräusche er achtgeben musste, und den Wald würde er im Dunkeln nicht mehr betreten. Hier, auf dem kleinen Pfad am Bach, fühlte er sich sicher und wohl. Er atmete tief ein und stieß die Luft in einer weißen Wolke aus. Dies war der Grund gewesen, warum er der Stadt den Rücken gekehrt hatte: die Natur und die Freiheit, die er in ihr fühlte. Dort hatte er damals schon, in den Momenten, als er das Gefühl gehabt hatte, vor Trauer und Sorge zu ersticken, wieder atmen können.

Seitdem er Maditas Brief gelesen hatte, stand ihm das Bild von seiner Mutter im Krankenhausbett wieder so stark vor Augen wie schon seit Jahren nicht mehr. Er war vierzehn, als bei ihr Lungenkrebs diagnostiziert wurde. Und von diesem Augenblick an ging es rasend schnell. Mit jedem Tag wurde ihr Gesicht fahler und ihr Körper schmaler, ohne dass die Ärzte etwas dagegen tun konnten. Die Behandlung, die von ihnen schon im Vorhinein als wenig aussichtsreich eingeschätzt worden war, schlug nicht an und wurde abgebrochen, als sie zu schwach wurde, um den Chemikalien noch etwas entgegensetzen zu können. Seine Mutter starb keine vier Monate nach der Diagnose, und sie ließ zwei Kinder und einen Ehemann zurück, die allesamt so sehr unter Schock standen, dass sie einander nicht helfen konnten.

In seiner Erinnerung spürte Emil noch die Kraftlosigkeit, die sich wie Blei in seinen Adern eingenistet und ihn jeden Morgen aufs Neue überfallen hatte. Er erinnerte sich an die Angst vor dem Einschlafen, da er gewusst hatte, dass die Realität beim Aufwachen nach der Ruhe der Nacht umso härter auf ihn einhämmern würde. Er war damals in einem Alter gewesen, in dem er nur schwer offen über seine Gefühle hatte sprechen können. Seine Kumpels waren mit Partys und Mädchen beschäftigt gewesen und hatten selten das Gespräch mit ihm gesucht. Doch seitdem er Maditas Brief gelesen hatte, fragte er sich, ob es wirklich anders gewesen wäre, hätte all das zu einem späteren Zeitpunkt in seinem Leben stattgefunden. Der Tod war immer ein Schock, unabhängig davon, wie erwartet er kam, und unabhängig vom Alter des Zurückgebliebenen. Nur weil er reifer gewesen wäre, wären das Gefühl der Hilflosigkeit und die Unmöglichkeit, über das Empfundene zu sprechen, vermutlich nicht weniger stark über ihn hereingebrochen.

In Maditas Worten fand er genau diese Hilflosigkeit wieder. Sie fühlte sich gefangen zwischen dem Wunsch zu leben und dem Wunsch, den Verstorbenen nicht zu verraten, indem sie ihn ein Stück weit vergaß. Was Emil erschreckte, war, dass Madita diesen Konflikt mit voller Wucht offenbar seit drei Jahren in sich trug.

Er dachte an sie, die Frau mit dem warmen Lächeln, dem feixenden Ton und ohne jede Berührungsangst.

Als sie die Kinder zum ersten Mal aus dem Kindergarten abgeholt und sich als Madita vorgestellt hatte, war ihm sofort der Gedanke an die Kinderbuchfigur von Astrid Lindgren gekommen.

»Isst du auch so gerne Zuckerkringel?«, schoss es sofort aus ihm heraus. Sie sah ihn einen Moment lang irritiert an, und Emil ärgerte sich schon über seine lose Zunge, als sie ganz plötzlich lächelte, ein echtes, ansteckendes Lächeln, bei dem ihm gleich die schmale Zahnlücke zwischen ihren oberen Vorderzähnen auffiel.

»Mir fehlt leider ein Abbe, der regelmäßig für mich backt«, antwortete sie. »Du kannst nicht zufällig backen?«

Ihr Ton enthielt nicht die leiseste Note eines Flirts, doch Emil hörte ihm sofort an, dass sie, ganz wie er, gern herumflachste. Dabei legte sie ihm eine Hand auf die Schulter, ohne dass sie seine Überraschung über die Berührung zu bemerken schien. Sie war ihm nicht unangenehm, nur kam sie so unerwartet, dass er ein kleines Lachen ausstieß.

»Ich kann leider überhaupt nicht gut backen«, sagte er. »Aber ich schnippele hervorragende Obstteller zusammen. Also, falls da mal Interesse besteht …«

Da musste auch Madita lachen, und dabei gluckste sie so schön, dass Emil es am liebsten eingefangen und zur Aufheiterung an grauen Morgen aufgehoben hätte.

Dann sagte sie: »Damit kannst du vielleicht den Kleinen Onkel locken, aber sicher keine Madita!«

Und sie sollte diesen Brief geschrieben haben? Er dachte an die Frau, die ihrer Schwester Thea fast wie ein Zwilling glich. Beide hatten sie rotbraunes Haar und dieselbe helle Haut, die im Sommer bestimmt zu Sommersprossen neigte. Nur war Madita um einiges dünner als Thea, der die weichen Gesichtskonturen so gut standen, und sie trug eine Brille. Sie war offenbar gut darin, den Sturm, der da in ihr tobte, zu verstecken. Oder sie vergaß ihn wirklich für Augenblicke, nur um dann umso stärker in das bodenlose Loch der Trauer und des schlechten Gewissens zu fallen.

Ein lautes Rascheln ließ Emil aufhorchen. Er blieb stehen und richtete den Lichtkegel seines Handys auf seine Füße, um kein Tier ungewollt aufzuschrecken. Ein Röcheln ertönte aus einiger Entfernung, oder war es nicht eher ein Grunzen? Emil schob die Wollmütze hoch, zog sie wieder runter, drehte dann sofort um und beschleunigte seine Schritte. Für eine Begegnung mit einem oder gar mehreren Wildschweinen war er weder gewappnet noch in der richtigen Stimmung.

Als er den Waldrand ein ganzes Stück hinter sich gelassen

hatte, ging er wieder entspannter den Weg zurück, wobei er regelmäßig in die Dunkelheit lauschte. Doch abgesehen von dem gelegentlichen Rascheln einer Maus deutete nichts auf etwas Felliges im nahen Gebüsch hin.

Bevor er den Pfad einschlug, der wieder nach oben zum Dorf zurückführte, verharrte er noch einen Augenblick am Bach. Er ließ das Licht über das bläulich schimmernde Eis gleiten, auf dem sich Spuren von weißem Schnee abgesetzt hatten. Zwei Dinge beschloss er in dieser Minute: Er würde seinen Vater bitten, ihm die Schlittschuhe aus dem Keller herauszusuchen. Und er würde Madita helfen, selbst wenn es einer äußerst ungewöhnlichen Maßnahme bedurfte.

11 Madita

»Den hier noch!« Neben den hoch aufragenden Tannen wirkte Janosch in seinem Schneeanzug und der Mütze endgültig wie ein Wintertroll, der im verschneiten Wald sein Unwesen trieb. Er zog an einem tief hängenden Ast und löste die Schneehaube darauf, die ihm mit einem sanften Geräusch auf den bestiefelten Fuß fiel. Janosch kreischte vor Schreck und Freude auf, hüpfte auf und ab, ohne dabei loszulassen, was weitere Minilawinen der benachbarten Äste auslöste. Madita ging zu ihm, knipste den Ast mit der Zange ab und legte ihn zu den anderen in den Korb über ihrem Arm.

»Das reicht jetzt aber, sonst ist ja bald der ganze Wald leer«, sagte sie und löste ein weiteres Lachen bei dem kleinen Jungen aus. Sie sah sich nach ihrer Nichte um, die selbstvergessen auf dem Boden kniete und im Schnee spielte.

»Ella, kommst du? Wir wollen nach Hause, es wird dunkel.«

Es war der Donnerstag nach dem ersten Adventswochenende, und Madita hatte die Kinder etwas früher vom Kindergarten abgeholt, um mit ihnen Tannenzweige im Wald zu sammeln. Auch wenn sie sich manchmal wünschte, die Weihnachtszeit einfach überspringen zu können, waren es für die Kinder doch ganz besondere Wochen, und sie wollte ihr Bestes tun, sie ihnen so schön wie möglich zu gestalten. Dazu gehörten die Traditionen, die sie und Thea schon als Kinder begangen hatten, wie das Tannenzweigsammeln und das Basteln der Adventsgestecke. In diesem Jahr hatte sie die nahende Weihnachtszeit so lange verdrängt, da war der erste Advent ganz plötzlich gekommen, und sie hatten es nicht rechtzeitig geschafft, einen Kranz zu stecken, und einen kaufen müssen. Doch wer sagte denn, dass man nur einen einzigen Kranz im Haus haben durfte? Madita würde trotzdem einen mit den Kindern basteln und außerdem noch kleine Gestecke mit einer einzelnen Kerze für die liebsten Dorfbewohner. Kathi, die sie, rotbäckig und strahlend wie eh und je, heute im Kindergarten empfangen hatte, hatte ihnen schon das Versprechen abgenommen, ihr eines mitzubringen.

Als Ella nicht reagierte, ging Madita durch den knirschenden Schnee zu ihr hinüber und sah ihr über die Schulter. Ella beugte sich über einen kleinen Schneehaufen und strich mit bloßen Händen über die Oberfläche, um Unebenheiten zu glätten.

»Was machst du denn da?«, fragte Madita. »Du musst ja ganz kalte Hände haben.«

»Ich baue ein Iglu, so wie in Grönland«, antwortete Ella und ließ sich in ihrer Arbeit nicht beirren. »Schau, hier können die Inuit reingehen. Da kochen sie und essen und schlafen. Und die Kinder spielen.«

Sie griff nach einer Eichel und ließ sie über den Boden zu dem Schneehaufen wandern, wo Madita wirklich eine niedrige Öffnung entdeckte. Die Eichel verschwand samt Ellas Arm darin. Madita kniete sich hin und beugte sich hinunter, um durch die Öffnung zu sehen. Der Haufen war tatsächlich hohl, Ella hatte ein Schneehaus gebaut.

»Das ist ja toll«, sagte Madita ehrlich beeindruckt.

Ella lächelte stolz. Als sie den Arm zurückgezogen hatte,

schob Madita vorsichtig die Hand hinein und tastete die Decke ab.

»Schade, dass wir es nicht mitnehmen können.«

»Geht es kaputt, wenn es dunkel wird und keiner hier ist?«, fragte die Kleine mit geweiteten Augen.

»Na, hier sind ja Tiere im Wald. Die kleinen freuen sich bestimmt über den Unterschlupf. Vielleicht kommen sie hierher, um ihren Winterschlaf in dem Iglu zu machen.«

»Die Eishörnschen«, kam es ungewöhnlich leise von Janosch, der hinter ihnen stand und das Bauwerk seiner Schwester staunend betrachtete.

»Die Eishörnchen zum Beispiel«, wiederholte Madita nickend und tauschte ein Lächeln mit ihrer Nichte, die den Fehler ausnahmsweise nicht korrigierte.

»Die Eishörnchen«, flüsterte sie stattdessen und betrachtete das Iglu zufrieden.

»Kommt«, sagte Madita in die bedächtige Stille hinein. »Wir gehen nach Hause und fangen mit den Gestecken an. Außerdem glaube ich, da eben ein Bäuchlein knurren gehört zu haben, kann das sein?« Immer noch kniend legte sie ihr Ohr an Janoschs Bauch, woraufhin er sofort zu kichern begann.

Als sie alle drei Hand in Hand durch den Wald stapften, der von der niedrig stehenden Wintersonne in dämmrig weißes Licht versetzt wurde, erschien es Madita, als liefen sie durch eine andere Welt. Eine, in der Tiere in gemütlichen Iglus überwinterten und von eifrigen Wintertrollen mit Eicheln und Nüssen versorgt wurden. Es war so still, nur das Knirschen des Schnees unter ihren Sohlen war zu hören, das Tropfen abfallender Schneeperlen und hin und wieder das Krächzen und Schnarren eines Vogels.

Wenn wir nur für immer hierbleiben könnten, fuhr es ihr

durch den Kopf, hier, wo alles still und weiß ist. Wo das Sein des Menschen so unbedeutend ist und jegliche Grenze verschwimmt, selbst die der Endlichkeit.

Sie dachte an die Nachrichten von Till, die sie nun regelmäßig erreichten. Fast täglich fragte er sie nach ihrem Befinden und ihren Tagesplänen. Weiter ging es nicht, und Madita war sich nicht sicher, was sie davon halten sollte. Einerseits genoss sie den Austausch mit ihm, denn er wirkte wirklich nett und interessiert. Andererseits nagte das schlechte Gewissen an ihr – Till gegenüber, da sie ihm keine falschen Hoffnungen machen wollte, aber auch und vor allem Viktor gegenüber.

»Eishörnschen!«, schrillte es da durch den Wald. Der hohe Schrei wurde von den Bäumen wie in einem weiten Konzertsaal zurückgeworfen. Janosch deutete auf einen Baum, und wirklich: Da saß ein rot leuchtendes Eichhörnchen und beobachtete sie. Dann fuhr es fort, ganz mühelos den Baum hinaufzukraxeln. »Das Eishörnschen klettert zum Iglu.«

»Bestimmt«, sagte Madita und sah dem davonhuschenden roten Fleck im Weiß der Bäume nach. Da spürte sie einen leichten Druck an ihrer Hand und sah hinunter. Die Augen ihrer Nichte leuchteten, und Madita wischte den Gedanken von zuvor beiseite. Es war nicht der Wald, der ihr dieses besondere Gefühl gab, nicht das Weiß, nicht die Stille und auch nicht die Weite. Es waren diese beiden Kinder und die Liebe, die sie für sie empfand. Madita schloss das Gefühl in ihr Herz ein, dann drückte sie leicht die beiden kleinen Hände in ihren und ging mit ihnen zusammen weiter nach Hause.

»Madita, da ist ein Brief für dich angekommen. Er liegt auf dem Wohnzimmertisch!«, rief Thea ihr aus der Küche entgegen, als die drei, von ihren nassen Winterkleidern und den

Stiefeln befreit, die Treppe zum mittleren Geschoss heraufgetapst kamen. Janosch und Ella rannten sofort in die Küche, um ihrer Mutter um die Beine zu fallen und ihr von den Erlebnissen im Wald zu berichten. An Maditas Ohr drangen Wortfetzen von Eishörnchen und Iglus, während sie zum Esstisch ging und dort den Korb mit den Tannen absetzte. In der Wohnung lag bereits ein verführerisch würziger Duft, der geradewegs aus dem Wald mitgekommen zu sein schien, und im Kamin in der Ecke prasselte ein wärmendes Feuer, dem Madita am liebsten sofort ihre eisigen Füße entgegengestreckt hätte. Darüber hatte Thea eine Girlande aus gläsernen Kugeln gehängt.

Nur kurz streifte Maditas Blick den weißen Briefumschlag. Sicherlich wieder irgendein Weihnachtsgruß von ihrer Krankenkasse oder der Dorfärztin. Lieber ließ sie sich von dem Duft anziehen, begrüßte ihre Schwester lächelnd und versuchte, einen Blick auf das Innere der Töpfe zu erhaschen.

»Was riecht denn hier so gut?«, fragte sie. »Sind das etwa …«

»Jepp, Maronen. Ich habe einen riesigen Topf Suppe für uns gekocht. Ihr müsst ja hungrig sein nach all den Abenteuern!« Dabei beugte Thea sich hinunter und kitzelte ihre Kinder mit jeweils einer Hand am Bauch. Die beiden kreischten und lachten. Dann trugen sie alle zusammen Teller und Besteck zum Esstisch und deckten ihn ein. Thea brachte den dampfenden Kochtopf und tat jedem mit einer klobigen Emaillekelle von der Suppe auf.

»Die ersten Maronen dieses Winters«, sagte sie in festlichem Ton. »Vorsicht, ihr beiden, es ist noch sehr heiß.«

Während sich Thea und die Kinder einen Spaß daraus machten, sich gegenseitig auf die Löffel zu pusten, probierte Madita die Suppe. Die Cremigkeit, die Würze, das waldige Aroma der

Maronen – es war köstlich und zugleich ein bitterer Auslöser von so vielen Erinnerungen. Nur ein kleiner Auslöser, das wusste Madita genau, von noch Hunderten mehr, die in den nächsten Wochen weiter auf sie einprasseln würden.

Mit einem Seufzen ließ Madita sich auf ihr Bett fallen. Auch hier hatte Thea wie jedes Jahr Lichterketten angebracht, am Kopfteil ihres alten Gitterbetts, so wie Madita es früher immer selbst getan hatte. In den letzten zwei Jahren war sie aufgebracht in Theas Zimmer gestürmt und hatte sie lautstark gebeten, diese Eingriffe in ihre Privatsphäre in Zukunft zu unterlassen. Doch Thea hatte sich ganz einfach nicht daran gehalten. Also hatte Madita irgendwann akzeptiert, dass sie gegen den Starrsinn ihrer Schwester nicht ankam.

Auf ihrem Handy machte Madita eine Playlist mit ruhigen Jazzstücken an, die sie zum Lesen gerne hörte. Doch bevor sie nach dem Buch griff, zog sie erst noch den Brief zu sich heran, den sie mit hochgenommen hatte. Vielleicht ließ sich die Karte ja wenigstens als Lesezeichen benutzen. Halbherzig riss sie den Umschlag auf. Doch statt der erwarteten Karte steckte darin ein Briefbogen. Da hatte sich die Krankenkasse ja mal etwas ganz Besonderes einfallen lassen. Wahrscheinlich hatte ein Mitarbeiter ein abgedroschenes Weihnachtsgedicht aus dem Internet kopieren und mitsamt einigen vorgefertigten Paint-Illustrationen auf einen Papierbogen setzen dürfen.

Madita zog den Brief heraus und entfaltete ihn. Sie stutzte. Der Bogen war handschriftlich beschrieben, und zwar von oben bis unten. *Liebe Madita,* stand dort und ganz unten: *Es drückt Dich herzlich der Weihnachtsmann.* Madita hob eine Augenbraue. Das war ja wohl ein Scherz. Irgendein Werbegag vielleicht. Sie wollte den Brief schon zur Seite legen und sich ihrem

Buch widmen, doch irgendetwas daran schürte ihre Neugier. Sie rückte ihre Brille zurecht, dann las sie.

Liebe Madita,

jedes Jahr erhalte ich Millionen von Briefen und freue mich über jeden einzelnen von ihnen – auch wenn ich über manch gekrakelter Handschrift schwitze und mich frage, warum ich Jahr für Jahr all die Laptops und Computer durch die Schornsteine hieve, wenn sie dann doch keiner benutzt. Dass ich noch mit Füller schreibe, wirst Du mir verzeihen müssen, ich bin ein alter Mann, und die Computerkurse an der Volkshochschule sind ständig überfüllt.

Madita entfuhr ein kleines grimmiges Lachen. Was zum Teufel sollte das? War das ein Scherz von Sofie oder gar von Thea?

Was ich aber eigentlich schreiben wollte: Es war eine Wohltat, zur Abwechslung mal eine ordentliche Handschrift wie Deine zu lesen. Wie lange ich schon nicht mehr von Dir gehört habe, dabei warst Du doch immer brav, oder wurde mir da etwa doch die eine oder andere Frechheit gegenüber Deiner Schwester verschwiegen? Umso trauriger macht es mich, zu lesen, dass es Dir nicht gut geht, und das in einer Zeit, die den meisten Menschen Freude bringt. Es tut mir weh, von Deinen Schuldgefühlen zu erfahren. Hilft es Dir, wenn ich Dir sage, dass das eine natürliche Reaktion auf den Tod eines nahestehenden Menschen ist? Dass wohl jede in Deiner Situation sich fragen würde, was sie falsch gemacht hat, was sie getan hat, um zu diesem Unglück beizutragen? Ich weiß, Du kannst diese Dinge nicht mehr hören, aber manchmal hilft es, zu wissen, dass man mit seinen Gefühlen nicht allein ist.

Ich weiß in etwa, wie es Dir ergehen muss, und kann Dir nur sagen: Du trägst keine Schuld an dem Unglück. Die Dinge sind gekommen, wie sie gekommen sind. Sich jetzt zu wünschen, sie wären anders verlau-

fen und Viktor hätte die Straße früher oder später erreicht, ist verständ-
lich ... aber zwecklos. Lass diese Gedanken fallen und rette Dich selbst.
Auch für Viktor.

Vielleicht möchtest Du mir mehr erzählen. Ich möchte Dir gern mein
Ohr – oder wohl eher mein Auge – leihen und mehr darüber erfahren, wie
es Dir geht. Schreib mir! Tu es jederzeit und hinterleg den Brief in dem
Schlitten auf dem Dorfplatz. Ich werde ihn dann erhalten.

Es drückt Dich herzlich
Der Weihnachtsmann

»Thea!«, zischte Madita zwischen den Zähnen hervor. Schon
war sie aufgesprungen und zur Tür hinaus. »Thea?«, rief sie ins
Wohnzimmer, doch dort war bis auf die rote Glut im Kamin
alles dunkel. Madita schlich an den Kinderzimmertüren vorbei,
rannte die Treppe hinunter und öffnete die Schlafzimmertür,
ohne zu klopfen. Thea saß im Pyjama an Kissen gelehnt auf
ihrem Bett und blickte überrascht von ihrem Buch auf zu ihrer
schnaubenden Schwester.

»Madita? Was ist denn los?«

Wortlos trat Madita zu ihr ans Bett und warf ihr den Brief
auf den Schoß. Es war eher Verzweiflung als Wut, die in ihr
brodelte.

»Das ist sehr lustig, wirklich, wir haben alle herzlich gelacht,
aber in Zukunft spar dir solche Scherze bitte.« Ihre Stimme
überschlug sich leicht.

»Wie bitte?«, fragte Thea nach, hob den Brief auf und
blickte von ihm zu Madita. »Was ist das?«

»Das weißt du genau, also hör bitte auf mit den Scherzen.«

Verständnislos schüttelte Thea den Kopf, wickelte eine vor
die Augen gefallene rotbraune Haarsträhne zurück in den Dutt
auf ihrem Kopf und begann, den Brief zu studieren. Madita

beobachtete, wie Thea die ersten Zeilen überflog, ihr einen zweifelnden Blick zuwarf und sich dann ganz in die Lektüre vertiefte.

Als sie geendet hatte, strich sie sich wieder über den Dutt und löste versehentlich dieselbe Strähne, ohne den Blick von dem Brief zu heben. Es war offensichtlich, dass es hinter ihrer Stirn arbeitete. Nach einer gefühlten Ewigkeit sah sie zu Madita auf, die immer noch vor dem Bett stand, die Arme vor der Brust gekreuzt. Nur ihr Blick war minimal weicher geworden.

»Madita, der ist nicht von mir. So etwas würde ich mir niemals erlauben.«

»Bist du sicher? Ich weiß, dass du dir Sorgen um mich machst. Vielleicht hast du …«

»Das wäre absolut geschmacklos von mir«, unterbrach Thea sie. »Ich würde dir doch nicht vorspielen, der Weihnachtsmann zu sein.«

Madita kniff sich selbst in den Ellenbogen. Dann löste sie den Griff und setzte sich seitlich auf das Bett zu ihrer Schwester. Wenn sie in Ruhe darüber nachdachte, passte die Aktion wirklich nicht zu Thea.

»Du hast recht. Entschuldige, ich habe total überreagiert.«

»Schon gut, ich kann dich verstehen«, sagte Thea und wollte noch etwas sagen, doch Madita entfuhr bereits die Frage, die so in ihr brannte: »Aber wer sonst würde denn so etwas tun?« Sie nahm den Brief an sich und überflog die Zeilen erneut.

»Keine Ahnung«, meinte Thea. »Jemand, der ein Interesse daran hat, dir zu helfen?«

»Eher daran, mir einen bösen Streich zu spielen«, kommentierte Madita verbittert und schwenkte den Brief hin und her. »Da macht sich doch jemand gewaltig über mich lustig!«

»Nicht so laut, die Kleinen schlafen schon«, zischte Thea, und Madita warf ihr einen entschuldigenden Blick zu.

»Ich verstehe das nicht«, sprach sie weiter. »Warum jetzt? Und warum so?« Sie hielt inne und blickte ins Leere. »Oh, Mist.«

»Was ist?«, fragte Thea nach und richtete sich auf.

»Der Weihnachtsbrief!«

Da Thea sie nicht verstand, holte Madita aus: »Die Briefe, die ich mit den Kindern geschrieben habe, mit ihren Wünschen. Wann war das? Freitag? Also vor ein paar Tagen, das kommt hin.«

»Was ist damit?«

»Ella hat mich aufgefordert, auch einen zu schreiben. Und ... na ja, das habe ich dann auch getan. Ich habe ziemlich ... offen von Viktor erzählt und davon, wie ich mich gerade fühle.« Verlegen mied Madita den Blickkontakt zu ihrer Schwester. »Vielleicht hat ihn jemand gelesen und mir darauf geantwortet?«

»Aber wer sollte den denn gelesen haben? Und warum schreibt er oder sie getarnt als Weihnachtsmann? Alle hier kennen dich, sie hätten dich einfach ansprechen können.«

»Schon ... Aber warte mal, wo ist der Brief eigentlich?« Madita versuchte, den Hergang des Freitagnachmittags zu rekonstruieren. »Ich habe ihn zerknüllt – und in den Papierkorb im Flur geschmissen.«

Schon war Madita aufgesprungen.

»Warte«, rief Thea und schlüpfte unter der Decke hervor, »ich komme mit!«

Doch der Papierkorb war leer.

»Oh Mann, ja, ich habe ihn am Wochenende geleert«, meinte Thea, während die beiden Schwestern noch über den Papierkorb gebeugt am Boden hockten. »Der Papiermüll ist gestern abgeholt worden.«

»Aber dann kann ihn ja niemand gelesen haben, außer vielleicht der Müllmann. Nein, eher unwahrscheinlich, dass er ihn aus dem Müll gefischt hat«, überlegte Madita laut. »Meinst du, dass die Kinder etwas damit angestellt haben?«

Thea erhob sich mit einem Seufzen und streckte sich.

»Das werden wir morgen erfahren.«

»Wir könnten Ella ja nur ganz kurz ...«, setzte Madita an, doch bei dem Blick auf die strenge Miene ihrer Schwester verstummte sie sofort. »Gut, du hast recht. Morgen.«

12 Emil

Emil war hippelig an diesem Freitag. Fast rechnete er damit, dass Ellas Tante jeden Augenblick in den Kindergarten stürmen und ihn beschuldigen würde, sich in Dinge einzumischen, die ihn nichts angingen. Taten sie auch nicht, das wusste er selbst. Doch wenn sich bisher niemand anderes eingemischt hatte, um ihr zu helfen, wurde es höchste Zeit, dass es jemand tat, und wenn es ein Fremder war, der sich als Weihnachtsmann ausgab.

Während er das Geschirr vom Mittagessen in den Geschirrspüler räumte, kamen ihm dennoch Zweifel, ob er das Richtige getan hatte. Er war an dem Abend nach dem Spaziergang so überstürzt vorgegangen, hatte in aller Eile Papier und Stift zusammengesucht und sofort angefangen, die Antwort niederzuschreiben, die er auf dem kurzen Weg nach Hause erdacht hatte. Nur einmal hatte er darüber gelesen, bevor er den Brief in einen Umschlag gesteckt und ihn in einer Nacht- und-Nebel-Aktion in den Briefkasten an Theas und Maditas Haustür geworfen hatte. Er konnte sich selbst nur noch ungefähr an den Inhalt erinnern und schwankte jetzt, ob er Madita damit wirklich half. Sich als Weihnachtsmann zu tarnen – wer kam denn auf solche Ideen? Ein wenig beschämt und gleichzeitig belustigt über diesen Einfall musste er über sich selbst grinsen. Das war irgendwie genial und unheimlich dämlich zugleich.

Aus dem Nebenraum hörte er, wie Kathi mit einem der Kinder verhandelte. Es war Mittagsruhe, und es gab immer mindestens ein Kind, das sich nicht überreden ließ, sich hinzulegen und für ein paar Minuten die Augen zu schließen, meistens hieß dieses Kind Janosch. Kathi und Emil wechselten sich mit den Schichten ab, mal war er dafür zuständig, die Kinder im Auge zu behalten, mal kümmerte er sich um das Geschirr, und heute war er froh, in Ruhe seinen Gedanken nachhängen zu können.

Als die Teller, die Gläser und das Besteck in den Geschirrspüler geräumt und dieser angestellt war, wandte Emil sich den Töpfen und Kochutensilien zu und spülte sie unter warmem Wasser ab.

Sich als Weihnachtsmann auszugeben, war eine spontane Eingebung gewesen. Emil hatte entschieden, dass er Madita helfen wollte. Er kannte viele ihrer Gedanken von der Zeit, als seine Mutter so plötzlich verstorben war, und er wusste darum, wie schwierig es war, sich selbst aus der Gedankenschleife zu lavieren. Er hatte damals Hilfe bekommen. Zunächst hatte er sich gegen die Gesprächsgruppe gewehrt, hatte nicht hören wollen, wie andere ihre Erlebnisse mit seinen verglichen und ihre Gefühle auf dieselbe Stufe hoben wie seine. Irgendwann – Experten würden wohl von einer neuen Ebene im Trauerprozess sprechen – war jedoch der Punkt gekommen, wo er zugehört und gemerkt hatte, dass diese Menschen tatsächlich Ähnliches durchlebt hatten wie er selbst. Natürlich waren ihre Erlebnisse und Gefühle nicht dieselben wie seine, und doch konnte man sie miteinander vergleichen. Er hatte sich ihre Geschichten angehört und in sich aufgenommen, was ihnen geholfen hatte, um aus der selbstzerstörerischen Phase der Trauer zu finden, in der er noch gesteckt hatte. Er hatte sich darauf eingelassen, neue Denkweisen zuzulassen. Und wer weiß, ob er ohne sie heute so leben könnte, wie er es tat, ob er der Mensch sein könnte, der er war. Er glaubte, aus Maditas Worten herauszulesen, dass ihr diese Gespräche fehlten, dass sie die Phase, in der sie sich selbst mit Anschuldigungen beschoss, nie verlassen hatte. Hätte er sie besser gekannt, hätte er sie direkt angesprochen, wäre mit ihr einen Kaffee trinken gegangen oder auf einen langen Spaziergang in die verschneiten Wälder, wo manch böse Stimme einen nicht mehr erreichte. Doch er hatte sie erst wenige Male gesehen und da auch nur ein paar lose Sätze über die Kinder gewechselt. Vielleicht hätte er ihr unter seinem richtigen Namen schreiben sollen, sich bei ihr dafür entschuldigen, sich so einfach in ihr Leben einzumischen … Doch Emil war sich sicher, dass sie diese Hilfe niemals angenommen hätte, sie kam schließlich von einem völligen Fremden. Nein, Emil hatte sich etwas anderes einfallen lassen müssen und war in die Rolle eines Mannes geschlüpft, mit dem Madita zuvor zwar wohl auch eher selten in direktem Kontakt gestanden hatte, der aber jedem Menschen der westlichen Hemisphäre so bekannt und vertraut war wie der eigene Großvater: der Weihnachtsmann.

Er kannte Madita nicht. Er wusste nicht, wie offenherzig sie wirklich war, wie verspielt. Er wusste nicht, ob sie sich auf das Angebot einlassen würde, ob sie sich darauf einlassen *konnte*. Er hatte sie bisher nur als sympathische junge Tante zweier seiner Lieblingszöglinge erlebt. Das Einzige, was er gerade sicher wusste, war, dass ihm beinahe die Knie schlotterten, wenn er daran dachte, dass sie heute womöglich kommen würde, um Ella und Janosch abzuholen, dass sie sich mittlerweile vielleicht schon zusammengereimt hätte, wer hinter dem Brief stand. Und falls beides davon nicht eintrat: Würde am Schlitten auf dem Marktplatz ein Brief auf ihn warten? Ihm entglitt der große Topf, er fiel scheppernd auf die Küchenfliesen. Aus dem Nebenraum tönten in sofortiger Reaktion ein Schreien und Gackern, ein Lachen und Heulen. Und mit einem Schlag waren all seine Sorgen und Hoffnungen vergessen.

13 Madita

Madita zog sich den Schal enger um den Hals. Der eisige Wind, der heute durch die Gassen fegte und den Schnee aufwirbelte, suchte sich immer wieder einen neuen Weg durch die vielen Schichten ihrer Kleidung, und sie wünschte sich in den gemütlich beheizten Laden zurück. Dort hatte sie in dem Dämmerlicht, das die kleinen Lampen und Lichterketten auf dem warmen Holz der Wände und Böden geschaffen hatten, den ganzen Tag zusammen mit Thea Präsentkörbe vorbereitet, die auf dem Markt am Wochenende die Adventskalender ablösen sollten. Der erste Dezember war schließlich schon verstrichen, und die Kalender waren damit nicht mehr gefragt. Stattdessen konzentrierten sich die Besucher auf die Geschenke, die sie unter den Weihnachtsbaum legen würden, sowie auf die Tüten mit den verschiedenen Teesorten, die an stillen Abenden zu Hause ihren Zimt- und Apfelduft verströmten und für innere Wärme sorgten. Ein erneutes Zittern ging durch Maditas Körper, als sie an heißen Tee dachte. Zum Glück war es nicht weit zum Kindergarten. Sie würde schnell die beiden Kleinen packen, sie in ihre Schneeanzüge schnüren und so rasch es ging wieder ins Warme bugsieren, auch wenn sie wusste, wie schwer es werden würde, sie von Schneeballschlachten und dem Schneemannbauen abzubringen.

Thea hatte an diesem Tag immer wieder versucht, das Gespräch auf den Brief zu lenken, den Brief vom *Weihnachtsmann*. Madita fiel es schwer, nicht bitter aufzulachen, wenn sie daran dachte, dass ausgerechnet ein Fantasiewesen ihr nicht nur geschrieben, sondern auch etwas in ihr angerührt hatte, zu dem viele andere nicht vorgedrungen waren. Das Gespräch mit Thea hatte sie abgeblockt, da sie das Gefühl nicht abschütteln konnte, ihrer Schwester doch nur wieder etwas vorzuleiern, was diese schon zigmal gehört hatte. Thea musste so genervt davon sein, dass Madita Viktor noch immer nicht hinter sich lassen konnte. Doch was den Brief anging, wollte sie unbedingt wissen, wer dahintersteckte. Ella hatte sie an diesem Morgen nur mit großen Augen angeblickt, als sie sie danach gefragt hatte, und den Kopf geschüttelt. Madita hatte gespürt, dass die Kleine befürchtete, etwas falsch gemacht zu haben, und sie schnell beruhigt, woraufhin die Kleine versichert hatte, nicht einmal gewusst zu haben, dass dieser Brief im Papierkorb gelegen hatte. Der Brief war also im Müll gelandet – und, dachte Madita sarkastisch, auf unbekannten Wegen beim Weihnachtsmann, der offenbar eine Anstellung bei der Müllabfuhr hatte. Das Rätsel um den Zweitjob des Weihnachtsmannes wäre damit also gelöst!

Sie seufzte, als sie den Vorgarten des gelb angestrichenen Hauses durchquerte und die schwere Tür aufhievte. Sofort umgab sie eine Woge warmer Luft und versetzte ihre gefrorene Nase in heißes Prickeln. Während sie den Schnee von den Stiefeln klopfte, lugte um die Ecke, die zum Zimmer der Frosch-Gruppe führte, schon ein brauner Schopf. Allerdings befand er sich nicht auf Höhe der Kinder, die sonst so oft um die Ecke schielten, sondern auf der eines erwachsenen Mannes. Als Emil Madita erkannte, sprang er mit einem Satz in den

Flur, fuhr sich durch die Haare und grinste. Überrascht lachte Madita auf. Er wirkte wie ein kleiner Junge, der trotz seiner Größe gut und gerne Teil der Kindergartengruppe sein könnte und definitiv irgendetwas ausgefressen hatte.

»Hi«, sagte sie, als er sich nicht vom Fleck rührte. Normalerweise riefen die Erzieher bei ihrem Eintreten sofort nach den Schützlingen, die abgeholt werden sollten, doch Emil tat nichts dergleichen. Wieder einmal fiel ihr auf, wie jung er noch war. Mit seinem schelmisch-verlegenen Grinsen und den aufgeregt blitzenden Augen wirkte er sogar noch jünger, ein Eindruck, der sich meist verflüchtigte, wenn sie sah, wie sicher und routiniert er mit den Kindern umging.

»Hi«, sagte auch er endlich und blickte sie erwartungsvoll an.

Madita machte einen Schritt auf ihn zu und wartete darauf, dass er sie durchließ oder Janosch und Ella nach vorne rief. Sie spähte an ihm vorbei in den Flur, ob die beiden schon kämen, sah dann wieder zu ihm, und nun musste sie ebenfalls grinsen. Es war so ansteckend und die Situation absolut seltsam.

»Bist du jetzt zum Türsteher gewechselt?«, rutschte es ihr heraus. Emil sah sie einen Augenblick lang irritiert an, dann fasste er sich an die Stirn und sprang beiseite.

»Nein, nein, sorry! Ich bin wohl schon im Feierabendmodus, wie du merkst.«

»Offensichtlich«, sagte Madita lachend. »War es denn so anstrengend heute?«

»Nein, nein. Es war gut, alles gut«, sagte Emil zerstreut, der, sich noch immer die Haare raufend, neben ihr stehen blieb. »Janosch hat natürlich nicht geschlafen, aber das war wohl auch schwierig, nachdem mir der Topf runtergefallen war. Na ja, der wird wohl nicht allzu viel vom Abend mitbekommen.«

»Der Topf?«, fragte Madita grinsend, und Emil sah sie einen

Moment perplex an. Da lachte Madita und fügte schnell hinzu: »Da kennst du Janosch aber schlecht. Der kommt mit weniger Schlaf aus als ich. Ich wette, wenn ich schon längst auf dem Sofa eingeschlummert bin, springt er noch darauf herum.«

»Da musst du aber einen tiefen Schlaf haben«, meinte Emil mit dem warmherzigen Lächeln, das sie schon oft an ihm beobachtet hatte, während er mit den Kindern sprach.

»Den tiefsten«, sagte sie und reckte spaßeshalber stolz das Kinn. »Du könntest neben meinem Ohr Posaune spielen, und ich würde trotzdem noch vor mich hin schnarchen.«

Emil lachte auf. Endlich nahm er die Hand aus dem Haar und schien sich ein wenig zu entspannen. Der Tag musste wohl doch verdammt anstrengend gewesen sein. Aber kein Wunder. Madita war meist schon völlig platt, wenn sie sich einen Tag lang um Ella und Janosch gekümmert hatte. Da wollte sie sich gar nicht vorstellen, wie es war, gleich acht Kinder zu bespaßen.

Emil grinste nun schief und meinte trocken: »Du weißt ja nicht, wie mies ich Posaune spiele.«

»Ehrlich gesagt kann ich es mir vorstellen.« Madita warf ihm ein halb ernst gemeintes, halb entschuldigendes Lächeln zu. »Aber wo sind sie denn nun, die beiden Räuber?« Sie ging in das Spielzimmer hinein und winkte Kathi zu, die zusammen mit ein paar Kindern am Tisch saß und ihnen beim Malen zusah. Einige andere Kinder hatten sich über einen Holzkasten gebeugt, doch von Ella und Janosch keine Spur.

»Ich würde mal auf das Spielzelt tippen«, mutmaßte Emil in verschwörerischem Ton und zwinkerte ihr zu. Er schien endgültig zu seiner üblichen Entspanntheit zurückgefunden zu haben. Madita sah zu dem Zelt, das an einer Wand des Zimmers aufgebaut und von den Kindern mit geheimnisvollen Zeichen

114

in Rot-, Blau- und Brauntönen bemalt worden war. Da kam ihr eine Idee.

»Du von rechts, ich von links«, wisperte sie Emil zu. Das ließ der sich nicht zweimal sagen. Madita hatte schon geahnt, dass er sofort bei allen Streichen dabei sein würde. Das gefiel ihr. Sie schlichen sich von zwei Seiten an das Tipi heran. Dann zogen sie gleichzeitig die Öffnungen hoch und riefen »Uaaaah!« in das Zelt hinein. Ella und Janosch, die ganz in ihr Spiel vertieft gewesen waren, schrien erschrocken und freudig auf, als sie von der Tante und dem Erzieher gegriffen und gekitzelt wurden.

»Aufhören!«, kreischte Ella, die versuchte, sich vor Madita in Sicherheit zu rollen.

»Ergebt ihr euch?«, rief Madita, und die Kleine schrie lachend: »Jaaa!« Madita warf Emil, der Janosch gerade über die Schulter geworfen hatte, einen fragenden Blick zu. Sein ganzes Gesicht strahlte vor Freude über den gelungenen Streich. Und erst als Janosch ein glücklich herausgegluckstes »Bitte, bitte, bitte!« von sich gab, nickte er Madita zu und katapultierte den kleinen Jungen im Salto zurück auf die Füße.

»Na gut.« Auch Madita ließ Ella los und richtete sich auf. »Aber die Friedenspfeife wird zu Hause geraucht. Kommt, wir beeilen uns und machen noch mit den Tannengestecken weiter. Habt ihr Lust?«

Und schon liefen die beiden in den Flur, wo sie aus der Reihe winziger Stiefelchen ihre herausfischen würden.

»Erst den Anzug!«, rief Madita ihnen nach und lächelte Emil und Kathi noch einmal zu. »Danke euch für alles. Wir sehen uns dann vielleicht am Montag oder am Wochenende auf dem Markt!«

»Ach, warte mal«, sagte Kathi da und kam zu ihnen herüber. »Wir wollen nächste Woche ein kleines Plätzchenbacken veranstalten, mit den Kindern und ihren Eltern – oder anderen Verwandten«, fügte sie schnell hinzu. »Das war Emils Idee.«

»Das klingt schön«, sagte Madita und versuchte, enthusiastisch zu klingen. Plätzchenbacken war leider etwas, das ihr seit drei Jahren nur noch wenig Freude bereitete. »Wann denn?«

»Wir dachten an Dienstagnachmittag ab fünfzehn Uhr. Vielleicht habt ihr Lust, mitzumachen? Wenn ihr keine Zeit habt, können die Kinder trotzdem gerne hierbleiben und um achtzehn Uhr abgeholt werden.«

»Ich spreche mit Thea, und wir geben euch Montag Bescheid.«

»Ihr braucht auch nichts weiter mitzubringen. Wir haben noch ein paar Erlöse vom Sommertrödelmarkt, die nehmen wir für die Einkäufe.«

»Das klingt wirklich schön«, wiederholte Madita und rang sich ein Lächeln ab. Sie versuchte, die Erinnerungsbilder zu unterdrücken, aber trotzdem schwappten sie in ihr hoch … Wie sie und Viktor als Kinder in der dritten oder vierten Klasse bei einem solchen Backnachmittag mitgemacht, wie sie später noch oft zusammen Kekse ausgestochen und verziert hatten. Schnell wandte sie sich den Kindern unter dem Vorwand zu, ihnen mit den Schneeanzügen helfen zu wollen.

»Dann also bis bald«, sagte sie schließlich, nahm jeweils ein Kind an die Hand und trat wieder in die eisige Kälte hinaus, die sich auf einmal so angenehm auf der heißen Haut anfühlte.

14 Madita

Bemüht leise, um weder Thea noch die Kinder zu wecken, verschwand Madita ein paar Stunden später, als es längst schon Nacht war, mit dem Kopf im Vorratsschrank, kippte dabei beinahe um und kicherte.

»Warum brauchst du denn so lange?«, kam Sofies Zischen aus dem Wohnzimmer.

»Der ist hier nicht! Ah, doch, hab ihn!«

Mit einer Rotweinflasche in der Hand kehrte sie zum Sofa im Wohnzimmer zurück, zog den Korken mit einem Ploppen heraus und schenkte ihnen nach.

»Vielen Dank auch!« Sofie ergriff ihr Glas und ließ es gegen das noch stehende klirren.

»Psst!«, machte Madita mit einem kleinen Kichern.

Eigentlich hatte sie Sofie auf ein einziges Glas eingeladen, um ihr von dem Brief zu erzählen. Doch obwohl morgen der Weihnachtsmarkt anstand, Madita arbeiten musste und Sofie sicherlich wieder beim Glühweinstand erwartet wurde, hatten sie sich nach dem ersten Glas ein zweites und schließlich noch ein drittes gegönnt und waren nun bei der zweiten Flasche angelangt.

»Köstlich!«, tönte Sofie glücklich, als sie das Glas absetzte und sich auf dem Sofa rekelte. Im Kamin prasselte ein Feuer, und Theas Lichterketten brannten gemeinsam mit ein paar Kerzen. Auf dem Esstisch lagen die fertigen Gestecke, die Madita mit den Kindern gemacht hatte und die sie in den nächsten Tagen verteilen würden. Zwischen Sofie und Madita lag der aufgefaltete Brief.

»Ich würde ja zu gerne wissen, wer dahintersteckt«, sagte Sofie nun, als sie ihn aus Versehen mit dem Fuß anstieß und mit einer erstaunlich schnellen Handbewegung vor dem Hinunterfallen bewahrte.

»Ich auch«, sagte Madita und nickte.

»Wer würde so was denn aus dem Müll fischen und dann auch noch darauf antworten? Das kann doch eigentlich nur ein Verrückter machen. Also, ich würde aufpassen, am Ende hast du einen Psycho an den Fersen kleben.«

»Ich weiß nicht«, überlegte Madita und trank einen kleinen Schluck von dem Rotwein, während sie sich auf dem Sofa zurücklehnte. »Er klingt nicht verrückt. Zumindest nicht im zweiten Teil.«

»Der erste ist schon ein bisschen daneben«, meinte Sofie und überflog ihn noch einmal. »*Wie lange ich schon nicht mehr von Dir gehört habe, dabei warst Du doch immer brav* ... Also, wenn das nicht verrückt ist, weiß ich auch nicht. Und dann das mit den Computern und den Schornsteinen ...«

»Ich war mir ja sicher, dass eine von euch dahintersteckt, Thea oder du oder vielleicht auch Marius. Und du lügst mich wirklich nicht an, dass ihr es nicht wart?«

»Natürlich nicht! Wieso sollte ich dir als Weihnachtsmann schreiben, wenn ich doch mit dir reden kann?«

Auch wenn Madita wusste, dass das mit dem Reden seit Viktors Unfall nicht mehr ganz so leicht war, stimmte sie Sofie zu. Es passte nicht zu ihr, so etwas auf diese Weise anzugehen. Also hatte Madita ihrer Freundin sofort geglaubt, nachdem sie sie noch gestern Nacht per Sprachnachricht danach gefragt hatte, ob sie oder Marius ihre Finger im Spiel hatten.

»Allerdings«, sagte Sofie und wirkte plötzlich ernster, »muss ich zugeben, dass ich manches davon, was in dem Brief gesagt wird, selbst schon gedacht habe. Ich hatte nur das Gefühl, ich würde dir damit wehtun. Du wirkst nicht so, als würdest du gern darüber sprechen wollen.«

Madita atmete tief ein. Sie wusste, dass sie theoretisch über alles mit Sofie reden konnte, und trotzdem fiel es ihr schwer. Es war, als würde sich ihre Kehle von selbst zuschnüren, wenn sie daran dachte, über Viktor zu sprechen, was vielleicht auch daran lag, dass manche ihrer Gefühle zu schlimm und egoistisch waren, als dass sie sie hätte äußern können. Beim Schreiben war das anders gewesen … vielleicht, da sie einzig für sich geschrieben hatte, in dem Wissen, dass niemand jemals ihre Worte lesen würde. Doch das war ja ordentlich danebengegangen.

»Meinst du, es könnte jemand von der Müllabfuhr sein?«, lenkte Madita ab und klang skeptisch. Zum Glück war Sofie so angesäuselt, dass sie den forcierten Themenwechsel nicht zu bemerken schien.

»Keine Ahnung. Warum fragst du ihn nicht einfach?«

»Wen?«

»Na, den Weihnachtsmann! Den Briefeschreiber. Er hat doch gesagt, du könntest ihm antworten.«

Mit zögerlichem Blick maß Madita den Brief, den Sofie ihr entgegenstreckte. Sie nahm ihn und las noch einmal die letzten Sätze.

»Aber was soll ich ihm denn schreiben?«

»Frag ihn einfach, wer er ist und was das Ganze soll. Warte

mal.« Sofie erhob sich und trat zum Schrank mit der Bastelkiste. Sie war schon als Kind in diesem Haus ein und aus gegangen, als noch Maditas Eltern im großen Schlafzimmer übernachtet hatten, und kannte sich so gut aus wie die eigentlichen Bewohner. Mit Briefbogen und Stift kehrte sie zurück.

»Hier, schreib.«

»Aber was denn?«

»Lieber Weihnachtsmann oder wer auch immer du bist, wie kommst du dazu, mir einfach zu schreiben? Hältst dich wohl für allmächtig, was? Nur weil ein paar Engelchen dir zu Füßen lieg…«

»Okay, okay«, unterbrach Madita sie lachend. »Und was schreibe ich wirklich?«

»Lieber Weihnachtsmann««, begann Sofie erneut, nahm einen großen Schluck Rotwein und pausierte, offensichtlich über das zu Schreibende sinnierend.

»Es ist doch immer wieder überraschend, Post von jemandem zu erhalten, den man für ein Märchen gehalten hat««, spann Madita den Faden weiter und setzte den Stift an, um mitzuschreiben. »Seit dem Brief vom Rotkäppchen ist mir das schon nicht mehr passiert, und wie es den überhaupt im Wolfsbauch schreiben konnte, wie es behauptet hat, ist mir bis heute ein Rätsel.« Sofie kicherte. »Ein Rätsel bist ja übrigens auch Du««, fuhr Madita fort. »Schreibst mir einfach so aus dem Blauen heraus und meinst, ich solle Dir antworten. Wenn du wirklich mein Brieffreund werden willst, sag mir erst einmal, wer sich hinter Deinem Bart versteckt. Erst dann kannst Du mit meinen Briefen rechnen. Deine völlig baffe Madita.««

Nachdem sie unterschrieben hatte, blickte sie zu Sofie auf, die eifrig nickte.

»Perfekt! Und jetzt bringen wir ihn zum Schlitten.«

»Jetzt?«, Madita sah aus dem Fenster. Es hatte wieder zu schneien begonnen, und die Flocken wurden von dem rauen Wind in alle Richtungen gepustet. »Der Brief weht doch weg, wenn wir ihn da rauslegen.«

»Ach Quatsch, los, hoch den Hintern! Wir finden schon ein passendes Plätzchen.«

Madita ließ sich schnell überreden, was auf den Alkohol in ihrem Blut oder auch die Neugier zurückzuführen sein musste. Die beiden packten sich in mehrere Schals und ihre Jacken und zogen sich die Mützen tief in die Stirn, dann taumelten sie kichernd und schwankend durch den Schnee wie zwei Hexen auf dem Weg zur Walpurgisnacht.

Der Dorfplatz lag dunkel vor ihnen. Die Lichterketten und Girlanden schalteten sich unter der Woche um zwölf Uhr nachts von allein aus. Der Pavillon ragte hinter den Buden in den Nachthimmel auf, alle Fenster der Häuser drum herum waren schwarz. Einzig aus der Gasse, in der das Dorfbistro lag, tönten dumpf Stimmen zu ihnen herüber.

Der Schlitten gehörte zu der Dekoration, die am Nikolaustag sowie während der Markttage als Kulisse für den Besuch von Nikolaus und Weihnachtsmann dienten. Sie bestand aus einem massiven Holzschlitten mit einigen davorgespannten, filzbezogenen Rentierfiguren. Hier wurden die Nikolausgeschenke ausgegeben sowie Weihnachtswünsche vom Weihnachtsmann höchstpersönlich angenommen. Als die beiden Freundinnen fest untergehakt darauf zusteuerten, kam Madita ein Gedanke.

»Meinst du, es könnte vielleicht *der* Weihnachtsmann sein, der mir geschrieben hat?«

»Du meinst Daniel? Der hier immer den Weihnachtsmann für die Kinder gibt?« Sofie schüttelte entschieden den Kopf und zog sich sofort die verrutschte Mütze zurecht. »Niemals! Der ist zwar ein netter Kerl, aber so fantasielos! Der käme nie auf die Idee.«

»Stimmt, das macht seit ein paar Jahren ja Daniel«, sagte Madita. »Der hat eigentlich auch genug mit seinen fünf Kindern zu tun, als dass er noch einen Kopf hätte, sich um mich zu scheren.«

Sofie zuckte bestätigend mit der Schulter. Sie hatten den Schlitten erreicht. Madita zog den Mantelkragen höher, um die schräg einfallenden Schneeflocken abzuhalten, und nahm die Deko in Augenschein.

»Auf der Bank wird er sofort weggeblasen«, meinte Sofie. »Wir müssen ihn irgendwo hinlegen, wo er geschützt ist, vielleicht darunter?«

Madita beugte sich vor und besah die Unterseite der Bank.

»Das müsste gehen. Wir beschweren ihn einfach noch mit einem Stein oder so.«

Während sie den Brief hervorzog und ihn in das Fach legte, hatte Sofie schon etwas zum Beschweren gefunden: eine volle Flasche Glühwein.

»Hast du die etwa vom Glühweinstand geklaut?«

»Nur geliehen. Außerdem freut sich der Weihnachtsmann vielleicht über einen wärmenden Schluck, wenn er in der Kälte hergeflogen kommt.«

Madita zog eine Augenbraue hoch.

»Die ist eiskalt! Wie bist du da überhaupt drangekommen, sind die nicht eingeschlossen?«

»Sie haben immer noch Nachschub in dem Karren da unten. Das hat mir Maren mal anvertraut. Selbst schuld!«

Die beiden kicherten, und Madita stellte die Flasche vorsichtig auf den Brief.

»Dann muss er ihn nur noch finden.«

»Und dir wieder schreiben.«

Madita brach in nervöses Lachen aus. Sofie klopfte ihr ungeduldig auf den Arm, bis Madita endlich wieder sprechen konnte.

»Es ist nur … Nie hätte ich gedacht, dass ich mir noch einmal so sehr wünschen würde, etwas zu bekommen, und dann auch noch vom Weihnachtsmann.«

Auch Sofie musste nun lachen. »Lieber, guter Weihnachtsmann«, intonierte sie viel zu laut, und Madita stimmte sofort ein: »Schau mich nicht so böse an.« Die beiden hakten sich wieder unter und stapften durch den Schnee zurück. »Stecke deine Rute ein.« Immer wieder wendeten sie die Köpfe, ob nicht gerade jemand zum Schlitten schlich. »Ich will auch immer artig sein!« Doch alles, was sie sahen, waren dunkle unbewegliche Schatten hinter einem weißen Schneevorhang.

15 Emil

Obwohl es ihn dort hinzog, hatte Emil beschlossen, den Weihnachtsmarkt an diesem zweiten Adventswochenende zu meiden. Zu groß war seine Angst, sich vor Madita ein weiteres Mal so auffällig zu verhalten wie am vorigen Nachmittag im Kindergarten. Es grenzte an ein Wunder, dass sie nicht längst darauf gekommen war, ihn hinter der Briefaktion zu vermuten. Doch der Brief, den er am frühen Morgen, bevor die ersten Marktverkäufer ihre Waren und Stände vorbereiteten, im Schlitten gefunden hatte, bewies, dass sie wirklich keinerlei Ahnung hatte.

Erst als er die Treppenstufen zur Wohnung hinaufging, wagte er es, den Brief hervorzuholen und zu lesen. Ungeduldig und aufgeregt überflog er die Zeilen und prustete los. Während er eine Stufe nach der anderen nahm, lachte er weiter leise vor sich hin. Dass Madita Sinn für Humor hatte, hatte er schon anhand des frechen Blitzens in ihren Augen erahnt. Aber wie sollte er denn jetzt weitermachen? Er konnte sein Spiel noch nicht aufgeben, das war klar. Alles wäre umsonst gewesen. Doch was sollte er antworten?

Emil öffnete die Wohnungstür, die er nie verschloss. Bei seinem Einzug hatte seine Vermieterin gleich von der dauerhaft niedrigen Einbruchsrate des Ortes erzählt. Außerdem besaß er nichts, was geklaut werden könnte. Er ging zu dem niedrigen

Schlafsofa hinüber, das er noch nicht zusammengeklappt hatte, und ließ sich darauf fallen, als er plötzlich Wasserrauschen hinter sich hörte. Das war doch eindeutig das Waschbecken in seinem Badezimmer gewesen! Blitzschnell setzte er sich auf und blickte zu der verschlossenen Tür hinüber. Konnte das wirklich sein: Einbrecher hier in diesem verschlafenen Bergdorf? Es sollte hier doch nur alle zehn Jahre mal zu einem Verbrechen kommen – und das eine sollte nun ausgerechnet bei ihm stattfinden? Einen Augenblick lang überlegte Emil, einfach wieder abzuhauen, die Tür zu verschließen und die Polizei zu rufen, doch dann schlich sich ein anderer Gedanke in seinen Kopf: Was zum Teufel trieb der Einbrecher eigentlich in seinem Badezimmer? Das Drogerie-Parfüm für ein paar Euro konnte ihn wohl kaum locken, und es klang nicht, als würde er da gerade ein Geschäft erledigen. Nein, nein, da steckte etwas anderes dahinter – oder jemand anderes. Und Emil hatte da so einen Verdacht.

Er ließ den Brief zurück, stand schwungvoll vom Sofa auf, ging zur Badtür hinüber und klopfte vehement an.

»Frau Einbrecherin, einmal mit erhobenen Händen herauskommen! Widerstand und jeglicher Fluchtversuch sind zwecklos, Sie wurden auf frischer Tat ertappt.«

Die Tür öffnete sich einen Spalt, und große dunkle, schuldbewusste Augen blitzten ihm entgegen.

»Habe ich dich doch geweckt?«, fragte Laini mit kleinlauter Stimme und schlüpfte durch den Spalt zu ihm. »Entschuldige, ich habe versucht, leise zu sein.«

Emil folgte ihrem Blick, der auf das Schlafsofa gerichtet war. Tatsächlich sah die aufgetürmte Decke darauf aus wie ein liegender Körper. Er schob Laini zur Couch, damit sie darauf Platz nähme, schenkte aus der in der Früh bereits durchgelaufenen Kaffeemaschine zwei Tassen für sie ein und brachte sie zum Sofa. Dann ließ er sich neben sie fallen.

»Was machst du so früh hier? Ich habe nicht vor Mittag mit dir gerechnet.«

Sie setzte die Tasse ab, an der sie vorsichtig genippt hatte, kaum dass er sie ihr gereicht hatte.

»Ich habe mir den Wecker gestellt, damit wir möglichst viel Zeit zusammen haben«, antwortete sie, als wäre es die größte Selbstverständlichkeit der Welt. Dabei wusste er, wie sehr sie es liebte, am Wochenende auszuschlafen. »Nur habe ich leider nicht bedacht, dass du am Wochenende selbst gern mal länger schläfst.«

»Du hast mich nicht geweckt. Ich war schon draußen am Dorfplatz. Wir müssen uns verpasst haben.«

»Wirklich?«, fragte sie, und sofort wich ihre sorgenvolle Maske dem entspannten und freudigen Lächeln, das er an ihr so liebte. »Und ich dachte schon, ich hätte den heiligen Schlaf des Emil Zimmermann gestört.«

»Was soll das denn heißen? Ich bin immer früh wach.« Emil sah stirnrunzelnd von seiner Kaffeetasse auf, aus der er gerade trinken wollte.

»Na ja, hätte ja sein können, dass du dich gestern Nacht länger draußen herumgetrieben hast«, meinte Laini mit einem Zwinkern. »Wer weiß, ob es dir nicht eine Dorfschönheit angetan hat.«

»Und obwohl du das denkst, brichst du bei mir zu Hause ein? Ich hätte gerade mit der Dorfschönheit im Bett liegen können.«

»Aha! Es gibt also eine. Deine roten Bäckchen verraten dich.« Laini beugte sich lachend vor und kniff ihrem besten Freund in die Wange. »Na ja, aber da wir für das Wochenende verabredet waren, dachte ich mir schon, dass du die nicht hierher mitgebracht haben wirst. Übrigens stimmt irgendwas nicht mit deinem Boiler, oder? Da kommt kein Warmwasser, und das bei den Temperaturen da draußen! Wenn das so kalt bleibt, muss ich sofort zurück nach Hause zu meiner warmen Badewanne!« Sie schüttelte sich.

»Ich weiß, ich weiß, hab meiner Vermieterin schon Bescheid gegeben. Sie hat versprochen, heute ihren Sohn vorbeizuschicken.«

Er setzte sich weiter zurück, dabei stieß er mit der Hand gegen den Brief, der noch auf der Couch lag. Sofort hatte Laini ihn sich geschnappt.

»Jetzt liest du auch noch meine geheime Post!«, beschwerte Emil sich halbherzig.

»Wir haben keine Geheimnisse voreinander«, murmelte Laini, während sie die wenigen Zeilen überflog. Dann hob sie fragend den Blick. »Oder etwa doch? Was ist das denn für ein Witz? Rotkäppchen und der Weihnachtsmann? Ist das der total verkorkste Versuch, ein Krippenspiel auf die Beine zu stellen?«

Emil riss Laini den Brief aus der Hand und las selbst noch einmal Maditas Worte.

»Emil«, setzte Laini erneut in drohendem Ton an, in dem eine neugierige Nuance mitschwang. »Wer ist diese Madita, und was hat sie an sich, um dich in dieses Strahlen zu versetzen?«

Emil setzte sich aufrechter hin und versuchte mit voller Konzentration, die Farbe von seinen Wangen zu vertreiben.

»Es ist nicht, wie du denkst«, begann er zu erklären. »Madita ist kein Flirt oder so. Sie ist einfach jemand, der Hilfe braucht. Und ich versuche, diese Hilfe zu leisten.«

Laini sah stirnrunzelnd von ihm zu dem Brief.

»Indem ihr euch seltsame Märchenbriefe schreibt?«

Emil seufzte.

»Ja.« Und dann erklärte er Laini alles, angefangen bei Maditas traurigen Zeilen im Umschlag mit den Weihnachtsbriefen bis hin zu dieser ersten Antwort auf seinen Versuch, den Weihnachtsmann zu geben. Laini sah ihn sprachlos an und schüttelte immer wieder den Kopf. Erst als er geendet hatte, fand sie zu ihrer Stimme zurück.

»Das ist ja wirklich total verkorkst«, sagte sie nüchtern. Dann schlich sich ein kleines Lächeln auf ihr Gesicht. »Aber irgendwie auch echt süß. So typisch für dich! Wie willst du denn jetzt weitermachen?«

Emil beugte sich zum Sofatisch vor und stellte die inzwischen leere Tasse ab.

»Ganz einfach. Ich antworte ihr. Inkognito. Und dann warte ich und schaue, ob sie die Hilfe des Weihnachtsmannes annehmen will.«

»Und wenn sie herausfindet, dass du dahintersteckst?« Auch Laini hatte sich vorgebeugt und studierte weiterhin aufmerksam Emils Regungen.

»Na, dann weiß sie eben ganz offiziell, dass ich ein bisschen neben der Spur bin. Im schlimmsten Fall spricht es sich im Dorf herum, und ich habe für immer den Ruf eines Spinners.«

»Ach Quatsch, das glaube ich nicht. In ihren Zeilen klingt sie so, als könnte sie Spaß verstehen. Du magst sie übrigens, nicht wahr?« Wieder schlich sich dieses Funkeln in Lainis Augen.

Emil lehnte sich zurück, doch er konnte Lainis Blick nicht entwischen.

»Klar mag ich sie. Sie ist echt nett. Und eine tolle Tante für Ella und Janosch.«

»Und?«

»Und was?«

»Du weißt schon. Hast du schon mal daran gedacht, sie zu küssen?«

Emil sah sie skeptisch an.

»Nein, natürlich nicht. Ich kenne sie überhaupt nicht richtig. Ich sehe sie ja nie außerhalb des Kindergartens. Und ob du es glaubst oder nicht: Ich träume nicht davon, im Kindergarten die Mamis und Tanten zu verführen. Ich heiße ja nicht Valentino.«

Bei der Erinnerung an die aufdringliche Mutter lachte Laini auf.

»Na gut, ich lass dich damit schon in Frieden. Ich dachte nur … ich habe schon so lange nicht mehr dieses Blitzen in deinen Augen bemerkt.«

Emil und Laini sahen sich kurz an und schmunzelten. Beide dachten sie an Emils letzte Flirts zurück. Er war der Typ, der sich schnell mal verguckte, da er viele Menschen mochte und faszinierend fand. Aber nie hatte er sich so sehr verliebt, dass er eine feste Beziehung eingegangen wäre. Die Richtige war einfach noch nicht vorbeigekommen. Und so wäre es für Laini keine Überraschung gewesen, wenn Emil sich nun in die Tante eines seiner Schützlinge verguckt hätte. Er räusperte sich.

»Ich glaube, ich finde die ganze Situation einfach aufregend. Und ich habe schon ein bisschen Schiss, dass ich auffliegen könnte.«

»Das kann ich verstehen.« Lainis Stimme klang noch immer gespannt. »Meinst du denn, sie hat eine Ahnung?«

Emil sah mit großen Augen zu Laini auf, den Brief zwischen den Fingern, als könnte er wie ein windiger Vogel jeden Augenblick davonfliegen. Ein halbes Schmunzeln bildete sich auf seinem Gesicht.

»Wenn ich das nur wüsste.«

16 Madita

»Wenn ich nur wüsste, wer mir diese Briefe schreibt!« Madita lief im Teeladen auf und ab und streifte dabei gefährlich nah an den Regalen entlang. Thea und Sofie bedachten sie von der Theke aus mit müden Blicken. Sie hatten sich Stühle herangezogen und löffelten ihr Mittagessen, die dampfende Kürbissuppe, die Thea in einem schweren Topf von oben heruntergeschleppt hatte. Aber Madita machte sie mit ihrer Unruhe offensichtlich völlig verrückt. Nicht einmal Bing Crosbys beschwingtes »Winter Wonderland«, das aus den kleinen Lautsprechern an der Decke tönte und so gut zu dem weißen Schauspiel vor den Fenstern passte, schien sie zu beruhigen.

»Kannst du dich nicht endlich mal hinsetzen und deine Suppe essen?«, zischte Sofie zum wiederholten Mal. »Oder wenigstens uns in Ruhe essen lassen? Mein Magen knurrt seit dem Morgenkaffee. Meine Kollegen haben schon gemeckert. Der hat einfach vergessen, dass er schon ein Frühstücksbrot gehabt hat. Und jetzt, wo er endlich ruhig ist, fängst du mit deiner Knurrerei an.«

Madita stöhnte auf, drehte auf halbem Weg ab und trat zu den beiden, wo sie sich schwungvoll auf den dritten Stuhl fallen ließ.

»Ist ja gut, ist ja gut. Aber macht es euch nicht auch kirre, nicht zu wissen, wer hinter diesen Briefen steckt?« Zum hundertsten Mal an diesem Tag zog sie den Brief aus ihrer Jeanstasche und studierte ihn auf einen bisher übersehenen Hinweis hin. Den Teller mit der unangetasteten Suppe schob sie zur Seite, um mehr Platz für das Papier zu haben. »Kommt euch die Handschrift irgendwie bekannt vor? Vielleicht ist es ja jemand von früher aus der Schule … oder könnten unsere Eltern dahinterstecken, Thea?«

Thea seufzte und legte den Löffel für einen Moment am Tellerrand ab.

»Das kommt nicht von Mama oder Papa, wir haben sie doch gefragt, und sie würden uns nicht anlügen.«

»Und du hast wirklich nicht … also, du hast wirklich niemandem von meinem Brief erzählt?«

Auch diese Frage hatte Thea schon öfters beantwortet, doch sie sagte ruhig: »Ich habe deinen Brief doch gar nicht selbst gesehen. Das schwöre ich dir. Ich schwöre auf die Sterne und den Mond und auf das zottelige Monster, das dort hinten auf dem höchsten Berg lebt«, betete sie runter und entlockte Madita damit ein Schmunzeln, denn es war ihr Kinderschwur gewesen, den sie heute nur noch benutzten, wenn sie es absolut ehrlich meinten. Madita lehnte sich auf dem Stuhl zurück und schien ein wenig zur Ruhe zu kommen.

»Zeig mal her«, bat Sofie und deutete auf den Brief, wobei ein großer Klecks orangefarbener Suppe auf die Theke klatschte. »Das ist doch der von heute Morgen, oder?« Madita nickte, zögerte aber, ihr den Brief zu geben. Sie hatte den beiden bisher nur zusammengefasst, was der »Weihnachtsmann« ihr geschrieben hatte, und war nicht sicher, ob sie wollte, dass sie ihn ganz lasen. Sie sah noch mal darauf und überflog die Zeilen:

Liebe Madita,

ich freue mich sehr über Deine Antwort, auch wenn ich Dich in aller Ernsthaftigkeit daran erinnern muss, dass man den Weihnachtsmann nicht hinterfragt. Nicht als Kind und nicht als Erwachsene. Du weißt schon, die Rute und so ... Was ich aber eigentlich sagen — oder vielmehr schreiben — will, ist, dass Dein erster Brief mich berührt hat. Deine Worte klangen so traurig, und Dein Wunsch, sie zu äußern, sprach aus jeder Zeile. Deswegen habe ich Dir geschrieben. Nicht, um Dich auf den Arm zu nehmen oder mich über Dich lustig zu machen, sondern um Dir eine Möglichkeit zu geben, mehr zu schreiben, mehr von Deinem Schmerz zu teilen und eine Antwort darauf zu erhalten von jemandem, dem Du dabei nicht in die Augen sehen musst. Da ich weiß, wie schwer das sein kann. Fühl Dich bitte nicht unter Druck gesetzt, mir antworten zu müssen. Schreib mir nur, wenn Du Dich danach fühlst. Dann bin ich da. Auch wenn es erst in einem halben Jahr ist — ehrlich gesagt, habe ich dann wahrscheinlich sogar mehr Zeit, wenn ich in meinem Liegestuhl auf Jamaika liege.

Ich sende Dir liebe Grüße

Der Weihnachtsmann

P.S: Grüße auch an das Rotkäppchen, falls Du ihm wieder schreibst, wobei das im Wolfsbauch mittlerweile wohl leider verdaut sein dürfte!

Sie lächelte wieder leicht, als sie die letzten Zeilen las. Sofie hatte ihre Zurückhaltung und wohl auch das Lächeln bemerkt, in Theas Richtung mit der Augenbraue gewackelt und weitergegessen.

»Schon gut«, sagte sie jetzt mit einem Schmunzeln. »Ist ja nicht das erste Mal, dass du Geheimnisse mit dem Weihnachtsmann hast. Ich erinnere mich noch an Weihnachten vor einigen Jahren, als ihr hinter meinem Rücken getuschelt habt und dachtet, ich bekäme das nicht mit. Und dann habt ihr mir

Arni geschenkt.« Arni war Sofies Katze, die eigentlich Arnold Schwarzenegger hieß, aber von allen liebevoll Arni genannt wurde.

Madita lächelte sie dankbar an. Sie wusste nicht genau, was sie davon abhielt, den Briefinhalt zu teilen, vielleicht, weil darin ihr Schmerz so offen angesprochen wurde oder sie das Gefühl hatte, dass die Worte an sie allein gerichtet waren. Es fühlte sich für sie seltsamerweise so an, als würde ihr jemand schreiben, der sie in- und auswendig kannte. Deswegen hatte sie nochmals überlegt, ob nicht doch ihre Eltern dahinterstecken könnten.

In weniger drängendem Ton überlegte sie: »Und wenn mein Brief im Kindergarten gelandet ist? Und einer dort ihn gelesen und entschieden hat, mir auf diese komische Weise zu antworten?«

»Du meinst Kathi oder Emil?«, fragte Thea sofort, und ihre Augen verengten sich, als sie die Möglichkeit abwog. »Wann ist der Brief heute Morgen gekommen? Doch erst, als ich aus dem Haus war, oder? Denn als ich losgegangen bin, war der Briefkasten leer. Also kann es nicht sein. Die beiden waren im Kindergarten, als ich Ella und Janosch dort abgeliefert habe, und auf dem Weg sind sie mir nicht begegnet. Wenn sie also nicht einen heimlichen Boten engagiert haben …«

»Das kann ich mir nicht vorstellen«, meinte Madita und schüttelte den Kopf. »Überhaupt ist das eigentlich Quatsch. Kathi würde so etwas nie machen, sie würde mich immer direkt ansprechen. Und Emil kennt mich ja gar nicht. Würdet ihr einer Fremden solche Briefe schreiben?«

Sofie und Thea schüttelten entschieden die Köpfe.

»Dieser Emil war am Wochenende eh mit was anderem beschäftigt«, wusste Sofie zu berichten. »Marius hat bei ihm vorbeigeschaut, weil irgendwas mit dem Boiler nicht stimmte, und hat erzählt, dass Emils Freundin zu Besuch da war und wohl übers Wochenende geblieben ist, dem großen Rucksack nach zu schließen, den sie dabeihatte.«

»Stimmt.« Thea war sofort Feuer und Flamme. Wie alle Dorfbewohner liebte auch sie es, sich über den neuesten Klatsch und Tratsch auszutauschen. »Unsere Eltern haben die beiden am Sonntag im Wald gesehen, als sie mit Ella und Janosch dort spazieren waren.«

»Schade eigentlich«, meinte Sofie mit einem Schulterzucken. »Ist ein hübscher Kerl, oder? Diese Haare ... was würde ich dafür geben, einmal in diese Wellen fassen zu dürfen!«

Thea und Madita wechselten einen irritierten Blick und prusteten dann los.

»Ist das dein Ernst?«, fragte Madita lachend. »Und weiß Marius von deinen Fantasien?«

»Klar«, meinte Sofie völlig gelassen, während sie sich einen weiteren großen Schlag von der Suppe auftat. »Ihm geht's genauso, er schwärmt von Emil, seitdem er ihm die Wohnung gezeigt hat.«

Das Lachen der Schwestern wurde noch lauter, und für einen Augenblick vergaß Madita ihre Sorgen und die schweren Gedanken – bis ihr Blick wieder an dem Brief haften blieb.

»Aber mal im Ernst«, sagte sie nach einer Weile, in der auch Theas Lachen langsam abebbte. »Wer steckt dann hinter diesem Brief?«

»Lasst uns eine Liste machen«, schlug Sofie vor, »von allen Dorfbewohnern, die infrage kommen könnten. Und dann spielen wir Detektiv!«

Thea nickte eifrig und zog Stift und Papier aus der Schublade neben sich hervor.

»Das ist endlich mal eine gute Idee«, sagte sie. »Es bringt ja nichts, immer nur ins Blaue hinein zu rätseln.«

Überrascht sah Madita von ihr zu Sofie und zurück.

»Das würdet ihr mit mir machen?«, fragte sie ein wenig heiser.

»Klaro! Ich will doch wissen, wer dein ominöser Weihnachtsmann ist.«

»Und ich auch«, stimmte Thea zu und zückte den Stift. »Also, los. Gibt es im Kindergarten noch jemanden, der infrage kommt? Jemanden, der den Brief heute Früh bei uns abgegeben haben könnte?«

Und schon begann ein wildes Herumüberlegen, bei dem zig Namen fielen, sodass Thea kaum hinterherkam, alle zu notieren. Ganz oben auf die Liste kritzelte sie »Kath.« und »Emil«. Und ohne einen weiteren Augenblick zu zögern, strich sie beide mit einem kratzenden Geräusch durch.

17 Emil

Es war kurz vor drei am Dienstagnachmittag, und Emil war mindestens so aufgedreht wie seine kleinen Schützlinge, die umherwuselten, Ausstechformen und Schüsseln auf die große Tischtafel verteilten und dabei durcheinanderbrabbelten oder laut »Schingelbeeells« durch den Raum kreischten. Er sang genauso lautstark mit, aber so recht wollten seine Gedanken nicht bei dem Weihnachtslied und den Vorbereitungen bleiben. Sie hüpften immer wieder zu der Frage, ob Madita wohl zu dem heutigen Plätzchenbacken kommen würde.

Er versuchte, sich mit der Erinnerung an das Wochenende mit Laini zu beruhigen, an die langen Spaziergänge durch den winterlichen Wald, das Stollenbacken und Schokokalenderplündern. Am Samstag hatten sie nach dem Schlittschuhlaufen auf dem mittlerweile fest zugefrorenen Bach doch noch eine kleine Runde über den Weihnachtsmarkt gedreht, wobei sie den Teestand geflissentlich gemieden und sich ganz auf die Süßigkeitenstände konzentriert hatten. Sie hatten gebrannte Mandeln, kandierte Äpfel, Zuckerkrapfen und Lebkuchenplätzchen gekauft, alles in eine große Papiertüte gesteckt und sich zu Hause darüber hergemacht, während auf dem Fernseher zuerst *Kevin – Allein zu Haus* und danach *Das Wunder von Manhattan* liefen. Die Kalorien hatten sie am Sonntag bei einem langen Spaziergang durch den Wald und bis in die Berge hinein wieder verbrannt, wobei ihre Zehen irgendwann so eisig kalt geworden waren, dass sie danach mit Wärmflaschen, heißem Tee und dicken Decken wieder auf Emils Couch gelandet waren. Erst als sie sich ganz aufgewärmt hatten, hatten sie, lauthals »Last Christmas« und »All I Want For Christmas« singend, die Wohnung geschmückt: mit Lichterketten und Weihnachtsdeko, die noch von Emils Großeltern stammte, kleinen Holzfiguren, Christbaumkugeln und leuchtenden Fensterfsternen.

»Und der hier«, hatte Laini gesagt, als sie einen etwa unterarmgroßen Filz-Weihnachtsmann aus dem Rucksack gezogen hatte, »der bekommt einen Ehrenplatz.« Sie hatte ihn auf das Fensterbrett gestellt, sodass er von unten auf der Straße gut zu sehen wäre, so wie er von den Lichterketten angestrahlt wurde. Sie hatte Emil zugezwinkert. »Schließlich hat er in diesem Jahr eine ganz besondere Bedeutung für dich, nicht wahr?«

Emil schmunzelte, als er sich an ihre Worte zurückerinnerte. Laini hatte recht. Sein Verhältnis zum Weihnachtsmann, über den er in den letzten Jahren ehrlich gesagt nicht allzu viel nachgedacht hatte, hatte sich durchaus vertieft. Er fühlte sich eigentlich nicht wie er, aber verspürte eine gewisse Dankbarkeit dafür, dass er sich dessen Identität ausleihen durfte.

Gestern Morgen auf dem Weg zum Bahnhof hatte Laini seinen neuesten Brief mitgenommen und in den Briefkasten der Schroffenstein-Schwestern geworfen. Madita hatte seither nicht geantwortet, und während er gerade Mehlpäckchen auf den Kindergartentisch schob und sich fragte, ob sie es noch tun würde, da legte sich plötzlich eine Hand auf seinen Rücken, und er zuckte zusammen. Sofort dachte er an Madita – sie war wirklich hier! –, doch als er sich umwandte, sah er nicht das lange dunkelrote Haar, sondern glatt gekämmtes, schulterlanges Blond: Valentina. Er wusste nicht, ob er erleichtert oder enttäuscht sein sollte. Thea hatte am vorigen Tag nur gesagt, dass eine der beiden Schwestern auf jeden Fall kommen würde, um am Plätzchenbacken teilzunehmen, sie wüsste aber nicht, welche. Und das wurmte ihn seither gewaltig.

»Hi, Valentina, äh, Tini«, sagte er jetzt, und das Gefühlswirrwarr in ihm ließ ihn sehr viel lauter sprechen als geplant. Valentina schien das als Zeichen seiner Freude über ihr Wiedersehen zu sehen und zog ihn spontan in ihre Arme. Emils Muskeln verkrampften sich sofort, erst recht, als Valentinas Hände über seinen Rücken strichen. Sanft, aber entschieden löste er sich von ihr.

»Mama!« Ronja kam angerannt und schob sich zwischen sie, worüber Emil sehr dankbar war. »Kommt Papa auch noch?« Mit leuchtenden Augen blickte die Kleine zu ihrer Mutter hoch, die sich nun zu ihr hinunterbeugte.

»Nein, mein Schatz«, sagte sie in sachlichem Ton, und Emil meinte, darin den Frust und die Enttäuschung herauszuhören, die Valentina mit ihrem Mann in den letzten Wochen während ihrer Trennung durchlitten hatte. Sie schien sich auf die Zunge zu beißen, um vor ihrer Tochter nicht doch einen schneidenden Kommentar über ihren Ex fallen zu lassen, und blickte zu Emil. »Wann geht's denn los?«

»Wenn alle da sind.« Emil versuchte, seiner Stimme einen fröhlichen Ton zu geben, und nahm sich insgeheim vor, Ronja in nächster Zeit besondere Aufmerksamkeit zu schenken. »Ah, guckt mal, da sind ja schon Julias und Jakobs Eltern. Kommt rein, kommt rein!«

Wenige Minuten später wuselte es in dem überschaubaren Raum wie in einem Bienenstock. Aufgeregte Kinder zeigten ihren Eltern ihr Lieblingsspielzeug und fummelten ungeduldig an den Backutensilien herum. Kathi und Emil gaben sich Mühe, alle mit Kinderpunsch zu versorgen, und stellten die vorbereiteten Weihnachtsteller mit Bananenbrot, Apfel- und Orangenscheiben auf die Tische. Emil stellte gerade die Kinderweihnachtslieder aus dem CD-Player lauter, als er im Augenwinkel einen rotbraunen Schopf hereinrauschen sah. Sein Herz setzte für einen Schlag aus, bevor er sich umdrehte – und Thea erblickte. Sofort beruhigte sich sein Puls, aber zugleich fühlte er sich seltsam leer, als das gesamte Adrenalin, das den Tag über in seinem Blut gerauscht hatte, verflog.

»Entschuldigt!«, rief Thea laut in den Raum hinein, winkte den anderen Eltern zu und umarmte ihre beiden Kinder, die sofort zu ihr gelaufen waren. »Wir hatten im Laden noch etwas fertig zu machen, aber jetzt sind wir hier. Habt ihr noch einen Stuhl mehr?«

Sie deutete nach hinten, und erst jetzt bemerkte Emil sie, wie sie dort im Türrahmen stand und den Blick über den Tisch mit den vielen Kindern, die Backzutaten und den Weihnachtsschmuck im Raum wandern ließ: Madita. Ein wenig unbeholfen schob sie sich die Brille zurecht, und es rührte Emil an, die sonst so unbefangene Frau derart scheu zu sehen. Natürlich, dachte er, all diese Dinge rufen bestimmt schmerzhafte Erinnerungen wach. Er zögerte nur einen Moment, dann schnappte er sich schon einen der kleinen Stühle, die an der Seite gestapelt standen, und schob ihn zwischen die letzten freien am Tisch, die für Ella, Janosch und Thea vorgesehen waren. Er strahlte Madita an und hielt den Stuhl so lange an der Lehne gefasst, bis sie sich gesetzt hatte. Dabei streifte ihr Haar seine Hand, und er kam nicht umhin, zu bemerken, wie weich es sich anfühlte. Bevor er weiter darüber nachdenken konnte, drehte sie sich mit einem Lächeln zu ihm um.

»Danke, Emil.«

Er schluckte und setzte schnell ein etwas schiefes Lächeln zusammen.

»Klar! Schön, dass du da bist. Also, dass ihr beide da seid.«

Er biss sich auf die Zunge, hätte am liebsten die Augen über sich selbst verdreht, wandte sich aber stattdessen dem nächstbesten Kind zu und beugte sich hinab, um zu fragen: »Und was sind deine Lieblingsplätzchen?« Er war einfach nicht an all diese Aufregung gewöhnt. Die Situation machte ihn völlig fertig.

18 Madita

Die Situation machte sie vollkommen fertig. Madita betete innerlich, ohne Heulkrampf durch diesen Nachmittag zu kommen. Wieso nur hatte sie sich von Thea überreden lassen, doch mit zum Plätzchenbacken zu gehen? Ihr war schon vorher klar gewesen, dass es zu viele Erinnerungen wecken und schmerzhaft werden würde. Aber ihre Schwester war so hartnäckig gewesen, dass sie schließlich zugestimmt hatte, den Laden ihrer Mutter anzuvertrauen und mit Thea hierherzukommen. Es stimmte, dass Ella und Janosch völlig aus dem Häuschen waren, weil ihre Mutter und ihre Tante mitbacken würden. Doch kaum hatte Madita den Raum betreten, die gebastelten Sterne am Fenster und die weihnachtlich hergerichteten Tische mit all den fröhlichen Kindern und Eltern daran gesehen, wäre sie am liebsten umgedreht und hätte Reißaus in den Schnee genommen.

Nun saß sie hier, mit »Schneeflöckchen, Weißröckchen« im Ohr und klebrigem Teig unter dem Nudelholz. Alle paar Sekunden blickte sie zu der Wanduhr hinauf und seufzte enttäuscht darüber, dass noch immer erst eine halbe Stunde vergangen war, seitdem sie angekommen waren. Wie sollte sie weitere zweieinhalb Stunden aushalten, ohne zu weinen oder durchzudrehen? Auf der Suche nach Ablenkung sah sie sich an dem großen Tisch um. Sie kannte alle hier. Sie war mit ihnen im Dorf aufgewachsen oder hatte sie während der letzten Weihnachtsmärkte und Sommerfeste kennengelernt. Sie beobachtete, wie stolz die Kinder waren, ihre Eltern an einem Ort zu haben, der ihnen selbst vertrauter war als den Großen, sodass sie ihnen alles zeigen und erklären konnten. Gerade aber war jeder auf den Teig fixiert, knetete oder stach schon die ersten Plätzchen aus. Dabei wurde genascht und gelacht. Einige summten die Musik mit oder wippten im Takt. Wie schön das alles sein könnte, dachte Madita mit einem Ziehen im Magen. Wie sehr ich das lieben würde, wenn … wenn nur nicht …

»Na, wie läuft's?«, hörte sie da die warme, ruhige Stimme von Emil neben sich. Er hatte sich zu ihr gekniet und beobachtete, wie sie sich abmühte, den Teig vom Nudelholz zu knibbeln. »Warte, mit Mehl geht das besser.« Schon hatte er an ihr vorbei zur Mehltüte gegriffen und schob den Teig mit bemehlten Fingern vom Holz. Sein Arm in dem olivgrünen Hoodie lag dabei an ihrem, aber das störte sie nicht. Sie hätte es kaum bemerkt, wenn der Ärmel nicht komplett im Mehl gelegen hätte. Kurzerhand hob sie seinen Arm hoch. Emil sah sie eine Sekunde lang mit einem Blick an, in dem wohl Überraschung lag, ein kleiner Schreck oder etwas, was sie nicht recht deuten konnte.

»Sorry«, sagte sie schnell. Offenbar war sie wieder mal zu vorschnell gewesen und hatte eine Grenze überschritten. »Dein Pulli ist ganz dreckig geworden.«

Sofort löste sich Emils Miene in ein entspanntes Lächeln.

»Ach Quatsch, danke dir. Ich dachte nur, ich wäre dir zu nahe gekommen.«

Madita mochte sein Lächeln. Sie mochte Emil. Er war so

angenehm unkompliziert und lustig, anders als die meisten Zugezogenen, die mit dem engen Zusammenleben im Dorf oft erst einmal haderten.

»Also«, sagte er und übertrieb den Ton, mit dem er sonst den Kindern etwas erklärte, »man unterschätze nie die Wirkung des Mehles. Mehr Mehl, weniger Kleberei!«

»Jawohl, Herr Oberlehrer«, erwiderte Madita. Trotz der düsteren Stimmung konnte sie nicht widerstehen, auf seinen Scherz einzugehen. Sie deutete eine kleine Verbeugung an. »Ich würde ja knicksen, aber ich komme nicht von diesem winzigen Stuhl hoch.«

Wie aufs Stichwort sprang Janosch, der neben ihr gesessen und eben noch ganz aufs Ausstechen konzentriert gewesen war, von seinem Platz auf, stellte sich vor Emil auf und vollführte einen etwas wackeligen, aber ansonsten vollendeten Hofknicks.

»Na, schau mal einer an«, sagte Emil mit einem überraschten Prusten. »Ich wusste gar nicht, dass du so gut erzogen bist, Janosch!«

»Was soll das denn bitte heißen?«, rief Thea von der Seite und brachte alle am Tisch zum Lachen, die die Szene belustigt beobachtet hatten. Auch Madita lachte und merkte erst nach Minuten, dass sich der Knoten in ihrem Inneren klammheimlich gelöst hatte. Sofort ziepte das schlechte Gewissen an ihr, aber sie versuchte, ihm nicht mehr Platz einzuräumen. Zumindest nicht jetzt, für diesen Moment, in dem sie mit den Kindern zusammen war und einen leichten Augenblick erlebte, inmitten der Weihnachtszeit. Sie blickte von Janosch zu Emil, der sich erhob und zu der kleinen Ronja weiterging, die eifrig auf ihre leicht abwesend wirkende Mutter einredete. Wie auch immer er das hinbekommen hatte, Emil hatte sie von ihrem

Kummer abgelenkt. Sie schmunzelte, wandte den Blick ab und griff beherzt in die Mehltüte. Nicht nur für den Tipp mit dem Mehl war sie ihm gerade sehr dankbar.

Lieber Weihnachtsmann,

heute ist mir etwas Seltsames passiert. Ich war in einer Situation, die schlimmer für mich kaum hätte sein können. Du musst wissen, dass Weihnachten für mich nicht mehr das ist, was es mal war. Früher habe ich es geliebt, und es hat keine Zeit gegeben, die ich lieber gemocht hätte als die Adventszeit, wenn alles festlich und gemütlich wird. Aber seit Viktors Tod hat sich das ins Gegenteil gewandelt, und ich kann das alles nicht mehr ertragen, die Lichter, die Musik, den Markt ... Am liebsten würde ich pünktlich zum ersten Dezember meinen Koffer packen und auf eine Südseeinsel flüchten, um nichts von alledem mitzubekommen – wenn da nicht Ella und Janosch wären, meine Nichte und mein Neffe. Sie lieben den Advent und Weihnachten, und es würde ihnen bestimmt das Herz brechen, wenn ich einfach abhauen würde, wo doch ihr Vater zu dieser Zeit häufig schon nicht bei ihnen sein kann.

Na ja, heute jedenfalls habe ich die beiden zum Plätzchenbacken in ihren Kindergarten begleitet. Eigentlich wollte ich nicht hingehen, weil ich ja wusste, was das mit mir machen würde, aber meine Schwester hat mich so lange bearbeitet, bis ich doch zugestimmt habe. Und es war schrecklich. Zumindest am Anfang. Ich hatte den Raum kaum betreten, schon blitzten all diese Erinnerungsfetzen vom Plätzchenbacken mit Viktor in mir auf und fühlten sich an wie Hunderte kleine fiese Nadelstiche, die sich immer tiefer in meine Haut gruben – wenn Du Dir in etwa vorstel-

145

len kannst, was ich meine. Ich wollte einfach nur weg, keine Ahnung, wohin, ganz egal, einfach nur weg. Aber natürlich bin ich geblieben, und was ist passiert? Da kommen der Erzieher und die Kinder daher, und plötzlich geht es mir … gut. Ich weiß nicht, ob Du verstehen kannst, was das für mich bedeutet. Es war das erste Mal seit Viktors Tod, dass ich im Dezember an etwas anderes als ihn gedacht habe. Er ist sonst immer da, immer, immer … einfach als Gefühl. Es ist schwer, das zu beschreiben, ich habe es vorher noch nicht probiert. Aber es ist, als trüge ich ihn in meiner Brust immer mit mir und fühlte, dass er bei mir ist. Deshalb ist es so seltsam für mich, dieses Gefühl für einen Moment verloren zu haben, und um ehrlich zu sein, geht es mir gerade ziemlich schlecht deswegen. Ich meine, fängt damit nicht das Vergessen an? Ich will ihn nicht vergessen, niemals, verstehst Du? Wenn schon alles weitergeht, alle anderen ihn mehr und mehr vergessen, dann muss doch ich die Erinnerung an ihn behalten. Ich liebe ihn doch.

Es ist schon spät und das Dorf ganz still. Aber da ich jetzt weiß, dass meine Briefe Dich wirklich erreichen, bringe ich diesen noch schnell zum Schlitten, bevor ich es mir anders überlege und mich fragen kann, warum ich ausgerechnet dem Weihnachtsmann mein Herz ausschütte.

Danke.

Deine Madita

✳ ✳ ✳

Liebe Madita,

Deine Liebe zu Viktor wird nicht geringer werden, das lese ich ganz deutlich aus all Deinen Worten der letzten Briefe heraus. Er hat sich in Dein Herz eingeschrieben und dort einen festen Platz, unabhängig davon, was in Deinem Leben geschieht. Nur darfst Du an dieser Liebe nicht kaputtgehen, indem Du Dich von der Trauer auffressen lässt. Weißt Du, *dass Trauer zahlreiche Facetten hat? Sie wandelt sich über die Zeit, sie nimmt verschiedene Formen an. Wenn also ein Kindergartenerzieher oder Deine Nichte und Dein Neffe es schaffen, Dich für einen Moment auf andere Gedanken zu bringen, dann ist das nichts Schlimmes. Im Gegenteil: Nimm die Freude ruhig an, denn sie wird die Trauer in Dir nicht tilgen, sie wird sie nur verändern. Mit den Gefühlen ist es vielleicht wie mit einem Plätzchenrezept: Es setzt sich zusammen aus vielen Aromen. In manchen Momenten schmeckst Du eines deutlicher heraus als die anderen, aber trotzdem sind sie da. Sie rücken nur in den Hintergrund, um in einem anderen Rezept wieder die hervorstechenden Aromen zu sein.*

Du siehst, der Weihnachtsmann kann manchmal ziemlich philosophisch daherkommen! Doch eigentlich freut er sich in diesem Moment sehr, dass Du gestern einen schönen weihnachtlichen Moment erlebt hast. Du sagst zwar, dass Deine Freude am Advent der Vergangenheit angehört, aber so ganz kann ich das nicht glauben. Vielleicht schafft es gerade diese Zeit, Dir ein klein wenig Zauber ins Leben zurückzubringen …?

Alles Liebe

Dein Weihnachtsmann

✳ ✳ ✳

Lieber Weihnachtsmann,

Du meinst also, der Adventszauber wird mich doch noch um den Finger wickeln? Wenn ich spüre, wie viel Schmerz er mir gerade zufügt, glaube ich noch nicht daran. Aber trotzdem möchte ich Dir für Deine Worte danken. Heute im Laden habe ich einen neuen Wintertee zusammengestellt, mit gerösteten Mandeln, Rosinen und Orangenschale, und dabei über das nachgedacht, was Du mir über die Gefühle geschrieben hast. Es wäre schön, wenn es stimmt und die Trauer vielleicht irgendwann eine Form annehmen könnte, die wieder Platz lässt für andere Gefühle. Ge-

rade kann ich mir das noch nicht vorstellen … Was, meinst Du, könnte ich dafür tun? Kann ich überhaupt etwas tun?

Ich lege Dir ein Päckchen von dem neuen Tee bei. Lass mich wissen, wie er Dir schmeckt!

Deine Madita

✳ ✳ ✳

Liebe Madita,

hohoho, Du hast meinen neuen Lieblingstee gemacht! Als ich ihn probiert habe, hatte ich sofort das Gefühl, es mir nach einem langen Schneespaziergang vor dem Kamin gemütlich zu machen, das Knistern des Feuers zu hören, eine warme Decke um mich zu schmiegen und die prickelnde Vorfreude auf die festlichen Tage in mir aufkommen zu spüren. Danke für diesen schönen Moment!

Was ich Dir raten würde, ist genau das: die besonderen und schönen Momente zulassen, ihnen wieder Platz in Deinem Leben geben. Du musst Dir nichts verbieten, weil Du meinst, dies Viktor schuldig zu sein. Du darfst eine Lichterkette aufhängen, wenn Du es schön findest, Du darfst laut lachen, Du darfst Dich mit Deinen Freunden und Freundinnen auf dem Weihnachtsmarkt vergnügen. Genauso darfst Du offen traurig sein und weinen, wenn Du Dich danach fühlst. Das alles sind Offenbarungen Deines echten Gefühls, das Du nicht unterdrücken musst. Ich kann mir vorstellen, dass Du Dich sehr beobachtet fühlst, dass Du Dich sorgst, andere mit Deinen Gefühlen zu nerven, und niemanden überfordern willst. Aber ich rate Dir auch das: Wende Dich ruhig nach außen und sprich über das, was in Dir vorgeht. Du wirst sehen, dass Deine Lieben froh sind über Deine Öffnung und Dir helfen wollen, auch wenn das heißt, Dir einfach mal ein Ohr zu leihen.

Einiges von dem, was ich Dir rate, wird Dich vielleicht erst einmal traurig machen. Die Gespräche sind oftmals nicht leicht zu führen, und die weihnachtlichen Momente in Dein Leben zu lassen, weckt sicherlich schmerzhafte Erinnerungen. Aber es wird Dir helfen … bald, mit der Zeit, glaube mir.

Ich wünsche Dir viel Kraft.

Dein Weihnachtsmann

❄ ❄ ❄

Lieber Weihnachtsmann,

puh, ob ich das so umsetzen kann … aber ich denke über Deine Worte nach. Deinem Alter nach müsstest Du ja eigentlich ziemlich weise sein.

Gerade kommt mir eine Idee für einen neuen Tee … Den bekommst Du natürlich bald. Und jetzt noch eine Frage: WER BIST DU?!

Deine Madita

❄ ❄ ❄

Liebe Madita,

das weißt Du doch: Santa Claus himself!

Und der wird jetzt Tee trinken.

Himmlische Grüße!

19 Madita

»Geh du ruhig schon mal. Ich bleibe noch ein bisschen«, sagte Madita am Abend, als Thea das große Ladenlicht ausknipste und sich zum Gehen wandte. Nun drehte ihre Schwester sich doch noch einmal zu ihr um. Madita hatte damit begonnen, die Theke aus Eichenholz freizuräumen, deren unzählige kleine Kratzer ihr Alter verrieten. »Mir geistert seit ein paar Tagen so eine Idee im Kopf herum, und ich muss mal schauen …« Sie bückte sich, zog aus den unteren Regalen einige Gläser mit Teezutaten, deren Aufschrift sie studierte.

»Du willst einen Tee machen?«, fragte Thea und trat einen Schritt näher. Obwohl Madita in Gedanken bereits die Harmonie bestimmter Aromen ausbalancierte, hörte sie ihrer Schwester die Überraschung an, als sie hinzufügte: »Etwa noch einen Weihnachtstee?«

Schon als sie Thea ohne Vorankündigung den neuen Schutzengeltee präsentiert hatte, war diese völlig aus dem Häuschen gewesen. Kein Wunder, wo Madita sich doch so lange dagegen gesträubt hatte, auch nur eine weihnachtliche Zutat zur Hand zu nehmen, während sie es liebte, die anderen Jahreszeiten in Teemischungen einzufangen. Nun schwebte ihr aber etwas vor, das schwieriger war als eine einfache Schutzengelmischung.

Madita stellte zwei Gläser auf der Theke ab, erhob sich und

lief dann an Thea vorbei in das Hinterzimmerchen, wo über der Küchentheke und an der Wand entlang weitere Regale mit unzähligen Gläsern und Dosen bereitstanden. Während sie sie suchend durchging und immer mal wieder eine herauszog, murmelte sie: »Ja ... ich würde gerne versuchen ... aber ich weiß noch nicht.«

Thea schien zu merken, dass mit Madita kein Gespräch mehr zu führen war. Mit einem Blitzen in den Augen und einem Schmunzeln auf den Lippen eilte sie zur Ladentür, verschloss sie und ging dann winkend an Madita vorbei die Treppe zur Wohnung hinauf.

Madita war nun allein. Sie stellte die dudelnde Weihnachtsmusik ab und genoss für einen Augenblick die Stille, die sich auf den Laden und sie legte. Das große Licht war ausgestellt, nur der Schein aus dem Hinterzimmer fiel auf die Theke, auf der sich nun die Gläser und Dosen aneinanderreihten, und vom Fenster her der Schimmer der Lichterketten. Madita war so konzentriert, dass sie nicht daran dachte, mehr Licht zu machen. Stattdessen stellte sie einige Schüsseln vor die Gläser, dann ging sie noch mal in sich.

Es sollte ein Tee werden, der all das einfing, was sie mit ihrem Weihnachtsmann verband, und das war schwieriger als im ersten Moment gedacht. Es gab einfach schon so viel, was er, der Briefeschreiber, für sie ausmachte. Da waren sein Witz und seine Frische, da waren aber auch die Tiefgründigkeit, das Verständnis, die Geduld. Er konnte Gedanken so in Worte fassen, dass sie immer sofort wusste, was er meinte, und sich darin wiederfand. Da war außerdem die Dankbarkeit, die sie für ihn empfand, das Gefühl der Verbundenheit und der Freundschaft. Als sie darüber nachdachte, war sie selbst verdutzt, dass sie all das für jemanden fühlen konnte, dem sie nie in die Augen gesehen hatte.

Madita ließ den Blick über die braunen Nelken im Glas vor ihr wandern, die rot glänzenden Apfelstückchen, die hellgrünen Kräuter. Zu ihrer eigenen Überraschung hatte sie auch nach dem Zitronengras gegriffen, das in einem herkömmlichen Weihnachtstee eigentlich nichts zu suchen hatte. Aber ihr Weihnachtsmann war schließlich auch nicht herkömmlich. Entschlossen griff sie danach und gab mit dem Messlöffel etwas davon in die erste Schüssel. Als Nächstes kam der Apfel dran, nein, sie stellte das Glas zurück, verharrte einen Moment mit geschürzten Lippen, dann nickte sie und ging mit raschem Schritt in das Hinterzimmer, um die getrocknete Ananas herauszuziehen. Sie schraubte das Glas auf, sog den süßen Duft ein. Ja, das war es. Die Frische. Der Humor.

Kaum war die Ananas zu dem Zitronengras in der Schüssel gegeben, löffelte Madita einen mild-würzigen Grünen Tee als Basis hinzu. Die Aufgewecktheit. Mit langsamen Bewegungen verrührte sie die drei Zutaten, deren Duft zu ihr aufstieg. Nun wurde es kniffelig. Sie brauchte etwas für die Wärme, die Herzlichkeit. Wieder betrachtete sie ein Glas nach dem anderen, bis ihr Blick hängen blieb und zwischen zweien hin- und herging. Hibiskus oder Orangenblüte … Sie überlegte. Hibiskus war eine absolute Bringerzutat. Jedem Tee verlieh er eine fruchtige Note, brachte Farbe und Säure hinein. Madita hatte ihn in unzähligen Teemischungen verarbeitet. Doch nun sträubte sich irgendetwas dagegen. Die Orangenblüte war milder. Sie war eher hintergründig zu schmecken und rundete einen Tee ab, konnte aber auch schnell untergehen. Doch nicht hier, nicht in diesem Tee. Madita griff nach der Dose mit den Orangenblüten. Sie würde sie so einsetzen, dass sie herauszuschmecken wären, mit all ihrer Sanftheit und Milde.

Erneut beugte sich Madita über die Schüssel und atmete tief

durch die Nase ein, um jedes Aroma aufzunehmen. Sie fächelte sich ein wenig vom Duft zu, zog die Augen leicht zusammen, dann nickte sie. Ohne darüber nachzudenken, griff sie nach dem Glas mit den Anissamen, gab als Nächstes Kardamom hinzu, ein wenig Fenchel – ein Geschmack, der sie immer an ihre Kindheit erinnerte und wie eine warme Decke umhüllte. Dann kamen Zimt- und Muskatprisen hinzu. Und schließlich, als Überraschung – denn die war ihr Weihnachtsmann ja nun mal gewesen –, etwas Ingwer.

Madita vermischte die Zutaten und genoss den Anblick ihrer Mischung, der Grün- und Gelbtöne. Es war immer wieder ein besonderes Glücksgefühl für sie, wenn sich die einzelnen Ingredienzien miteinander verbanden und etwas Neues, vielleicht noch nie Probiertes ergaben.

Mit einem Lächeln wandte sie sich ab und setzte im Hinterzimmer Wasser zum Kochen auf. Sie nahm eine kleine gläserne Kanne und gab an der Theke mit einem feierlichen Gefühl einen Löffel der neuen Mischung direkt hinein. Das Wasser, das sie anschließend hinzugoss, ließ die Blüten, Samen, Kräuter und Früchte in der Kanne tanzen. Wie auf Aquarellpapier quoll die hellgelbe Farbe auf und verteilte sich langsam.

Während der Tee zog, blieb Madita davor sitzen und beobachtete, wie die Farbe sich ganz leicht intensivierte und der Dampf in unregelmäßigen Schwaden in die Luft stieg. In Gedanken war sie noch immer bei dem Briefeschreiber. Sie erinnerte sich, wie entrüstet sie gewesen war, als sein erster Brief sie erreicht hatte, und musste über sich selbst den Kopf schütteln. Zum Glück hatten Thea und Sofie sie darin bestärkt, ihm zu antworten. Ja, zum Glück hatte sie es gewagt, sich ihm anzuvertrauen. Oder ihr. Wer nur mochte sie ihr schicken, wer mochte dahinterstecken?, fragte sie sich aufs Neue. Sie wusste es nicht, hatte nicht mal eine richtige Idee. Aber vielleicht war das vorerst egal. Irgendwann würde sie es ganz bestimmt herausbekommen, aber in diesem Moment genoss sie es, zu wissen, dass es diesen Jemand irgendwo da draußen gab. Und dass er für sie da war. Vielleicht könnte sie ihm irgendwann mehr zurückgeben als nur diese Mischung, die durch ihn inspiriert war.

Madita legte das Sieb auf die Tasse, die sie mitgebracht hatte, und goss den Tee aus der Kanne hinein. Dieser Duft ... er weckte ein aufgeregtes Kribbeln in Maditas Bauch. Genau so stellte sie ihn sich vor, ihren Weihnachtsmann: so frisch und süß. Über diesen Gedanken musste sie schmunzeln. Sie hob die Tasse an die Lippen und blies vorsichtig hinein. Dann nippte sie ganz langsam. Erst als sie spürte, dass die Temperatur annehmbar war, ließ sie einen größeren Schluck über ihre Lippen gehen. Die Aromen breiteten sich auf ihrer Zunge aus, erfüllten den Mund und vertieften sofort das Glücksgefühl in ihr. Sie hatte es getroffen. Hatte ihn getroffen. Da waren die weihnachtlichen Gewürze und der Ingwer, die sich auf ganz neue Weise mit den fruchtigen Aromen mischten, abgerundet durch die milde Orangenblüte, den Fenchel und den würzigen Grünen Tee. Es war ein ganz unbekanntes Geschmacksbild, das sich ihr eröffnete, aber zugleich so harmonisch, dass der Tee sie sich einfach wohlfühlen ließ. Gleich würde sie eine größere Menge davon herstellen und in Tüten abpacken. Ja, dachte sie und blickte zufrieden auf die Mischung in der Schüssel. Da haben wir ihn, meinen Santa-Tee.

20 Emil

In Emils Umhängetasche klimperte es, als er am frühen Abend die Straße entlangging und nach dem nächsten Müllcontainer Ausschau hielt. Es war bestimmt kein schlechtes Omen, versicherte er sich, dass ausgerechnet jetzt seine Lieblingstasse kaputtgegangen war, da er versuchte, als Weihnachtsmann ein zerbrochenes Herz zu kitten. Er befand sich auf dem Weg zum kleinen Dorfladen, die frierenden Hände tief in den Jackentaschen vergraben, und wollte die Bruchstücke irgendwo unterwegs entsorgen, nicht sicher, ob Porzellan eigentlich in den Glascontainer oder Restmüll gehörte. Da kam er an Theas und Maditas Teeladen vorbei und blieb ruckartig stehen. Die vielen Lichterketten in den Fenstern und das angenehme Licht im Innern versprachen Wärme. Emil lugte an den Tassen und Teedosen im Schaufenster vorbei und erhaschte einen Blick auf rotbraunes Haar. Welche der beiden Schwestern war es? Plötzlich verspürte er den starken Drang, Madita zu sehen. Die vielen Briefe der letzten Tage brachten es mit sich, dass er gedanklich ganz nah an sie herangerückt war. Mehrmals am Tag war er an ihrer Haustür vorbeigegangen, um unauffällig einen neuen Brief einzuwerfen. Er hatte öfters beobachtet, wie Madita mit einem Schreiben zum Dorfplatz geeilt war. Und einmal hatte sie ihn beinahe an der Haustür der Schwestern erwischt, als er einen Brief hatte einwerfen wollen. Doch zum Glück hatte er sie und Sofie noch rechtzeitig entdeckt, wie sie hinter dem Schaufenster des Teeladens kauerten und nach dem Weihnachtsmann spionierten. Ständig kreisten seine Gedanken um die junge Teeverkäuferin, um ihre Worte und die Mutmaßung, wie seine Briefe wohl bei ihr ankommen mochten.

Ohne weiter zu überlegen, riss er die Tür zu dem Laden auf und betrat den Raum, wo ihn sofort angenehme Wärme und leise weihnachtliche Jazztakte umfingen. Wie von allein ging sein Blick zur Theke, wo wirklich Madita stand, zu ihm aufblickte und ihn lächelnd begrüßte. Sie war nicht allein. Neben ihr standen Thea und Marius' Frau Sofie, und es wirkte, als hätte er die drei gerade aus einem angeregten Gespräch gerissen.

»Hallo, was können wir für dich tun, Emil?«, fragte Madita freundlich und wollte schon um die Theke herumkommen, da war ihm sein plötzliches Auftreten mit einem Mal unangenehm. Er war einfach seinem Impuls gefolgt, sodass er gar nicht wusste, was er sagen sollte, da sie nun wirklich vor ihm stand.

»Ach, ich wollte mich nur mal umgucken«, sagte er schnell und deutete ungezielt auf die Regale mit den vielen Teegläsern.

»Alles klar, melde dich, falls du doch Hilfe brauchst, ja?«

Emil stellte sich vor das ihm nächste Regal und ließ den Blick über die Gläser mit den Namensetiketten schweifen, ohne eines der geschriebenen Worte aufzunehmen. Erst als Sofies Flüstern ertönte und die drei das Gespräch fortführten, entspannte er sich nach und nach. Er las noch einmal die Etiketten und nahm die Teesorten bewusst auf. Er zog ein Glas hervor und besah sich die Zutatenliste auf der anderen Seite, bevor er es zurückstellte. Dabei begann er, auch die Worte zwischen den Frauen klarer wahrzunehmen.

»Nein, nein, nein, die ist es nicht, das ging ganz klar aus dem

Gespräch hervor. Sie meinte, mit Weihnachten nichts am Hut zu haben. Und, um ehrlich zu sein, scheinst du ihr auch ziemlich wurscht zu sein, Madita, sorry.«

»Ach, nicht dafür«, meinte Madita mit einem kleinen Lachen. »Dann streich sie doch gleich mal von der Liste. Eine Verdächtige weniger!«

Emil hörte nun genauer hin. Weihnachten, Madita, Liste. Ihm kam die Vermutung, dass das etwas mit seinen Briefen zu tun haben könnte.

»Damit haben wir noch vier Leute auf der Liste, gar nicht viele, was? Es kann natürlich sein, dass wir jemanden nicht auf dem Schirm haben, der dir diese Briefe schreibt.«

Aha! Sie hatten also wirklich eine Liste mit Verdächtigen gemacht, die hinter dem Weihnachtsmann stecken könnten. Er traute sich nicht, in die Richtung zu schielen, aber die Liste musste dort auf der Theke liegen, über die sich die drei gerade beugten. Sie schienen schon vergessen zu haben, dass er im Laden war, so angeregt tauschten sie sich aus. Dann war er ja wohl keiner dieser Verdächtigen, sonst hätten sie bestimmt nicht so offen darüber gesprochen. Wie gern hätte er einen Blick auf die Liste geworfen!

»Herr Paulsen?«, fragte Thea schon nicht mehr im Flüsterton. »Hat eine von euch mit ihm geredet und versucht, was herauszufinden?«

»Herr Paulsen hat ganz andere Dinge im Kopf«, meinte Madita abwehrend. »Ich habe ihn in letzter Zeit kaum gesehen, und wenn, dann habe ich es nicht über mich gebracht, ihn darauf anzusprechen. Er wirkt so abwesend.«

»Kein Wunder«, sagte Thea in traurigem Tonfall, und auch Sofie seufzte.

»Er kann es nicht sein«, sagte Madita bestimmt. »Lasst ihn

uns in Klammern setzen. Aber ich hatte einen anderen Gedanken. Was ist denn eigentlich mit Marius? Wir haben ihn gar nicht auf die Liste gesetzt, aber du konntest mir nie bestätigen, dass er es wirklich nicht ist, Sofie. Was, wenn er es heimlich gemacht hat?«

»Niemals!«, rief Sofie mit einem lauten Lachen. »Ich habe den ersten Brief gelesen, und glaub mir, mein Mann würde solche Zeilen niemals zustande bekommen. Er kann ganz toll Geschichten erzählen, das ist schon klar, aber doch nicht aufschreiben.«

»Bist du dir sicher?«, hakte Madita nach, und Emil sah aus dem Augenwinkel, wie sie ihre Brille zurechtrückte. »Es gab auf dem Weihnachtsmarkt so einen Moment, als ich mit ihm über Viktor gesprochen habe …«

»Nein, wirklich, das kann ich mir nicht vorstellen. Aber wenn du willst, rede ich noch mal mit ihm, okay?«

»Und was ist mit Till?«, gab Thea schon das nächste Stichwort. »Der könnte es doch sein, oder? Schließlich habt ihr euch genau an dem Wochenende kennengelernt, als das mit den Briefen losging.«

»Genau«, zischte Sofie so laut, dass sie auch in normalem Tonfall hätte sprechen können. Emil schmunzelte und tat sehr konzentriert, als er so die Teegläser studierte. »Er ist der heiße Kandidat auf unserer Liste. Ich versuche schon mein Bestes, ihn auszuhorchen, aber er ist einfach so schwer zu durchschauen und gibt sich immer bedeckt. Das ist total auffällig. Außerdem mag er dich, Madita.«

»So ein Quatsch«, kam sofort Maditas Antwort.

Emil wandte unauffällig den Kopf in die Richtung der Theke und bemerkte, wie Madita einen Schritt zurückgemacht und die Hände gehoben hatte.

»Das heißt«, sprach sie langsam weiter und senkte die Hände, »wir haben uns ganz gut verstanden, und seither fragt er öfters mal, wie es mir geht, aber das bedeutet ja nichts weiter.«

»Er hat mich schon mehrmals nach dir gefragt.« Sofies Ton war vieldeutig, und Emil spitzte die Ohren, neugierig auf Maditas Antwort. Doch die sagte nichts, sondern schüttelte nur den Kopf. »Na, ich glaube«, fuhr Sofie fort, »er hat auf dem Weihnachtsmarkt einen Narren an dir gefressen. Aber ich weiß, dass du das nicht hören willst, und es tut ja jetzt nichts zur Sache, außer wenn ihn das wirklich inspiriert haben sollte, dir diese Briefe zu schreiben.«

»Ich könnte es mir schon vorstellen«, überlegte Thea. »Vielleicht hofft er ja auch ein bisschen darauf, dir auf die Weise näherzukommen.«

»Das wäre gruselig, wenn er sich dafür als Weihnachtsmann ausgeben würde, oder?«, meinte Madita trocken und machte einen weiteren Schritt von der Theke weg. Ihrer Stimme war anzuhören, dass sie nach einem Themenwechsel suchte. »Also, wenn es geht, bohr bei ihm noch ein bisschen weiter, Sofie. Ich kümmere mich mal um die Kundschaft.«

Sofort zuckte Emil innerlich zusammen und riss sich am Riemen, um möglichst locker und unbeteiligt vor dem Regal zu stehen. Aber er hatte das Gefühl, viel zu lange, herunterhängende Arme und den auffälligsten Gesichtsausdruck überhaupt zu haben, als Madita ihn ansprach: »Entschuldige, Emil, wir haben dich ganz schön lange ignoriert. Kann ich dir vielleicht doch helfen?«

Ihren Augen war eine leicht beunruhigte Facette anzusehen, auch wenn sie ein gewinnendes Lächeln zeigte, das Emil sofort dazu brachte, seine Arme zu vergessen und es zu erwidern.

»Danke. Ja, vielleicht. Ihr habt einfach zu viel Auswahl«, erwiderte er und deutete auf die zahlreichen Gläser. »Eigentlich suche ich etwas Weihnachtliches.«

Ihr Lächeln vertiefte sich, und sie nickte wissend.

»Klar, was frage ich eigentlich, es ist ja mitten im Advent! Für den Morgen oder eher den Abend?«

»Den Abend«, sagte er sofort.

»Dann bist du morgens also auch eher der Kaffeetrinker?« Madita legte eine Hand sanft an seinen Arm und führte ihn zu dem Regal neben der Theke. Sofie und Thea nickten ihm kurz zu, bevor sie sich tuschelnd über ein Papier beugten, das die ominöse Liste sein musste. »Ich brauche morgens auch immer erst einmal einen richtig starken Kaffee, aber verrate das niemandem«, sprach Madita weiter, während sie den Blick über das Regal schweifen ließ. »Offiziell trinken die Schroffensteins natürlich nur Tee, rund um die Uhr.« Sie zwinkerte ihm grinsend zu, dann zog sie ein Glas hervor. »Hast du bestimmte Vorlieben? Das hier ist zum Beispiel der Schutzengeltee, eine eher klassische Mischung mit einer Prise Süßholz. Willst du mal schnuppern?« Auf sein Nicken hin öffnete sie den Drehverschluss und hielt ihm das Glas entgegen. Sofort strömten ihm die Aromen in die Nase, und er konnte ein »Mhh« nicht unterdrücken.

»Gut, nicht? Es ist meine momentane Lieblingsmischung, zusammen mit dieser hier.« Sie zog ein weiteres Glas heraus. »Der Santa-Tee, auch ganz neu.«

Sofort spürte Emil, wie das Blut in seine Wangen schoss. Ein kleiner Freudenstoß ging durch seinen Bauch. Das war die Teemischung, die er inspiriert hatte! Er tat überrascht, als er die Aromen von Grünem Tee, Ananas und Ingwer aufnahm, dabei war das Tütchen, das Madita ihm in den Schlitten gelegt hatte, schon längst leer.

»Der Tee ist ein bisschen ungewöhnlich, überraschend, aber ich habe darauf geachtet, auch ganz sanfte Aromen mit unterzubringen, die sich erst beim Schmecken nach und nach auftun, wenn man darauf achtet.«

Die Wärme in Emils Innerem nahm überhand, doch nach außen hin versuchte er, ganz ruhig zu bleiben und interessiert zu nicken.

»Dann ist Santa in deinen Augen also ein ungewöhnlicher Typ, der aber auch sanfte Seiten hat?«, konnte er sich dann doch nicht zurückhalten.

Nun war es Madita, deren Wangen sich röteten. Sie fuhr sich durchs Haar, doch dann nickte sie einfach und grinste ihn an.

»Ja, genau!«

Emil erwiderte das Lächeln und beobachtete dabei das Spiel ihrer Augen, die funkelten und all die Gedanken widerspiegelten, die in ihrem Kopf gerade herumwirbeln mussten. Sie ist eigentlich so offenherzig, dachte er. Nur die Trauer kann sie zu gut verstecken. Widerstrebend löste er sich von dem Blick und sagte: »Ich nehme von beiden ein Tütchen, bitte.«

»Gerne.« Schon hatte sie die Papiertüten griffbereit und füllte sie behände mit einer kleinen Schaufel. Als sie sie auf die Theke legte, um zu kassieren, holte er die gebrochene Giraffentasse aus der Tasche, die er auf dem Weg eigentlich hatte entsorgen wollen. »Oh«, sagte sie sofort, »du brauchst also auch eine neue Tasse!«

»Oh, oh, die gute alte Giraffe!«, kam es von der Seite. Sofie hatte das Bruchstück gesehen und lächelte zufrieden. »Ich hatte Marius verboten, das olle Ding aus seiner Junggesellenbude mit in unsere Wohnung zu bringen. Tut mir gar nicht leid, dass sie jetzt kaputt ist.«

»Ich mochte sie ziemlich gern«, meinte Emil mit einem Achselzucken. »Deswegen brauche ich auch Ersatz. Ihr habt nicht zufällig was mit Tieren?«

Madita sah ihn ein wenig ungläubig an, dann erfüllte ein so herzliches Lächeln ihr Gesicht, wie er es selbst an ihr noch selten erblickt hatte. Schon verschwand sie unter der Theke.

»Moment, ich hab da was!«, rief sie von unten, während Emil einen fragenden Blick mit Thea und Sofie wechselte, die beide die Stirn krauszogen. Madita tauchte wieder auf und hielt eine große bauchige Tasse empor, deren grüne Grundierung ein in schrillen Farben gemaltes Faultier zierte, das sich träge von einem Ast hängen ließ. »Es ist keine Giraffe, aber ...«

»Perfekt!«, unterbrach Emil sie, hatte ihr die Tasse schon aus der Hand genommen und begutachtete sie begeistert. »Ich liebe sie.«

Madita wirkte wirklich erfreut.

»Ich habe die Gleiche zu Hause«, gab sie schmunzelnd zu. »Es ist meine Lieblingstasse. Und die habe ich hier heimlich vor den Käufern versteckt, falls meine kaputtgeht.«

»Du hast was?«, fragte Thea entgeistert, und Madita warf ihr einen entschuldigenden Blick zu.

»Aber dann kannst du sie doch jetzt nicht an mich verkaufen«, meinte Emil und wollte ihr die Tasse schon wieder zurückreichen, doch Madita wehrte ihn mit einer Hand ab.

»Nein, nein, die will zu dir. Irgendwie ...« Sie biss sich kurz auf die Lippen, um ein Grinsen zu verbergen, »irgendwie passt sie zu dir«, vervollständigte sie leise den Satz und schielte kurz zu ihm hoch, bevor sie Packpapier hervorzog.

Emil sah zu, wie sie ihm behutsam die Tasse abnahm und diese in das Papier einschlug, um sie dann gemeinsam mit dem Tee in eine Papiertüte zu legen. Während er das Geld über die Theke schob, betrachtete er die noch immer leicht geröteten

Wangen, die schmunzelnden Lippen, den gesenkten Blick. Verdammt, fuhr es ihm durch den Kopf, ich könnte diese Madita Schroffenstein ziemlich gernhaben, wenn da nicht … tja, wenn da nicht der Weihnachtsmann wäre.

»Bitte schön«, durchbrach ihre Stimme Emils Gedanken. Sie streckte ihm die Tüte entgegen. »Ich wünsche dir einen schönen Abend mit Faultier, Schutzengel und Santa Claus!«

Er griff nach der Tüte, winkte Sofie und Thea zu und dankte Madita, bevor er sich umwandte und zur Tür ging. Ein Abend mit Santa Claus … Wenn du nur wüsstest, dachte er, wie recht du damit hast. Beschwingt schloss er die Tür. Beim Bezahlen hatte er einen Blick auf die Liste werfen können: EMIL stand dort ganz oben – und war fett durchgestrichen.

21 Madita

Die Tür schloss sich hinter Emil, und Madita beobachtete, wie er mit vergnügtem Schritt am Schaufenster vorbeiging.

»Wenn ich nicht wüsste, dass er eine Freundin hat, würde ich sagen, er hat was für dich übrig.«

»Till hat eine Freundin?«, fragte Madita geistesabwesend und räumte das restliche Packpapier zur Seite.

»Nein, du Dumpfbacke«, meinte Sofie, kam zu ihr und zwickte ihr liebevoll in den Arm. »Emil natürlich.« Madita hörte noch immer nicht richtig zu. Sie lächelte und legte die Stifte neben der Kasse auf die andere Seite, nur um sie dann wieder zurückzutun. »Und wenn ich nicht wüsste, dass du momentan keinerlei Interesse an Männern hast«, sprach Sofie weiter, »würde ich sagen, du hast was für ihn übrig.«

Nun erwachte Madita aus ihrem träumerischen Zustand und sah Sofie entgeistert an.

»Wie kommst du denn auf die Idee?«

Thea tauchte an Sofies Seite auf und begutachtete ihre Schwester mit forschendem Blick, als sie sagte: »Dein Lächeln, die Art, wie ihr miteinander scherzt. Und der Fakt, dass du ihm deine heimlich reservierte Tasse verkauft hast. Sofie hat schon recht.«

Sofort veränderte sich etwas in Madita, und an Sofies und

Theas Blicken erkannte sie, dass es sich nach außen spiegelte. Ein heftiges Stechen des schlechten Gewissens und des Schmerzes verdrängte jedes rationale Abwägen darüber, ob sie mit ihrer Vermutung recht haben könnten oder nicht. Madita wandte sich ab, um ihnen auszuweichen und schnell eine Ablenkung zu finden, die ihr helfen würde, die aufkeimende Traurigkeit zu verdrängen. Da spürte sie die Arme ihrer Schwester und ihrer besten Freundin um sich.

»Entschuldige«, flüsterte Sofie. »Ich wollte keine bösen Gefühle in dir auslösen.«

»Ich weiß«, sagte Madita mit brüchiger Stimme. Sie musste nun doch weinen. Nicht nur aus Schmerz über ihre Gefühle für Viktor, sondern auch aus Rührung. »Es ist nur ... Ach, egal.« Dem Automatismus der letzten drei Jahre folgend, versuchte sie, die Gedanken und Gefühle zu verdrängen. Später, wenn sie allein wäre, könnte sie sie wieder hervorholen, aber nicht jetzt.

»Nein«, sagte Thea bestimmt. »Es ist nicht egal. Sprich mit uns.«

Wieder musste Madita aufschluchzen. Sie wollte die Tränen wegwischen, die ihr über die Wangen liefen, aber die Umarmung der beiden war so fest, dass sie die Arme nicht lösen konnte. Also ließ sie einfach los und weinte und ließ sich von ihrer Schwester und ihrer besten Freundin halten. Sie dachte an Viktor, an ihre letzten Stunden mit ihm, an die Sehnsucht, die sie seither jeden Tag aufs Neue um den Verstand bringen wollte. Aber sie dachte auch an die Briefe des anonymen Schreibers, an seine Worte und seinen Rat. Und sie folgte ihm. Sie merkte es erst gar nicht, doch ihr Schmerz formte sich in Worte und floss erst langsam, dann immer schneller aus ihr heraus. Thea und Sofie hörten ihr zu. Nur kurz entfernte Thea sich, um das Schild an der Eingangstür auf »Geschlossen« zu wenden und den Schlüssel im Schloss herumzudrehen, dann war sie sofort wieder an ihrer Seite. Die drei hatten sich ganz dicht beieinander auf ihre Stühle hinter dem Tresen gesetzt, und Thea und Sofie hielten Maditas Hände fest in ihren. Madita kam es vor, als lauschten sie ganz konzentriert ihren Worten. Dabei mussten sie davon doch längst genervt sein. Als sie diesen Gedanken äußerte, sah sie in perplexe Gesichter.

»Aber wie sollten wir genervt sein?«, fragte Thea. »Du hast so lange nicht mehr mit uns darüber gesprochen.«

»Was … aber ich rede doch ständig … von nichts anderem …« Da fiel Madita auf, dass sie recht hatten. Es war ihr immer so vorgekommen, als redete sie einzig und allein von Viktor, dabei fanden diese Gespräche nur in ihrem Kopf statt, da sie sie immer abgebrochen hatte.

»Ich hatte gehofft, dass du irgendwann wieder mit Sofie oder mir darüber reden würdest«, versicherte Thea, »aber wir wollten dich zu nichts drängen. Du wirktest immer so entschlossen, vorzugeben, dass dir das alles nichts anhaben könnte, dabei war dir anzusehen, wie sehr du mit dir gekämpft hast.«

»Wenn wir doch mal versucht haben, mit dir zu reden, hast du es sofort abgeblockt«, fügte Sofie hinzu, und Thea nickte. Madita bemerkte, wie die beiden »wir« sagten. Das bestätigte ihre Beobachtung der letzten Jahre, dass Thea und Sofie zusammengerückt waren, um ihr besser beistehen zu können, was sie tief berührte und ihr aufs Neue Tränen in die Augen trieb.

»Ich wollte euch nicht nerven oder belasten«, sagte Madita und senkte den Blick.

»Viel schlimmer war es, dir den Schmerz anzusehen und nichts tun zu können.« Sofie beugte sich vor und strich ihr sanft über den Rücken.

»Tut mir leid, dass es auch für euch so schwierig war. Ich

weiß, dass ihr selbst genug um die Ohren hattet. Björns lange Reisen, und Marius ging es ja auch so schlecht nach … dem Unfall.«

»Bitte entschuldige dich nicht«, sagte Thea mit Nachdruck. »Es geht gerade nicht um uns. Ich bin einfach froh, dass wir jetzt darüber reden.«

Madita seufzte, dann sah sie zu den beiden hoch und drückte ihre Hände.

»Ich auch.« Einen Moment verlor sie sich in ihren Gedanken. »Wisst ihr, was komisch ist?« Thea und Sofie schüttelten gespannt die Köpfe. »Anscheinend habe ich wirklich den Weihnachtsmann gebraucht, um diesen Schritt zu machen.« Sie löste vorsichtig ihre Hände, um sich über die Wangen zu streichen, die unter den trocknenden Tränen zu jucken begannen. »Er hat mir geraten, mit euch zu sprechen.«

Sofie und Thea wechselten ein Lächeln.

»Wir dachten uns schon, dass dir diese Briefe auf seltsame Weise guttun«, meinte Sofie. »Was hat er dir noch geraten?«

»Den Advent zu genießen«, sagte Madita, und ihr Blick verlor sich in den Schneehaufen auf den Fensterbrettern, bevor er sich auf die Lichterketten davor konzentrierte. »Thea, hast du vielleicht deswegen immer wieder die Lichterketten aufgehängt? Auch in meinem Zimmer, meine ich. Weil du dachtest, sie würden mich aufheitern?« Sie sah zu ihrer Schwester, die ein wenig ertappt dreinschaute.

»Ja, vielleicht«, sagte sie und lächelte. »Ehrlich gesagt, habe ich über den Grund nicht bewusst nachgedacht. Ich wusste nur, dass es mir selbst immer Halt gibt und mich ein bisschen tröstet, wenn die Sehnsucht im Advent besonders stark wird.«

Madita sah ihrer Schwester in die Augen, die einen traurigen Ausdruck angenommen hatten.

»Natürlich«, sagte sie, »du vermisst Björn sehr. Ich … In den letzten drei Jahren habe ich darüber viel zu wenig nachgedacht, bitte entschuldige.«

Thea schüttelte den Kopf, erwiderte aber Maditas Umarmung mit Herzlichkeit, als diese sie in die Arme schloss.

»Ich vermisse Björn, aber er ist immer da, und ich kann regelmäßig mit ihm sprechen. Was du durchgemacht hast, das … das ist einfach nur schrecklich und darf damit gar nicht verglichen werden. Es war richtig, dass du dich erst mal auf dich konzentriert hast.«

Madita löste sich aus Theas Arm und sah sie traurig an.

»Ich möchte immer für dich da sein«, sagte sie mit Nachdruck. »Auch wenn es mir nicht gut geht. Du bist doch meine große Schwester! Das werde ich nicht mehr vernachlässigen, ich versprech's.«

Nun war es an Thea, Madita in die Arme zu ziehen, und schon war Sofie wieder bei ihnen und rankte ihre Arme, so weit es ging, um die beiden.

»Ich bin auch für dich da, immer«, flüsterte Thea.

Nach einer Weile ließ Sofie los, fuhr sich mit dem Handrücken über die Wangen und rief: »Dass ihr Schroffenstein-Schwestern mich immer zum Heulen bringen müsst!«

Auch Thea und Madita hatten ihre Umarmung gelöst und mussten angesichts von Sofies empörtem Ton lachen.

»Danke euch«, sagte Madita mit fester Stimme. »Für alles, für euer Ohr und auch für die Lichterketten.« Sie zwinkerte Thea zu.

»Du hast sie immer so geliebt, und vielleicht dürfen wir diese Tradition besonders jetzt nicht aufgeben.«

Madita erwiderte ihr Lächeln.

»Ich glaube, das stimmt«, sie atmete tief ein. »Obwohl es mir sehr wehtut, all das Weihnachtliche zu sehen, hast du recht, es gibt mir auch Halt.«

»Und es zeigt, dass alles weiterläuft«, sagte Sofie ganz vorsichtig. Es war ihr anzusehen, dass sie sich fürchtete, damit zu weit zu gehen, doch Madita nickte leicht und dachte an den Brief des Weihnachtsmannes, in dem er ihr den Ratschlag gegeben hatte.

»Ja, auch wenn es gerade wehtut, wird es hoffentlich irgendwann helfen.«

22 Emil

Noch vor dem Wochenende waren im Kindergarten alle übrig gebliebenen Plätzchen vom großen Backnachmittag vertilgt. Emil hatte in den Tagen mit den Kindern Weihnachtsfiguren aus Salzteig gebacken und Pappkarten gebastelt. Auch hatte er aus einem dicken Buch leichte Gedichte und Lieder herausgesucht, die er in der Woche vor Weihnachten mit ihnen einüben wollte, damit sie am Heiligabend vor dem Tannenbaum aufgesagt und vorgesungen werden konnten. Emil erfasste selbst eine kleine Welle der Aufregung, wenn er sich vorstellte, wie seine Schützlinge mit roten Bäckchen und leuchtenden Augen fieberhaft versuchten, sich an die Zeilen zu erinnern, wo doch all die verheißungsvollen Geschenke auf sie warteten. Was würde er dafür geben, dabei sein zu können. In seiner Familie fehlten einfach kleine Kinder. Auch wenn er manchmal froh war, die Nachmittage für sich zu haben und durchatmen zu können, fand er, dass Kinder dem Alltag so viel mehr Zauber verliehen. Das galt besonders für die Weihnachtszeit.

Nun stand der dritte Advent bevor, und Emil wurde schlagartig bewusst, dass er noch kein einziges Weihnachtsgeschenk hatte. Es wurde langsam brenzlig, wenn er nicht irgendeinen Tand unter den Baum legen wollte. Er hatte den Großteil seiner Freizeit mit dem Schreiben, Einsammeln und Aushändigen der Weihnachtsmannbriefe verbracht. Und auch seine Gedanken waren um kein anderes Thema gekreist.

»Meinst du nicht, dass doch ein bisschen mehr dahintersteckt als bloßes Helfersyndrom?«, hatte Laini ihn gestern am Telefon gefragt, als sie ihn mit ihrem Anruf beim Einsammeln eines neuen Briefes am Schlitten erwischt hatte. »Du befasst dich ja mit nichts anderem mehr.«

»Stimmt nicht«, hatte Emil sofort geflüstert, während er sich klammheimlich zwischen den geschlossenen Marktständen hindurchgedrückt hatte. »Ich habe viel mit den Kindern zu tun.«

»Das ist dein Job. Ich meine, außerhalb davon. Ich verstehe ja, dass das wichtig für dich ist, und finde es wirklich lieb von dir, dass du dieser Frau helfen willst. Aber es wirkt auf mich ein bisschen so, als wäre das nicht alles, was du dir von dieser Sache erhoffst.«

»Quatsch«, hatte Emil ihre Worte beiseitegewischt. Es war doch auch völlig egal, was genau dahintersteckte. Die Hauptsache war, dass es Madita half. Und er hatte langsam das Gefühl, dass dem so war. In ihrem letzten Brief hatte sie ihm anvertraut, dass sie seit Ewigkeiten das erste offene Gespräch mit Thea und Sofie geführt und wie sehr es ihr geholfen hatte. Sie war auf dem richtigen Weg, da war er sicher, und das hieß, dass er jetzt nicht aufhören durfte.

Am Samstagmittag, kaum dass die ersten Marktstände aufmachten, begab Emil sich dorthin. Er brauchte Geschenke, und wo wären die besser zu bekommen als auf dem berühmten Weihnachtsmarkt des kleinen Bergdorfs? Im Vergleich zur letzten Woche hatte er keine Bedenken, sich hier aufzuhalten und vielleicht Madita über den Weg zu laufen. Er fühlte sich sicher, nun, da er gesehen hatte, dass sie ihn von ihrer Liste der Verdächtigen gestrichen hatte.

Der Himmel war gräulich weiß und hing tief zwischen den Bergen. Bestimmt würde es heute noch Schnee geben, dachte Emil, als er den ersten Verkaufsstand ansteuerte. Noch nie hatte er im Dezember so viel Schnee gesehen wie hier, und er freute sich darüber. Endlich einmal eine weiße Adventszeit, vielleicht sogar weiße Weihnacht! Die Lichterketten in den Bäumen brannten bereits, obwohl es noch hell war, und in der Luft lag der Duft von Mandeln und Lebkuchen, der Emil sofort Appetit machte. Erst die Arbeit, ermahnte er sich. Wobei es für ihn eigentlich keine Arbeit war, Geschenke auszusuchen. Er mochte es, sich Gedanken über die Wünsche seiner Freunde und Familie zu machen. Und oft war er beim Übergeben hippeliger als die Beschenkten.

Emil hatte gedacht, es würde um diese Uhrzeit weniger voll auf dem Markt sein, doch es herrschte bereits ein wuseliges Treiben. Besonders die Essensstände waren voll von Besuchern, die sich dort stärkten, um sich dann auf die Verkaufsstände zu stürzen. Auch waren viel mehr Kinder unterwegs als bei seinen letzten Besuchen mit Laini. Sie sprangen hierhin und dorthin, besahen sich die zahlreichen Spielzeuge in den Auslagen, bettelten um mehr Süßigkeiten und wollten nicht von dem kleinen Karussell herunter, das am Rand des Marktes seine Runden drehte.

Als Emil den Stand mit den geschnitzten Krippenfiguren passierte, war sofort klar, dass er Laini den Frosch kaufen musste, der tatsächlich ein wenig verloren noch dort zwischen den Schafen und Eseln stand. Die Verkäuferin erinnerte sich sogar an Laini und verpackte den Frosch besonders sorgfältig. Zufrieden mit diesem ersten Fund ging Emil weiter – und konnte nicht länger widerstehen. Er kaufte sich am nächsten Stand eine Tüte gebrannter Mandeln, die er nach und nach naschte, als er sich weiter über den Markt treiben ließ, hier und da stehen blieb, wärmende Handschuhe mit röhrenden Elchapplikationen für seinen Vater und einen besonderen Kerzenständer für seine Schwester erstand. Beide würde er erst nach Weihnachten sehen – sein Vater hasste das Fest und boykottierte es, und seine Schwester feierte mit ihrem Langzeitfreund –, aber deswegen würde er nicht auf die Geschenke und die Weihnachtsstimmung verzichten. Er hielt vor einem Stand mit Holzspielzeugen, betrachtete die kleinen Dackelfiguren mit den roten Weihnachtsmützen und versuchte gerade, die letzte Mandel aus der Tüte zu pulen, die sich besonders tief hineingegraben hatte, als er neben sich eine Stimme hörte, die ihn aufsehen ließ.

»Irma, könnte ich mir das rote Laufrad mal angucken?«

Die Brille von der Kälte leicht beschlagen, eine grüne Pudelmütze auf dem Kopf und mit einem dicken Wollschal, der ihr bis über den Mund ragte, stand dort Madita und nahm das hölzerne Rad entgegen, das ihr über die Theke gereicht wurde.

»Madita, hi«, entfuhr es Emil, bevor er sich zurückhalten konnte.

Sie sah zu ihm auf, und die Überraschung wich sofort einem Lächeln, als sie ihn erkannte.

»Oh, hi, Emil, ich habe dich gar nicht gesehen. Aber mit den dicken Jacken und Mützen sehen von hinten alle gleich aus, oder?«

Er nickte und merkte, dass er ein wenig dümmlich vor sich hin grinste und seine Hand außerdem noch immer bis zum Anschlag in der Mandeltüte steckte. Er zog sie leer hervor und sagte mit einem Achselzucken: »Immer diese letzte Mandel! Ich krieg sie nicht raus.«

Madita lachte und stellte das Laufrad vor sich ab.

»Du musst sie aufreißen. Da kann man popeln, so viel man möchte. Wenn sie nicht will, dann will sie nicht.«

Sie beugte sich zu dem Rad hinunter und begutachtete es ausführlich, während sie fragte: »Geht es dir denn gut? Was macht das Faultier, hat es sich bei dir eingelebt?«

»Das Faultier? Ach so, klar, die Tasse! Ihm ist ein bisschen zu kühl bei mir, und es meint, die Bäume zum Dranhängen würden fehlen, aber ansonsten verstehen wir uns bestens.«

Emil freute sich über das Lächeln, das sich auf Maditas Gesicht vertiefte.

»Ist das für Janosch?«, fragte er und kniete sich neben sie, um das Laufrad anzusehen. »Schön!«

»Ja, nicht? Genau, er hat sich eines gewünscht. Der Opa ist gerade mit ihm und Ella am Schneemannbauen, und meine Mutter unterstützt Thea am Teestand, damit ich endlich meine Weihnachtsgeschenke zusammensuchen kann. Und ich habe Thea versprochen, mich auch mal nach einem Rad umzuschauen.« Sie strich über den weihnachtsmannrot lackierten Lenker. »Das ist doch viel schöner als so ein Metallding, findest du nicht?«

»Auf jeden Fall. Und er wollte doch auch gerne ein rotes haben!«

Madita sah erstaunt zu ihm auf, dann sagte sie: »Ach klar, stimmt, du hast ja ihre Wunschbriefe gesehen! Dann weißt du natürlich, was sie haben wollen.«

Emil hätte sich auf die Zunge beißen können. Warum hatte er das Thema ausgerechnet auf die Wünsche der Kinder und damit auf die Briefe bringen müssen? Er rechnete schon damit, dass Madita nun doch eins und eins zusammenzählen und ihn enttarnen würde. Sie wirkte einen Moment lang gedankenverloren, doch dann lächelte sie wieder und meinte laut zu der

Verkäuferin: »Also, Irma, wenn es nun schon vom Kindergartenerzieher höchstpersönlich abgesegnet wird, muss ich es nehmen!«

Während sie in die Verhandlung ging und schließlich bezahlte, rügte Emil sich innerlich weiter. Es wäre einfach nicht gut, wenn Madita jetzt erführe, wer hinter den Briefen steckte, da sie sich gerade auf die Sache einließ und ihr Zustand sich besserte.

»Danke, Irma, es ist immer schön, mit dir Geschäfte zu machen! Mama holt das Rad später bei dir ab, ja?« Sie reichte es etwas umständlich zurück über die Theke, und Emil eilte zu ihr, um zu helfen. »Danke«, sagte sie lächelnd. »Tja, also dann …« Sie schien zu zögern, während ihr Blick auf ihm weilte.

Blitzschnell kam Emil eine Idee, und bevor er es sich anders überlegen konnte, schoss sie schon heraus: »Hast du auch Hunger?«

Madita nickte so doll, dass ihr Schal über die Nase rutschte und sie ihn zurückschieben musste. »Aber deine Mandeln«, sagte sie dann und deutete auf die Tüte. »Bist du nicht satt?«

»Von einer Tüte gebrannter Mandeln? Da kennst du mich schlecht.« Er deutete hinter sich. »Zu den Essensständen?«

»Gerne!«

23 Madita

Madita spürte Emil neben sich. Manchmal berührten sich die Stoffe ihrer Jacken. Emil schwatzte los und wog die verschiedenen Essensoptionen, die sich ihnen darboten, gegeneinander ab, während Madita dachte, wie natürlich es sich anfühlte, mit ihm zu reden und so neben ihm zu gehen. Mit seiner lockeren, witzigen Art sorgte er dafür, dass sie sich einfach wohlfühlte. Und sie hatte das Gefühl, dass er in manchen Punkten ganz ähnlich wie sie tickte – wenn es zum Beispiel um Tassen mit Tiermotiven ging.

»Also? Du bist ja diejenige mit mehr Erfahrung hier. Ich habe mich bisher nur durch die süße Abteilung gefuttert. Was hältst du von folgendem Menü: Erst mal ein Handbrot – wir teilen uns eine Portion –, dann Ofenkartoffeln mit Sauerrahm, oder magst du lieber Bratwurst? Isst du Fleisch? Okay, also die Ofenkartoffel, find ich auch besser! Dazu die Champignons und als Nachtisch Crêpes. Oder Schmalzgebäck. Oder beides!«

Madita sah ihn ungläubig an und konnte ein glucksendes Lachen nicht länger unterdrücken. Sie wichen gemeinsam einer Gruppe von Kindern mit riesigen Zuckerwattebergen am Stiel aus und steuerten nun direkt den Handbrotstand an.

»Fangen wir mal damit an und gucken, wie weit wir kommen«, schlug sie vor. Emil verließ ihre Seite erst, als er das dampfende Handbrot entgegennahm, und ihr fehlte mit einem Mal seine Nähe.

»Ich hole uns noch Punsch!«, rief sie, um sich von diesem Gedanken abzubringen, und lief schnell zum Getränkestand neben dem Schlitten hinüber, von dem Sofie in jener Nacht die Glühweinflasche stibitzt hatte, um Maditas ersten Antwortbrief an den Weihnachtsmann zu beschweren.

Aber daran denke ich jetzt nicht, sagte sich Madita und sah zu Emil an dem Stehtisch hinüber, der unauffällig winzige Stückchen von dem Brot abriss und sich in den Mund steckte. Als er bemerkte, dass er beobachtet wurde, setzte er ein ertapptes Gesicht auf und grinste entschuldigend. Dabei fuhr seine Hand wie so oft zu seiner Mütze und schob sie zurecht. Was er wohl machte, wenn er keine Mütze trug?, fragte sich Madita, während sie sich die Punschbecher schnappte, und sie nahm sich vor, darauf zu achten, wenn sie ihn das nächste Mal im Kindergarten sah.

»Schmeckt's?«, fragte sie in frechem Ton und stellte die Becher vor sich ab.

»Mhm«, machte Emil und schob Madita den Teller über dem Tisch entgegen. »Probier!«

Madita riss ein Stück ab und steckte es sich in den Mund. Es war mit einer Tomaten-Oliven-Mischung gefüllt, und kaum dass sich der tolle Geschmack in ihrem Mund ausbreitete, bereute sie schon, sich auf den Essensvorschlag eingelassen zu haben. Der Appetit war ihr mit einem Mal vergangen. Sie versuchte, zustimmend zu lächeln, und schob den Teller wieder in Emils Richtung.

»Stimmt was nicht? Schmeckt es dir nicht?«, fragte Emil alarmiert, als er ihren Blick sah.

Madita schüttelte den Kopf.

»Nein, es ist gut, nur …« Die Gedanken rasten durch ihren

Kopf. Normalerweise würde sie einfach eine ausweichende Antwort erfinden und schnell das Thema wechseln. Aber es hatte sich etwas in ihr verändert, und das hatte ihr zuletzt das Gespräch mit Thea und Sofie bewiesen. Es hatte ihr geholfen, offen mit ihren Gefühlen zu sein, sodass sie sich auch jetzt dafür entschied. Sie begegnete Emils besorgtem Blick.

»Dieses Essen … es erinnert mich sehr an meinen Freund. Wir waren jedes Jahr hier. Er hat den Markt geliebt, die Stimmung, das Essen, alles.« Sie holte Luft und sagte geradeheraus: »Er hatte einen Unfall. Vor drei Jahren. Und er ist dabei gestorben.« Sie sah zu ihm auf und erkannte an seinem Blick, dass er es bereits wusste. Natürlich wusste er es. In diesem Dorf gab es keine Geheimnisse oder zumindest fast keine … Trotzdem hatte sie es ausgesprochen. Und obwohl es so sehr schmerzte, fühlte sie sich besser.

Emil nickte, und sie erwartete die übliche Beileidsbekundung. Aber er beugte sich zu ihr vor und sagte: »Ich habe ihn leider nicht kennengelernt, aber ich glaube ziemlich sicher, dass er einen sehr guten Geschmack gehabt hat.« Für eine Sekunde dachte Madita, er meinte damit sie, und wollte schon die Brauen zusammenziehen, dann aber verstand sie, dass er das Essen meinte, und musste trotz ihrer Gefühle lachen.

»Das klang missverständlich, entschuldige«, murmelte Emil verlegen.

»Ist schon gut.« Sie sah ihm in die Augen und hätte am liebsten nach seiner Hand gegriffen, die schon wieder an der Mütze lag, um ihm zu versichern, dass er nichts falsch gemacht hatte. Stattdessen versuchte sie es mit Worten: »Danke, dass du mich zum Lachen gebracht hast. Das tut gerade ziemlich gut.«

Beruhigt schmunzelte Emil und deutete auf das restliche Brot. »Möchtest du lieber woanders was essen gehen?«

»Du hast vergessen, wo wir sind. Mal eben durch den McDrive fahren ist hier nicht«, versuchte Madita zu scherzen. Sie fühlte sich nach dem Lachen wirklich besser. Und war es nicht albern, das gute Essen hier nicht mehr anzurühren, weil es Erinnerungen weckte, die doch eigentlich schön waren? Sie beäugte das Handbrot einen Moment, dann riss sie sich ein Stück davon ab und steckte es entschlossen in den Mund. Es schmeckte wirklich gut. Viktor hatte tatsächlich einen guten Geschmack gehabt!

»Noch lieber mochte Viktor ja das mit Käse«, sagte sie kauend mit einer Hand vor dem Mund. »Davon hat er manchmal drei Stück gegessen.«

»Das kann ich so gut verstehen. Wenn der richtige Käse drin ist, könnte ich mich auch in die Dinger reinlegen.«

»Wirklich? Aber das ist doch so langweilig! Ich habe Viktor immer versucht zu überreden, wenigstens zwei verschiedene zu nehmen. Sonst verpasst man doch so viel!«

Während sie sich weiter über das Essen auf dem Weihnachtsmarkt und über Viktor unterhielten, kam Madita nicht umhin, zu bemerken, wie natürlich Emil sich dieses Gesprächs annahm. Viele verkrampften, sobald es um Viktor ging. Sie achteten ganz genau auf jede von Maditas Reaktionen und versuchten, sich vorsichtig durch das Thema zu lavieren, um schnell wieder in sichere Gefilde zu kommen. Doch Emil schien ganz entspannt und war sogar interessiert daran, mehr von Viktor zu erfahren. Vielleicht lag es daran, dass er ihn nicht gekannt hatte? Madita wusste nicht, ob es das war oder einfach Emils Veranlagung, aber sie genoss es, sich so entspannt und offen über Viktor unterhalten zu können.

Erst als sie bei den Crêpes und dem Schmalzgebäck ankamen – Emil hatte es sich nicht ausreden lassen –, wechselten sie das Thema und sprachen über Emils Heimat und seinen Umzug.

»Ist es nicht total seltsam, von der Stadt in ein so winziges Dorf zu ziehen?«, fragte Madita, während sie wider besseres Wissen noch einmal nach dem Gebäck griff, es sich mit einem Happs in den Mund schob und den Zucker von den Fingern leckte.

»Sehr seltsam«, bestätigte Emil und biss von dem Crêpe mit Nuss-Nougat-Creme ab. Erst nachdem er geschluckt hatte, fuhr er fort: »So ungefähr muss sich Prinz William fühlen, wenn er das Teekränzchen einer Runde älterer Damen crasht. So viel wie hier wurde ich noch nie umworben und ausgefragt, meine Güte.«

Madita lachte, nahm einen Schluck Kaffee, den sie zum Nachtisch geholt hatten, und meinte: »Das musst du verstehen. Wir sehen immer nur dieselben Nasen, tagein, tagaus. Und dann kommt da ein junger sympathischer Typ daher, der auch noch gut aussieht – klar bringt das Aufregung.«

»Gut aussieht, hm?«, fragte Emil keck nach, und erst da bemerkte Madita, was sie gesagt hatte. Doch sie nickte einfach und zuckte mit den Schultern.

»Na ja, ein Prinz William bist du zwar nicht, aber … hey, autsch!«

Emil hatte sich blitzschnell zu ihr gebeugt und sie sanft ins Ohrläppchen gezwickt, was sie erneut zum Lachen brachte.

»Ausgerechnet das Ohr!«, rief sie.

»Man kommt ja an nix anderes ran«, antwortete Emil mit einem Blick auf die dicken Jackenärmel.

Madita wollte gerade erwidern, dass sie sich wohl definitiv zu kurz kannten, um sich gegenseitig ins Ohr zu zwicken, da ertönte hinter ihr plötzlich Gesang. Sie drehte sich um und sah, dass der Kinderchor sich am Pavillon aufgestellt und das erste Lied angestimmt hatte: »Oh, du Fröhliche«.

»Auweia!«, rief sie, als sie bemerkte, dass es schon längst dämmerte. »Ich habe die Zeit vergessen. Meine Mutter wird bestimmt sauer sein. Ich muss sie ablösen!« Schon packte sie ihr Portemonnaie vom Tisch in die Tasche, schlang einen Arm um Emils Flanke und drückte ihn kurz. »Wir sehen uns, ja?« Sie machte ein paar Schritte, dann drehte sie sich noch einmal zu ihm, streckte die Hände mit den Handflächen nach oben vor sich und lachte. »Es schneit!« Tatsächlich fielen in diesem Moment kleine weiße Flocken vom Himmel. Sie landeten kalt auf ihren Handflächen und schmolzen sofort. Emil sah in den Himmel hoch, wo sich die Flocken immer weiter vermehrten. Auch er fing einige auf, dann hob er die Hand zum Abschiedsgruß und lächelte Madita ein letztes Mal zu. Sie drehte sich um und ging mit einem Gefühl des Taumels im Bauch davon, der wohl vom vielen Essen herrührte, von der Aufregung über den Schnee oder vielleicht doch von der Freude über die angenehme Zeit mit Emil.

Lieber Weihnachtsmann,

habe ich Dir eigentlich schon mal Danke gesagt? Ich meine, so richtig, aus ganzem Herzen und mit drei Ausrufezeichen dahinter? Von außen mag es nach gar nicht viel aussehen, was sich in den letzten Tagen in meinem Leben verändert hat. Ich habe mich mit meiner Schwester und meiner besten Freundin ausgesprochen. Na toll, Glückwunsch, würden einige sagen, sie hat mit ihrer Schwester gesprochen! Aber sie wissen ja nicht, wie lange ich das schon mit mir herumgetragen habe und wie schwer mir dieser Schritt gefallen ist. Dafür habe ich Mut gebraucht, und den hast Du mir zugesprochen.

Außerdem war ich gestern auf dem Weihnachtsmarkt unterwegs. Klar, das war ich vorher auch schon, aber ehrlich gesagt habe ich versucht, möglichst wenig davon bewusst aufzunehmen. Das war an diesem Wochenende anders. Ich bin mit offenen Augen an den Ständen entlanggegangen, habe dem Chor gelauscht und die Lichter bewundert. Ich habe sogar dort gegessen, was seit dem Unfall einfach nicht mehr ging. Und das Beste ist, dass Viktor trotz allem ganz nah bei mir geblieben ist, nur auf eine andere Weise, eine angenehme und schöne.

Und weißt Du, was lustig ist? Wieder war der Erzieher dabei, der mir schon mal geholfen hat, einen schwierigen Moment zu einem schönen zu machen. Aber eigentlich verdanke ich das alles vor allem Dir. Deine Worte haben mich ermuntert und mir endlich den nötigen Tritt gegeben, über meinen Schatten zu springen. Also: DANKE!!! Danke Dir sehr, lieber Weihnachtsmann, dessen wirklichen Namen ich so gern wüsste, um an Deiner Tür zu klingeln und Dich zu umarmen und Dir in die Augen sehen zu können, wenn ich das sage: Danke!

Deine Madita

❋ ❋ ❋

Liebe Madita,

Du brauchst gar nicht an meiner Tür zu klingeln, damit Deine Worte bei mir ankommen. Auch wenn ich nicht ganz abstreiten kann, dass ich mich über Deinen Besuch immer freuen würde … Gerade aber freue ich mich vor allem für Dich, für Deinen Mut und für all die tollen Erfahrungen, die Du in den letzten Tagen gemacht hast. Ehrlich gesagt ist das vor allem Dein Verdienst. Du allein hast das Gespräch gewagt, und Du allein bist auf dem Markt gewesen und hast die Adventsstimmung bewusst wahrgenommen. Alles, was ich getan habe, war, Dir einen winzig kleinen Schubs zu geben. Ich wünsche Dir noch viele dieser schönen Momente, liebe Madita. Schließlich ist der Advent eine so besondere Zeit. Es wäre schade, wenn Du noch mehr davon verpassen würdest.

Weihnachtliche Grüße
Santa Claus

❋ ❋ ❋

Lieber Weihnachtsmann,

es ist seltsam, aber Deine Briefe sind zu einem festen Bestandteil in meinem Leben geworden. Jeden Tag, jeden Morgen und jeden Moment nach dem Abschicken meines letzten Briefes warte ich ungeduldig auf Deine Antwort. Mehrmals am Tag laufe ich zum Briefkasten und zum

Weihnachtsschlitten, um mich mit Dir auszutauschen. Ich kann es kaum erwarten, zu lesen, was Du mir schreiben, was Du mir raten wirst. Und jedes Mal bringst Du mich mit Deinen Worten zum Lächeln.

Weißt Du, manchmal frage ich mich, ob ich Dir wohl häufig begegne. In echt, meine ich, auf meinem Weg durch das Dorf, auf dem Markt am Wochenende oder im Teeladen. Ob Du mich dann siehst und erkennst und meine Worte aus all diesen Briefen im Kopf hast? Ob Du wohl jemand bist, den ich gut kenne oder kaum? Ich weiß über Dich nur, dass Du sehr weise bist, Weihnachten magst und gerne Tee trinkst. Was magst Du noch? Bist du gerne gemütlich zu Hause oder ein Hypersportler, der in jeder freien Minute rausrennt? Liest Du gerne, oder schaust Du lieber Filme? Magst Du lieber helle oder dunkle Schokolade, Vanille- oder Erdbeereis, Pizza oder Pasta? Und schläfst Du besser auf dem Rücken oder auf der Seite? Es gibt so viel, was ich Dich fragen wollen würde, wenn ich nicht wüsste, dass Du mir nicht darauf antworten wirst …

Deine Madita

❋ ❋ ❋

Liebe Madita,

verzweifle nicht. Ich glaube, ich verrate nicht zu viel, wenn ich Dir zumindest dies beantworte: Ich bin gerne zu Hause, aber lieber noch draußen, ohne Sport. Ich mag kurze Bücher und lange Filme, lieber noch Serien mit unzähligen Staffeln. Ich mag Schokolade, alle Eissorten, vor allem Zitrone, und ich schlafe auf dem Rücken, mit den Armen unter dem Kopf. Aber wie soll ich mich zwischen Pizza und Pasta entscheiden?! Und Du?

Dein Weihnachtsmann

❋ ❋ ❋

Lieber Weihnachtsmann,

und magst Du wohl lieber Krimis oder Liebesgeschichten? Was ist Deine Lieblingsfarbe? Hörst Du viel Musik, und singst Du unter der Dusche? Wenn Du alleine isst, machst Du das heimlich auf der Couch oder ganz brav am Tisch? Was magst Du am Advent am allerliebsten? Benutzt Du einen Regenschirm, wenn es schneit?

Ich liebe auch Zitroneneis, es ist die sommerlichste aller Eissorten, nicht? Ich schlafe auf dem Bauch ein und rolle mich dann kreuz und quer durchs ganze Bett. Aber sonst stimme ich Dir bei allem zu ...

Ob ich wohl irgendwann erfahren werde, wer Du bist?

Deine Madita

✳ ✳ ✳

Liebe Madita,

worauf lasse ich mich hier nur ein? Na gut ... Ich dürfte der wohl schiefste Duschensänger aller Zeiten sein, aber definitiv der lauteste. Ich mag Musik, außerdem Krimis, Liebesgeschichten, Dramen und manchmal auch einen guten Horrorfilm. Ich mag Rot und eigentlich alle Farben außer Beige und Grau. Ich esse grundsätzlich nie am Tisch! (Na ja, nur manchmal, wenn ich muss.) Natürlich bleibt der Regenschirm zu Hause, wenn es schneit. Es ist doch das Beste, wenn die Flocken auf den Kopf fallen und im Haar oder an der Mütze hängen bleiben und es aussieht, als trügen alle weiß gepuderte Perücken wie am Hofe des Sonnenkönigs. Aber, Madita, wie soll der Weihnachtmann sich denn für eine Sache entscheiden, die er am Advent am meisten mag? Es ist alles! Die gemütlichen Lichter überall, der Schmuck, die Weihnachtsbäume, die stimmungsvolle Musik, die Plätzchen, das Lächeln der Menschen und selbst der Stress und das Gehetze an den letzten Tagen vor Heiligabend. Ich mag es, mir Gedanken über das richtige Geschenk zu machen, und ich mag es, an den Weihnachtstagen mit den liebsten Menschen in meinem Leben zusammenzukommen und mir ordentlich den Bauch vollzuschlagen – nachdem ich mich auf meinen Schlitten geschwungen habe und um die Welt gedüst bin, ist klar!

Verrätst Du mir, was Dir am Advent gefällt, jetzt, wo Du ihn wiederentdeckst?

Dein Weihnachtsmann

＊＊＊

Lieber Weihnachtsmann,

der Advent ... puh! Ehrlich gesagt habe ich den ganzen Tag über diese Frage nachgedacht, denn mein erster Impuls war, zu schreiben: Gar nichts! Aber das stimmt nicht. Nicht mehr. Es ist, wie Du schreibst: Ich entdecke ihn gerade wieder, und manchmal ist es, als würde ich Dinge zum ersten Mal sehen. Das Glitzern und Funkeln des Kinderkarussells auf dem Markt zum Beispiel. Ich könnte stundenlang davorstehen und ihm beim Drehen zusehen. Das prickelnde Gefühl von Schneeflocken auf den Wangen. Und hast Du mal bemerkt, wie still es ist, wenn frischer Schnee gefallen ist? Als wäre die Welt in tiefen Schlaf gesunken. Es ist wirklich ... wunderschön! Und ich hoffe, dass ich das niemals wieder vergesse.

Ich frage mich, ob es mit anderen Dingen auch so wäre ... Soll ich mich wieder auf Neues einlassen? Meine beste Freundin liegt mir seit Tagen in den Ohren, ich solle einen Mann treffen, einen bestimmten, hier aus dem Dorf. Als hätten wir gerade nicht ganz andere Dinge zu tun. Aber vielleicht hat sie ja recht, vielleicht hätte ich Lust dazu. Es ist nur ein riesig großer Schritt. Viktor nimmt noch so viel Raum in meinem Herzen ein. Woher weiß ich, dass der richtige Zeitpunkt gekommen ist?

Deine Madita

Liebe Madita,

ich bin in Liebesdingen ganz bestimmt kein Experte, aber wenn Du mich so direkt danach fragst, würde ich sagen, folge Deinem Gefühl. Hör in Dich hinein und stell Dir vor, wie es sein würde, diesen Mann zu treffen, mit ihm Zeit zu verbringen. Vielleicht habt ihr euch schon ein wenig kennengelernt, und Du weißt in etwa, was Dich erwarten würde. Möchtest Du mehr davon? Ich tendiere dazu, immer eher zu- als abzuraten. So kann man sicher sein, nichts zu verpassen. Und heraus kommt man immer – mit offenen Worten, einer Erklärung. Aber die Entscheidung solltest Du selbst treffen.

In der Hoffnung, nicht nur um den heißen Brei herumgeredet zu haben, sendet Dir liebe Grüße

Dein Weihnachtsmann

Lieber Weihnachtsmann,

danke für Deinen raschen Rat. Ich habe nur ein paarmal kurz mit ihm gesprochen, aber ich mag ihn gern. Er ist sehr nett und irgendwie auch lustig, auf seine Weise … Ach, weißt Du was: Vielleicht versuche ich es einfach und frage ihn. Wenn ich ihn das nächste Mal sehe. Sollte es sich doch falsch anfühlen, mache ich es genau so, wie Du schreibst. Mit einer Erklärung einen Schritt zurückmachen … Das zu lesen, hilft mir so sehr. Das habe ich mir bisher nicht erlaubt. Ich dachte irgendwie, alles müsste immer vorangehen …

Weißt Du eigentlich, wie gerne ich Dich treffen würde? Ich glaube, da würde ich nicht einen Augenblick zögern, denn ich habe das Gefühl, Dich schon so gut zu kennen und mit Dir über alles sprechen zu können. Vielleicht ist das irgendwann möglich …

Deine Madita

24 Emil

Sie meinte ihn, sie musste ihn meinen! Tapsig ging Emil weiter über den dunklen Waldboden – und stolperte direkt über die nächste Baumwurzel. Er fing sich und den Thermobecher in seiner Hand rechtzeitig, schüttelte den Kopf und blickte zu der dunklen Gestalt vor ihm auf, deren auf dem sandig-eisigen Boden knirschende Schritte zu ihm drangen. Er richtete den Kegel seiner Taschenlampe auf ihren Rücken.

»Laini«, rief er, »sie kann doch nur mich meinen, oder?«

Laini blickte im Taschenlampenkegel über die Schulter zu ihm zurück. Sie stöhnte auf, blieb stehen und drehte sich zu ihm um, wobei der Schein ihrer Lampe auf seinem Unterkörper landete.

»Ich bin verdammt früh aufgestanden, um mit dir diese Morgenrunde zu drehen. Schaffen wir sie, ohne dass du dir den Fuß brichst – und ohne dass du mir das Ohr vollständig abkaust?«

Ein erstes dünnes Dämmerlicht trat durch die Baumwipfel, doch der Himmel war noch weitestgehend dunkel. Emil war so unruhig gewesen, dass er in aller Frühe wach geworden war und mit seinem Gezappel Laini geweckt hatte, die nach einem langen Filmabend die Nacht neben ihm auf der Couch verbracht hatte. Murrend hatte sie sich schließlich einverstanden erklärt, mit ihm einen Spaziergang durch den Wald zu machen, mit Taschenlampen und Kaffee in Thermobechern. Doch auch die frische Luft konnte Emil einfach nicht auf andere Gedanken bringen.

Laini schien schon zur nächsten Beschwerde ansetzen zu wollen, doch kaum dass sie ihm in dem Halblicht ins Gesicht sah, wurde ihr Ausdruck weicher, und sie trat einen Schritt auf ihn zu.

»Natürlich meint Madita dich«, sagte sie in bestimmtem Ton. »Wen soll sie denn sonst meinen in diesem kleinen Ort? Da kennt sie doch jeden in- und auswendig. Außerdem trifft alles, was sie geschrieben hat, genau auf dich zu.«

»Schon, oder?«

Emil hatte Laini die Briefe am Vorabend gezeigt, und sie hatten dasselbe Gespräch in dieser und anderer Form seither schon zigmal geführt.

»Meinst du, sie fragt mich heute im Kindergarten?«

Laini zuckte mit den Schultern.

»Sie hat geschrieben, sobald sie dich das nächste Mal sieht. Also ja, bestimmt, sofern sie heute in den Kindergarten kommt ...«

In Emil breitete sich bei diesen Worten ein warmes und kribbeliges Gefühl aus. Es war die Vorfreude auf das Gespräch mit Madita, in dem sie ihn fragen und er mit aller Überzeugungskraft Ja sagen würde. Nicht ganz so übertrieben wie in einer amerikanischen Filmhochzeit ... oder doch, vielleicht genau so! Und er freute sich auf ihre erste richtige Verabredung. Nach ihren letzten zufälligen Treffen würde es ihm so viel bedeuten, Madita auch als Emil und nicht nur als Weihnachtsmann noch näherzukommen. Als er es sich bildlich vorstellte, wie sie zusammen an einem kerzenbeschienenen Tisch säßen, spürte er wieder, wie sehr er sich das schon seit einer ganzen Weile gewünscht hatte.

Ein blendender Lichtschein riss ihn aus seinen Gedanken. Schnell zuckte seine Hand vor die Augen, um sie zu schützen.

»So, mein Träumerchen«, sagte Laini bestimmt und richtete ihre Taschenlampe wieder auf den Weg vor ihnen, »es ist zwar schön, dich mal richtig verliebt zu sehen, aber wir sind mitten im Wald, und es ist quasi noch Nacht. Ich will hier raus und muss einen Zug bekommen. Und du musst zur Arbeit, um nach einer Verabredung gefragt zu werden. Also, bitte: Schalt endlich wieder deinen Verstand ein, und lotse uns hier raus!«

Emil grinste, hakte sich bei seiner besten Freundin unter und führte sie durch die Dunkelheit sicher zurück. Dabei fragte er sie auch nur noch zweimal, ob sie gewiss sei, dass Madita ihn gleich um eine Verabredung bitten würde.

Als Madita dann tatsächlich vor ihm stand, war jede Gewissheit vergessen, und sein Kopf surrte vor Aufregung. Mit ihrem strahlenden Lächeln begrüßte sie Emil, während sie Ella und Janosch an den Händen zur Garderobenbank schob und ihnen half, die matschigen Schneestiefel aufzuknöpfen und von den Füßen zu ziehen.

Sie ist hier, schrie die Stimme in Emils Kopf. Vergeblich versuchte er, an Lainis Worte zu denken und sich zu beruhigen. Gleich fragt sie mich!

Beinahe tänzelnd nahm er die Jacken und Schneehosen der Kinder entgegen und hängte sie an die Haken. Endlich, nach einer gefühlten Ewigkeit, drückte Madita beiden Kindern einen Kuss aufs Haar und ließ sie zu Kathi und den anderen in den Spielraum laufen. Dann richtete sie sich wieder auf, schnürte das Band fester um den Mantel und hängte eine Hand in den Riemen ihrer Umhängetasche.

»Nachher kommt Thea die beiden abholen.« Sie legte den Kopf schief. »Ich mach mich mal auf. Oder … gibt es noch etwas?«

Fragend sah sie ihn an, und er fühlte sich von ihrem Blick wie gescannt. Hatte sie ihm so schnell angemerkt, dass er von ihrem Vorhaben wusste? Warum nur war er immer so auffällig in diesen Dingen!

»Nein, also, ich dachte nur, du willst vielleicht noch etwas fragen … oder so.«

Auf ihrer Stirn zeichneten sich feine Fältchen ab, als sie zu überlegen schien. Ihre Hand fuhr währenddessen wie von allein am Gurt der Tasche auf und ab. Es gab ein surrendes Geräusch, das mit dem Kreischen der Kinder nebenan Emils Kopf beinahe zum Zerplatzen brachte. War sie doch nervöser, als es den Anschein gemacht hatte? Traute sie sich vielleicht nicht?

»Fragen? Nein, also … eigentlich nicht. Nicht dass ich wüsste.« Jetzt löste sich ihre angespannte Haltung, und sie lachte kurz auf. »Ich fühle mich, als müsste ich etwas sagen, so wie du mich ansiehst. Wie wenn ich als Schülerin drangenommen wurde und die Antwort nicht wusste.«

Emils Lippen verzogen sich zu einem Lächeln, ohne dass ihm nach Lachen zumute war. Er winkte schnell und möglichst locker mit der Hand ab.

»So ein Quatsch! Dann sehen wir uns einfach die Tage wieder.«

Er öffnete die Tür für Madita, und sie schritt ohne weiteres Zögern hindurch, drehte sich draußen noch einmal um und rief lächelnd: »Bis dann, Emil!«

Er ließ die Tür ins Schloss fallen, blieb genau davor stehen und ließ den Kopf gegen das Holz sinken. Was, bitte, war das denn schon wieder gewesen? Und warum hatte sie ihn nicht nach einer Verabredung gefragt?

Da wurde er jäh in seinen Überlegungen unterbrochen, als die Tür schmerzhaft gegen seinen Kopf schepperte und der kleine Leon durch den Spalt stürmte.

25 Emil

Erst am Nachmittag, nachdem die Kita geschlossen hatte, konnte Emil sich wieder dem Thema Madita und der fehlenden Frage nach einer Verabredung widmen. Schon während des Arbeitstags hatten seine Gedanken immer wieder um sie gekreist, doch die Kinder hatten es nicht zugelassen, dass er sich tiefer in seine Fragen stürzen konnte.

Nun aber knackte der gefrorene Schnee unter seinen Sohlen, die dunklen Bäume mit den weiß beladenen Ästen ragten hoch neben ihm auf, und die Luft umgab ihn wie der eisige Atem der Natur. Es war das zweite Mal an diesem Tag, dass es ihn nach draußen zog, doch das Wetter hatte sich seit dem Morgen verändert. Emil stiefelte seinen gewohnten Weg am Bach entlang, und es war bitterkalt, so kalt, dass ihm einfach nicht warm werden wollte, so schnell er auch ging. Trotzdem tat er weiter Schritt für Schritt und überlegte. Sie hatte sich nicht getraut ... Kein Wunder, so seltsam, wie er sich verhalten hatte. »Irgendwie auch lustig, auf seine Weise.« Als er diese Worte zum ersten Mal in ihrem Brief gelesen hatte, war er gekränkt gewesen. Aber je länger er sich selbst beobachtete, merkte er, dass es wohl stimmen musste und er sich Madita gegenüber häufig ziemlich merkwürdig benahm.

Was sollte dieses ganze Hin und Her? Sie wollte ihn treffen

und er sie. Beim nächsten Mal, wenn er sie sah, würde er sie fragen, so einfach war das. Und wenn er dann mit ihr zusammensaß, würde er ihr beichten, dass er der Weihnachtsmann war. Sie würde sicherlich erschrocken sein, vielleicht ein wenig sauer, aber bestimmt würde sie ihm schnell verzeihen, wenn er ihr erklärte, dass er ihr hatte helfen wollen. Sie hatte doch zuletzt selbst geschrieben, dass sie den Weihnachtsmann gerne treffen würde. Der Zeitpunkt war gekommen. Wenn er Madita persönlich näherkam, dann brauchte es den briefeschreibenden Weihnachtsmann nicht mehr. Sie würden sich richtig unterhalten können, er würde sie dabei ansehen und vielleicht sogar berühren, ihr über die Wange streichen, sie in den Arm nehmen.

Emil schlotterte vor Kälte und seufzte. So schön die Vorstellung von der Nähe zu Madita auch war, so fürchterlich kalt blieb es hier und jetzt. Er war einfach nicht warm genug angezogen. Die Kälte schlich durch die kleinen Ritzen und Öffnungen seiner Kleidung hindurch und ließ ihn schaudern. Also drehte er um, und während er den Bach entlang zurückging, verspürte er den wachsenden Drang nach etwas Warmem, Süßem. Er erinnerte sich an die Winterabende zu Hause, als er noch klein gewesen war. Seine Mutter und er hatten oft lange Spaziergänge zusammen unternommen, auf denen sie Stöcke, Tannenzweige und Eicheln gesammelt hatten, um daraus etwas zu basteln. Ihnen hatten die Zehen und Finger gefroren, aber sie hatten es gut gehabt. Und zu Hause hatte seine Mutter dann heiße Schokolade mit Sahne in riesigen Bechern bereitet, die sie schnell wieder aufgewärmt hatte. Heiße Schokolade … das musste jetzt sein! In Marius' ehemaliger Bude gab es so etwas nicht, da war sich Emil sicher, aber in dem kleinen Bistro hier im Ort müsste die doch zu bekommen sein.

Emil durchkreuzte den Ort in wenigen Minuten und steuerte

das warm erleuchtete Café an. Es war das einzige im Ort, aber so klein und lauschig wie das Dorf selbst. Durch das Fenster, das mit Tannenzweigen und Lichterketten geschmückt war, erspähte er ein paar leere Tische und sah sich schon mit der dampfenden Tasse an einem davon. Da fiel sein Blick auf die Frau hinter der Scheibe, und schlagartig waren die Kälte und die Schokolade vergessen. Den ganzen Tag hatte sie seine Gedanken besetzt, und nun saß sie dort an einem kleinen Tisch direkt am Fenster: Madita.

Sie sah wunderschön aus. Mit offenem langem Haar, das im Schein der Kerzen rötlich schimmerte. Sie trug einen kuscheligen dunkelgrünen Wollpullover, der ihre Haut samtig erscheinen ließ und ganz bestimmt ihre Augen betonte. Die Brille hatte sie abgenommen oder gegen Kontaktlinsen getauscht, und ein zartes Lächeln lag auf ihren Lippen. Emil verspürte den inneren Drang, zu ihr zu gehen, gegen die Scheibe zu klopfen und dieses Lächeln auf sich gerichtet zu wissen. Er wollte dem Impuls schon nachgeben, da erst bemerkte er die zweite Person am Tisch, die bei Maditas Anblick zuvor einfach unter seinen Radar gefallen war.

Ihr gegenüber saß ein Mann, groß gewachsen, hager, mit hellem Haar. Emil konnte sich nicht daran erinnern, ihn schon einmal gesehen zu haben. Der Mann beugte sich zu Madita vor, Schüchternheit sprach aus seinen bedachten Gesten. Auch er lächelte, und seine Augen waren ganz auf sie fokussiert, als würde er nichts anderes um sich herum wahrnehmen. Kein Wunder, wenn er mit Madita zusammen ist, dachte Emil und spürte, wie sich sein Magen verkrampfte. Das war ein Date, schoss es ihm durch den Kopf. Nein, das war nicht irgendein Date, das war *das* Date! Er schmeckte die Bitterkeit, die langsam in seinem Hals aufstieg.

Aber das solltest du doch mit mir tun, schrie die Stimme in Emils Innerem. Er beobachtete, wie Madita dem Mann etwas auf ihre lebendige Art erzählte, mit Gesten und diesem einzigartigen Ausdruck in ihren Augen. Emil meinte, ihr glucksendes Lachen zu hören, als sie zur Pointe der Geschichte vordrang, und die Bitterkeit schlug um in Traurigkeit. Wie gerne wäre er jetzt dieser Mann hinter der leicht beschlagenen Scheibe, der Madita ansehen und ihrer Stimme lauschen durfte, ihrem wunderbaren Lachen. Weil sie mit ihm hier war, mit ihm verabredet war und vielleicht schon dabei war, sich in ihn zu verlieben.

Er wollte sich abwenden, diese intime Szene des Kennenlernens nicht weiter beobachten, sich selbst schützen, aber er konnte es einfach nicht. Als Madita sich das Haar hinters Ohr strich und in einem Moment des Schweigens etwas verunsichert dem Mann zulächelte, gab Emil sich endlich einen Ruck und drehte sich weg.

Zugleich flammte etwas Neues in ihm auf, ein Gedanke. Da geschah es nun also. Das, wozu Emil ihr in Person des Weihnachtsmannes geraten hatte: Sie öffnete ihr Herz für einen anderen Mann. Sie begegnete ihrer Angst und ihrem Schuldgefühl und ließ beides hinter sich, um das Leben weiterzuleben, das sie so lange hatte schleifen lassen. Der Gedanke sollte ihn trösten. Vielleicht würde er es morgen schaffen, doch gerade kam er kaum gegen die innere Wand aus Enttäuschung an.

Emil beschleunigte seine Schritte, und die eisige Kälte, die ihm eben noch so unangenehm gewesen war, strich ihm nun wohltuend um die heiße Haut.

26 Madita

Madita konnte die Unruhe in ihrem Bauch nicht ganz abschütteln, auch wenn es eine andere war als die, die ihre ersten Verabredungen mit Viktor begleitet hatte. Ihr Blick fiel auf den Mann ihr gegenüber. Sie hatte ihn ins Bistro eingeladen, das einzige hier im Dorf. Madita mochte es mit seinen verschnörkelten Metallstühlen und dem im Schachbrettmuster gekachelten Boden. Als wäre Thea am Werk gewesen, war auch hier alles mit Tannenzweigen und Lichterketten dekoriert, und Kerzen spendeten flackerndes Licht, während draußen schon die Dunkelheit des Winterabends eingekehrt war.

Madita beobachtete unauffällig, wie er die Hand zu seiner Stirn hob und sie dann tatenlos wieder senkte. Kurz flackerte das Bild eines anderen Mannes auf, doch schnell kehrte sie gedanklich zurück an diesen Tisch mit diesem Mann – Till. Nervös blinzelte er sie an, als er ihren Blick bemerkte.

Nein, da war kein Flügelschlagen in ihrem Bauch. Da waren nur dieses dumpfe Pochen und das Echo der Frage, die ihr schon den ganzen Tag im Kopf herumspukte: War es wirklich richtig, das hier zu tun? Es war auf jeden Fall wichtig, um zwei Dinge herauszufinden, erinnerte sie sich. Zum einen, ob sie sich wirklich bereit fühlte, sich mit anderen Männern als Viktor zu treffen. Gerade war sie in diesem Punkt sehr verunsichert.

Zum Zweiten war da aber immer noch dieses große Fragezeichen hinter Tills Namen auf ihrer Verdächtigenliste. Madita ertappte sich dabei, wie sie dem Mann ihr gegenüber immer wieder Satzfetzen aus den Briefen in den Mund legte oder versuchte, in dem, was er sagte, Parallelen zu dem Geschriebenen zu finden. War Till ihr Weihnachtsmann?

Er hatte Charme, keine Frage, und Madita mochte ihn. Wie höflich er sie an ihrer Haustür abgeholt hatte, ganz wie ein Gentleman alter Schule, mit dem Blümchen, das nun hier in einer winzigen Vase auf ihrem Tisch stand. Als er es ihr überreicht hatte, hatte er verschämt gelächelt wie ein kleiner Junge. Und obwohl Madita bis dahin überzeugt gewesen war, die Verabredung doch noch abzusagen, hatte er sie damit eingefangen, mit diesem Lächeln und mit seiner Höflichkeit. Es konnte keine Gefahr von jemandem wie ihm ausgehen. Also hatte sie ihn begleitet und saß ihm nun gegenüber. Er war um Worte verlegen, sie spürte es. So war es schon bei ihrer ersten Begegnung gewesen, oder nicht?

»Was möchtest du trinken?«, fragte er nun.

»Wein wäre schön«, sagte Madita in einem warmen Ton, von dem sie hoffte, es würde ihm ein wenig Ruhe einflößen. »Rot und trocken?«

Er nickte angetan. »Das hätte ich auch vorgeschlagen.«

»Dann haben wir ja schon eine Gemeinsamkeit«, sagte Madita betont fröhlich. Je mehr sie mit ihm in Interaktion trat, desto leiser wurde das Pochen in ihr. Sie musste sich nur gut zureden, dass sie mit dieser Verabredung noch keinerlei Verpflichtung einging. Es ging darum, sich kennenzulernen, etwas auszuprobieren. Und sollte es sich nicht gut anfühlen … Madita hatte diesen Satz Hunderte von Malen innerlich wiederholt. Nun wollte sie einfach einen schönen Abend mit diesem angenehmen Menschen verbringen und nicht darüber nachdenken, welche Konsequenzen sich daraus ergeben würden.

Der Kellner trat an ihren Tisch und nahm die Weinbestellung sowie ihre Essenswünsche entgegen.

»Euer Tee ist aber auch ganz vorzüglich«, sagte Till in diesem Moment und fügte auf ihren irritierten Blick schnell hinzu: »Wegen Wein und gleichem Geschmack, meine ich. Ich bekomme nicht genug von diesem Santa-Tee.«

Aha, der Santa-Tee also! War das womöglich ein versteckter Hinweis auf die Briefe?

»Das ist gerade auch mein Lieblingstee«, sagte sie, sich langsam vortastend, und es stimmte sogar. Sie hatte die frischen Sommertees in eine Kiste gepackt und tief ins Regal geschoben und stattdessen damit begonnen, ihre Weihnachtsmischungen zu trinken. Anfangs war ihr das nicht leichtgefallen, doch mit der Zeit war der Schmerz bei der Erinnerung an die schönen Weihnachtstage mit Viktor durch etwas Neues ersetzt worden: Sie genoss es, dass sie diese Erinnerungen aufleben lassen konnte. Sie entdeckte, dass dies eine schöne Art war, die Bilder von Viktor zu bewahren. Statt sich vor ihnen zu verschließen, aus Angst, was sie mit ihr anstellen würden, ließ sie sie zu und hieß sie sogar willkommen. Ob das die so oft erwähnte Akzeptanzphase war? Wie auch immer, sie war froh darum. Außerdem war der Santa-Tee natürlich auch mit einer ganz frischen Erinnerung besetzt an jemanden, der sich innerhalb kürzester Zeit einen besonderen Platz in Maditas Herzen erkämpft hatte.

»Ich weiß gar nicht, was es ist, das ihn so besonders macht«, redete Till nun begeistert weiter, »aber immer, wenn ich ihn trinke, muss ich an meine Familie denken und wie sehr ich mich darauf freue, Weihnachten mit ihr zu verbringen. Da steckt eine so tiefe Dankbarkeit in diesem Tee. Das klingt ein bisschen verrückt, aber«, als er zu ihr aufsah, kam er ins Stocken, und sein Satz blieb im Leeren hängen. Oje, sie hatte ihn nicht verunsichern wollen, wo er doch gerade warm mit ihr wurde.

»Es macht mich richtig platt, dass du das herausgeschmeckt hast«, sagte sie schnell und nickte dem Kellner dankend zu, der ein Weinglas vor ihr abstellte. »Genau darum ging es mir bei diesem Tee. Um das Gefühl von Dankbarkeit und um die Wärme, die manche Menschen in einem auslösen.«

Er hob sein Glas in ihre Richtung, und sie stießen ohne Toast an. Er lächelte ihr nur zu, und das gefiel ihr. Sie spürte, wie sie sich weiter entspannte, und er wohl auch, denn nun rückte er wieder etwas näher an den Tisch heran.

»Aber wie bekommst du diese Gefühle in den Tee?«

Sie sah ihn verdutzt an.

»Ich habe keine Ahnung.« Sie überlegte einen Moment, wobei sie den Kopf auf einer Hand abstützte. »Ich überlege mir, was ein Tee ausdrücken soll, und dann kommen mir die Aromen in den Sinn. Das läuft ganz intuitiv, glaube ich.«

Als er sie weiterhin gespannt ansah, ergänzte sie: »Meine Uroma hat das auch schon so gemacht, vielleicht habe ich es von ihr gelernt.«

»Oder geerbt.«

Sie schmunzelte, als sie seinen tiefen Blick auf sich spürte.

»Vielleicht, ja«, raunte sie und nahm einen weiteren Schluck von dem Wein. Seine dunklen Beerenaromen ließen sie sofort über einen neuen Tee nachdenken, einen Glühweintee vielleicht, mit Zimt, Nelke, etwas Frucht und genau diesen Beerentönen. Sie teilte den Gedanken mit Till, und er nickte begeistert.

»Ich würde ihn sofort kaufen. Er würde mich an unser Kennenlernen am Glühweinstand erinnern.«

Sie richtete sich auf, unsicher, ob sie an jenen Abend auf dem Weihnachtsmarkt erinnert werden wollte. Er war stark mit düsteren Reminiszenzen an Viktor und einem ziemlichen Alkoholrausch verbunden. Doch Till lächelte so aufrichtig und hoffnungsvoll, dass Madita den Schmerz mühsam hinunterschluckte und nickte. Daraufhin beugte sich Till etwas weiter vor und strich ihr ganz sanft über die Hand. Es war kaum spürbar, und doch merkte Madita, wie sich die Verkrampfung in ihrem Magen, die gerade am Abklingen gewesen war, wieder vertiefte.

»Was machst du eigentlich so, wenn du nicht arbeitest?«, fragte Madita schnell, um wieder auf sicheres Terrain zu gelangen.

»Oh, ich lese gerne Krimis«, sagte er sofort und grinste dabei.

Wie mein Weihnachtsmann!, fuhr es Madita durch den Kopf, und sie spürte, wie eine neue Form von Aufregung durch sie strömte.

»Und ich jogge«, fügte er dann hinzu. »Eigentlich jeden Tag auf dem Laufband.«

»Ah«, meinte Madita und fühlte die Aufregung wieder schwinden. Was hatte der Weihnachtsmann noch geschrieben: Er sei gerne an der Luft, am liebsten ohne Sport? »Und magst du Eis?«

Leicht irritiert legte Till den Kopf schief.

»Eis? Nein, ich versuche, so wenig Zucker wie möglich zu mir zu nehmen.«

»Oh, okay.« Es könnte natürlich sein, dass er mir etwas vormacht, um den Verdacht von sich zu weisen, überlegte sie.

Doch da spürte sie es, als sie das Bein unter dem Tisch umsetzte. Mit dem Fuß stieß sie gegen einen Gegenstand, der leicht klappernd umfiel. Als sie sich schnell danach bückte, um ihn wieder aufzurichten, erkannte sie den Regenschirm. *»Natürlich bleibt der Regenschirm zu Hause, wenn es schneit. Es ist doch das Beste, wenn die Flocken auf den Kopf fallen und im Haar oder an der Mütze hängen bleiben.«* Das hatte er geschrieben. Sie wusste es Wort für Wort, da sie diese Stelle in seinem Brief besonders gemocht hatte. Till konnte es nicht sein, da war sie nun ziemlich sicher. Draußen war es eiskalt. Sollte heute noch irgendein Niederschlag fallen, dann nur Schnee, und ihr Weihnachtsmann hätte mit Sicherheit keinen Regenschirm dabeigehabt. Sie spürte, wie ihr Interesse an ihm ein wenig abnahm. Es war ungerecht, das wusste sie selbst, aber die Möglichkeit, in ihm ihren Weihnachtsmann zu finden, hatte anscheinend doch dazu beigetragen, dass sie sich für diese Verabredung entschieden hatte.

Sie mochte Till, sie fand ihn nett und liebenswürdig, sie verbrachte gerne Zeit mit ihm, aber nicht so, wie er sich das offenbar wünschte, das stand ihr nun ganz klar vor Augen. Ob es daran lag, dass es noch zu früh für Dates war, dass er eben doch nicht ihr Weihnachtsmann oder dass Till einfach nicht der Richtige war – Madita wusste nur, dass sie etwas tun musste, um die Richtung dieser Verabredung zu beeinflussen. Wieder dachte sie an den Brief des Weihnachtsmannes, in dem er sie zu diesem Schritt motiviert hatte. Mit einer Erklärung könnte sie jederzeit von etwas zurücktreten, hatte er geschrieben.

Sie räusperte sich und stellte wieder den Blickkontakt zu Till her, dessen Augen noch immer vor Hoffnung funkelten.

»Ich habe mich auf diesen Abend gefreut«, begann sie mit etwas wackliger Stimme.

»Ja, ich auch. Ich konnte mein Glück kaum fassen, als du mir heute Früh geschrieben und mich gefragt hast, ob wir zusammen etwas essen gehen.«

Madita nickte und lächelte schief. Das hatte sie getan. Sie hatte die Initiative ergriffen, nachdem Sofie sie lange überredet hatte, aber das durfte ihr jetzt nicht im Weg stehen.

»Till, ich möchte nicht, dass wir uns missverstehen und am Ende Schwierigkeiten miteinander haben …«

Tills Ausdruck veränderte sich minimal, und etwas Fragendes trat in seinen Blick.

»Ehrlich gesagt, wusste ich bis heute Abend selbst nicht genau, ob ich für diese Verabredung bereit bin und ob mehr daraus werden könnte.« Tills Gesicht war nun voller Ernst, er hatte den Kopf leicht schief gelegt, als könnte er Maditas Worte so besser aufnehmen. Dabei wirkte er ruhig und konzentriert. Also sprach Madita ebenso ruhig weiter: »Ich mag dich sehr gern und fände es schön, mehr Zeit mit dir zu verbringen. Als Freund. Natürlich nur, sofern du das auch noch möchtest.«

Sie sah ihn fragend an und wartete, während er die Worte verarbeitete. Irgendwann ging ein Ruck durch seinen Körper, als wäre er aus einer Art Trance erwacht. Er richtete sich auf, nahm einen großen Schluck Rotwein und sagte dann ganz sachlich: »Nur bei einer Bestechungszahlung von drei Teebeuteln Santa-Tee, und zwar drei pro Treffen!«

Einen Augenblick lang sah Madita verdutzt in Tills ernste Augen, dann blinzelte er, und sie realisierte, dass er einen Witz gemacht hatte. Überrascht lachte sie auf und fuhr sich verschämt durch die Haare. Dann sammelte sie sich und beugte sich zu ihm vor.

»Ich habe einen anderen Vorschlag. Du wirst mein Testtrinker. Jeder neue Tee wird von dir probegetrunken, und natürlich gibt es ein Päckchen davon umsonst. Ich habe das Gefühl, du wärst perfekt für diesen Posten.«

Till betrachtete sie prüfend, einen Mundwinkel leicht hochgezogen, die Augenbrauen gesenkt, dann lachte auch er.

»Einverstanden!«

Erleichtert lehnte Madita sich zurück. Sie mochte ihren Weihnachtsmann an diesem Tag wohl nicht gefunden haben, aber es keimte das Gefühl in ihr auf, dafür innerlich ein kleines Stück weit geheilt und gewachsen zu sein. War das nicht mindestens so viel wert?

Lieber Weihnachtsmann,

danke Dir für Deinen Rat in Sachen Liebesdingen. Selbst wenn Du etwas anderes behauptest: Auch darin bist Du wirklich gut! Ich habe ihn genauso befolgt, wie Du vorgeschlagen hast, und er hat mir gestern einen sehr schönen Abend und neue Erkenntnisse geschenkt. Wenn das mal nichts ist!

Hast Du die Kälte heute Früh bemerkt? Jedes Mal, wenn ich das Gefühl habe, meine Zehen zu verlieren oder meine Nase nie wieder zu spüren, verfluche ich dieses Wetter, aber trotzdem ist es ein so tolles und aufregendes Gefühl, morgens aus der Tür zu treten. Die Eiseskälte steigt Dir in die Kehle, und eine Sekunde lang ist sie so kalt und frisch, dass es Dich beinahe erschrickt: Huch, ich bin am Leben! Und ein neuer Tag wartet auf mich. Ich liebe das sehr.

Hab einen schönen Tag, lieber Weihnachtsmann
Deine Madita

27 Madita

Seit mehreren Tagen schon hatte Madita nichts mehr vom Weihnachtsmann gehört, und sie begann, sich zu sorgen. Woher kam dieses plötzliche Schweigen? Madita saß auf ihrem Bett und blätterte durch die Briefe, die er ihr zuletzt geschickt hatte. Draußen war es noch dunkel, und unter sich hörte sie die vertrauten Geräusche des Morgens. Doch im Kopf war sie ganz bei ihrem Weihnachtsmann. Sie vermisste ihn! Da waren dieses Ziehen in ihrem Bauch und das beklemmende Gefühl, dass irgendetwas nicht stimmte. Während sie die Brille zurechtschob und den Blick über seine Briefe fliegen ließ, dachte sie an die Sätze, die sie zuletzt an ihn geschickt hatte. Hatte sie etwas Falsches geschrieben? Nachdenklich ließ sie die Kante des Papiers an ihrem Finger entlangstreichen. Dann schüttelte sie den Kopf, schob die Briefe mit einem Seufzen zusammen und verstaute sie wieder in dem roten Geschenkkarton, den sie extra dafür herausgesucht hatte. Es machte keinen Sinn, sich den Kopf zu zerbrechen. Er musste wohl einfach beschäftigt sein – wie es ein Weihnachtsmann kurz vor Heiligabend eben war.

Mit einem Blick auf den Wecker auf dem Nachttisch stand Madita eilig auf und schob den Karton zurück unters Bett. Dann schnappte sie sich die Wolljacke vom Schreibtischstuhl und schlüpfte hinein, während sie die Treppe hinablief.

Thea sah ihr mit fiebrigem Blick entgegen. Die zerzausten Haare verrieten, dass sie noch keine Zeit gehabt hatte, eine Bürste in die Hand zu nehmen. Die Kleidung sah ungeordnet aus, die Bluse war an einer Stelle falsch geknöpft und hing halb aus der Jeans heraus. Sofort überkam Madita das schlechte Gewissen. Während Thea hier mit den Kindern den allmorgendlichen Kampf ums Zähneputzen und Schuhanziehen ausgefochten hatte, hatte Madita oben gesessen und sich Gedanken über einen ausbleibenden Brief gemacht. Mit raschen Schritten lief sie zu ihrer Schwester, nahm ihr Janoschs Winterstiefel aus der Hand und blickte sich suchend nach dem Jungen um. Wie so oft war er anscheinend weggerannt, als es ans Anziehen der Winterkleidung gegangen war. Ella saß mit verschlafenem Blick auf dem Boden und zog sich in Zeitlupe die Schuhe an.

»Ich übernehme das hier. Geh du ruhig noch mal ins Bad, mach dich fertig«, forderte Madita Thea auf und blinzelte zu ihrem Haarnest hoch. Theas Hand fuhr dorthin, und ein schiefes Grinsen breitete sich auf ihrem Gesicht aus, als sie das Wirrwarr ertastete.

»Danke!« Sie warf ihr einen Luftkuss zu und verschwand, während Madita in die Hocke ging und nach dem kleinen Ausreißer Ausschau hielt.

Gute zehn Minuten später stürmten sie zu viert mit erhitzten Gesichtern auf die Straße, wo sie sofort von der Kälte umschlungen wurden. Ella und Janosch rannten durch den Schnee, und Thea und Madita atmeten die kühle Luft tief ein. Madita spürte Theas Hand an ihrem Arm. Als sie in ihr Gesicht sah, lag darauf ein herzliches Lächeln.

»Danke dir«, sagte sie. Madita wollte einhaken und Thea lieber zum Losgehen antreiben, doch sie hielt den Arm fest und sah Madita fest in die Augen. »Ich weiß nicht genau, was sich in diesen letzten Wochen verändert hat, ob es die Briefe waren oder was auch immer, aber ich bin froh, dich wiederzuhaben. Du hast mir gefehlt.«

Madita blinzelte überrascht. Verlegen ruckelte sie an ihrem Brillengestell herum.

Da fügte Thea hinzu: »Vor allem an Morgen wie diesem, an denen mich die beiden Gören *fertigmachen*!« Sie betonte das letzte Wort und rannte dabei los, den Kindern hinterher. Mit einem Kloß im Hals blickte Madita ihr nach, wie sie die beiden durch den Schnee jagte. Theas Worte bedeuteten Madita viel. Sie bedauerte noch immer, dass sie sich nach Viktors Tod so zurückgezogen hatte, aber mittlerweile wusste sie, dass diese Zeit auch wichtig gewesen war – um die Welt jetzt mit neuer Kraft und Freude zu betrachten.

Madita bückte sich, schaufelte mit den behandschuhten Händen Schnee zusammen, formte beim Loslaufen eine Kugel und holte die kleine Gruppe ein: ihre Familie, die inmitten einer improvisierten Schneeballschlacht steckte.

»Stopp jetzt, wir müssen uns doch beeilen!«, erinnerte Thea sich selbst und die anderen lachend und schob die Kinder vor sich her, während sie sich den Schnee aus den Mützen schüttelten.

An der Straßenecke trennten sie sich. Während die drei zum Kindergarten liefen, ging Madita zur Bäckerei, in der in einer winzigen Ecke die hiesige Post untergebracht war, und holte dort eine Lieferung an Teezutaten ab.

Mit dem großen Paket unterm Arm stolperte sie zurück und rutschte beinahe auf einer vereisten Stelle aus. Da dröhnte eine tiefe Stimme:

»Vorsicht, nicht dass du hinfällst!«

Erstaunt blickte Madita sich um und erkannte hinter sich auf dem Weg Herrn Paulsen. Der ältere Mann war tief in einen dicken grauen Mantel gehüllt, den Kragen aufgestellt, und als Madita sein Gesicht betrachtete, erschrak sie innerlich. Tiefe dunkle Ringe lagen unter seinen Augen, die Gesichtsfarbe hob sich kaum vom Mantel ab. Er sah alt aus, viel älter als sonst.

»Herr Paulsen! Guten Morgen!«

Sie blieb stehen und lächelte ihn an. Er erwiderte das Lächeln, doch so ganz wollte es nicht bis zu seinen müden Augen durchdringen.

Madita beugte sich zu ihm vor, dabei stellte sie das Paket vorsichtig auf ihren Stiefelspitzen ab.

»Geht es Ihnen nicht gut?«, fragte sie, und schon traf sie die Erkenntnis: Herr Paulsen war allein unterwegs. Das kam so gut wie nie vor. »Ist mit Frau Paulsen alles in Ordnung?«

Eine große weiße Wolke umgab Herrn Paulsen, als er tief ausatmete.

»Was für ein Schreck«, sagte er. Mit unruhigen Bewegungen richtete der Mann seine Wollmütze. Endlich landete sein Blick auf Madita, und er schüttelte ungläubig den Kopf, als er sagte: »Gretel ist im Krankenhaus.«

»Was? Oh Gott, was ist passiert?« Erschrocken griff Madita nach der Hand des Mannes. Ihre Augen waren weit geöffnet, als sie spürte, wie die Sorge sich beklemmend in ihr ausbreitete.

»Sie … Na, ihr ging es ja schon lange nicht gut. Gestern Abend habe ich den Notarzt gerufen. Es gab den Verdacht auf einen Schlaganfall.«

»Oh nein«, sagte Madita und spürte, wie eine eiserne Faust ihren Magen umklammerte. Die arme Frau! Und der arme Herr Paulsen! »Das ist schlimm. Wie geht es ihr jetzt?«

»Besser, zum Glück. Es war wohl doch kein Schlaganfall,

aber sie wollen sie trotzdem noch dortbehalten und untersuchen, wegen ihres Allgemeinzustands.«

Madita behielt den Mann genau im Blick und bemerkte, wie er zitterte. Ob es die Kälte, die Sorge oder die Müdigkeit war, wusste Madita nicht, aber sie reagierte sofort.

»Kommen Sie, wir gehen in den Laden, und ich mache Ihnen eine heiße Tasse Tee.«

Unentschieden rieb der alte Mann sich über die Wange. Es war ihm anzusehen, dass er sich wohl eher nach seinem Bett sehnte, doch als er ein weiteres Mal zu Madita sah, die ihn mit einem aufmunternden Blick bedachte, ging ein kleiner Ruck durch seinen Körper.

»Na gut, auf eine Tasse«, murmelte er mit warmer Stimme und folgte Madita mit vorsichtigen Schritten über den gestreuten Weg.

Im Laden angekommen, drehte Madita sofort die Heizung auf und stellte den Wasserkocher an, während Herr Paulsen sich in dem Sessel niederließ, in dem sonst meist Sofie saß und palaverte. Sie verstaute das Paket hinter dem Tresen, um sich dem Inhalt später zu widmen, bereitete Tee zu und trug zwei dampfende Tassen zu Herrn Paulsen.

»Es tut mir so leid, Sie müssen sich große Sorgen machen. Waren Sie die ganze Nacht bei ihr?«, fragte sie mit rauer Stimme und stellte die Tassen auf dem vorstehenden Regalbrett ab, das immer schon als Beistelltischchen gedient hatte. Zig blasse, sich überlagernde Ringe, die die Hitze in das Holz gebleicht hatte, sprachen von den unzähligen Teetassen, die hier schon gestanden hatten. Was nicht alles über ihren Dampf hinweg besprochen worden sein musste!

»Jawohl, die ganze Nacht. Bis endlich die guten Neuigkeiten gekommen sind.«

Madita, die den gepolsterten Hocker aus der Ecke herangezogen und sich gesetzt hatte, sah überrascht auf. Gute Neuigkeiten? Natürlich war es gut, dass Frau Paulsen keinen Schlaganfall erlitten hatte, aber sie lag ja noch immer im Krankenhaus. Verunsichert fuhr sie mit dem Zeigefinger das Muster der ineinandergreifenden Ringe nach. Dabei blinzelte sie unauffällig zu Herrn Paulsen hinüber. Er hatte den Mantel aufgeknöpft, ihn aber nicht ausgezogen. Die Mütze lag auf seinen Knien. Obwohl er so müde aussah und die Falten in seinem Gesicht um einiges tiefer zu liegen schienen als noch bei seinem letzten Besuch, war sein Blick längst nicht so düster, wie Madita es in dieser Situation erwartet hätte. Wäre sie in seiner Lage, sie wäre durchgedreht.

Sein Blick folgte jetzt Maditas Finger.

»Einige dieser Ringe habe wohl ich hinterlassen«, sagte er mit einem kleinen Schmunzeln. »Damals, als die Emma den Laden geführt hat, deine Großmama, und ich ein junger Kerl war, da hat sie uns oft zu einem Tee eingeladen.« Seine Stimme klang brüchig, er schien noch mit den Worten zu hadern, kein Wunder, wenn er kaum geschlafen hatte. »Sie hatte ein Gespür dafür, wenn man etwas auf dem Herzen hatte. Und dann hat sie Tee gekocht, immer eine andere Sorte. Und weißt du«, er sah Madita in die Augen, und es kam ihr vor, als blickte sie direkt in die Vergangenheit, »es war, als hätte sie die Sorte immer ganz bewusst ausgewählt, hm, wie … ja«, er nickte leicht vor sich hin, »wie eine Zauberin. Der Tee war wie die Stimmung, die uns zu ihr geführt hatte, manchmal fröhlich und aufgeregt und manchmal, tja, melancholisch irgendwie.«

Madita zögerte einen Moment. Sie umfasste ihre Tasse mit beiden Händen und genoss die Wärme, die auf sie überging. »Was hätte sie Ihnen wohl heute für einen Tee gekocht?«

Herr Paulsen stieß hörbar den Atem aus. Für einen Moment war Madita sich sicher, eine falsche Frage gestellt zu haben, doch als sie zu ihm aufsah, blickte er nur nachdenklich an ihr vorbei auf die bunt gefüllten Teegläser im Regal.

»Tja, das wüsste ich auch gerne«, sagte er.

»Vielleicht hätte sie etwas Tröstendes gefunden«, mutmaßte Madita, dann hob sie die Teetasse an die Lippen und probierte vorsichtig einen Schluck. Als sie Herrn Paulsen ermutigend anlächelte, beugte er sich in dem Sessel vor und nahm ungeschickt seine Tasse zur Hand. Er sog schweigend den duftenden Dampf ein, wobei sich seine Augenbrauen leicht zusammenzogen, als versuchte er, den Geruch zuzuordnen. Gespannt beobachtete Madita jede Bewegung und jedes Zucken in seinem Gesicht, als er einen kleinen Schluck nahm, und versuchte, sich vorzustellen, wie die Geschmacksnoten sich nacheinander in seinem Mund ausbreiteten: Lavendel und Vanille, etwas Kamille und leichte Süßkirsche. Es war der Tee, den sie heimlich Viktor gewidmet hatte und den sie trank, wenn sie allein im Laden war und die Gedanken an ihn sie zu überwältigen drohten. Niemand sonst hatte zuvor von ihm gekostet. Es war ein Tee, der sie an die Kindheit mit Viktor erinnerte, an die vielen besonderen Sommertage, an das gemeinsame Kirschenpflücken und an ihren ersten Kuss. Ein Tee, der nur die guten Erinnerungen wachrief, der sie tröstete und beruhigte, der sie daran erinnerte, dass trotz allem weitere schöne Sommer auf sie warteten, wenn sie nur erst den Winter hinter sich gebracht hätte.

Sie beobachtete verstohlen, wie Herr Paulsen einen weiteren Schluck nahm, einen größeren diesmal. Es war nur eine winzige Veränderung, und doch bemerkte Madita sofort, wie die Fältchen um seine Augen sich leicht bewegten. Ein wehmütiger Ausdruck trat auf sein Gesicht.

Nach einem weiteren Schluck räusperte sich Herr Paulsen.

»Du hast diese Gabe also geerbt.« Er sah zu Madita auf und schenkte ihr einen Blick, der wertvoller für sie war als alle weiteren Worte. Dann seufzte er und stellte die Tasse vorsichtig auf dem Ringkranz ab.

Madita beugte sich vor, sie hielt es nicht länger aus und musste einfach nachhaken. Vielleicht war es zu gewagt, aber die Frage brannte regelrecht in ihr.

»Entschuldigen Sie, ich möchte nicht zu weit gehen, aber … Sie wirken so ruhig, dabei würde ich an Ihrer Stelle wohl gerade in Panik ausbrechen. Machen Sie sich denn gar keine Sorgen?«

Herrn Paulsens Augenbrauen hoben sich, und er blickte sie erstaunt an. Dann entspannten sich seine Züge wieder, während er leise antwortete.

»Natürlich mache ich mir Sorgen.« Einen Augenblick lang schien er nachzudenken, sein Blick wanderte im Teeladen umher, ohne dass er ein Ziel zu finden schien. Dabei strich er sich mit der Hand übers Kinn. »Aber für Panik sind wir wohl schon ein wenig zu alt.« Nun lächelte er wehmütig. »Ich habe mit Gretel wunderbare Jahre gehabt und bin dankbar für jedes einzelne. Wir können nicht wissen, was als Nächstes kommt, wie viel Zeit wir noch miteinander verbringen dürfen. Das weiß wohl nur Gott allein.« Dabei machte er eine Geste nach oben, und Maditas Blick folgte seiner Hand, um sich ihm dann wieder zuzuwenden. »Die Hauptsache ist doch, dass wir uns bewusst sind, wie viel Schönes Gretel und ich miteinander geteilt haben. Ja«, sagte er in nachdenklichem Ton, »dieses Bewusstsein über die gemeinsame Zeit. Das ist das wirklich Wichtige. Und das Glück über jeden weiteren Tag, den ich mit ihr verbringen darf.«

Madita fühlte sich wie erstarrt, während sie den Worten des

alten Mannes lauschte, sie geradezu in sich aufsog. Als er nicht weitersprach, sondern bedächtig die Teetasse an die Lippen hob, setzte sie sich endlich auf.

»Das ist … das …« Sie verlor die Worte, die in ihrem Kopf herumwirbelten, aber einfach nicht über ihre Lippen kamen. Herr Paulsen beobachtete sie mit einem leichten Lächeln. Er schien … in sich zu ruhen. »Es ist bewundernswert«, brachte sie endlich heraus. »Dass Sie das so betrachten können.«

Herr Paulsen lehnte sich ein wenig in ihre Richtung und stützte dabei eine Hand auf dem Bein ab.

»Aber das tust du doch auch?«

Madita war so überrascht, dass sie sich verschluckte. Als ihr Husten abnahm, setzte Herr Paulsen zur Erklärung an.

»Ich habe dich sehr bewundert wegen der Stärke, die du in den letzten drei Jahren an den Tag gelegt hast.«

»Stärke?« Madita lachte auf. »Ich war niemals stark.«

»Natürlich warst du das«, beharrte Herr Paulsen mit ernster Miene. »Nur weil du traurig warst oder einen kraftlosen Tag hattest, bedeutet das nicht, dass du nicht innerlich stark gewesen wärst. Ich habe dich ein wenig beobachtet, aus Sorge, verstehst du. Und ich habe gesehen, wie du mit jedem Tag mehr Kraft gesammelt und deinen Weg gefunden hast, mit der Trauer umzugehen, besonders in letzter Zeit.« Er schwieg und beobachtete die Wirkung seiner Worte auf Madita, die nicht wusste, ob sie sich ertappt, irritiert oder auf gewisse Weise erleichtert fühlen sollte. Erst Theas Worte an diesem Morgen und nun Herrn Paulsens … Sie wusste ja, dass sie sich verändert hatte, aber dass es so nach außen strahlte, wurde ihr erst jetzt richtig bewusst.

»Ich weiß nicht, ob ich wirklich so weit bin, wie Sie denken«, gab sie zum Nachdenken.

Herr Paulsen fuhr sich mit dem Handrücken über die Augen, und Madita wurde wieder bewusst, wie müde er sein musste. Sie wollte sich schon erheben, da ergriff er doch noch mal das Wort. Er deutete auf die Teetasse.

»Diese Mischung ... sie löst gute Erinnerungen aus, nicht? Ich denke an die Kirschbäume in unserem Garten, an schöne Sommertage und glückliche Momente mit meiner Frau. Da ist nichts Dunkles in diesem Tee, keine Reue, keine Bitterkeit. Ich bin sicher, du bist weiter, als du glaubst. Aber nun«, er streckte sich, »muss ich wirklich in die Koje.«

»Natürlich.«

Mit einem Gefühl des Zweifels über seine Worte behielt Madita den Mann im Blick, während er sich mit einem Seufzen erhob und nach dem Mantel griff. Sie eilte zu ihm und half ihm in die Ärmel.

»Wenn ich irgendetwas tun kann, um Sie und Ihre Frau zu unterstützen, geben Sie mir bitte Bescheid«, sagte sie mit eindringlicher Stimme.

Herr Paulsen rückte die Wollmütze zurecht und lächelte Madita mit müden Augen an.

»Das werde ich. Nun aber auf Wiedersehen und vielen Dank für die wärmende Tasse Tee.«

Noch Minuten, nachdem die Türglocke hinter Herrn Paulsen verklungen war, stand Madita gedankenversunken am Fenster und blickte hinaus auf die Fußstapfen im Schnee.

28 Emil

Eigentlich war die Sache klar: Madita wollte nichts von ihm. Sie hatte sich in einen anderen Mann verliebt, und damit war die Geschichte zu Ende.

Niedergeschlagen schloss Emil die Kindergartentür hinter sich ab, dann drehte er sich um, schob die Hände tief in die Jackentaschen und spürte sofort wieder die Verspannung zwischen den Schulterblättern, die sich in den letzten Tagen aufgebaut hatte. Seine Haltung war zu der eines unsicheren Teenagers geworden, aber er hatte nichts dagegen tun können. Auch als er jetzt die Schultern zurückzog, fühlte er das Gewicht, das an ihnen zu hängen und Hunderte von Kilos zu umfassen schien, und ließ sie nach vorne zurückfallen. Wie von selbst schlugen seine Füße den Weg ein, der ihn durch das Dorf zum Bachpfad führen würde. Das war alles, was er gerade um sich haben wollte: die Natur, die Dunkelheit des Winternachmittags und die Stille, in der Hoffnung, dort endlich zu innerer Ruhe zu finden.

Denn das Bild von Madita, wie sie hinter der Glasscheibe des Bistros gesessen und dabei so wunderschön ausgesehen hatte, schob sich immer und immer wieder in seinen Kopf. Und mit ihm schwappten der gleiche Schmerz und die gleiche Enttäuschung in ihm auf. Auch jetzt wieder. Warum nur konnte er nicht aufhören, an sie zu denken? Vor Tagen noch hatte er Bauchkribbeln und Schmetterlinge gefühlt, und nun war da diese totale Frustration. Er wollte, dass das aufhörte, wollte, dass sie wieder nur Madita, die Teeverkäuferin und Tante seiner Schützlinge war, die nette Frau, mit der er sich unterhalten konnte, ohne sich vorzustellen, wie es wäre, eine Hand an ihre Wange zu legen, oder darüber nachzusinnen, wie weich sich wohl ihr Haar anfühlte. Er wollte mit ihr befreundet sein, nicht mehr und nicht weniger. Denn das war es ja, was auch sie von ihm wollte. Das Problem war, dass er keine Ahnung hatte, wie er dahin zurückkehren konnte, jetzt, da er sich schon einmal eingestanden hatte, sich in sie verliebt zu haben.

Emil kannte sich so nicht und wusste nicht, wie er dieses Gefühlswirrwarr lösen konnte. Bisher war das mit den Frauen so einfach gewesen. Er mochte sie, sie mochten ihn, sie verbrachten ein wenig Zeit miteinander, und dann gingen sie wieder getrennte Wege. Aber mit Madita war es anders, und Emil merkte, dass ihm die Sache eindeutig zu verzwackt war. Besonders klar wurde es ihm dadurch, dass er es nicht schaffte, ihr einen Brief zu schreiben. Mehrmals hatte er sich hingesetzt und den Stift zur Hand genommen, doch es wollten ihm einfach keine Worte in den Sinn kommen. Seine Gedanken waren in Richtungen gewandert, in die er nicht gehen wollte, vor allem zurück zu dem Moment, als er sie mit dem anderen Mann gesehen hatte. Schließlich hatte ihn das Gefühl der Ohnmacht übermannt, sodass er den Stift weggelegt hatte. Er war unsicher, ob er es überhaupt noch einmal schaffen würde. Der Widerwille war zu groß, dazu kamen die Verunsicherung und das Gefühl von Schwäche.

Er überquerte eine winzige Kreuzung und nahm die Straße, die zwar einen kleinen Umweg bedeutete, aber nicht am Tee-

laden vorbeiführte. Dabei blieb sein Blick auf dem schneebedeckten Boden haften und seine Aufmerksamkeit bei den
eigenen Gedanken.

Als Laini ihm Liebeskummer diagnostiziert hatte, hatte er
aufgelacht, nur um im nächsten Moment zu schlucken. So also
fühlte sich das an? Das war ja schrecklich! Er hatte Freunde,
die gefühlt alle zwei Wochen mit gebrochenem Herzen bei ihm
angerufen hatten – wie hielten die das aus?

Er schüttelte den Kopf und verfluchte sich für die Naivität,
die er an den Tag gelegt hatte. Aber war das überhaupt richtig?
Wenn er so darüber nachdachte, und dabei hob er den Blick ein
klein wenig, war es doch eigentlich nachvollziehbar gewesen,
sich Hoffnungen zu machen. Madita und er hatten sich gut verstanden, sie hatten Gespräche geführt, die über das oberfläch-
liche Geplänkel hinausgingen, und sie hatten Momente geteilt,
die ... tja, die besonders gewesen waren. Sie hatte über seine
Witze gelacht! Emil schob seine Mütze zurecht. Es war nicht
völlig naiv gewesen, sich einzubilden, Madita könnte mehr für
ihn empfinden als nur für einen Freund. Es war einfach alles
verdammt blöd gelaufen, ein Missverständnis, basierend auf
dem Spiel mit doppeltem Boden, das er mit den Weihnachts-
mannbriefen führte. Denn darüber hatte er Madita auf eine andere Weise kennengelernt und Dinge erfahren, die er als Emil
nicht gehört hätte. Genau das hatte wohl dazu beigetragen,
dass er sich verliebt und mehr in Maditas Gefühle hineininter-
pretiert hatte. Wie auch immer das alles weitergehen sollte, es
brachte nichts, sich selbst fertigzumachen.

Emil hob den Blick zum Himmel. Es war nun völlig dunkel, der Nachmittag fühlte sich an wie tiefe Nacht. Die Straßen
waren leer, vereinzelt lief ein dunkler Schatten mit gemurmel-
tem Gruß vorbei, und nur hinter den Fenstern war Leben, was

ihm bewies, dass eigentlich noch Tag war. Dort leuchtete es, und immer mal wieder erhaschte er einen Blick auf ein vorbeihüpfendes Kind oder jemanden, der in der Küche werkelte. Es wirkte gemütlich, und mit einem Mal überlegte Emil, ob er nicht umdrehen und sich zu Hause einen heißen Tee kochen und in eine Decke mummeln sollte.

So in seine Gedanken versunken, übersah er beinahe die dunkle Gestalt an der Straßenkreuzung, die er überqueren müsste, um zum Bach zu kommen. In dem weiten Mantel, die Arme um den Körper geschlungen und den Kopf gesenkt, wirkte sie von hinten beinahe unmenschlich. Doch als er näher kam, erkannte er die dünnen weißen Luftschwaden, die bei jedem Ausatmen von der Gestalt aufstiegen.

»Ist alles in Ordnung mit Ihnen?«, rief er in die Stille hinein und sah, wie sie zusammenzuckte. Sie wandte den Kopf, und Emil spürte einen heftigen Stoß in der Magengegend. »Madita.« Die beiden standen sich gegenüber, nur vom fahlen Licht der Laterne beschienen, hier an der verlassenen Kreuzung.

Maditas Blick wirkte leer. Sie trug keine Brille, dafür ragte ihr dicker Schal fast bis über die Nase. Das Haar war zu einem unordentlichen Knoten hochgebunden. Emil beobachtete, wie sie sich sichtlich zusammenzunehmen versuchte, ein halbes Lächeln zustande brachte und mit rauer Stimme »Hallo Emil« hervorpresste.

29 Madita

»Was tust du hier?«, fragte Madita Emil, und er sah sie einen Moment lang völlig perplex an, bevor er antwortete: »Ich … ich wollte da rüber zum Bach, spazieren gehen. Aber was tust *du* hier?«

Madita zog den Mantel, der sie trotz seiner Dicke nicht richtig wärmen wollte, enger um sich. Sie antwortete nicht gleich, da sie nicht wusste, wie sie das, was in ihr vorging, erklären sollte. Dabei rieb sie die eiskalten Hände aneinander.

»Ehrlich gesagt«, begann sie schließlich, ließ die Hände in den Manteltaschen verschwinden und sah Emil mit fahrigem Blick an, »bin ich mir darüber nicht ganz sicher.« Sie runzelte die Stirn und sah dem Auto nach, das in gemäßigtem Tempo an ihnen vorbeigefahren war und dessen rote Rücklichter nun in Richtung Bahnhof verschwanden. Dann schaute sie wieder zu Emil auf, und als ihr Blick den seinen traf, sie endlich seine Anwesenheit und das vertraute Gefühl wahrnahm, das er in ihr auslöste, holte sie tief Luft und setzte zu einer Erklärung an.

»Hast du in der Zeit hier Frau Paulsen kennengelernt? Sie lebt mit ihrem Mann immer schon im Dorf. Früher durften Viktor, Thea und ich die Kirschen in ihrem Garten pflücken.« Sie lächelte wehmütig. »Heute Morgen war Herr Paulsen kurz bei mir im Teeladen und hat erzählt, dass sie ins Krankenhaus gekommen ist.«

Emil zog die Brauen zusammen.

»Was hat sie denn?«

»Man weiß es noch nicht. Jedenfalls keinen Schlaganfall, wie erst gedacht. Sie wird noch untersucht … sie ist schon alt, weißt du. Und zuletzt hat sie ganz schön abgebaut, das konnte man richtig beobachten.«

Emil schien auf etwas zu warten, ein fragender Ausdruck flackerte in seinen Augen, und als Madita nichts weiter sagte, machte er einen ungeduldigen Schritt in ihre Richtung.

»Und was hat Frau Paulsens Krankenhausaufenthalt damit zu tun, dass du in der Kälte an einer Straßenkreuzung herumstehst?«

»Gute Frage«, sagte sie mit einem Auflachen, das ihr jedoch in der Kehle stecken blieb. »Das ist gar nicht so leicht zu erklären …« Sein aufmunterndes Lächeln gab ihr den Anstoß, es dennoch zu versuchen. »Als Herr Paulsen bei mir war, heute Morgen, haben wir über seine Situation gesprochen und über … na ja, Verluste. Er hat gemeint, dass ich stärker wäre, als ich selbst glaube.« Als sie merkte, was sie da sagte, lächelte sie Emil verlegen an. »Es klingt immer doof, wenn man so etwas über sich selbst erzählt.«

»Nein«, sagte Emil sofort und kam noch einen Schritt auf sie zu, sodass er ihre Hand hätte nehmen können, hätte er danach gegriffen. »Es klingt nicht doof. Es ist gut, so etwas auszusprechen.«

Madita sah ihn einen Moment nachdenklich an, dann blinzelte sie, und ihr Lächeln vertiefte sich. Dass Emil es immer wieder schaffte, in ihr dieses angenehme Gefühl auszulösen, sodass sie meinte, ihm alles erzählen zu können!

»Ich musste den ganzen Tag über diese Worte nachdenken, weil … na ja, wenn ich wirklich so stark wäre, dann hätte ich keine Angst, bestimmte Dinge zu tun, die …«

»Die was?«, fragte Emil nach und wirkte nun ganz ernst, so nah bei ihr, beschienen vom gelben Licht der Laternen.

Madita schluckte.

»Die mir wehtun könnten.«

Ihr Blick glitt über seine Schulter hinweg, und sie atmete tief ein.

»Dahinten geht es zum Bahnhof«, sagte sie und deutete in die Richtung, in die ihr Blick immer wieder wie automatisch gezogen wurde. Emil wandte den Kopf, dann nickte er wissend. »Da ist es passiert.« Sie schwieg einige Sekunden und spürte dem Schmerz nach, der in ihr aufbrodelte und brannte. »Seit dem Unfall bin ich nie dort gewesen.«

»Das kann ich verstehen«, sagte Emil leise und behielt sie genau im Blick. »Willst du … also, meinst du, es wäre gut …« Emil brach ab und runzelte die Stirn, offenbar von sich enttäuscht, dass er nicht die richtigen Worte fand, aber das brauchte er nicht, damit Madita ihn verstand. Sie spürte noch einmal in sich hinein, dachte an Herrn Paulsens Worte, an Emils und an die des Weihnachtsmannes, daran, dass sie stark war und dass sie Dinge probieren und den Versuch abbrechen konnte, wenn sie merkte, dass sie noch nicht so weit war. Sie schluckte, dann nickte sie entschlossen. »Ja.«

Emil richtete sich auf und sah noch einmal in die Richtung des Bahnhofs.

»Willst du, dass ich mitkomme, oder möchtest du allein sein?«

»Nein.« Madita war selbst überrascht über die Dringlichkeit in ihrer Stimme. »Bitte komm mit.« Sie legte eine Hand an

Emils Arm, um der Bitte Nachdruck zu verleihen. Sie brauchte jemanden an ihrer Seite, und sie hatte das Gefühl, dass Emil hierfür der Richtige war. »Alleine schaffe ich es nicht. Deswegen stand ich so blöd hier rum, ich habe mich nicht getraut.«

»Natürlich«, sagte Emil, ohne zu zögern, und blieb dicht an ihrer Seite, als sie die ersten Schritte in Richtung des Bahnhofs machte. Madita spürte die Unruhe in sich immer größer werden. Sie hatte das Gefühl, sie würde gleich bersten. Sie musste sprechen, von ihm, von Viktor und dem Abend.

»Weißt du, dass er kurz vor Weihnachten gestorben ist? Habe ich es dir schon erzählt?«, fragte Madita leise und sah zu Emil auf, der eine vage Geste machte. »Er wollte zu seinen Eltern fahren, um mit ihnen Weihnachten zu feiern. Es wäre das erste Mal gewesen, dass wir die Weihnachtstage nicht miteinander verbringen würden, also, seitdem wir zusammen waren.«

»Wie lange wart ihr denn schon zusammen?«, hakte Emil nach. Seine dunkle Stimme hatte wieder diese unerwartet beruhigende Wirkung auf Madita.

»Fast fünf Jahre. Und in denen haben wir uns eigentlich jeden Tag gesehen. Außer wenn einer von uns ohne den anderen in den Urlaub gefahren ist.« Madita lächelte traurig bei der Erinnerung. Selbst im Urlaub hatten sie täglich miteinander telefoniert. Wenn Viktor nicht da gewesen war, war es Madita so vorgekommen, als hätte ihr ein Bein gefehlt. Sie hatte nicht richtig funktioniert. Sie fühlte einen Kloß in ihrer Kehle und schluckte. »Er fehlt mir so sehr.«

Madita sah aus dem Augenwinkel, wie Emil nickte, und spürte, wie er ihren Arm drückte.

»Man merkt, wie nah ihr euch gewesen seid«, sagte er leise. »Die Art, wie du von ihm sprichst …«

Eine warme Träne lief über Maditas kühle Gesichtshaut. Sie wischte sie nicht fort.

»Es klingt kitschig«, sagte sie, »aber er war alles für mich. Manchmal glaube ich, wir waren uns vielleicht sogar zu nah. Weißt du, was ich meine?«

Nun wandte Emil ihr sein Gesicht zu und studierte für einen Augenblick nachdenklich ihren Blick, bevor er wieder auf den Weg sah und antwortete: »Du meinst, dass dein Herz weniger wehtäte, wenn du ihn nicht so sehr geliebt hättest?«

»Vielleicht. Oder nein, eher, dass ich ihn dann womöglich hätte gehen lassen und er diesen Unfall nicht gehabt hätte.«

Ein Schauder lief über ihren Körper, als sie den Blick vom schneebedeckten Weg hob und auf den Fußgängerüberweg richtete, der sich mit abgesenktem Pflaster und Schildern ankündigte. Sie waren nur noch wenige Meter von der Stelle entfernt, an der Viktor sein Leben verloren hatte.

Der Widerstand in ihr schwoll an und war beinahe nicht auszuhalten. Wäre da nicht Emil neben ihr gewesen und hätte sie am Arm gestützt, sie hätte auf der Stelle umgedreht und wäre davongelaufen. Doch nun blieb sie direkt vor dem Übergang stehen und sah auf den Asphalt. Dunkle, matschige Rinnen hatten sich in die dünne Schneedecke gegraben. Auch damals, vor drei Jahren, hatte Schnee gelegen. Ob er die Fahrgeräusche des Autos gedämpft hatte, sodass Viktor die Entfernung falsch geschätzt hatte? Sie blickte die Straße hinunter, in die Richtung, aus der womöglich das todbringende Auto gekommen war. War es ins Schlittern gekommen? Oder war es Viktor gewesen, der auf dem Eis ausgerutscht war? Er hatte sich ja beeilen müssen. Erst jetzt, als sie hier stand und den Ort sah, an dem es geschehen war, schossen all diese Fragen in ihren Kopf. Sie hatte sich den Unfall bisher nicht vorstellen können,

nicht vorstellen wollen. Immer hatte sie, wohl einem Schutz-
instinkt folgend, die Bilder übersprungen. Viktor war lebendig
gewesen, hatte mit ihr einen kandierten Apfel gegessen. Und
dann war er tot gewesen. Das Dazwischen hatte es nicht gegeben. Bis jetzt.

30 Emil

Maditas Arm löste sich von Emils, und, bevor er wieder zupacken konnte, sackte sie neben ihm in die Knie. Sofort war er bei ihr, legte den Arm um sie und hielt sie fest, als sie still weinte.

Emil konnte sich in etwa vorstellen, wie es Madita in diesem Moment ergehen musste. Er selbst hatte solche Rückfälle von Trauer erlebt, wenn er nach dem Tod seiner Mutter auf persönliche Gegenstände von ihr gestoßen war. Er wusste aber auch, wie wichtig diese Augenblicke waren, um zu verstehen, was passiert war, und zu lernen, damit umzugehen. In diesem Moment war seine Aufgabe einfach, bei ihr zu sein, den Mund zu halten und sie zu stützen.

Der Kummer über sein gebrochenes Herz war in den Hintergrund getreten, kaum dass er Madita gesehen hatte. Er hätte es sich eine halbe Stunde zuvor nicht vorstellen können, ihr so nah sein zu können, ohne Bitterkeit zu spüren. Doch gerade wollte er einfach nur für sie da sein, bis es ihr besser ging. Alles andere war zweitrangig – selbst wenn er das Flirren in seinem Bauch, das ihre Nähe auslöste, nicht vollständig ignorieren konnte.

Irgendwann wurde Madita ruhiger, und das Beben ihres Körpers nahm ab, bis sie nur noch hin und wieder leicht bibberte.

»Ist dir kalt?«, fragte Emil leise und wollte schon seinen Mantel ausziehen, als Madita den Kopf schüttelte.

»Nein, die Kälte ist angenehm.« Sie hob den Blick, wischte sich mit dem Handrücken über die Wangen und sah mit starren Augen auf das Pflaster vor ihnen. Es fahren hier so wenige Autos, dachte Emil. Viktors Unfall musste eine üble Verkettung schlimmster Zufälle gewesen sein.

Er spürte, wie Madita sich unter seinem Arm weiter aufrichtete, und reagierte sofort. Er stand auf und half ihr, sich ebenfalls zu erheben. Sie sah ein letztes Mal zur Straße hin, dann wandte sie den Blick aus ihren verweinten Augen in Richtung Dorf.

»Gehen wir zurück«, sagte sie mit kratziger Stimme, und nach vielleicht einer Minute, in der sie schweigend nebeneinander hergelaufen waren, fügte sie hinzu: »Danke, dass du mitgekommen bist, Emil. Ich bin froh, dass du es warst, der das mit mir gemacht hat.«

Emil wollte sagen, dass das selbstverständlich sei, aber seine Stimme versagte. Da blickte sie ihn an, und er musste sich zurückhalten, ihr nicht aus dem Gefühl der Nähe heraus eine verirrte Haarsträhne aus dem Gesicht zu streichen. Sein Bauch kribbelte. Auch jetzt, mit den geröteten Augen und dem zerzausten Haar, war sie wunderschön.

»Wie kommt es eigentlich, dass du immer genau weißt, was du sagen oder tun musst?«, fragte sie da und riss ihn aus seinen Gedanken. Noch immer klang sie leicht benommen, nah am Weinen. Sie riss sich zusammen, für ihn, wollte stark sein. »Sogar in dieser Situation.«

Emil zögerte kurz. Er wollte Madita nicht verschrecken, nachdem er sie so verletzlich erlebt hatte. Doch vielleicht war es gut, seine eigene Erfahrung endlich mit ihr zu teilen. Er räusperte sich.

»Ich habe auch jemanden verloren.«

Madita blieb sofort stehen und sah ihn aufmerksam an.

»Hast du?«

Er wandte sich ihr zu und nickte.

»Meine Mutter, als ich vierzehn war.«

»Das wusste ich nicht«, sagte Madita erschrocken. »Das tut mir leid. Dann … dann hat meine Geschichte bei dir bestimmt schlimme Erinnerungen ausgelöst.«

Emil schüttelte vehement den Kopf.

»Du musst doch darüber reden, es nimmt so viel Raum in dir ein und muss raus.« Er sprach mit möglichst entschlossener Stimme und sah ihr fest in die Augen, als er hinzufügte: »Das mit meiner Mutter war schlimm. Aber ganz anders als Viktors Unfall. Sie war sehr krank, und als sie starb, muss es für sie wie eine Erlösung von all dem Schmerz gewesen sein. Ich habe mich schlecht gefühlt und immerzu gedacht, ich hätte noch mehr für sie da sein müssen, hätte ihr schon vor der Krankheit mehr zeigen müssen, wie lieb ich sie hatte.«

Emils Blick wanderte beim Sprechen umher, ohne dass er seine Umgebung bewusst wahrnahm. Doch was er ganz deutlich spürte, waren Maditas Arm dicht an seinem und die Berührung ihrer Ärmel.

»Bestimmt hast du es ihr schon vorher gezeigt«, sagte sie leise, fast flüsternd.

»Sicherlich nicht genug«, erwiderte Emil und sah mit einem bedauernden Lächeln wieder zu ihr. »Aber das ist der Punkt. Es gibt immer etwas, das man bedauern wird, wenn jemand stirbt. So funktionieren wir nun mal. Wir blicken nicht zurück und sehen das Gute, das wir einer Person gebracht haben, sondern wir suchen nach dem, was wir verpasst oder falsch gemacht haben könnten.«

Madita senkte den Blick und schien den dunklen Streusand unter ihren Füßen zu fixieren, der zwischen dem weggetretenen Schnee hervorblitzte. Sie wiederholte einige von Emils Worten flüsternd, dann fragte sie, ohne den Blick zu heben: »Aber wie schafft man es, sich diese Frage nicht mehr zu stellen?«

Emils Jacke raschelte, als er sich die Mütze zurechtzog.

»Ich weiß ja nur, was mir geholfen hat«, sagte er vorsichtig. »Das war eine Gesprächsgruppe.« Sie sah überrascht zu ihm auf. »Ich weiß, ich weiß«, meinte er mit verständnisvollem Blick. »Am Anfang habe ich mich auch dagegen gesträubt, aber als ich öfters hingegangen bin, hat es mir richtig gutgetan, die Geschichten von anderen zu hören und meine zu erzählen. Kennst du das, wenn du davor zurückschreckst, mit deinen Freunden über deine Gefühle zu reden, weil du denkst, sie damit zu nerven?«

»Ja.« Maditas Stimme war so heiser, dass sie kaum bis zu Emil durchdrang. Sie nickte zur Bekräftigung.

»Diese Gruppe trifft sich genau deswegen: um deine Geschichte – und natürlich die der anderen – immer wieder erzählt zu bekommen. Die Sache ist ja auch die, dass es niemals genau dieselbe Geschichte ist. Sie verändert sich, so wie du dich veränderst. Und diese Wiederholung hat mir geholfen, genau das zu bemerken: wie ich mich verändere und wie sich meine Trauer verändert.«

»Aber davor habe ich ja Angst«, brach es aus Madita heraus. Sie räusperte sich, bevor sie erklärte: »Wenn die Trauer sich verändert, heißt das doch, dass sie kleiner wird, oder nicht? Kann es dann nicht passieren, dass ich … dass ich Viktor vergesse?«

»Du wirst ihn nicht vergessen«, sagte Emil mit eindringlicher Stimme und sah Madita dabei in die Augen. »Du hast ihn geliebt, du liebst ihn immer noch, also wirst du ihn immer bei dir behalten. Selbst wenn ... also, falls du dich einmal in jemand anderen verlieben solltest.« Bei diesen Worten war er leiser geworden, sodass Madita einen Schritt näher kam, um ihn zu verstehen. Ausgerechnet. Emil schluckte, strich die Haarsträhnen unter seiner Mütze zurecht und sprach schnell weiter: »Auch die Trauer verlierst du ja nicht, sie verändert sich nur und wird ... weniger zerstörerisch.«

Beide schwiegen einen Moment und dachten über das Gesagte nach. Sie standen noch immer dicht voreinander, und Emil nahm Maditas gleichmäßigen Atem wahr. Es schien, als söge sie die kalte Luft absichtlich tief in ihren Körper, um die fiebrigen Gedanken zu beruhigen. Doch er war gedanklich auch bei seiner Mutter, bei den Abenden mit heißer Schokolade und den abenteuerlichen Spaziergängen, die sie gemeinsam unternommen hatten.

»Ich muss oft an meine Mutter denken«, sagte er sanft. Madita blickte zu ihm auf und spiegelte unwillkürlich das kleine Lächeln, das sich auf seinem Gesicht abzeichnete. »Mittlerweile sind es vor allem gute Erinnerungen, die mir kommen, wenn ich an sie denke. Und wenn ich an die Krankenhauszeit denke, ist da kaum noch das schlechte Gewissen, sondern eine Art ... Akzeptanz.«

»Das klingt gut«, sagte Madita nach einer kleinen Pause. »Vielleicht hast du recht. Vielleicht ist es Quatsch, solche Angst davor zu haben, Viktor zu vergessen.«

»Nein, es ist kein Quatsch«, unterbrach Emil sie rasch. »Aber auf Dauer macht es dich kaputt.«

Madita nickte, sie schien ihn genau zu verstehen.

»Ja, ich glaube, das stimmt.« Ihr Blick wanderte wieder auf den Weg, diesmal jedoch nicht auf das Pflaster vor ihr, sondern auf einen Punkt in einiger Entfernung. Wie auf ein Stichwort setzten sie sich beinahe gleichzeitig wieder in Bewegung und schritten über den knirschenden Stein. »Sonntag ist Viktors Todestag«, sagte Madita nun so leise, dass er sie kaum verstand.

Natürlich, dachte er. Dass er das nicht schon zuvor auf dem Schirm gehabt hatte …

»Wie willst du ihn begehen?«, fragte er in möglichst neutralem Ton.

Sie passierten gerade eine Straßenlaterne, und Emil beobachtete unauffällig das Spiel von gelbem Licht und Schatten, das Maditas Gesicht belebte. Sie hatten die Kreuzung erreicht, an der Emil auf Madita gestoßen war, und passierten sie, um zum Dorfkern zu gelangen.

»Die letzten Jahre habe ich mich eingeschlossen und darauf gewartet, dass der Tag vergeht.« Sie seufzte. »Ich glaube, ich möchte es dieses Jahr anders machen, aber … Darf ich dich fragen, wie du den Todestag deiner Mutter begehst?«

Emil legte den Kopf schief, und wäre das Thema nicht so ernst gewesen, hätte er wohl lächeln müssen. Maditas Art berührte ihn auf eigentümliche Weise. Sie scheute keine Berührung, weder physisch noch verbal – auch jetzt hatte sie den Arm in seinen geschoben, ohne es offenbar mitbekommen zu haben –, aber sie überschritt nie seine Grenze oder schlitterte ins Aufdringliche. Im Gegenteil, sie schlich sich damit immer tiefer in sein Herz. Er wischte die Frage beiseite, ob es dem anderen Mann, den Madita getroffen hatte, mit ihr wohl ebenso erging, und konzentrierte sich auf das Gespräch, während er einfach ihre Nähe genoss.

»Meine Familie und ich nehmen uns für diesen Tag frei, und dann machen wir Dinge, die meiner Mutter gefallen haben. Wir gehen spazieren, picknicken, machen uns abends schick und gehen in die Oper. Und wenn wir wieder zu Hause sind, trinken wir in Jogginghosen heiße Schokolade und erzählen uns alle Geschichten, die uns zu ihr einfallen.« Emil schmunzelte bei der Erinnerung und fühlte zugleich den kleinen Schmerz, der immer bleiben würde, sobald er an seine Mutter dachte.

»Das klingt schön.« Madita verlangsamte ihre Schritte noch weiter, und Emil bemerkte, dass sie bereits den Dorfplatz erreicht hatten. Die Gruppe aus dunklen Marktbuden ragte wie ein eigenes kleines, schlafendes Holzdorf vor ihnen auf, und etwas erhöht thronte der mit Lichterketten geschmückte Pavillon. Sie schlugen einen Weg durch die Buden hindurch ein, der sie auf die andere Seite des Marktes und damit in Richtung ihrer Wohnungen bringen würde. Übermorgen Mittag – das konnte er sich bei den ruhenden Riesen noch nicht vorstellen – würden die Buden wieder zum Leben erweckt werden, erleuchtet sein und ihre bunten Waren feilbieten.

»Vielleicht mache ich es in diesem Jahr auch so«, überlegte Madita, während sie die Finger nach dem Holz einer Bude reckte und im Vorbeiziehen darüberstreifen ließ. Dann lichtete sich der Pfad vor ihnen und gab den Blick auf die Rentiere und den Weihnachtsschlitten frei, den sie zogen.

Sofort spürte Emil den inneren Drang, zu dem Schlitten zu gehen und an der üblichen Stelle nach einem hinterlegten Brief zu gucken. Auch Madita schien der Anblick aufzuwühlen. Sie war stehen geblieben und betrachtete den Schlitten eingehend. Dann wendete sie sich mit einem Ruck Emil zu. Sie lächelte, und in ihren Augen, die Emil in dem Halblicht der Straßenlaterne gut erkennen konnte, schien der Funken neuer Energie entzündet.

»Hat dir schon mal jemand gesagt«, meinte sie plötzlich lebhaft, wobei sie nach Emils Hand griff und sie drückte, »dass du mindestens so weise bist wie der Weihnachtsmann höchstpersönlich?« Dabei entfuhr ihr ein Glucksen.

Emil stand einen Augenblick lang unter Schockstarre. Ihn durchfuhr ein eisiger Schauder, der von prickelnder Gluthitze abgelöst wurde. Hatte er sich etwa verraten? Leicht stotternd und ungelenk brachte er hervor: »Hö-höchstpersönlich? Du scheinst wohl einen direkten Draht zu ihm zu haben.«

Maditas Augen leuchteten jetzt.

»Wenn du wüsstest!«

Liebe Madita,

*wenn so kurz vor dem Fest der Schnupfen unter den Wichteln herum-
geht, hat der Weihnachtsmann keine ruhige Minute mehr. Dann kommen
noch kaputte Spielzeugmaschinen hinzu und ein humpelndes Rentier, ein
löchriger Geschenksack, der geflickt werden muss, und ein eingelaufener
Weihnachtsmantel und … was ich eigentlich sagen möchte: Verzeih mir
bitte das lange Schweigen. Auch wenn keiner der oben genannten Gründe
der echte ist, glaube mir, dass ich einen hatte, der mich vom Schreiben abgehalten hat, und dass ich nicht die Nase voll von Dir hatte, wie Du womöglich dachtest. Das Gegenteil ist der Fall. Ich habe oft an Dich gedacht
und mich gefragt, wie es Dir geht, ob Du wohl gerade einen Deiner fei-
nen Tees kreierst oder die Schneeflocken mit der Zungenspitze auffängst.
Verrate es mir!*

Dein Weihnachtsmann

Lieber Weihnachtsmann,

*ich freue mich so sehr, von Dir zu hören. Als Deine Briefe plötzlich
abbrachen, habe ich mir schon Sorgen gemacht. Natürlich weiß ich, dass
Du besonders jetzt viel um die Ohren hast, also mach Dir keinen Kopf,*

ich habe vollstes Verständnis und freue mich einfach, wieder von Dir zu lesen. Während der letzten Tage habe ich ganz besonders gespürt, was für wunderbare Menschen ich um mich herum habe. Sie sind in allen Momenten für mich da, wie ein Sicherheitsnetz, das immer existierte, ohne dass ich es gesehen habe. Komisch, nicht? Wie schwer wir uns manchmal damit tun, Hilfe anzunehmen, während wir sie doch selbst auch gerne geben.

Ich habe mich gefragt, wie es mit unseren Briefen weitergeht, wohin ich sie legen soll, wenn der Schlitten nach Weihnachten abgebaut wird. Was meinst Du?

Schneeflocken jage ich täglich! Und Tees habe ich tatsächlich kreiert: den Schneeflockentee, den ich gerade fertig gemacht habe, schicke ich Dir mit. Hoffentlich schmeckt er Dir so gut wie mir die echten Flocken.

Ich drücke Dich.

Deine Madita

31 Emil

»Wenn es draußen dunkel ist und die Kerzen brennen auf dem Tisch, dann ... dann ...« Ronja holte tief Luft, und ihre Augen rollten nach oben, als suchte sie dort nach den entwischten Worten. Gerade wollte Emil dem kleinen blonden Mädchen zu Hilfe kommen und den vergessenen Vers vorsagen, da stürmte Janosch von seinem Platz im Stuhlkreis in die Mitte und schrie: »Lieba guta Weinacktsmann, lieba guta Weinacktsmann, lieba guta ...«

»Danke, Janosch, das reicht«, ging Emil dazwischen, nahm Janosch ruhig an die Hand und führte ihn zurück an seinen Platz neben seiner Schwester. »Warte bitte, bis du an der Reihe bist.«

Ella nahm sofort die Hand ihres Bruders und schüttelte den Kopf, als er sie ansah. Seltsamerweise hörte Janosch meistens besser auf seine Schwester als auf ihn oder Kathi. Vielleicht sollte Emil sich auch eine so strenge Miene zulegen, wie Ella sie draufhatte.

Er ließ sich wieder auf seinem Platz nieder und lächelte Ronja ermutigend zu.

»Magst du es noch mal versuchen?«

Erneut setzte Ronja dazu an, die Weihnachtsverse aufzusagen, und diesmal schaffte sie es beinahe lückenlos bis zum Ende.

»Super gemacht«, lobte Emil sie, »da wird der Weihnachtsmann sich bestimmt sehr freuen.« Er blickte in die Runde. »Und wer ist als Nächstes dran?«

Da tönte es plötzlich von der Tür her: »Von drauß' vom Walde komm ich her. Ich muss euch sagen, es weihnachtet sehr.« Emil grinste, da er die Stimme sofort erkannt hatte, und hätte er es nicht getan, hätten die aufgeregten Kinderrufe ihm verraten, dass es natürlich Laini war, die ihre Verse so brav gelernt hatte.

»Ist es schon so spät?«, fragte Emil sie, als er aufstand, den Kindern folgte und seine beste Freundin begrüßte. Er schielte zur Wanduhr hinüber, ob die Abholzeit wirklich schon nahte.

»Nein, ich bin zu früh«, sagte Laini und beugte sich lachend zu den Kindern hinunter, die sie freudig umringten »Ich konnte nicht widerstehen, noch ein bisschen Zeit mit euch zu verbringen.«

Laini war bei ihren Besuchen hin und wieder mit ihm in der Kita gewesen, und dabei hatte es sich ergeben, dass sie mitgespielt und sich mit den Kleinen angefreundet hatte. Sie schien das sehr zu genießen, und Emil war froh über die Unterstützung, da Kathi sich heute krankgemeldet hatte.

»Okay, okay, okay«, rief er über die tobende Gruppe hinweg. »Wir üben unsere Gedichte morgen weiter. Jetzt wird gespielt!« Lainis Stimme jubelte eindeutig am lautesten.

Eine gute Stunde später waren die meisten Kinder abgeholt worden, nur Ronja, Ella und Janosch beugten sich noch über die Kiste mit den Spielzeugautos und zeigten Laini das mehrstöckige Parkhaus, das sie aus Duplosteinen gebaut hatten. Währenddessen war Emil dabei, den Tisch von allen liegen gebliebenen Stiften und Wachsmalern freizuräumen.

Als eine weibliche Stimme am Eingang ihr Hallo in den Raum rief, fuhr sein Kopf herum. Wie jedes Mal, wenn er dachte, es könnte Madita sein. Sie hatte Emil am vorigen Abend nicht als Weihnachtsmann enttarnt, sie schien ihn weiterhin für unverdächtig zu halten. Doch ein wenig ärgerte er sich über sich selbst. Wäre das nicht die Chance gewesen, endlich reinen Tisch mit ihr zu machen? Als er sich aber so plötzlich damit konfrontiert gesehen hatte, war die totale Panik in ihm aufgekommen. Und ein paar Sekunden später war der Moment bereits vorbei gewesen, die Chance verstrichen.

Doch nicht Madita, auch nicht Thea, sondern Ronjas Mutter Valentina kam herein und strahlte Emil an. Ronja stürmte zu ihrer Mutter, kaum dass sie diese erblickt hatte. »Schau mal, Mama, was Laini gemacht hat. Sie hat einen Garten auf das Parkhaus gebaut, weil sie sagt, Pflanzen sind gut, und Benzin ist schlecht. Stimmt das?«

»Na ja, ganz so habe ich das nicht gesagt.« Laini tauchte hinter Emil auf und lächelte Ronja zu, die auf den Arm ihrer Mutter geklettert war. Valentina strich ihr übers Haar, was Emil auf gewisse Weise besänftigte. Auch wenn ihm Valentinas Art zu aufdringlich war, war er froh, dass sie ihre Tochter so liebevoll behandelte.

Valentinas Lächeln verschwand jedoch sofort, als sie Laini betrachtete. Es gab Frauen, die jede andere Frau als Konkurrenz wahrnahmen, erinnerte sich Emil an die Worte, die Laini mal zu ihm gesagt hatte. Und Valentina gehörte eindeutig dazu.

»Emil«, wandte sie sich an ihn, und schon leuchteten ihre Augen wieder auf. »Ich wollte noch sagen, dass wir so etwas wie das Plätzchenbacken öfters machen sollten. Ich habe lange nicht mehr einen so schönen Nachmittag verbracht. Mit dir kann man einfach immer Spaß haben.«

Sofort verspannte Emil sich innerlich. Es waren weniger die Worte als vielmehr die Art, wie Valentina mit ihm sprach, die ihm ungemein intim erschien. Daher war er dankbar, Lainis Arm um seine Hüften zu spüren.

»Das sage ich ihm auch immer. Mit Emil ist einfach jede Minute besonders.«

Valentinas Blick hatte sich um Nuancen verschoben und war nicht weniger funkelnd, nun aber vor Feindseligkeit. Laini ließ Emil los und wollte sich Ella und Janosch zuwenden, doch diese liefen gerade an ihr vorbei zur Tür. Emil folgte ihnen mit dem Blick, und da sah er Madita. In ihren Wintermantel gehüllt und mit von der Kälte geröteten Wangen, stand sie im Türrahmen und lächelte den Kindern warm entgegen. Emil schluckte. Was für ein Unterschied zu Valentina, dachte er, als er beide Frauen so nah beieinander sah. Während Valentina steif und verstellt wirkte, als sie sich verabschiedete und Ronja in Richtung Garderobe schob, erschien Madita ihm so natürlich und herzlich. Sie hatte sich zu den Kindern herabgebeugt und sie in den Arm geschlossen. Nun hob sich ihr Blick, und sie lächelte Emil ebenso warmherzig zu wie den Kleinen. Etwas in Emil zog sich zusammen, und er wäre am liebsten zu der kleinen Gruppe geeilt, um der Umarmung beizuwohnen.

»Guck mal, Maddi, das ist Laini«, erklärte Ella mit einem Strahlen, das Laini erwiderte, als sie auf die Gruppe zuging und Madita die Hand reichte.

»Freut mich sehr. Ich bin Madita«, sagte sie fröhlich. »Ich habe schon viel von dir gehört. Wie das in so einem kleinen Dorf üblich ist.«

»Oh, bin ich schon zum Dorfgespräch geworden? Dabei bin ich doch so selten hier.« Laini sah erschrocken von Madita zu Emil und zurück.

»Mach dir keine Sorgen«, sagte Madita schnell, »in einem Dorf mit einer Handvoll Einwohner wird jede und jeder sofort zum Gesprächsthema, selbst wenn es ein vorbeifahrender Truckfahrer ist.«

Laini lachte auf und fuhr sich durch das kurze schwarze Haar. Emil wunderte sich, dass er es so genoss, zu sehen, wie gut sich die beiden Frauen verstanden.

»Zieht ihr euch schon mal Schuhe und Jacken an? Ich komme gleich nach«, raunte Madita den Kindern zu und sah dann zu Emil. »Du, ich wollte dich noch etwas fragen.«

»Ja?« Obwohl ein langer, anstrengender Kindergartentag hinter ihm lag, fühlte Emil sich sofort hellwach. Madita lächelte Laini entschuldigend zu, und diese reagierte blitzschnell: »Ich gehe den Kindern beim Anziehen helfen!«

Madita trat auf Emil zu, sprach aber nicht sofort. Also ergriff er die Initiative.

»Wie geht es denn Frau Paulsen, habt ihr inzwischen etwas Neues gehört?«

Madita schüttelte traurig den Kopf.

»Nicht besser, leider. Herr Paulsen ist jeden Tag bei ihr, wir haben ihm Tee mitgegeben und Blumen, aber ... Er hofft immer noch auf ein Wunder.«

Emil nickte mitfühlend.

»Und worüber wolltest du mit mir reden? Ist es wegen Ella und Janosch?«

»Nein, nein.« Madita schüttelte mit leisem Lächeln den Kopf. »Wir haben doch über Viktors Todestag gesprochen.«

»Ja, natürlich.«

»Übermorgen ... ich wollte dich fragen, ob du Lust hättest ... Also, wenn es nicht zu seltsam für dich ist, du kanntest Viktor ja nicht, aber ... würdest du den Tag vielleicht mit uns zusammen verbringen? Ich habe über das nachgedacht, was du über die Todestage deiner Mutter erzählt hast, und ich finde es eine schöne Idee, den Tag mit ganz vielen Dingen anzufüllen, die Viktor gefallen hätten.« Ein trauriger Schatten legte sich über ihre Augen, doch sie sprach tapfer weiter. »Thea, Sofie, Marius und die Kinder werden mit dabei sein, und meine Eltern natürlich, und ich dachte, weil du ja die Idee hattest und weil wir … na ja, weil mir die Gespräche mit dir so geholfen haben. Aber wenn du lieber nicht …«

»Ich bin dabei.« Die Worte waren über Emils Lippen, bevor er überhaupt über diese Idee hatte nachdenken können. Sofort entspannten sich Maditas Schultern, und ein erleichterter Ausdruck trat auf ihr Gesicht.

»Wirklich?«

»Keine Frage, ich bin dabei.«

»Das ist toll, danke. Das bedeutet mir wirklich viel.« Nun zeigte sich auch ein Lächeln auf ihrem Gesicht, und Emil wusste, er hätte in diesem Moment alles gesagt, damit es nicht wieder verflog. »Wir fangen um elf Uhr an und treffen uns am Waldeingang. Aber wenn du später dazustoßen möchtest, kannst du mich auch einfach anrufen. Die Nummer hast du ja über die Kita-Liste, stimmt's?«

Emil nickte.

»Übermorgen, elf Uhr am Waldeingang«, wiederholte er.

Madita strahlte ihn an. Es schien ihm, als wollte sie noch etwas sagen, doch dann nickte sie nur und drehte sich Richtung Ausgang. Auf dem Weg wandte sie den Kopf noch einmal in seine Richtung: »Ach ja, und bring deine Badehose mit!«

»Meine – was?«

Maditas glucksendes Lachen tönte noch über den Flur zu ihm.

»Das also ist Madita. Sie ist sympathisch. Und ziemlich hübsch.« Laini tauchte plötzlich an Emils Seite auf, ohne dass er ihr Kommen bemerkt hätte, zu fixiert war er auf Madita gewesen. Sie ließ sich auf den viel zu kleinen Stuhl fallen und lehnte sich zurück. »Wie läuft es denn so mit deiner Patientin?«

Emil lauschte nochmals zum Eingangsbereich hin, obwohl die Tür hinter Madita und den Kindern bereits vor einigen Sekunden ins Schloss gefallen war. Dann begann er, die Malsachen vom Tisch zu sammeln und sie ins Regal zu räumen.

»Sie ist nicht meine Patientin«, meinte er etwas mürrisch.

»Entschuldige bitte, deiner Brieffreundin.« Lainis Ton reizte Emil, doch als er sich zu ihr umdrehte und das Frieden suchende Lächeln auf ihrem Gesicht sah, entspannte er sich. Er schloss die Schublade, ging zum Tisch und zog sich einen Stuhl heran, auf den er sich plumpsen ließ.

»Ich glaube, es geht ihr immer besser«, sagte er und konnte das aufwallende Glücksgefühl nicht unterdrücken, das ihn immer dann erfasste, wenn er an Madita dachte, selbst jetzt noch, wo er doch wusste, dass sie einen anderen traf. »Ich denke, sie ist auf einem richtig guten Weg.«

Laini beobachtete ihn genau. Mit einem Finger fuhr sie die abgerundete Tischkante nach.

»Dann ist das Projekt also abgeschlossen?«

Emil mochte es nicht, wie Laini darüber sprach. Es klang bei ihr so technisch, so gefühllos, dabei ging es doch um Madita.

»Was meinst du damit?«, hakte er nach und suchte vergeblich nach der Mütze auf seinem Kopf. Laini schürzte die Lippen.

»Du hast diese Briefe doch geschrieben, um ihr aus der schwierigen Phase zu helfen. Jetzt, wo sie durch ist, wirst du damit aufhören, oder? Schließlich kannst du ihr ja nicht ewig vorgaukeln, der Weihnachtsmann zu sein.«

Emils Blick wanderte durch den Raum, als seine Gedanken ihren Worten folgten und den Sinn erschlossen. Aufhören, jetzt?

»Na ja, so ganz durch ist sie nicht, sie fragt mich immer noch nach Rat … Und ich weiß nicht, ob man das Vorgaukeln nennen kann. Ich belüge sie ja nicht direkt, ich sage nur nicht, wer ich tatsächlich bin …« Er spürte, wie seine Brauen sich zusammenzogen und seine Hände sich verkrampften. Also ergab er sich und sah Laini müde an. »Was meinst du denn, was ich tun sollte?«

Laini lächelte und legte ihm beruhigend eine Hand aufs Knie.

»Ich will dich nicht bedrängen, aber ich sehe ja, dass du dich da in eine ziemlich komplizierte Lage manövriert hast.«

»Wieso, was meinst du?«

Lainis Augenbrauen hoben sich vielsagend.

»Kann es nicht sein, dass du ihr weiterhin schreibst, um ihr nah sein zu können – obwohl sie sich mit einem anderen trifft?«

Emil schluckte und blickte starr vor sich auf den Linoleumboden, während er Lainis treffsichere Analyse zu verdauen versuchte. Dann strich er sich erschöpft durchs Haar.

»Ist das so verwerflich?«

»Verwerflich? Nein. Aber vielleicht ein wenig gefährlich. Für dich, weil du dich immer mehr in sie verliebst, obwohl es ziemlich hoffnungslos ist. Und für sie, weil sie sich vielleicht nicht ganz auf den anderen einlassen kann, wenn du da bist.«

Emil ließ den Kopf in die Hände sinken und blieb so sitzen. Erst als er Lainis Hand in seinem Haar spürte, richtete er sich wieder auf und suchte ihren Blick.

»Du meinst, ich soll einen Abschiedsbrief schreiben?«

Laini legte den Kopf schief und sah ihn einige Sekunden nur an, dann nickte sie.

»Ich glaube, das wäre das Beste.«

Auch Emil nickte, wenn auch um einiges kraftloser.

»Sollte ich nicht Weihnachten abwarten? Es kommt schließlich noch der Todestag und ...«

»Du bist doch jetzt in Person für sie da. Ich habe gehört, dass sie dich zum Todestag eingeladen hat. Ihr braucht diese Briefe nicht mehr.«

Emil schluckte. »Du hast recht«, sagte er langsam. »Ich kann so mit ihr über alles sprechen. Oder zumindest fast alles.«

Wieder nickte Laini und klopfte ihm auf die Schulter. Sie tat das so kumpelhaft, dass Emil lachen musste.

»Weißt du«, sagte er, »Madita hat da eben schon einen Punkt getroffen. Manchmal hast du wirklich was von einem herumfahrenden Truckerfahrer.«

Liebe Madita,

in Deinem letzten Brief hast Du mich gefragt, wo Du die Briefe für mich ablegen sollst, wenn der Weihnachtsschlitten nach den Festtagen abgebaut wird.

Als ich meinen ersten Brief an Dich geschrieben habe, war ich beinahe sicher, dass ich keine Antwort erhalten würde. Ich habe gehofft, aber niemals gedacht, dass wir wirklich über die Briefe ins Gespräch kommen würden, habe niemals geahnt, welche Tiefe wir hierdurch schaffen könnten. Und welche Nähe. Du bist mir mit Deinen Worten ans Herz gewachsen, jeder Brief hat wieder ein Stückchen mehr Glückseligkeit in mein Leben gebracht. Das klingt ziemlich schnulzig, ich weiß, aber es stimmt. Deswegen ist meine Freude darüber, dass es Dir besser geht, auch so riesig. Du bist in den letzten Wochen ins Immense gewachsen und gleichzeitig zu Dir zurückgekehrt. Dass unsere Briefe daran vielleicht ein klitzekleines bisschen mitgewirkt haben, macht mich sehr, sehr froh.

Ich glaube tatsächlich, dass Du das vor allem aus Dir selbst heraus geschaffen hast. Und dass Du von nun an immer weiter Deinen Weg gehen wirst. Das heißt aber auch – und es war gar nicht leicht für mich, es mir einzugestehen –, dass der Moment gekommen ist, an dem Du diese Briefe nicht mehr brauchst. An dem Du den Weihnachtsmann nicht mehr brauchst (zumindest nicht als Briefeschreiber, Geschenke bekommst du natürlich trotzdem – sofern Du brav bist!). Ganz ehrlich: Ich weiß, dass

Du es auch ohne ihn schaffen wirst, mit Deiner eigenen Stärke und den Menschen um Dich.

Wenn Du mich also fragst, wo Du die Briefe hinlegen sollst: Richte Deine Sorgen, Deine Fragen an Dich, an Deine Familie, Deine Freunde. Ich weiß, dass in ihnen allen ein guter alter und weiser Weihnachtsmann steckt. Und vergiss nicht: Auch wenn ich mich nur einmal im Jahr zeige – ich sehe alles (und bin da, wenn es wirklich nötig ist).

Danke Dir, liebe Madita, für Dein Vertrauen, Deinen Witz, Deine Klugheit, für Dein ganzes Wesen …

Frohe Festtage
Dein Weihnachtsmann

32 Madita

»Der Weihnachtsmann hat mit dir Schluss gemacht?«, entfuhr
es Sofie viel zu laut. Madita blickte sich kurz um, ob jemand
sie gehört hatte. Nur ein paar unbekannte Gesichter früh an-
gereister Marktbesucher am Nebentisch sahen mit irritiertem
oder amüsiertem Blick zu ihnen herüber.

»Pst«, machte Madita und schüttelte den Kopf. »Willst du,
dass mich jetzt auch noch alle für verrückt halten?«

Die beiden saßen in dem Bistro, in dem Madita zuletzt
noch Till getroffen hatte – war das wirklich erst wenige Tage
her? –, und frühstückten. Es war das vierte Adventswochenende, das letzte Marktwochenende; in drei Tagen war Heiligabend, morgen schon Viktors Todestag. Thea hatte Verstär-
kung für den morgigen Markttag angeheuert, sodass Madita
freihaben würde, doch heute in nur wenigen Stunden würde
sie sich noch einmal dem Gewusel vor dem großen Fest stellen. Sofie hatte vorgeschlagen, sich mit einem guten Früh-
stück dafür zu stärken, bevor es an den Aufbau des Standes
und die Vorbereitungen ginge. Und so saßen sie in aller Frühe
an einem der Fenstertische, mit dampfendem Kaffee, einem
Croissant- und Brötchenkorb und großen Aufschnittplatten
vor sich.

»Er meint, ich würde seine Hilfe nicht mehr brauchen«, erklärte Madita und gestikulierte über ihren Teller hinweg. »Dass ich von nun an alleine klarkäme.«

Sie spürte Sofies bohrenden Blick förmlich auf sich.

»Vielleicht hatte er eh vor, das mit den Briefen nur bis Weihnachten durchzuziehen?«, überlegte Sofie und sah endlich auf ihr Brötchen, das sie mit dem Buttermesser malträtierte. »Schließlich hat er sich ›Weihnachtsmann‹ genannt …«

»Kann sein.« Madita seufzte leise und spürte kaum, wie sie langsam in sich zusammensank. »Ich weiß, es klingt komisch, aber … er fehlt mir. Schon jetzt, obwohl der Brief erst gestern Abend gekommen ist.« Sie runzelte die Stirn. »Allein zu wissen, dass er da ist … das war gut. Ich habe mich irgendwie aufgehoben gefühlt. Und jetzt ist da diese seltsame Leere. Wenn dann auch noch der Schlitten abgebaut ist, habe ich keinerlei Möglichkeit mehr, mich an ihn zu wenden.«

Sofie nickte gedankenverloren.

»Das ist wie zu Zeiten vor Facebook und Smartphones. Ist jemand wortlos umgezogen, war's das.«

»Ja«, meinte Madita und tunkte ihr Croissant in das Marmeladengläschen, »nur dass ich nicht mal einen richtigen Namen hätte, um mich nach ihm umzuhören.«

Sie biss in das knusprige Gebäck und erkannte die Marmelade sofort wieder: Apfel-Zimt. Die hatte sie früher schon vergöttert, als sie mit Viktor hier gewesen war. Sie genoss die kleine süße Erinnerung an ihre gemeinsamen Frühstückstage hier. Das nächste Stück tunkte sie noch tiefer hinein.

Sofie nickte und tippte sich mit dem Finger gegen das Kinn.

»Aber er hat recht, oder?«, fragte sie. »Dir geht es besser. Du wirst zurechtkommen. Nicht?«

Madita überlegte einen Augenblick und beobachtete durch das Fenster das morgendliche Geschehen auf der Straße: eine

Gruppe von Kindern mit Pudelmützen auf den Köpfen und Schlittschuhen über den Schultern, die sich, Schneekugel werfend, in Richtung Bach bewegte. Frau Paulsens Freundin Else Krämer hatte sich in einen dicken, bodenlangen Mantel gewickelt und trug eine pralle Brötchentüte im Arm.

»Ja«, sagte sie schließlich. »Gerade geht es mir gut.« Sie nahm einen Schluck Milchkaffee und behielt die warme Tasse noch kurz in den Händen, bevor sie sie behutsam absetzte. »Morgen ist Viktors Todestag, und auch wenn ich mich dafür besser gewappnet fühle als im letzten Jahr, habe ich doch ein bisschen … Bammel.«

Sofie rückte vor und meinte mit Nachdruck: »Du hast uns. Bitte denk daran, dass du auch mit uns über alles sprechen kannst. Mit mir, Thea, Marius …«

Madita nickte lächelnd und flüsterte: »Ich weiß. Danke.«

»Und mit Emil«, fügte Sofie hinzu, und Madita spürte, dass ihre Freundin endlich bei dem Thema gelandet war, das schon die ganze Zeit in ihr gebrannt haben musste. Madita hatte gleich bei der Begrüßung gemerkt, dass Sofie kaum hatte still stehen können. Fast beiläufig fügte sie jetzt hinzu: »Ich habe gehört, dass du ein Date mit ihm hattest?«

»Ein – was?« Maditas Brauen schossen in die Höhe, und ihre Augen wurden groß.

»Man hat euch zusammen gesehen. Händchen haltend. Dabei dachte ich ja, er hätte eine Freundin.« Sofie schien unsicher, ob sie grinsen oder streng gucken sollte. Ihre Brauen zuckten verdächtig, und die Augen blitzten. Madita blickte so ungläubig drein, dass Sofie auflachen musste. »Also?«, drängte sie, als Madita immer noch nicht antwortete.

»Du kannst dich beruhigen«, sagte sie schließlich und griff nach dem nächsten Croissant – mit Nuss-Nougat-Füllung.

»Es war kein Date. Alles andere als das.« Dabei zuckte sie mit den Achseln. Kurz flackerte die Erinnerung an Laini in ihrem Kopf auf, wie sie im Kindergarten den Arm um Emils Hüfte geschlungen hatte. Und an den Stich, den dieser Anblick Madita versetzt hatte. Dabei fand sie Laini wirklich sympathisch. Aber Emil mit ihr zu sehen war ... unangenehm gewesen. Sie schüttelte die Gedanken ab. »Wir sind Freunde.«

»Ach ja? Da gibt es aber ganz andere Stimmen im Dorf, die behaupten, sie hätten eindeutige Blicke zwischen euch bemerkt.«

»Er hat mich getröstet, als es mir wirklich schlecht ging. Er war einfach für mich da. Was die Leute sich immer zusammendichten!«

»Schade eigentlich. Ich hatte gedacht, es hätte sich an seinem Beziehungsstatus vielleicht etwas geändert. Nachdem es mit Till ja nicht so gefunkt hat ...«

»Emil ist immer noch mit Laini zusammen«, erklärte Madita, um einen Punkt hinter die offene Frage zu setzen. »Sie hat ihn im Kindergarten abgeholt und klebte förmlich an ihm.«

Doch ihre Freundin ließ sich nicht so leicht ruhigstellen.

»Höre ich da etwa doch ein Fünkchen Eifersucht heraus?«, fragte sie spitzfindig, deutete mit ihrem Käsebrötchen auf Madita und beugte sich vor.

»Ich glaube«, sagte Madita und biss beinahe etwas zerknirscht vom Nougatcroissant ab, »sie ist total nett.« Während sie kaute, überlegte sie, dann fügte sie hinzu: »Natürlich ist sie nett. Emil ist der netteste Kerl der Welt.«

»Und die nettesten Kerle haben die nettesten Freundinnen? Wo lebst du denn?«, gab Sofie lachend zurück. »Aber das beantwortet nicht meine Frage.«

»Welche Frage?« Madita tat unbeteiligt und sah einem am Fenster vorbeiwuselnden Hündchen mit Strickpulli nach.

»Du weißt genau welche Frage. Ob du eifersüchtig bist.«

Madita schwieg wieder und dachte ernsthaft darüber nach.

Sie war selbst verunsichert, was ihre Gefühle für Emil betraf. Stimmte es, was die Dorfbewohner beobachtet hatten? Sie hatte selbst zwischenzeitlich gedacht, dass da der eine oder andere Funken zwischen ihnen geflogen war. Bis sie ihn gestern Nachmittag im Kindergarten mit seiner Freundin gesehen hatte. Wieder spürte sie das fiese Zwicken, das der Anblick ausgelöst hatte, vertrieb es aber.

»Ich habe kein Recht, eifersüchtig zu sein«, sagte sie. »Und ich mag Laini. Das einzige Ding ist, dass ich merke, wie gerne ich Zeit mit ihm verbringe. Vielleicht wünsche ich mir tatsächlich ein bisschen mehr davon, verstehst du, was ich meine?«

Sofie starrte ihre Freundin an und schüttelte den Kopf.

»Das ist die komplizierteste Antwort auf eine einfache Frage, die ich je gehört habe.«

Madita zuckte mit den Achseln und streckte die Hand nach ihrem Kaffee aus.

»Es ist keine einfache Frage. Nicht nach dem, was in den letzten drei Jahren passiert ist.«

Nun war es Sofie, die einen Moment lang nachdenklich dreinblickte. Schließlich nickte sie.

»Du hast recht, entschuldige. Manchmal bin ich etwas vorschnell in diesen Dingen.«

Madita schüttelte behutsam den Kopf.

»Nein, alles gut. Mit Emil ist das … Ich habe mit ihm über Viktor gesprochen, und er hat mir erzählt, dass er in seiner Jugend seine Mutter verloren hat und wie er damit klarkam, was ihm geholfen hat und so weiter.«

»Das ist nett«, meinte Sofie und nahm sich das nächste Brötchen vor.

»Ja, es hilft mir, mit jemandem darüber zu sprechen, der etwas Ähnliches durchgemacht hat, weißt du? Ich habe das Gefühl, er weiß genau, was ich fühle, ohne dass ich es groß erklären muss.«

»Mhm«, machte Sofie. Sie schwieg einige Sekunden und schien immer nachdenklicher. Madita öffnete gerade den Mund, um weiterzusprechen, als sich Sofies Blick zu ihr hob. Maditas Lippen schlossen sich wie von selbst. Sofies Stirn war leicht gerunzelt, die Augen zusammengekniffen, und trotzdem war darin ein Blitzen auszumachen. »Sag mal, hat er dir auch Tipps gegeben, wie du mit der Trauer umgehen kannst?«

Madita musste nicht lange überlegen.

»Ja, er war zum Beispiel selbst damals in einer Gesprächsgruppe, und er meinte, dass die Gespräche und die Zeit geholfen hätten, eine Akzeptanz ... Was guckst du denn so komisch?« Madita beobachtete irritiert ihre Freundin, deren Augen jetzt nur noch zwei kleine Schlitze waren, aus denen eine gewisse Aufregung funkelte.

»Hast du dir selbst zugehört?«, fragte Sofie, und Maditas Gedanken rotierten.

»Ich weiß, was du denkst«, sagte sie schließlich. »Ehrlich gesagt habe ich es selbst schon zig Mal durchdacht, aber er kann es nicht sein.«

Dabei passte alles so gut: Emil liebte Winterspaziergänge, er liebte viel und gutes Essen, er liebte den Advent und den Weihnachtsmarkt, und ganz bestimmt würde er niemals einen Regenschirm aufspannen, wenn es schneite. Ganz wie der Brief-Weihnachtsmann. Dazu kamen seine Worte, seine Aufmerksamkeit beim Zuhören, wenn sie von Viktor sprach, sein

Feingefühl im Umgang mit ihr als Trauernde, seine eigene Erfahrung mit Verlust. Und schließlich war Emil genauso verspielt wie sie selbst. Er würde keinen Moment zögern, in die Rolle des Weihnachtsmannes zu schlüpfen. Aber er konnte nicht ihr ominöser Briefeschreiber sein.

»Warum nicht?«, fragte Sofie gespannt, während ihr Blick an der Tischplatte hängen blieb und ihr Hirn ganz offensichtlich aufs Stärkste ackerte.

»Wir hatten ihn doch schon von der Liste gestrichen, weil die Briefe während Emils Arbeitszeit kamen. Er war in der Kita, als sie abgegeben wurden.« Sofie sah sie skeptisch an und setzte gerade zum Widerspruch an, da kam Madita ihr zuvor: »Ich weiß, ich habe es auch angezweifelt, aber dann habe ich darauf geachtet. Ich habe ihn beobachtet, und es geht einfach nicht auf. Mehrmals ist ein Brief angekommen, während er ganz sicher im Kindergarten war.«

»Was heißt ganz sicher?«, hakte Sofie nach und beugte sich so weit vor, dass die Tischkante in ihren Bauch schnitt.

»Ich bin beim Kindergarten vorbeigegangen, und er war dort.«

Sofies Augenbrauen zogen sich zusammen, doch sie erwiderte nichts.

Madita lehnte sich zurück und ließ ihren Gedanken freien Lauf. Sie merkte kaum, wie ihre Hand begann, mit dem Teelöffel zu spielen.

»Weißt du, was komisch ist?«, sagte sie irgendwann. »Ich glaube, ich hätte mich gefreut, wenn er es gewesen wäre. Es wäre seltsam gewesen, zu wissen, dass er all das über mich weiß ... aber nicht schlimm. Bei vielen anderen wäre es mir schon unangenehm, wenn rauskäme, dass sie es sind ... aber merkwürdigerweise nicht bei Emil.« Sie setzte sich auf, wobei sie weiterhin den Löffel in der Hand hielt. »Ich frage mich ja eher, ob nicht doch Till dahintersteckt und mir bei unserer Verabredung bewusst etwas Falsches erzählt hat, um mich von der Spur abzubringen. Er ist ja wirklich sehr lieb und hilfsbereit, und der Zeitpunkt unseres Kennenlernens würde so gut passen …«

Sofie nickte schweigend und beobachtete das Spiel von Maditas Fingern mit dem Löffel.

»Aber«, sagte Madita da abrupt und ließ den Löffel klimpernd auf die Untertasse fallen, »ich weiß mit Sicherheit, dass Emil eben nicht mein Weihnachtsmann ist. Fertig und aus.«

33 Madita

Madita war nervös, als sie am selben Abend nach dem Weihnachtsmarkt den Laptop öffnete und das Programm für Videoanrufe startete. In ihren Beinen brummte es noch vom langen Stehen, und ihre Füße steckten zum Aufwärmen in dicken Wollsocken. Sie hatte sich nach dem Schließen des Teestands von Thea getrennt und war nicht mit ihr zum Glühweintrinken gegangen, sondern nach Hause. Das Feuer im Kamin prasselte neben ihr, und auf dem Couchtisch standen eine Thermoskanne und eine Tasse bereit.

Es dauerte nicht lange, schon öffneten sich zwei Fenster in dem Programm, und es erschienen Björns roter Schopf und sein bärtiges Gesicht sowie Marius' bärige Gestalt mit dem schwarzen Haar. Während Marius es sich auf seinem dunklen Fernsehsessel bequem gemacht hatte, schob Björn den Schreibtischstuhl zurecht, auf dem er saß. Im Hintergrund erkannte Madita eine Pinnwand neben einem schwarz beschriebenen Whiteboard. Sie lächelten Madita fröhlich an, auch wenn sie meinte, in ihren Augen dieselbe Unruhe zu sehen, die auch sie fühlte.

»Hallo, ihr zwei«, rief sie, und die beiden winkten und grüßten zurück.

Sie war es gewesen, die ihnen dieses Treffen vorgeschlagen

hatte. Sie war selbst überrascht gewesen, als sie den Wunsch danach in sich gespürt und einfach danach gehandelt hatte. Schon lange hatte sie diese unausgesprochene Verbundenheit zu den beiden Männern empfunden, die eng mit Viktor befreundet gewesen waren, aber nie hatten sie offen über das Geschehene gesprochen. War es dafür nicht endlich an der Zeit, wo doch morgen schon Viktors dritter Todestag anstand? Da Björn in Norwegen saß und nicht dabei sein konnte, hatten die drei entschieden, eine kleine Online-Feier unter sich zu veranstalten. Wie auf ein Stichwort hoben Björn und Marius ihre Tassen, aus denen kleine Dampfsäulen aufstiegen, und Madita beeilte sich, die Thermoskanne zu öffnen und ihre Tasse ebenfalls mit Glühwein zu befüllen.

»Habt ihr echt Glühwein bei euch auf der Station?«, fragte Marius Björn in seiner heiteren Art. Stünden die beiden nebeneinander, würde er ihm dabei seine Pratze auf die Schulter donnern, da war Madita sicher.

»Klar«, meinte Björn. Seine Stimme klang so nüchtern, aber Madita wusste aus Erfahrung, dass darin viel Herzlichkeit mitschwang. »Und ganz bestimmt haben wir einen besseren als das Discount-Zeug, das du da trinkst.«

Ertappt blinzelte Marius in seine Tasse und lachte dann laut auf.

»Du kennst mich zu gut! Ich mag halt die mit viel Zucker und nicht diese Biosachen, die du immer anschleppst.«

Madita beobachtete das Spiel zwischen den Freunden lächelnd. Die beiden waren durch den Verlust des Dritten in der Clique noch mal näher aneinandergewachsen, und sie konnte das Gefühl, ein Eindringling zu sein, nicht ganz abschütteln. Doch da richtete Björn das Wort an sie: »Das war eine echt schöne Idee von dir, Madita. Ich vermisse das Glühweintrinken im Dorf ziemlich. Jetzt habe ich das Gefühl, zumindest ein bisschen dabei zu sein.«

»Vermisst du es wirklich?«, fragte Madita nach. »Manchmal wünsche ich mir ja, den Advent auf einer Südseeinsel zu verbringen. Es ist immer so viel Trubel hier, und der Weihnachtsmarkt …« Sie stockte, schluckte, sprach dann aber entschieden weiter, »er erinnert mich halt sehr an Viktor.«

Beide Männer atmeten hörbar ein. Dann nickte Marius.

»Geht mir auch so. Wir hatten mit ihm wirklich gute Tage dort. Und dass er den Unfall ausgerechnet nach dem Weihnachtsmarktbesuch haben musste. Mann, was war das eigentlich für eine riesige Scheiße?«

Madita sah ihn ein wenig überwältigt an, aber dann konnte sie nicht anders, als ihm zuzustimmen: »Ja, genau, das war es.«

»Für euch muss es echt noch mal schlimmer sein«, sagte Björn ernst. »Ich meine, ich verbringe ja nur jedes zweite Jahr im Dorf, und das ist schon hart. Diese ganzen Orte, die mich an ihn erinnern.« Er strich sich durch den Bart. »Jedes Mal, wenn ich am Kindergarten vorbeigehe, könnte ich heulen, weil das die ersten Erinnerungen sind, die ich mit ihm habe. Wie wir zusammen Türme bauen und Fußball spielen.«

»Und Mutter, Vater, Kind«, setzte Marius hinzu, und Madita bemerkte verdutzt das Glitzern in seinen Augen. Er lachte auf und fuhr sich zugleich über ein Auge, als er hinzufügte: »Du warst immer die Mutter.«

Auch Björn lachte nun traurig auf und nickte.

»Wisst ihr noch«, fügte er hinzu, »wie wir einmal alle zusammen dieses Picknick am Bach gemacht haben. Und Viktor ist splitternackt baden gegangen, vor uns allen, als Teenie! Ich hatte echt so einen Respekt vor ihm. Das hat ihm gar nichts ausgemacht.«

Madita hatte lange nicht mehr an diesen Sommernachmittag gedacht, den sie mit den Jungs, Thea und Sofie verbracht hatte, und musste ebenfalls lächeln.

»Ich habe mich ein bisschen geschämt, dass er das gemacht hat«, gab sie zu, »aber gleichzeitig war ich auch total stolz. Er hat einfach getan, worauf er Lust hatte.«

»Das hat er.« Björn erwiderte ihr Lächeln, während Marius leise schniefte. Am liebsten hätte Madita ihn jetzt in den Arm genommen, diesen großen Mann mit dem vielen Gefühl.

»Er war toll«, sagte Björn mit fester Stimme. »Mann, er fehlt mir.«

»Mir auch«, sagten Madita und Marius beinahe zeitgleich.

»Warum machen wir so was hier eigentlich nicht öfter?«, fragte Björn weiter. »Wisst ihr, es ist wahrscheinlich Quatsch, aber manchmal habe ich das Gefühl, ich störe andere, wenn ich über Viktor spreche. Als würde ich sie aus ihrer heilen Welt reißen oder so.«

»Ja, das kenne ich auch«, meinte Marius, der sich wieder ein wenig gefasst hatte. Er schnäuzte sich laut die Nase, dann fügte er hinzu: »Sofie ist super damit, sie stützt mich sehr, aber manche Dinge kann sie einfach nicht ganz nachvollziehen.«

Madita fuhr sich durchs Haar. Sie spürte Aufregung in sich über das, was die beiden gerade gesagt hatten, und sprach ihren Gedanken laut aus: »Ihr fühlt das auch?«

»Leider ja«, meinte Marius, und Björn nickte.

»Ich glaube«, sagte Madita, setzte den Glühweinbecher auf dem Tisch ab und richtete den Computer etwas aus, »das ist eigentlich Quatsch. Ich habe gemerkt, dass ich meinen Freunden und meiner Familie viel mehr zutrauen kann, als ich immer dachte. Weil ich immer so sicher war, dass sie das nicht hören wollen, habe ich die Gespräche selbst vermieden oder abgebrochen, aber seit ich mich ihnen mehr anvertraue, ist mein Gefühl ein ganz anderes. Sie wollen mir zuhören und für mich da sein.« Sie legte den Kopf schief. »Wisst ihr, was ich meine?«

»Ja, schon«, meinte Marius und fummelte nachdenklich in seinem dunklen Haar herum. »Vielleicht hast du recht, und das geht eher von mir aus, dass ich die Gespräche kurz halten will, um Sofie nicht zu belasten.« Er hob den Blick und zeigte ein kleines Lächeln. »Trotzdem ist es gut, mit euch zu reden. Lasst uns das öfter machen!«

Er hob seinen Glühweinbecher, prostete den beiden zu und leerte ihn in einem Zug. Dann zog er die Lippen auseinander und zeigte seine Zähne, als hätte der Becher Wodka statt süßem Glühwein enthalten. »Ah, Zuckerflash!«, rief er und brachte Madita und Björn zum Lachen. Ein Lachen, das einfach guttat. Madita lehnte sich auf der Couch zurück, zog die Beine in den Schneidersitz und den Laptop zu sich auf den Schoß. Sie entspannte sich, während sie den Männern lauschte, als sie weitere Erinnerungen an die Erlebnisse mit Viktor teilten. Während sie die beiden beobachtete, ihnen zuhörte und ab und zu selbst etwas erzählte, spürte sie förmlich, wie etwas in ihr zusammenwuchs, sich eine weitere kleine Angst verzog und die Narbe, die sie hinterlassen hatte, verheilte.

34 Emil

Er hatte es Madita versprochen, diesen Tag mit ihr und ihrer Familie zu verbringen. Er hatte versprochen, für sie da zu sein. Da konnte er jetzt keinen Rückzieher machen, nur weil er Angst hatte, sie mit ihrem neuen Freund zu sehen. Oder?

In mehrere Schichten Kleidung gehüllt, mit einem dicken Schal und der dicksten Pudelmütze auf dem Kopf, die er finden konnte, stapfte er die Straße entlang in Richtung Dorfkern, um von dort zum Treffpunkt am Wald zu gelangen. Über der Schulter trug er einen Jutebeutel, in dem sich tatsächlich seine Badehose befand. Er hatte bis zum letzten Moment gezögert, sie dann aber doch aus dem Schrank gefischt.

Noch immer sah er ständig diese Szene vor sich, wie Madita mit dem anderen Mann in dem Bistro gesessen und ihn angelächelt hatte. Etwas in ihm war in diesem Moment zerbrochen, und sosehr er sich in den letzten Tagen bemüht hatte, es ließ sich nicht kitten. Das zufällige Treffen mit ihr an der Straßenkreuzung hatte geholfen, sich wieder daran zu erinnern, was er eigentlich für Madita hatte sein wollen. Es wurde also höchste Zeit, die Sache abzuhaken, so schwer es auch sein mochte.

Emil richtete sich auf, schob die Mütze zurecht und beschleunigte seine Schritte. Er würde Madita ein guter Freund sein, fertig und aus. Und dazu gehörte, am Todestag ihres Freundes für sie da zu sein.

Ganz besonders galt das auch, da er wirklich Lainis Rat gefolgt und Madita im Namen des Weihnachtsmannes einen Abschiedsbrief geschrieben hatte. Erst hatte er noch gezögert, ob es wirklich der richtige Zeitpunkt war, so kurz vor dem heutigen Datum, aber Laini hatte recht: Madita war so weit. Sie hatte den nötigen Rückhalt in sich selbst und ihren Freunden und würde diesen Tag bewältigen. Da war er sicher.

Der Weihnachtsmann war also passé. Während Emil um den Platz mit den Marktbuden herumging, die zur Öffnung vorbereitet wurden, und das Treiben mit halber Aufmerksamkeit beobachtete, wunderte er sich, dass die Lücke, die der Abschiedsbrief gerissen hatte, sich gar nicht so groß anfühlte, wie er erwartet hatte. Das Lesen von Maditas Worten würde ihm fehlen. Und heute Morgen war er mit dem Impuls aufgewacht, zum Weihnachtsschlitten zu laufen, um zu sehen, ob sie ihm vielleicht doch noch einmal geschrieben hatte. Das würde ihm wohl noch öfter so gehen, bis der Schlitten nicht mehr stünde. Aber er fühlte tatsächlich auch Erleichterung in sich. Denn je näher er Madita in den letzten Wochen gekommen war, desto schwerer hatte das Verschweigen des Geheimnisses auf seinem Gewissen gelastet. Und diese Last war nun von ihm abgefallen. Er fühlte sich befreit, da er Madita von nun an als Emil würde begegnen können, nicht mehr und nicht weniger.

Als er das Dorf mit der gepflasterten Straße hinter sich ließ und auf den Waldweg zusteuerte, erkannte er schon die bunten Mützen und Farbblitze, die dort im Weiß und Schwarz des Waldes hin- und herzischten. Kaum dass sie ihn erblickten, änderten sie die Richtung, und keine fünf Sekunden später umkrallten zwei Äffchen in Schneeanzügen seine Beine.

»Na, ihr Räuber«, sagte er lachend und rubbelte die bemützten Köpfe von Ella und Janosch zur Begrüßung, während er spaßeshalber versuchte, mit je einem Kind am Bein weiterzugehen. Die beiden sahen zu ihm hoch und strahlten bis über beide Ohren.

»Madita hat gesagt, wir haben dich heute für uns ganz alleine«, verkündete Ella, und Emil hörte einen gewissen Stolz heraus.

»Das hat sie gesagt? Eigentlich dachte ich, ich hätte Wochenende, aber eure Tante lügt nicht, oder?«

»Nie!«, rief Janosch und verstärkte den Griff um Emils Bein noch. »Nie, nie, nie, nie, nie!«

»Na dann …« Emil unternahm einen weiteren stampfenden Gehversuch, dann beugte er sich blitzschnell zu den Kindern hinunter, zog ihnen die Mützen über die Augen und kitzelte sie am Hals, bis sie kichernd und schreiend von seinen Beinen abließen.

»Emil, hi. Ich wollte dir gerade zu Hilfe kommen.«

Emil sah von der Hocke aus hoch zu Madita, und sofort wurde es wieder unruhig in seinem Bauch. Sie trug einen olivgrünen gefütterten Parka und ihren breiten kuscheligen Schal zu einer cremefarbenen Wollmütze. Ihre Wangen waren leicht gerötet und hoben sich von der blassen Haut ab. Sie schob die Brille zurecht und lächelte ihn an, doch er erkannte trotzdem die melancholische Trübung in ihren Augen. Emil ließ von den Kindern ab, und sie rannten mit einem »Oma, Opa!« auf die nächsten Ankömmlinge zu, die sie hinter Emil erspäht hatten.

»Hey«, sagte er, erhob sich und schloss Madita in die Arme.

»Danke, dass du gekommen bist.« Er hörte die Verletzlichkeit in ihrer Stimme, und jede Zurückhaltung, hierherzukommen, war vergessen. Egal, ob dieser Mann hier sein würde, ob er Madita vor ihm halten und sie küssen würde – Emils Platz an diesem Tag war an ihrer Seite.

»Natürlich«, sagte er nur und begegnete ihrem Blick. Da war noch etwas anderes in ihm, nicht nur die Traurigkeit, sondern auch eine gewisse Freude, die sein Herz trotz besseren Wissens höherschlagen ließ.

»Hast du es schon gehört?«, fragte sie plötzlich aufgeregt. »Frau Paulsen geht es besser! Es ist beinahe unglaublich. Sie kann zu Weihnachten wieder nach Hause kommen.« Sie setzte gerade an, um mehr zu erzählen, aber da näherte sich die kleine Gruppe um Ella, Janosch und die Großeltern mit lautem Gespräch. Madita begrüßte ihre Eltern mit Umarmungen, während Emil ihnen die Hand reichte. Er kannte sie bereits aus dem Kindergarten, wo sie ihre Enkelkinder oft abholten. Maditas Mutter hatte noch immer das gleiche dichte Haar wie ihre Töchter, nur war ihres ergraut, und sie trug es in der Regel offen. Ihr Mann war ein lebhafter und zu Scherzen aufgelegter Junggebliebener mit langem Wollmantel und Schiebermütze.

Schon erreichten auch Sofie und Marius sie, der Emil und alle anderen sogleich in eine bärige Umarmung zog.

»Thea zeigt unseren Aushilfen am Marktstand noch alles und kommt dann … Oh, da ist sie ja schon!« Madita deutete in Richtung des Dorfes, und tatsächlich eilte Thea in einer knallroten Jacke und einer ebenso knallig blauen Mütze herbei.

»Dann können wir ja jetzt los«, schlug Madita vor, nachdem auch Thea alle begrüßt hatte. Sie bemühte sich um einen festen Ton, doch die Unsicherheit war ihr dennoch anzuhören. »Ich habe den Korb da vorne am Waldweg stehen lassen, auf geht's.« Marius machte einen raschen Schritt vor und hakte sich bei ihr unter, bevor Emil reagieren konnte. Die beiden gingen voran, wobei sie die Köpfe zusammensteckten, während die anderen in losen Grüppchen hinterhergingen. Doch Emil war gedanklich gerade ganz woanders: Sie waren also vollzählig. Hieß das, Maditas Date würde nicht kommen? Er spürte ein wenig Erleichterung durch seine Adern fließen. Auch wenn es diesen Mann weiterhin in Maditas Leben gab, wurde ihm selbst zumindest ein wenig Aufschub erlaubt, bevor er die beiden wieder zusammen sehen müsste.

Da blickte sich Sofie nach ihm um, blieb stehen und passte ihre Schritte seinen an.

»Marius war Viktors bester Freund«, sagte sie leise und blickte zu ihrem Mann, der ein Stück vor ihnen stehen blieb und Madita noch einmal fest in die Arme schloss. Alle anderen hielten sich wie auf ein Stichwort zurück, um ihnen Raum zu geben, als Marius und Madita sich mit den Handrücken über die Wangen strichen.

Emil atmete tief ein. Es fiel ihm schwer, Madita so traurig zu sehen und nicht sofort zu ihr zu laufen. Aber natürlich sollte sie sich genauso mit ihren Freunden und ihrer Familie austauschen können, wie sie es schon mit ihm getan hatte. Darum ging es, das würde ihr helfen und sie durch den schweren Tag bringen.

»Ich glaube, es ist gut, dass wir alle diesen Tag zusammen verbringen«, raunte Sofie ihm zu. »Die Idee kam von dir, nicht?«

Marius nahm den großen Picknickkorb vom Waldboden, legte den Arm um Maditas Rücken, dann sahen sie sich kurz nach den anderen um und winkten, dass es weitergehen würde.

»So begehen meine Familie und ich den Todestag meiner Mutter«, erklärte Emil nun ebenso leise wie Sofie zuvor. »Ich habe Madita davon erzählt, und anscheinend hat es ihr gefallen.«

Der Wald um sie herum verdichtete sich, je tiefer sie darin vordrangen. Dunkel begrünte Tannen und schneetragende Bäume ragten um sie herum auf. Die knirschenden Schritte der Gruppe hallten leise wider. Und schon fühlte Emil sich frei. Er spürte, wie er entspannt atmen konnte, wie die letzten Reste der Befangenheit von ihm abfielen.

»Es tut mir leid, dass du einen so schlimmen Verlust erlebt hast«, sagte Sofie. Sie klang mitfühlend, aber zugleich bestimmt und nahm Emil den Druck, eine typisch beruhigende Antwort geben zu müssen, wie es so oft der Fall war, wenn er die Unsicherheit seines Gegenübers spürte. Als er dankend lächelte, sprach sie weiter: »Bist du auch deswegen aus der Stadt rausgezogen?«

»Nicht unbedingt. Es liegt schon etliche Jahre zurück, weißt du? Wobei, wenn ich so darüber nachdenke … vielleicht hat es dazu beigetragen, dass ich mich in der Stadt nicht mehr richtig wohlgefühlt habe.« Emil überlegte einen Moment. »Ich habe damals tatsächlich damit begonnen, lange Spaziergänge zu machen und mich in der Natur viel wohler zu fühlen als in den engen Straßen.«

Sofie lächelte ihn von der Seite her an.

»Es ist auf jeden Fall schön, dass du zu uns ins Dorf gestoßen bist«, sagte sie. »Hast du dich hier mittlerweile gut eingelebt?«

»Sehr. Es hat mir von Anfang an gut gefallen, und je mehr ich davon sehe und je mehr Leute ich kennenlerne, desto wohler fühle ich mich.«

Während er sprach, beobachtete Emil, wie Ella und Janosch zu Madita vorrannten und ihre Hände ergriffen, um neben ihr zu gehen und sich mit Marius zu unterhalten, wobei sie immer wieder die Köpfe zu ihm hoben. Dahinter liefen Thea und ihre Eltern und waren ebenfalls ins Gespräch vertieft.

»Dann hast du also noch mehr Dörfler kennengelernt?«, fragte Sofie ihn jetzt, und Emil war froh über das leichte Gespräch.

»Durch den Kindergarten habe ich ja ziemlich viele Kontakte«, erklärte er und machte eine ausholende Geste.

»Und hast du darunter auch Freunde gefunden?«

Emil blickte kurz zu Sofie. Langsam, aber sicher beschlich ihn das Gefühl, sie wollte auf etwas Bestimmtes hinaus. Doch Sofie sah unbeteiligt nach vorn, also tat Emil seinen Verdacht ab und antwortete: »Nein, bisher nicht, von Madita abgesehen natürlich.«

»Natürlich«, wiederholte Sofie in nachdenklichem Ton. Emil runzelte die Stirn und wollte gerade nachhaken, da kam Sofie ihm zuvor: »Und wie ist das eigentlich in so einer Kita, wenn man mal kurz was erledigen will? Könntest du Kathi für fünf Minuten allein lassen und rausgehen?«

Emils Schritte verlangsamten sich wie von selbst, bis er stehen blieb. Sofie bemerkte es erst verzögert und drehte sich dann rasch zu ihm um. Ihr Blick hatte etwas Bohrendes. Eine Frage stand darin, deren Antwort sie offenbar längst kannte.

»Warum fragst du mich das alles?«, sagte Emil so leise, dass es fast nur ein Raunen war. Ein aufgeregtes Brummen meldete sich in seinem Magen, eine böse Vorahnung.

Sofie machte einen Schritt auf ihn zu.

»Wie hast du es gemacht, Emil? Wie hast du die Briefe übermittelt, wenn du auf der Arbeit warst?«

Plötzlich sirrte es in Emils Ohren, und sein Körper fühlte sich an, als wäre ein Eimer mit Eiswasser darübergekippt worden. Fassungslos starrte er Sofie an, die noch näher an ihn herantrat und nur einen Schritt vor ihm stehen blieb, ohne den Blick von ihm zu nehmen. Emils Mund öffnete sich, schloss sich, er schluckte hart. Seine Hand suchte nach seiner Mütze, schob sie zurecht, sein Blick schoss zu den anderen nach vorn, doch sie waren weit voraus und würden sie nicht hören können. Er leckte sich über die Lippen, dann endlich fragte er: »Woher weißt du es?«

Ein triumphierendes Lächeln nahm Sofies Gesicht ein. Es wirkte in keiner Weise fies, sondern ehrlich erfreut.

»Also bist du es wirklich«, sagte sie und lachte leise auf. »Ich wusste es!« Auch sie drehte sich nun kurz nach der restlichen Gruppe um, doch die war hinten an einer Lichtung angelangt. Noch schien niemand sie zu vermissen. »Es konntest nur du sein! Alles hat gepasst. Dass du selbst die Trauererfahrung gemacht hast und wusstest, wie man damit umgeht. Dass du dich Maditas angenommen hast, sie offenbar wirklich magst und ihr helfen wolltest. Und dass der Weihnachtsmann ausgerechnet jetzt den Briefkontakt abbricht, wo du ein enges Verhältnis zu Madita entwickelt hast. Das passt alles wie Arsch auf Eimer! Nur weiß ich bis heute nicht, wie du die Briefe zu Madita gebracht hast, wenn du gleichzeitig auf der Arbeit warst.«

Verlegen und aufgeregt zugleich zuppelte Emil an den Haarsträhnen, die unter seiner Mütze hervorlugten.

»Weiß Madita es auch?«

Sofie wirkte ungeduldig, schüttelte aber den Kopf.

»Sie hatte dich im Verdacht, aber glaubt, dass du es unmöglich sein kannst, weil du eben im Kindergarten warst. Sie meint immer noch, dass Till trotz allem dahinterstecken könnte. Aber ich wusste, dass du es sein musst.«

267

»Till?«, fragte Emil und verstand eine Sekunde später von selbst. »Der Mann, mit dem sie die Verabredung hatte. Ihr Freund?«

»Freund? Na, so weit würde ich jetzt nicht gehen. Aber ja, mein Kollege, mit dem sie ein Date hatte.« Sofie tat das mit einer Handbewegung als unwichtig ab, während Emil liebend gern mehr erfahren hätte. Doch bevor er nachhaken konnte, fragte sie noch einmal: »Also, sag schon, wie hast du es denn nun angestellt?«

Beinahe musste Emil lachen beim Anblick der nervös tippelnden Sofie. Er fühlte sich zwar erleichtert, dass Madita noch nichts davon wusste, doch zugleich hatte er Sorge, was passieren würde, sobald Sofie das Geheimnis mit ihr teilte. Er schloss kurz die Augen, dann nickte er.

»Meistens hat meine Freundin Laini die Briefe eingeworfen, wenn sie im Dorf und ich schon auf Arbeit war.«

Sofies Augen wurden groß, und sie flüsterte: »Natürlich!«

»Und sonst bin ich tatsächlich manchmal kurz zu Maditas Haus gerannt, während Kathi aufgepasst hat. Wenn ich mich beeilt habe, dauerte das höchstens drei Minuten. Kathi habe ich gesagt, ich müsste schnell etwas einkaufen oder hätte was zu Hause vergessen.«

Sofie nickte, während sie die Informationen aufsog. Dann wechselte ihr Kopf plötzlich die Richtung und ging in ein ungläubiges Schütteln über.

»Was für ein Aufwand«, sagte sie heiser. Wieder warf sie einen Blick über die Schulter. Emil sah, wie Marius nach ihnen winkte, und die Kinder schienen sich auf den Weg zu ihnen zu machen.

Schnell fragte Emil: »Wirst du es ihr erzählen?«

Zwei Sekunden lang blickte Sofie ihn abschätzend an.

»Nein. Aber du solltest es tun, finde ich. Sie hat ein Recht zu wissen, wem sie all diese Gedanken anvertraut hat, richt?«

Emil spürte, wie ihm flau wurde, doch dann nickte er.

»Du hast recht. Ich werde mit ihr sprechen.«

»Gut«, sagte Sofie und lächelte.

»Sofiiieee! Eeeeeemil!« Ella und Janosch näherten sich im Laufschritt. Sofie winkte den beiden zu, machte einen Schritt in ihre Richtung, dann drehte sie sich noch mal zu ihm um.

»Und, Emil, wenn deine feste Freundin schon die Briefe ausgetragen hat … Weiß sie dann auch, dass du Gefühle für eine andere Frau hast?« Mit diesen Worten drehte sie sich zu den Kindern um und nahm Ella in Empfang.

Einen Moment lang starrte Emil perplex Sofies Rücken an. Dann lehnte er sich vor, breitete die Arme aus und sah dem herbeistürmenden Janosch entgegen. Noch bevor Janosch in seinen Armen landete, hallte Emils lauter Ruf durch den Wald: »Ich bin nicht mit Laini zusammen!«

35 Madita

»Ich bin nicht mit Laini zusammen!«

Die Stille des Waldes wurde durchbrochen vom Laut dieser Worte, die dumpf, aber klar verständlich den Weg entlang und bis zur Lichtung getragen wurden. Madita hatte lächelnd beobachtet, wie die Kinder zu Sofie und Emil gerannt und in ihren Armen gelandet waren, doch nun gefror das Lächeln auf ihrem Gesicht, und ein heißes Gefühl breitete sich vom Magen ausgehend in ihr aus.

Sie stand neben dem umgekippten Baum, auf dem sie dicke Decken ausgebreitet hatten. Ihre Eltern hatten sich bereits darauf niedergelassen und von Thea Becher mit heißem Adventstee aus einer Thermoskanne entgegengenommen. Auf einem Baumstumpf standen Teller, eine Schüssel mit selbst gebackenen Plätzchen und Viktors Lieblingsweihnachtskuchen.

Madita spürte, wie die Wärme ihre Wangen erreichte und sie sicherlich knallrot einfärbte. Plötzlich stand Thea dicht hinter ihr.

»Was hat er da gerade gesagt?«, fragte sie mit einem Kichern in der Stimme.

Madita warf ihr einen Seitenblick zu und sah, dass Thea vor Vergnügen beinahe platzte. Es war eindeutig, dass Emil diese Information nicht mit dem halben Wald hatte teilen wollen. Sein Ruf war so laut geraten, dass er womöglich bis zum Dorfplatz echote. Bei der Vorstellung, wie alle Marktbesucher gleichzeitig innehielten und dem Ruf lauschten, entfuhr Madita ein Glucksen. Kurz überlegte sie, ob es falsch war, an diesem Tag über solche Dinge zu lachen, aber dann erinnerte sie sich an Viktors Vorliebe für Absurditäten. Er hätte wohl selbst herzlich darüber gelacht. Also tat sie es auch. Sie lachte. Und kaum, dass sie damit begonnen hatte, konnte auch Thea sich nicht länger zurückhalten. Die beiden prusteten und kicherten, und auch ihre Eltern stimmten mit ein, auch wenn sie wohl nicht ganz verstanden, warum eigentlich.

Madita lachte, weil die Situation so komisch war, aber sie lachte auch ein wenig vor Erleichterung. Heute war der absolut falsche Tag, um über das nachzudenken, was Emil da gerade von sich gegeben hatte, aber dennoch spürte Madita eine tiefe und vollkommene Erleichterung, ein Glücksgefühl, das sie vollständig erfasste und zum Erglühen brachte.

Auch Sofie war die Erheiterung über das Vorgefallene anzusehen, als sie sich mit Ella an der Hand näherte. Emil hingegen wirkte wie ein begossener Pudel. Seine Hand schien gar nicht von der Mütze ablassen zu können. Am liebsten hätte er sie sich wohl ganz über den Kopf gezogen, um von der Erdoberfläche zu verschwinden. Doch als er Maditas amüsiertes Gesicht sah und ihr Glucksen hörte, wandelte sich sein Blick. Die Beschämung wich einem strahlenden Lächeln, das seinen Mund, die Augen und das gesamte Gesicht einnahm. Sie blickten sich in die Augen, und Madita spürte einen Schauder, als sie wahrnahm, wie sich etwas zwischen ihnen verändert hatte, in ebendieser Sekunde. Auch Emil schien es zu merken. Sein Lächeln wich einem fragenden Ausdruck, doch bevor irgendetwas anderes zwischen ihnen beiden passieren konnte, wurde er jäh zur Seite gerissen. Janosch und Ella hatten sich an seine Hand geklettet und zogen daran, um ihn zu einem Spiel zu überreden. Der Blickkontakt zwischen Madita und Emil riss ab, er wurde in das Unterholz entführt, und Madita fühlte sich für eine Sekunde seltsam benommen, bevor sie sich wieder auf den Moment konzentrierte, auf den Ort, den Tag.

Während sie sich zu den anderen auf den Baumstamm setzte, an ihrem Tee nippte, ein Plätzchen aß und mit halbem Ohr dem Gespräch der anderen lauschte, spürte sie in sich hinein. Heute vor drei Jahren war Viktor gestorben, ihre große Liebe, ihr bester Freund. Sie fühlte sich ihm so nah. Und zugleich schien sie Gefühle für einen anderen Mann zu hegen. War das falsch, war es dafür zu früh? Sie dachte an alles, was sie in den letzten Wochen erlebt hatte, mit Emil, aber auch mit sich selbst, mit Thea, mit Sofie und Herrn Paulsen … Sie dachte an die Worte, die sie in ihren Briefen niedergeschrieben, und an die, die sie gelesen hatte. Sie dachte an den Schmerz, die Akzeptanz, die neu entdeckte Freude. Und bei alldem dachte sie immer an Viktor. Und an Emil. Vielleicht gab es da kein Entweder-oder. Vielleicht konnte sie sich verlieben, ohne aufzuhören, Viktor zu lieben. Emil hatte nie versucht, Viktor zu verdrängen. Im Gegenteil, er hatte mit ihr über ihn gesprochen, hatte sie in ihrer Trauer unterstützt, sie getröstet und bestärkt. Er hatte sich so viel Raum in Maditas Herz erobert und gleichzeitig genug für Viktor gelassen.

Madita blickte auf, als sie Emils näher kommende Stimme hörte, und beobachtete, wie er mit Ella auf dem Rücken über das eisige Geäst zurück zu ihrem Picknickplatz stieg, während Janosch um die beiden herumtanzte.

Ich glaube, dachte sie und sah in die Tiefe des Waldes hinter ihnen, ich glaube, Viktor, du hättest ihn sehr gemocht. Sie wischte sich die kleine Träne fort, die sich auf ihre Wange geschmuggelt hatte, dann stand sie auf.

»Janosch, Ella, kommt Kekse essen. Lasst den armen Emil mal Luft holen. Und dann«, raunte sie verschwörerisch und zwinkerte Emil zu, »gibt es eine Schneeballschlacht! Viktor hat das geliebt. Mädels gegen Jungs!«

»Erbarmen!«, riefen Emil und Marius gleichzeitig, und alle lachten.

Nach einer ausgiebigen Schneeballschlacht waren alle zum Aufwärmen zu Thea und Madita nach Hause gegangen, hatten es sich auf den dort vorbereiteten Kissen im Wohnzimmer vor dem Fernseher gemütlich gemacht und guckten gemeinsam Viktors liebsten Weihnachtsfilm, *Die Muppets Weihnachtsgeschichte*. Dazu gab es Pizza vom Lieferdienst und Zimteis, bis allen die Bäuche schmerzten.

Janosch war mit dem Kopf auf Emils Bein eingeschlafen, während Ella von der Aufregung ganz mitgenommen schien. Sie lag in Emils Arm gekuschelt und verfolgte mit glasigem Blick und roten Schlafwangen das Geschehen auf dem Bildschirm, während die Erwachsenen in ein Gespräch über Viktor und ihre liebsten Erinnerungen an ihn gefallen waren.

»Schade, dass seine Eltern heute nicht hier sein können«, sagte Maditas Mutter mit einem wehmütigen Ausdruck. Sie hatte Viktor so sehr in ihr Herz geschlossen, wie es für eine Schwiegermutter wohl nur möglich war. Madita wusste, dass er auch ihr sehr fehlte.

»Sie sind geschäftlich im Ausland«, erklärte Madita noch einmal. »Ich glaube aber, sie hätten sich gefreut. Vielleicht klappt es ja im nächsten Jahr.« Ihre eigene Beziehung zu Viktors Eltern hatte sich nicht so eng angefühlt, dafür waren sie räumlich wie auch emotional immer ein wenig zu distanziert gewesen, aber trotzdem hätte sie sich gefreut, diesen Tag mit ihnen zu begehen. »Dann können wir auch noch mehr Freunde einladen, oder? Es wäre doch schön, wenn wir daraus eine Tradition machen könnten …«

Wie schon so oft an diesem Tag suchten ihre Augen wie von selbst Emils Blick, und wieder durchzuckte sie diese angenehme Wärme, als er ihn erwiderte und sie ganz leicht anlächelte.

Als der Film vorbei war, beratschlagten sie leise, wie es weitergehen würde. Thea musste zurück zum Weihnachtsmarkt. Am letzten Marktabend vor Weihnachten würde es dort noch einmal voll werden, und sie musste die Aushilfen unterstützen. Janosch schlief nach wie vor tief und fest, und Ella wirkte ebenfalls müde, sodass Maditas Eltern sich bereit erklärten, mit ihnen zu Hause zu bleiben.

»So scharf sind wir auf den nächsten Programmpunkt sowieso nicht«, kommentierte Maditas Vater mit einem amüsierten Zucken der Augenbrauen. Emil beugte sich zu ihm vor, doch Madita wollte ihm die Überraschung nicht verderben und erklärte: »Dann also los! Sofie, Marius, ihr seid vorbereitet und dabei?«

Die beiden nickten, wirkten dabei aber nicht gerade begeistert. Madita wusste genau, wie sie sich fühlten. Auch sie hatte etwas Bammel vor dem, was ihnen bevorstand. Emil schien etwas zu ahnen, doch bevor er einen Einwand äußern konnte, trieb Madita die drei entschieden an.

Als sie schließlich durch das Dorf liefen, das mittlerweile in der Dunkelheit des Winternachmittags lag und nur von den zahlreichen Straßenlaternen und Lichterketten erhellt wurde, fand sich Madita neben Emil wieder, während Sofie und Marius etwas langsamer hinter ihnen gingen.

»Danke, dass ich dir diese Idee für den Tag mopsen durfte«, sagte Madita und berührte Emil leicht mit ihrer Schulter.

»Ich weiß zwar nicht, was uns jetzt bevorsteht, auch wenn ich eine gewisse Ahnung habe … aber bisher ist es sehr schön.« Emil sah sie an, und Herzlichkeit lag in seinem Blick.

»Du wirst es mögen, ganz bestimmt«, sagte sie und konnte ein Grinsen nicht unterdrücken. Sie liebte Überraschungen.

»Wenn wir wirklich gerade den Bach ansteuern, hege ich da so meine Zweifel.«

»Abwarten«, mahnte Madita und richtete den Riemen der Schultertasche. Sie gingen einige Meter wortlos weiter, doch dann konnte Madita sich nicht länger zurückhalten. »Stimmt das eigentlich, was du vorhin gerufen hast?«

Emil legte den Kopf schief und sah sie einen Moment fragend an, bevor ihm ein Licht aufging.

»Das mit Laini? Oh Mann, das war ziemlich peinlich, oder?« Er rieb sich mit beiden Händen übers Gesicht, als wollte er die Erinnerung abwaschen. »Ja, natürlich. Laini ist meine beste Freundin. Quasi immer schon.«

Er sah sie an, und sie fühlte sich beobachtet, als sie diese Information einsortierte, die einen ziemlichen Kuddelmuddel in ihrem Inneren anrichtete. Wieder spürte sie dieses Kribbeln, das durch die Nähe zu Emil noch verstärkt wurde.

»Immer schon? Aber habt ihr euch nicht geküsst, letztens im Kindergarten?«

Emils Stirn legte sich in Falten, als er sich offenbar zu erinnern versuchte.

»Ich weiß nicht … ach, du meinst, als Valentina da war! Wir haben uns nicht geküsst, aber Laini hat so getan, als wären wir zusammen, um Valentina in ihre Schranken zu weisen. Das war ein reiner Freundschaftsdienst.«

Madita sah das Schmunzeln um Emils Mund und fühlte sich mit einem Mal ertappt und ziemlich albern. Ihre Wangen glühten, und ein Gefühl wie von Strom ging durch ihre Glieder, als sie Emils wunderschönes Lächeln aufnahm.

»Ach so. Und ich dachte …«

»Ich wollte dir aber noch etwas sagen.« Emil blieb mit einem Mal stehen, sodass auch Madita innehalten musste, um ihn weiter ansehen zu können. Sofie und Marius erreichten sie, schienen aber zu merken, dass sie das Gespräch stören würden, und gingen langsam weiter, um einige Meter entfernt stehen zu bleiben und auf sie zu warten. »Ich weiß, dass du dachtest, Till wäre … also, dass du ihn im Verdacht hattest, er könnte dir …«

»Till?«, unterbrach Madita ihn und fühlte sich vollends verwirrt. »Was hat das mit Till zu tun?« Sie überlegte eine Sekunde, dann zählte sie eins und eins zusammen. »Hast du gehört, dass ich eine Verabredung mit ihm hatte?«

»Ja, also nein, ich meinte eigentlich nur …«

Madita ging etwas näher auf ihn zu, wobei sich das Kribbeln in ihrem Bauch bis in den Hals hinauf ausbreitete, und Emil verstummte jäh, als sie so dicht vor ihm stand.

»Ich habe ihn nur einmal getroffen, musst du wissen. Ich dachte einfach, das könnte mir guttun, und er ist ja auch wirklich nett … aber gar nicht mehr. Wirklich.« Sie lächelte ihn ermutigend an. »Also eigentlich ist es ziemlich ähnlich zu deiner Situation mit Laini. Oder?«

Emil schien etwas sagen zu wollen, er sah mit einem Mal ziemlich hilflos drein. Wenn in ihm gerade das Gleiche vorging wie in ihr, dann war es kein Wunder, dass er so überfordert aussah. Offenbar hatte er geglaubt, sie hätte etwas mit Till am Laufen, während sie dasselbe über ihn und Laini gedacht hatte. Und mit einem Mal, ausgerechnet heute, lichtete sich alles – und löste diese aufregenden Gedanken, Möglichkeiten und Gefühle aus.

»Lass uns morgen über alles sprechen«, schlug Madita vor und unterdrückte den Impuls, seine Hand in ihre zu nehmen. Er war so nah, und alles an ihm schien sie näher an sich heranzuziehen. Sie räusperte sich leise. »In aller Ruhe, nur wir zwei.«

»Okay«, sagte Emil und schluckte sichtlich. Wollte auch er es? Drängte in ihm auch alles danach, sie zu küssen? Sie wollte dem Gefühl nachgeben, es einfach tun, doch da war immer noch die Erinnerung daran, welcher Tag heute war, und kaum, dass sie daran dachte, fielen ihr auch wieder Sofie und Marius ein, die gar nicht weit weg standen und sie im Auge hatten.

»Komm«, sagte sie und löste sich mit Mühe von Emils Blick. So unschuldig wie möglich griff sie nach seinem Jackenärmel und zog leicht daran. Erneut musste sie sich räuspern, um zurück in die Gegenwart zu finden. »Ich weiß genau, was du jetzt brauchst. Da vorne ist eine Bachstelle, die vom Bahnhofslicht beleuchtet wird. Sie ist bekannt unter den Eisbadenden. Und Viktor war einer von ihnen.«

Emil blieb abrupt stehen. Er sah so unglücklich aus, dass Madita auflachen musste.

»Glaub mir, du wirst es lieben!«

Dann holten sie zusammen die beiden Wartenden ein. Madita beobachtete, wie Sofie Emil mit einem breiten Grinsen bedachte und wie er mit gequältem Gesichtsausdruck die Schulter zuckte.

»Ach kommt, Leute«, sagte Madita. »So schlimm wird es schon nicht werden!«

Lieber Weihnachtsmann,

es ist nicht sicher, ob Du diesen Brief noch lesen wirst. Es ist spät am Abend des vierten Advents, bald wird der Markt abgebaut und mit ihm auch der Weihnachtsschlitten. Wer weiß, ob Du zuvor noch einmal dort hingehen wirst, ob Du diesen letzten Brief finden und lesen wirst.

Es ist mir nicht leichtgefallen, Deine Abschiedsworte zu akzeptieren. Natürlich weiß ich, dass mir letztlich keine Wahl bleibt, aber diese Briefe sind in den vergangenen Wochen zu einem festen Bestandteil meines Lebens geworden. Ich habe mich täglich auf Deine Zeilen gefreut, über sie gelacht, manchmal darüber geweint, sie aber immer nah am Herzen getragen. Ich hatte stets diese Stimme im Ohr, diese kluge, weise Stimme, die mir in allen schweren Momenten zur Seite stand. Und die sollte plötzlich wegfallen?

Ich habe ein wenig gebraucht, um zu verstehen, dass das Unsinn ist. Dass ich diese Stimme nicht mehr verlieren werde, selbst wenn Du mir nicht mehr schreiben wirst. Deine Worte sind ganz fest in mir verankert, das habe ich besonders heute, an Viktors Todestag, gemerkt. Wann immer ich eine Unsicherheit spüre, sind sie da ... bist Du da. Und das gibt mir allen nötigen Halt, um weiterzugehen, Schritt für Schritt (und manchmal auch einen zurück).

Ich danke Dir für diese vier Wochen, für die vielen, vielen Briefe, für

Deine Ratschläge, Deine Witze, Dein Verständnis. Ich danke Dir dafür,
dass Du da warst. Und dass Du bleiben wirst. Für immer.

Frohe Weihnachten!
Deine Madita

36 Madita

Madita verschwand beinahe in dem Regal mit Backartikeln, so weit musste sie den Arm nach dem letzten verbleibenden Vanillezuckerpäckchen ausstrecken. Als sich ihre Finger darum schlossen, fühlte sie das kleine Triumphgefühl der erfolgreichen Jägerin und musste schmunzeln. Wenn sie ehrlich zu sich war, war das Schmunzeln an diesem Tag kaum aus ihrem Gesicht wegzuwischen. Der gestrige Tag mit der Familie und den Freunden hatte sie glücklich gemacht: das gemeinsame Erinnern an Viktor, das Eingebundensein in diesen Kreis. Sie hatte sich sicher gefühlt, und das, obwohl sie getrauert hatte. Aber bei all den Unternehmungen, die sie so stark mit Viktor verband, hatte sie auch das Gefühl gehabt, ihm ganz nahe zu sein, und dies auf eine gute, gesunde Weise.

Und dann war da noch Emil gewesen … Emil, der nicht mit Laini zusammen war. Emil, mit dem sie später verabredet war …

Aus den Supermarktboxen dudelte »Last Christmas«, und wie immer konnte sie nicht anders, als diesen ebenso geliebten wie verhassten Song mitzuträllern, während sie weitere Artikel zusammensuchte und dann den Weg zurück zum Einkaufswagen einschlug. Thea stand schon dort und strich gerade einige Punkte auf ihrer beinahe unterarmlangen Einkaufsliste durch, während Sofie Madita im Vorbeigehen zugrinste.

»Ich bin so froh, dass wir das zusammen machen können«, stöhnte Thea und sah auf den Berg an Lebensmitteln, der sich in ihrem Wagen immer höher türmte. »Wie nett von Emil, Ella und Janosch für ein paar Stunden zu hüten – und das am Tag vor Heiligabend!«

Maditas Lächeln vertiefte sich. Dass er den vorigen Tag vollständig mit ihnen verbracht hatte, dass er sogar mit Sofie, Marius und ihr in den eiskalten Bach gesprungen war, danach für alle die beste heiße Schokolade gezaubert hatte, die sie je getrunken hatte … Sie mochte ihn so sehr, genoss jede einzelne Minute, die sie mit ihm verbringen konnte … und natürlich mochte sie es, über ihn zu sprechen.

»Und das, obwohl er offiziell Urlaub hat«, bestätigte sie und beugte sich über Theas Schulter, um auf die Liste zu schielen. Da Emils Vater kein Weihnachten feiern wollte und seine Schwester auch kein großes Interesse daran hatte, feierte Emil seit Jahren mit Laini, deren Familie nach Tansania zurückgekehrt war und die sie erst zu Silvester besuchen würde. Und da Laini unbedingt eine weiße Weihnacht feiern wollte, würden sie die kommenden Tage im Dorf verbringen. Der Gedanke, Emil auch über Weihnachten sehen zu können, löste ein freudiges Kribbeln in Maditas Bauch aus.

»Mit Ella und Janosch zusammen hätten wir bestimmt den ganzen Tag in diesem Laden verbracht.« Theas Blick war anzusehen, dass sie am liebsten sofort Reißaus genommen hätte. Kein Wunder, der gestrige Abend auf dem Weihnachtsmarkt war sehr trubelig gewesen, da sehnte sie sich nach Ruhe und ihrer Couch.

Sofie schmiss zwei Packungen Toastbrot und eine Dose Ananas in ihren Wagen mit den Worten: »Marius' liebster Festtagsschmaus: Toast Hawaii!« Dann verschwand sie im nächsten Gang.

Thea und Madita schüttelten grinsend die Köpfe, dann konzentrierten sie sich wieder auf ihre Liste. »Ich hole die Kartoffeln und gucke mal, ob ich noch einen Rotkohl ergattern kann. Du übernimmst die Cornflakes«, kommandierte Thea.

Während Madita die Packungen mit den Frühstücksflocken studierte, dachte sie wieder an das Aufeinandertreffen mit Emil vorhin zurück, als er zum Kindersitten bei ihnen angetreten war. Nur kurz hatten sich ihre Hände berührt, als Madita sich im Flur an ihm vorbeigedrückt hatte, doch das hatte gereicht, um ihr Herz laut zum Schlagen und ihren Bauch zum Flattern zu bringen. Verträumt strich sie über die Pappkartons, ohne die Beschreibungen darauf wahrzunehmen. Ziellos griff sie drei Packungen heraus und schlenderte aus dem Gang heraus, wo sie sich suchend nach dem Wagen umblickte.

»Habe ich das vorhin richtig verstanden, dass ihr später noch verabredet seid?«, fragte Thea wie aufs Stichwort und schielte neugierig über einen Stand mit Katzenfutter hinweg zu ihr, während sie den Wagen im Schlepptau hatte. Ertappt blickte Madita zu ihr, dann reichte sie Thea die Cornflakes-Packungen über das Katzenfutter hinweg.

»Das hast du richtig verstanden.« Am liebsten wäre sie eben schon bei Emil geblieben, so schön war es gewesen, ihn zu sehen.

»Und dann führt ihr *das* Gespräch?«, hakte Thea weiter nach und tat nicht mehr so, als interessierte es sie nur beiläufig.

Madita legte den Kopf schief, und sie verzog das Gesicht.

»Das klingt schrecklich, wenn du es so sagst. Wir werden einfach über alles sprechen und die letzten Missverständnisse aus dem Weg räumen.«

»Du bist schon sehr verliebt, stimmt's?« Theas Augen leuchteten.

Madita horchte kurz in sich hinein. Eine so direkte Frage war nicht leicht zu beantworten … oder? Da lächelte sie ihre Schwester offen an.

»Ja«, gab sie frei heraus zu. »Ich glaube schon.«

Das Strahlen in Theas Augen wurde noch intensiver.

»Ich freue mich total für euch. Ihr passt einfach so gut zueinander«, sagte Thea im Brustton der Überzeugung.

»Na ja«, meldete sich da Sofie zu Wort, die mit allen möglichen Lebensmitteln bis zum Kinn bepackt war, aus einem Gang zu ihnen kam und die letzten Worte mitgehört haben musste. Sie ließ alle Päckchen und Tüten mit einem Rumms in ihren Einkaufswagen fallen. »Ich habe es ja von Anfang an gesagt. Hättest du gleich auf mich gehört, dann …«

»Du wolltest mich mit Till verkuppeln!«, rief Madita lachend dazwischen.

Sofie setzte zur Antwort an, legte dann aber nur einen stolzen Blick auf, als sie merkte, wie recht Madita hatte, und musste schließlich selbst lachen.

»Aber nur, weil wir dachten, Emil wäre mit Laini zusammen. Übrigens hat Till mit einer Kundin angebändelt, und ich glaube, er ist ziemlich glücklich.«

»Wirklich?« Madita strahlte. »Das freut mich.«

Sofie griff nach einer der Katzenfutterdosen auf dem Stapel vor ihnen und besah sie von allen Seiten, bevor sie mehrere in den Wagen plumpsen ließ. Dann fragte sie wie beiläufig: »Hat Emil dir gestern eigentlich etwas gesagt, was dich … überrascht hat?«

Erstaunt blickte Madita, die gerade zusammen mit Thea den Inhalt des Wagens durchgegangen war, ihre Freundin an.

»Du warst doch dabei und hast gehört, wie er lauthals verkündet hat, Single zu sein.«

Sofie behielt sie einen Moment zu lang im Blick, dann nickte sie und sagte laut: »Jaja, natürlich.«

Madita wechselte einen irritierten Blick mit Thea, die offenbar genauso wie sie spürte, dass Sofie auf etwas anderes hinausgewollt hatte.

»Was …«

Doch bevor Madita nachhaken konnte, unterbrach sie das Klingeln eines Handys. Thea warf ihr einen weiteren fragenden Blick zu, dann zog sie ihr Telefon aus der Handtasche, sah darauf, runzelte die Stirn und nahm den Anruf entgegen.

Sofie kam um den Wagen herum und tätschelte Maditas Schulter.

»Weißt du eigentlich, was für ein geniales Weihnachtsgeschenk ich mir für dich überlegt habe?«, begann sie. »Du wirst aus den Socken kippen.«

Madita zog die Stirn kraus und studierte die Augen ihrer Freundin ganz genau.

»Sofie …«, sagte sie in warnendem Ton. »Du weißt doch irgendwas …« Doch während Sofie um Worte rang, schnappte Madita einige von Theas Gesprächsfetzen auf und blickte sich alarmiert zu ihr um. Ihre Schwester klang panisch.

»Wie schlimm ist es?« Eine Pause, dann: »Wo ist er denn jetzt, kann ich irgendwie zu ihm?«

Madita wechselte einen Blick mit Sofie, die ebenso alarmiert dreinschaute, wie sie sich fühlte.

Thea stand neben dem vollen Einkaufswagen und wirkte stocksteif, nur ihre Augen bewegten sich unruhig hin und her, als würde sie fiebrig nachdenken.

»In Ordnung. Ich … ich warte. Danke.«

Sie legte auf, und sofort waren Sofie und Madita an ihrer Seite.

»Was ist passiert?«, fragte Madita, und ihre Stimme klang ungewohnt hoch.

Thea drehte sich ihnen zu und blickte mit sorgenvollem Blick auf.

»Es ist Björn. Sein Team wurde von einem Eisbären angegriffen, als sie am Forschungsgerät gearbeitet haben. Es gibt offenbar Verletzte, aber man konnte mir nicht sagen, wie schlimm es Björn erwischt hat.«

»Wie, was heißt das, sie können es dir nicht sagen?«, fragte Sofie fassungslos nach.

»Offenbar ist alles noch ziemlich konfus. Ich habe mit den Leuten in Longyearbyen gesprochen, nicht mit Ny-Ålesund, wo Björns Forschungsstation ist. Björns Handy ist immer ausgeschaltet, wenn er dort ist ... wegen der Forschungsgeräte. Aber sie wollen mir Bescheid geben, sobald sie mehr wissen.«

Madita spürte die aufwallende Panik in ihrem Inneren, als sie sich vorstellte, wie der Angriff geschehen sein musste und wie Björn nun vielleicht bewusstlos und mit schweren Verletzungen auf einer Krankenstation lag. Wie von selbst schloss sich ihre Hand fest um den Griff des Einkaufswagens. In ihrem Kopf entstand ein Knistern, und ihr Blick wurde flimmerig. Doch bevor die Panikattacke ganz ausbrechen konnte, holte Sofies Stimme sie zurück ins Hier und Jetzt.

»Thea, können wir irgendetwas tun?«

Madita blinzelte und sah zu ihrer Schwester. Thea wirkte abwesend. Sie starrte auf einen Punkt vor sich, den nur sie zu sehen schien. Ihre Gesichtszüge wirkten angespannt, der Kiefer mahlte. Madita atmete einmal tief ein und aus, dann löste sie die Hand vom Wagen und legte sie Thea auf die Schulter. Sie musste jetzt für ihre Schwester da sein, so wie diese immer für sie da gewesen war.

»Komm«, sagte sie mit leiser, aber fester Stimme. »Wir gehen. Du solltest jetzt zu Hause sein.«

Thea verharrte einen Augenblick lang regungslos, dann schien die Eisschicht um ihren Körper aufzuspringen. Ein Ruck ging durch sie hindurch, und sie nickte.

»Ja«, sagte sie, und Entschlossenheit sprach aus ihrer Stimme. »Ich muss telefonieren.«

37 Emil

Emil wunderte sich, als er den Schlüssel früher als erwartet in der Tür hörte. Gerade hatten er und die Kinder sich in das Kinderbuch *Wo der Weihnachtsmann wohnt* vertieft, das er von zu Hause mitgebracht hatte. Es war immer sein liebstes Weihnachtsbuch gewesen, und Ella und Janosch waren sofort begeistert von den Wichteln, ihren Spielzeugfabriken und dem rotbackigen Weihnachtsmann im Rentierschlitten. Kein Buch konnte seinem Gefühl nach die Weihnachtsstimmung besser einfangen als dieses, das er immer mit seiner Mutter im Advent gelesen hatte.

Doch als es an der Tür klickte, richteten die Kinder sich sofort auf, drehten die Köpfe in Richtung des Flurs und sprangen auf, um ihre Mutter, Madita und Sofie zu begrüßen. Auch Emil erhob sich von der Couch, ein aufgeregtes Flattern in der Brust. Er war genauso ungeduldig wie Ella und Janosch, wenn es darum ging, Madita wiederzusehen. Wenn nun die Einkäufe erledigt waren und Thea die Kinder übernehmen würde, wäre endlich der Moment gekommen, um sich mit Madita auszusprechen. Dann würde er alle Missverständnisse beiseiteschaffen können und ihr sagen, dass es niemand anderes als er gewesen war, der ihr die Briefe geschrieben hatte. Bei dem Gedanken daran spürte er ein aufgeregtes Ziehen. Wie würde sie es nur aufnehmen?

Doch dann traten die drei Frauen ins Wohnzimmer, und Emil erkannte sofort, dass etwas nicht stimmte. Thea trug Janosch auf dem Arm, ihr Blick aber wirkte starr und gedankenverloren, als wäre sie mit dem Kopf woanders als mit dem Rest ihres Körpers. Sofie hielt Ella an der Hand, die nervös abwechselnd zu ihrer Mutter und der Freundin aufschaute. Zuletzt kam Madita herein. Auch sie wirkte benommen, und als er versuchte, ihren Blick aufzufangen, sah er die Angst darin.

»Was ist passiert?«, fragte Emil sofort und schritt auf die Gruppe zu. Thea setzte Janosch auf der Couch ab. Der kleine Junge schien auch zu spüren, dass etwas nicht stimmte. So lebhaft er sonst war, so ruhig saß er nun vor seiner Mutter und kaute unruhig auf seinem Daumen herum. Ella und Sofie setzten sich neben ihn, während Madita hinter der Couch stehen blieb.

Thea hockte sich vor die Kinder und begann in ruhigem Ton: »Ich habe eben einen Anruf aus Spitzbergen bekommen. Euer Vater hatte einen Unfall, aber wir wissen noch nicht, ob es ihm schlecht geht. Vielleicht ist gar nichts passiert. Trotzdem möchte ich, dass ihr davon wisst, weil ich jetzt ganz viel telefonieren muss, um mehr zu erfahren. Sofie und Madita werden auf euch aufpassen, ja?«

Emil stand da und traute seinen Ohren nicht. Wieder versuchte er, Blickkontakt mit Madita herzustellen, um herauszufinden, ob es tatsächlich noch keine weiteren Informationen über den Unfall gab, doch sie blickte starr vor sich auf die Couchlehne.

»Was für einen Unfall hatte Papa denn?«, fragte Ella ungewohnt piepsig. Ihr Gesicht war so weiß und erschrocken wie das eines kleinen Gespensts.

»Ein Eisbär hat sein Team angegriffen, als sie ein Gerät repariert haben und …«

»Hat der Eisbär Papa gefressen?«, fragte Janosch mit angespannter Stimme, die Emil fast das Herz brach.

»Nein«, sagte Thea beruhigend und strich über Janoschs Bein. »Sie haben ihn auf eine Krankenstation gebracht und kümmern sich dort gut um ihn.«

Sie lächelte den beiden ermutigend zu, dann erhob sie sich.

»Ich werde jetzt versuchen, jemanden in Ny-Ålesund zu erreichen.« Sie blickte zu Madita und Sofie. Beide nickten. Dann wandte sie sich zu Emil um und ging auf ihn zu.

»Tausend Dank, dass du so spontan eingesprungen bist«, sagte sie und drückte seine Hand.

»Es tut mir so leid«, murmelte er leise, damit die Kinder ihn nicht hörten. »Ich hoffe, dass Björn nichts zugestoßen ist.«

Thea lächelte wieder.

»Danke.« Dann ließ sie seine Hand los. »Ich verabschiede mich schon mal von dir, ja?« Sie beugte sich vor und nahm ihn in den Arm.

Schon hatte Thea sich wieder umgedreht und das Handy gezückt. Emils Blick landete wie von selbst auf Madita, doch sie schien ganz auf die Kinder konzentriert, die sie mit Sofie zu überreden versuchte, in eines der Kinderzimmer zu gehen. Trotzdem hatte Emil das Gefühl, dass sie sich seiner Anwesenheit sehr bewusst war. Er versuchte, sich vorzustellen, was gerade in ihr vorgehen mochte. Die Angst um den Schwager, die Erinnerung an die Unfallnacht, die mit dieser Nachricht aufgeschwappt sein musste … Wieder sah er zu Madita, und als er endlich ihren Blick auffing, der so voller Unsicherheit und Furcht war, war es, als umklammerte eine eiserne Faust seinen Magen. Er versuchte, sämtliche ihm zur Verfügung stehende

Beruhigung in seine Miene zu legen, als er auf sie zutrat. Ella und Janosch hatten sich mittlerweile überreden lassen, mit Sofie ins Kinderzimmer zu gehen und dort auf neue Nachrichten zu warten. Beim Vorbeigehen warf Sofie Emil einen aufmunternden Blick zu.

Er wollte Madita so viel sagen, doch alles, was in diesem Moment über seine Lippen kam, war: »Soll ich nicht bleiben und euch mit Ella und Janosch helfen?«

Madita sah ihn an, ihre Miene so sorgenvoll, und doch meinte er, Dankbarkeit in ihren Augen aufblitzen zu sehen. Sie schüttelte den Kopf, während sie ihm bedeutete, ihr in den Flur zu folgen, um Thea nicht zu stören.

»Entschuldige, aber ich glaube, das wäre nicht gut.«

Er sah sie fragend an, machte eine Bewegung in ihre Richtung, wollte sie zum Trost in den Arm nehmen, doch Madita zuckte zurück. Als sie seinen erschrockenen Blick sah, zeichnete sich Schuldbewusstsein auf ihrem Gesicht ab. Mit rauer Stimme sagte sie stockend: »Es tut mir leid … ich kann das nicht. Ich dachte, ich könnte, aber …« Sie machte eine hilflose Geste. »Ich muss mich jetzt um Thea kümmern, und … ich habe Angst, Emil.« Ein flehentlicher Ausdruck trat in ihre Augen. »Ich habe solche Angst um Björn. Angst, dass wieder jemandem etwas passiert, der mir wichtig ist.« Sie sah kurz zu Boden, hob dann wieder den Blick. »Ich habe Angst, dass ich noch mehr Menschen verlieren könnte, die ich … mag. Dieser Unfall … ausgerechnet jetzt. Das ist doch wie eine Erinnerung. Verstehst du?« Emil schüttelte den Kopf. Sein Kopf war plötzlich wie leer gefegt, und darin hallte immer nur das Echo von Maditas Worten wider: »Ich kann das nicht.« Sie sprach weiter, während sich ihre Augen mit Tränen füllten. »Das ist wie eine Erinnerung, dass ich aufpassen muss, wen ich in mein Leben lasse, weil ich anscheinend wirklich nur Unglück bringe und …«

»Madita«, unterbrach er sie leise in beschwichtigendem Ton. »Es liegt nicht an dir. Du ziehst das nicht an.«

»Trotzdem kann es passieren«, meinte sie mit einem erstickten Schluchzen. »Und ich schaffe das nicht noch mal.«

Emil konnte sich nicht länger zurückhalten. Er ignorierte Maditas schützende Hand, nahm sie in den Arm und hielt sie, sog ihren Duft ein, spürte das Erbeben ihres Körpers unter den Schluchzern.

»Viktor«, hörte er sie sagen, »und jetzt Björn … Ich …«

»Bitte«, sagte Emil in drängendem Ton, während er sie weiterhin festhielt, die Augen geschlossen, in die nun ebenfalls Tränen traten. »Ich kann nicht versprechen, dass es nicht wieder passiert, aber es ist so unwahrscheinlich …«

Madita löste sich plötzlich von ihm. Sie wischte sich wieder über die Wangen und schüttelte den Kopf.

»Es ist nicht unwahrscheinlich, das siehst du doch.« Sie deutete in Richtung des Wohnzimmers. »Ich kann es nicht«, sagte sie und noch mal, nachdem sie den Blick gehoben und in seinen vertieft hatte: »Ich kann es einfach nicht.«

Emil spürte, wie die Bestimmtheit ihrer Worte zu ihm durchdrang und sich setzte. Hilflos sah er sie an, doch sie wirkte mit einem Mal völlig entschlossen.

»Es tut mir leid«, flüsterte sie und senkte den Blick. »Ich muss jetzt für Thea da sein.«

Emil nickte, während er spürte, wie die Traurigkeit von einer allumfassenden Hoffnungslosigkeit abgelöst wurde, die seinen Körper beschwerte und taub werden ließ. Für einen langen Augenblick standen sie sich so gegenüber, ohne ein Wort, ohne eine Berührung.

»Ich bin da, falls ihr mich braucht … falls du mich brauchst«, sagte Emil, als er die Stille nicht länger ertrug.

Madita blickte ihn ganz fest an, und die folgenden Worte bedeuteten so viel in dieser aussichtslos scheinenden Situation.

»Ich weiß.«

38 Madita

Noch am selben Abend fuhr Thea in die Stadt und nahm den letzten Flieger nach Oslo, für den sie trotz des Weihnachtsrummels einen Platz ergattert hatte. Madita war beeindruckt von der Entschlossenheit ihrer Schwester. Zwar hatten sie noch keine sicheren Informationen aus Ny-Ålesund erhalten – die kleine Forschungsstation stand nach dem Unfall kopf –, doch immerhin war Thea auf dem Weg zu ihrem Mann. Madita fragte sich, wie ihre Schwester es schaffte, in diesem unsicheren Moment so ruhig und fokussiert zu bleiben, während sie selbst immer wieder gegen die aufkommende Panik ankämpfen musste, um den Kindern eine sichere Stütze zu sein.

»Ist Mama morgen wieder da?«, fragte Janosch sie am Abend mit großen Augen, die Bettdecke bis zur Brust gezogen, seine Kuscheleule im Arm. Madita strich ihm zärtlich über die Stirn und die weiche Wange.

»Das werden wir morgen wissen. Jetzt wird sie erst mal versuchen, zu deinem Papa zu kommen, und sich gut um ihn kümmern.«

»Aber morgen ist doch Weihnachten.«

Madita nickte und versuchte, die wieder aufwallende Traurigkeit zu verbergen.

»Bestimmt ist sie ganz bald wieder da«, sagte sie ausweichend. »Nun schlaf erst mal, mein Großer. Morgen wissen wir schon mehr.«

Janosch seufzte. Es war offensichtlich, dass er gegen den Schlaf ankämpfen wollte, wie er es immer tat, doch es war spät geworden, und die Aufregung des Tages zeigte ihre Spuren. Gegen seinen Willen wurden ihm die Lider schwer. Als Madita ein Gutenachtlied anstimmte, fielen sie nach wenigen Minuten ganz zu, und sein Atem vertiefte sich. Madita saß noch einen Moment still an seinem Bett und beobachtete den schlafenden Jungen, dann erhob sie sich leise, löschte das Tischlämpchen und ging zur Tür. Sie erschrak, als sie Ella dort stehen sah. Das Mädchen lehnte im Schlafanzug gegen den Türrahmen und hatte anscheinend dem Gespräch gelauscht. Madita lächelte und strich ihr liebevoll übers Haar, um ihr dann wortlos zu bedeuten, dass sie in ihr Zimmer gehen würden.

Kaum hatten sie es betreten, sprudelte es aus Ella heraus: »Du, Maddi, meinst du, dass Papa schlimm verletzt ist?« Als Madita sie erstaunt ansah und nicht antwortete, fügte das Mädchen hinzu: »Mir kannst du es ruhig sagen. Nur Janosch ist zu klein.« Sie setzte sich rittlings auf ihr Bett, ohne Madita aus den Augen zu lassen.

Madita konnte wieder einmal nur staunen über dieses viel zu kluge und viel zu ernste Kind. Sie setzte sich zu Ella und legte einen Arm um den schmalen Körper.

»Wir wissen nicht, wie es ihm geht«, wiederholte sie.

»Also fünfzig zu fünfzig!« Ella stolperte über die Zahlenwörter. Sie schützte sich mit Fakten, stellte Madita fest und zuckte bestätigend mit der Schulter. Ella seufzte unzufrieden.

»Das ist ziemlich unklar.«

»Morgen werden wir mehr wissen, wenn deine Mama auf Spitzbergen ist.«

»Von Oslo muss sie erst nach Tromsø fliegen. Und von da nach Longyearbyen. Und dann muss sie mit dem Schneemobil bis Ny-Ålesund. Aber das geht nur, wenn das Wetter gut ist. Und ich glaube nicht, dass Mama schon mal mit einem Schneemobil gefahren ist.« Nach all den schwierigen Wörtern schnappte sie aufgeregt nach Luft. »Vor allem nicht im Winter am Nordpol.«

Sie hatte recht, und Madita wusste selbst nicht, ob die Reise ihrer Schwester wirklich etwas bringen würde, ob sie überhaupt bis zu Björn gelangen könnte. Sie selbst spürte die Hilflosigkeit und die Verzweiflung über die ausweglose Situation, aber das konnte und durfte sie Ella natürlich nicht zeigen.

»Es gibt Hubschrauber«, erklärte sie. »Und bestimmt noch andere Wege, zu deinem Papa zu kommen. Du kennst doch deine Mama. Sie schafft alles.«

Ella blickte einen Moment lang nachdenklich auf den Boden, dann nickte sie entschlossen.

»Das stimmt.«

Und das schien sie zu beruhigen. Sie legte sich zu ihrem Eisbärkuscheltier.

Ausgerechnet ein Eisbär, dachte Madita, doch nach einer kleinen Standpauke über seine großen Vettern am Nordpol hatte Ella am Nachmittag ihr Kuscheltier wieder an sich gezogen und bei ihm Trost gesucht.

»Schlaf gut«, sagte Madita nun leise und gab ihr einen Kuss auf die Stirn. »Willst du noch ein bisschen Hörbuch hören?« Sie deutete auf die Box im Regal, und Ella nickte. Als Madita hinüberging, um das Gerät einzuschalten, überhörte sie die leise Stimme ihrer Nichte beinahe.

»Hast du dich doll gestritten mit Emil?«

Überrascht drehte Madita sich zu ihr um. Mit geweiteten

Augen blickte Ella sie an. Wie sie so an ihrer Unterlippe nestelte, schien sie etwas zu bedrücken.

»Gestritten? Nein. Wir haben uns nicht gestritten. Wieso denkst du das?«

»Ihr habt euch so komisch angeguckt, und du hast geweint.«

Madita sah einen Moment lang verdutzt zu ihrer Nichte, dann seufzte sie und trat noch einmal an ihr Bett heran, wo sie sich auf die Kante setzte. Es tat weh, an Emil zu denken, vor allem an das Gespräch mit ihm vorhin. Obwohl sie vom Kopf her absolut sicher war, richtig gehandelt zu haben, war da dieses Brennen in ihrem Bauch, das immer wieder Zweifel in ihren Kopf sendete.

Madita nahm Ellas Hand und strich darüber.

»Wir haben uns nicht gestritten«, wiederholte sie mit beruhigender Stimme, auch wenn sie das leichte Zittern darin nicht ganz unterdrücken konnte. Auf der Suche nach den richtigen Worten ließ sie den Blick über das Muster der Bettdecke mit den Pinguinen und Eisbergen wandern. »Wir mussten nur etwas besprechen, was nicht ganz einfach war. Du kennst das doch, wenn es schwierig ist, Dinge auszusprechen?«

Ella überlegte einen Augenblick, dann nickte sie.

»Wenn ich Entschuldigung zu Janosch sagen muss, aber nicht will.«

Madita lachte trotz ihres Kummers auf.

»So in etwa«, sagte sie dann und hörte selbst, wie belegt ihre Stimme schon wieder klang. Als sie Ella betrachtete, bemerkte sie erneut den unruhigen Blick ihrer Nichte. Irgendetwas hatte sie doch auf dem Herzen.

»War das wegen dem Brief?«, fragte Ella da schließlich.

Madita runzelte die Stirn.

»Wegen welchem Brief?«

»Na, weil Emil deinen Brief an den Weihnachtsmann geschickt hat?«

Madita stutzte und spürte ihr Herz schneller schlagen.

»Meinst du meinen Brief, den mit den Wünschen, den wir zusammen geschrieben haben?«

Ella nickte kaum sichtbar und sah ganz bange aus.

»Den Weihnachtsbrief, den ich mit in den Kindergarten genommen habe.«

Endlich begriff Madita, was ihre Nichte ihr gerade erzählte, ja, beichtete. Und sie verstand, was das bedeutete. Plötzlich flatterte es in ihrem Bauch, und sie fühlte sich mit einem Mal hellwach, als sie fragte: »Du hast ihn also doch in den Kindergarten mitgenommen?«

»Ja«, sagte Ella und verschluckte sich beinahe, als sie weitersprach: »Ich hab ihn in einen Umschlag getan. Weil ich doch dachte, dass der Weihnachtsmann deinen Wunsch unbedingt erfüllen muss, damit es dir wieder richtig gut geht.« Sie senkte den Blick. »Aber es sollte eine Überraschung sein.«

Rührung erfasste Madita und mischte sich unter die Aufregung. Sie betrachtete dieses besondere Mädchen.

»Deshalb hast du nichts gesagt, als wir dich danach gefragt haben. Und dann?«, fragte sie möglichst ruhig nach.

»Dann haben wir die Briefe an den Weihnachtsmann geschickt.«

Madita nickte langsam, obwohl in ihr alles drunter und drüber ging.

»Und weißt du, ob Emil den Brief vorher gelesen hat?« Doch sie hörte Ellas Antwort nicht mehr, denn die Gedanken schossen nur so durch ihren Kopf und lösten ein Rauschen in ihren Ohren aus. Also doch ... Emil war es also doch gewesen. Er war ihr Weihnachtsmann.

Ihr Herzschlag schien sich noch einmal zu verdoppeln, und das Kribbeln in ihrem Körper nahm überhand. Sie hatte es die ganze Zeit geahnt, es eigentlich gewusst. Hatte sie nicht mit Sofie sogar noch darüber gesprochen? Aber obwohl diese Wahrheit sich aufgedrängt hatte, hatte sie sich selbst vorgemacht, dass er ja im Kindergarten gewesen sei, als die Briefe bei ihr eingegangen waren. Offenbar hatte er eine Möglichkeit gefunden, sie ihr dennoch zukommen zu lassen.

Madita schüttelte den Kopf und legte eine Hand an ihre Stirn. Sie fühlte sich wie in einem Netz aus Gedanken gefangen und wusste nicht, mit welchem anfangen, um sich herauszuwinden. Es schien sich nur immer fester um sie zu wickeln. Sollte sie nun enttäuscht von ihm sein, gar sauer? Doch alles, was sie fühlte, war Traurigkeit – und diese verdammte, riesig große, nie schwindende Sehnsucht.

Da drang Ellas Stimme wieder an sie heran, und sie zwang sich, ins Hier und Jetzt zurückzukehren.

»Und eben hast du so mit Emil geschimpft, und Sofie hat gesagt, dass das wahrscheinlich mit Briefen vom Weihnachtsmann zu tun hat.«

»Ich habe nicht mit ihm geschimpft«, beruhigte Madita sie und fragte sich zugleich, wie Sofie darauf kam, ihr Gespräch mit Emil hätte etwas mit den Briefen zu tun gehabt. Wusste sie etwa mehr als Madita? Sie strich über Ellas warme Haut und erklärte ihr: »Ich habe Emil gern, das weißt du doch.«

»Wirklich?«

Madita schluckte, da ihre Gefühle für Emil gerade ein einziges Kuddelmuddel waren. Aber trotzdem log sie nicht, als sie mühsam, mit einem Kloß im Hals antwortete: »Ja, wirklich.«

Das Mädchen wirkte weniger aufgeregt, es kuschelte sich an seinen Bären und lächelte erleichtert.

»Dann bist du auch nicht sauer auf mich?«

»Auf dich? Weil du den Brief mitgenommen hast? Niemals. Du hast es doch nur gut gemeint. Und weißt du: Ich hab dich sehr, sehr lieb.« Wieder küsste sie Ella auf das warme, duftende Haar. »Aber nun schlaf gut, meine Große.«

»Ich hab dich auch lieb«, flüsterte Ella. »Und Emil auch.« Und dabei schloss sie die Augen.

Madita betrachtete sie einen Augenblick lang, dann erhob sie sich wieder, stellte das Hörbuch leise an und verließ das Zimmer, wobei sie sicher war, dass Ella von der Geschichte längst nichts mehr mitbekam.

39 Madita

Madita blieb im dunklen Flur vor Ellas Zimmer stehen und versuchte, Sofie telefonisch zu erreichen, doch vergebens. Also schickte Madita ihr eine Nachricht mit der Bitte, sie dringend zurückzurufen, und schrieb dazu, dass es nicht um Björn und Thea gehe, um ihr keinen Schrecken einzujagen. Dennoch musste Madita unbedingt mit Sofie sprechen und hören, warum diese offenbar mehr über Emils Briefschreiben wusste und ihr nichts gesagt hatte.

Emil war ihr Weihnachtsmann, schoss es ihr wieder durch den Kopf. Er war es wirklich. Sofort durchflutete eine heiße Welle ihren Körper und schien sie gleichzeitig zu verbrennen und zu erwärmen. Der Schmerz darüber, Emil von sich gewiesen zu haben, war so frisch und stark, die Zuneigung zu ihm so überwältigend. Aber die Gefahr, ihn wie Viktor zu lieben und zu verlieren, war einfach zu groß. Dass sie nun wusste, dass er ihr die Weihnachtsbriefe geschrieben hatte, ihr all diese besonderen Sätze geschickt hatte, die ihr sofort ins Herz geschossen waren, machte es nur noch schlimmer. Emil war ihr Weihnachtsmann. Ihr Santa, der die ganze Zeit für sie da gewesen war … Sie seufzte tief. Während sie im dunklen Flur stand und das Handy seinen blassen Schein auf ihr Gesicht warf, gefror sie für einen Moment mit dem Daumen über der Tastatur, als sie abwog, ob sie Emil anrufen sollte. Doch da hörte sie die gedämpften Stimmen ihrer Eltern, die im Wohnzimmer saßen und sicherlich schon den Glühwein erwärmt hatten. Wie vor Viktors Tod wollten sie an die Tradition anknüpfen, den Vorweihnachtstag mit Glühwein ausklingen zu lassen – auch wenn Madita gerade alles andere im Kopf herumschwirrte als die Vorstellung von einem ruhigen Abend mit Glühwein.

Sie spürte, dass dies so oder so der falsche Moment wäre, um mit Emil zu sprechen. Sie wäre zu schwach, zu aufgewühlt. Doch sie musste jetzt stark sein. Sie richtete sich auf, ließ das Handy in der Hosentasche verschwinden und hob das Kinn. Sie musste sich nun vor allem darauf konzentrieren, für Thea, Ella und Janosch da zu sein. Und für Björn ... Ein Schauder der Sorge erfasste sie und jagte ihre Arme hinunter. Ja, sie würde jetzt für ihre Familie da sein. Alles andere musste warten.

Madita hatte gehofft, in diesem Jahr ein Weihnachten zu verbringen, das zumindest in Anklängen wieder an die früheren Feiertage anknüpfen würde. Sie hatte sich auf das Glühweintrinken am 23. Dezember gefreut, auf das Baumschmücken am Vormittag des Heiligabends, auf das Kochen und Backen mit ihrer Schwester und auf das große gemeinsame Festessen mit ihren Eltern. Sie war sich bewusst, dass Weihnachten nie mehr so sein würde wie früher. Und doch gab es diese Traditionen, die sie wieder begehen wollte. Sie gaben ihr Halt und Freude, und es tat weh, dass auch dieses Weihnachtsfest so völlig anders verlief als erhofft.

Im Gespräch mit ihren Eltern am Abend, beim späteren Einschlafen und am Morgen des Heiligabends galten ihre Gedanken Thea und Björn, doch der allerletzte und der allererste Gedanke galt Emil. Er fehlte ihr so sehr, dass sie es körperlich fühlte. Sie spürte das Ziehen in jeder Zelle, ein Gefühl, das ihr nur allzu bekannt war. Sie war froh, als Ella und Janosch in ihr Zimmer stürmten und sie mit Fragen nach ihren Eltern bombardierten. Thea hatte sich nach ihrer Landung in Oslo kurz gemeldet, seitdem war keine Neuigkeit mehr zu ihr durchgedrungen.

»Kommt«, rief Madita, als die beiden traurige Gesichter zogen, »wir gehen Schlitten fahren. Heute ist Weihnachten, vergesst das nicht.«

Ella schien ein Gedanke sehr zu beschäftigen. Während Janosch loseilte, um seine Kleidung zu suchen, verweilte sie auf Maditas Bett und blickte nachdenklich drein.

»Du, Maddi, meinst du, ich kann dem Weihnachtsmann jetzt noch mal ganz schnell schreiben und meine Wünsche ändern?«, fragte das Mädchen, deren besorgte Miene nicht weichen wollte. Madita war bereits aufgestanden, um in ihre Hose zu schlüpfen. Auf ihren fragenden Blick hin sagte Ella leise: »Ich will keine Polarstation mehr, ich will nur, dass Papa wieder heil ist und nach Hause kommt.«

Madita schloss vor Rührung kurz die Augen, dann hockte sie sich zu ihrer Nichte.

»Ich bin mir sicher, dass der Weihnachtsmann schon Bescheid weiß«, sagte sie. »Er tut bestimmt sein Bestes, um deinem Papa zu helfen.«

Ella kaute auf ihrer Unterlippe, dann erhellte sich ihr Blick ein wenig.

»Er wohnt ja auch gar nicht so weit weg von Papa, stimmt's? Dann ist er bestimmt schnell bei ihm und macht ihn wieder ganz.«

Madita nickte lächelnd.

»Wenn er überhaupt verletzt ist«, ergänzte sie und schickte

eine stumme Bitte in den verschneiten Himmel in Richtung Norwegen. »Aber nun los, zieh dich an, wir wollen in den Schnee!«

Sie gingen Schlittenfahren, und die rasante Abfahrt zu dritt auf dem viel zu kleinen Schlitten brachte die Kinder auf andere Gedanken. Selbst Madita vergaß unter dem Adrenalin für wenige Sekunden immerhin ihre Sorgen, auch wenn sie danach mit voller Wucht zurückkehrten.

Auf dem Weg vom Rodelberg nach Hause schlug Madita einen kleinen Umweg ein und führte die Kinder, deren Wangen von der Kälte und der Aufregung beim Rodeln rot gefärbt waren, zu einem kleinen blau gestrichenen Einfamilienhaus.

»Lasst eure Schlitten für einen Moment hier stehen«, bat sie und deutete auf den Vorgarten. »Ich möchte hier etwas vorbeibringen.«

»Wer wohnt denn in dem Haus?«

Aufgeregt hüpften Ella und Janosch voran zur Eingangstür und klingelten auf Maditas Nicken hin. Es dauerte nicht lange, da öffnete sich die Tür, und Herr Paulsen blickte überrascht von den winkenden Kindern zu Madita.

»Oh, hallo, frohe Weihnachten!«, rief er und zupfte sein tadellos sitzendes, dunkelblau kariertes Hemd zurecht, wie um zu überprüfen, ob er auch wirklich besuchsbereit wäre.

»Frohe Weihnachten«, sagte Madita in möglichst munterem Ton und holte etwas aus ihrer Tasche. »Wir stören nicht lange. Wir freuen uns einfach so sehr, dass Ihre Frau aus dem Krankenhaus entlassen worden ist, und wollten Ihnen ein kleines Weihnachtspräsent übergeben.«

Sie war gerade dabei, ihm das Tütchen mit verschiedenen Tees und einer Tasse zu übergeben, da erschien Frau Paulsen hinter ihrem Mann im Türeingang. Ihre Augen leuchteten auf, als sie die Kinder erblickte.

»Na, hallo, ihr zwei!«, rief sie, und Madita war überrascht, wie kraftvoll ihre zuletzt beinahe verstummte Stimme mit einem Mal wieder klang. »Hallo, Madita! Wie schön, euch zu sehen!« Sie drängte ihren Mann mit sanften, aber bestimmten Bewegungen zur Seite und sah zu den Kindern hinab, die ihren Blick ebenso aufgeregt erwiderten. »Wisst ihr was? Ich habe gerade die Plätzchen aus dem Ofen geholt. Wollt ihr nicht mal probieren?«

Und noch bevor Madita etwas sagen konnte, waren Ella und Janosch schon an Herrn Paulsen vorbeigestürmt, gefolgt von Frau Paulsen, die freudig juchzte. Madita blieb nur noch, ihnen hinterherzurufen: »Aber die Stiefel ausziehen!« Dann warf sie Herrn Paulsen einen entschuldigenden Blick zu. »Wir bleiben auch nicht lange, Sie haben heute bestimmt anderes zu tun.«

Herr Paulsen winkte lächelnd ab.

»Gretel freut sich doch so über Kinderbesuch. Bitte, komm rein.«

Madita folgte der Einladung, legte in dem von Brauntönen dominierten Flur die Jacke ab und zog die Schuhe aus, bevor sie von Herrn Paulsen ins Wohnzimmer geführt wurde. Dort, auf der ziegelroten Couch, saßen die Kinder mit einer strahlenden Frau Paulsen, mümmelten bereits Kekse und lauschten der älteren Dame. Sie erzählte von den Weihnachtsfesten ihrer Kindheit, und Madita fühlte sich sofort an die Geschichten von Bullerbü und Michel von Lönneberga erinnert.

»Jeden Morgen an Heiligabend sind wir mit dem Gebäck zu den Alten im Dorf gegangen und haben es an sie verteilt. Besonders gerne war ich bei der alten Frieda, die hatte nämlich sechs Katzen. Ja, da staunt ihr, nicht? Sechs Stück, große und ganz kleine, eine hatte sogar so rotes Fell wie ihr.« Und dabei strich sie über Janoschs roten Schopf, dass er auflachte.

Madita hatte Frau Paulsen zuvor nie so angeregt erzählen hören, und sie konnte verstehen, dass die Kinder gebannt waren, so lebhaft fühlte sie sich in ihre Kindheitstage ein.

Auch Herr Paulsen hatte die Szene einen Moment lang mit einem Lächeln beobachtet, das die gesamte Erleichterung zum Ausdruck brachte, die er in den letzten Tagen erlebt haben musste. Da erwachte er aus seiner Abwesenheit.

»Ich habe Tee aufgesetzt. Komm, wir holen uns welchen aus der Küche.«

Während er, dort angekommen, mehrere Tassen mit Tee aus einer Kanne füllte, stellte Madita ihre Geschenktüte auf der Theke ab und kam dabei nicht umhin, die Päckchen und Gläser mit Fertigessen zu bemerken, die dort bereitlagen: Rotkohl aus dem Glas, Fertigsoßenpäckchen und Dosenfleisch. Als Herr Paulsen ihren Blick bemerkte, zuckte er mit der Schulter.

»Plätzchen kann Gretel schon wieder backen, aber ein ganzes Weihnachtsmenü schaffen wir noch nicht. Also koche ich heute, mithilfe von Herrn Dose und Frau Fertigsoße.«

Madita nickte und setzte ein Lächeln auf. So stellte man sich eigentlich kein Weihnachtsessen vor, aber es war wohl immer noch besser als Marius' Toast Hawaii, mutmaßte sie.

»Bitte schön.« Herr Paulsen reichte ihr eine Tasse mit dampfendem Tee und nahm selbst eine zur Hand. »Ich wollte mich bei dir noch bedanken für all die Aufmerksamkeiten der letzten Tage, als Gretel im Krankenhaus war. Das war sehr nett von dir und deiner Schwester.«

»Das war doch selbstverständlich«, sagte Madita schnell. »Wir sind sehr froh, dass es Ihrer Frau besser geht.«

Herr Paulsen nickte.

»Das bin ich auch.« Er zögerte einen Augenblick, indem er den Blick auf den Tee senkte, dann fragte er: »Die letzten Tage waren nicht einfach. Und ich muss zugeben, ich habe noch des Öfteren an dich denken müssen … Wie geht es dir heute?«

Madita wollte erst routiniert antworten, dass es ihr gut gehe, doch sie stockte und erwiderte den Blick des alten Herrn, der ihr so offen und ehrlich interessiert erschien.

»Nicht so gut«, offenbarte sie schließlich in leiserem Ton, damit die Kinder sie nicht hörten. »Es ist Weihnachten, aber nichts fühlt sich heute danach an.« Sie berichtete in kurzen Worten von Björns Unfall und Theas plötzlicher Abreise.

»Das muss böse Erinnerungen wecken«, sagte Herr Paulsen nachdenklich.

Madita nickte, während sie den aus der Teetasse aufsteigenden Dampf beobachtete.

»Es ist nicht nur das«, sagte sie dann und blickte in Richtung Wohnzimmertür, bevor sie leise hinzufügte: »Wenn Björn wirklich etwas zugestoßen ist … Wie sollen die Kinder damit klarkommen?«

Herrn Paulsens Blick verfinsterte sich ein wenig.

»Sie werden stark sein. Mit deiner und Theas Unterstützung werden sie es schaffen.«

Bei der Vorstellung bildete sich ein Kloß in Maditas Hals.

Herr Paulsen machte einen Schritt auf sie zu.

»In einem solchen Fall – aber natürlich hoffen wir, dass er nicht eintreten wird – werden die beiden in dir ein großes Vorbild finden.«

Ungläubig schüttelte Madita den Kopf.

»Ausgerechnet in mir … Thea ist diejenige, die …«

Doch Herr Paulsen unterbrach sie mit einem lauten Räuspern.

»Du weißt, was es bedeutet, einen Verlust zu erleben, und was dabei helfen kann, ihn zu überwinden. Und damit könntest du den beiden beistehen.« Herr Paulsen hob die Tasse an den Mund und nahm einen kleinen Schluck. Dann sah er Madita wieder mit diesem festen Blick an. »Besonders in den letzten Wochen hast du eine große Entwicklung durchgemacht, nicht? Vielleicht lehne ich mich zu weit aus dem Fenster, wenn ich das sage. Verzeih es mir, aber … Halt unbedingt an dem fest, was dir geholfen hat. Besonders heute, wo alles so unsicher ist.«

Madita merkte plötzlich, wie sie den älteren Mann anstarrte, und nahm den Blick von ihm. Ihre Kehle fühlte sich trocken an. Ohne hinzusehen, nahm sie einen Schluck Tee, und mit einem Mal tauchte sie gedanklich vollkommen in die Erinnerung an die letzten Wochen ab. Es war der Santa-Tee. Ihr Santa-Tee, den sie für ihren Weihnachtsmann kreiert hatte. Für Emil. Die Sehnsucht und der Schmerz, die den ganzen Tag schon in ihr schwelten und durch Herrn Paulsens Worte noch angefacht worden waren, wuchsen ins Unermessliche. Sie sah Emil vor sich, wie er gestern mit den Tränen gekämpft hatte. Wie er an Viktors Todestag im Wald mit Ella und Janosch gespielt hatte. Wie er Madita getröstet hatte, als sie ihren Rückfall gehabt hatte. Und wie sie gemeinsam am Stehtisch auf dem Weihnachtsmarkt Handbrot gegessen und miteinander gelacht hatten. Und sie hörte den Widerklang seiner geschriebenen Worte in ihrem Kopf. All das, womit er ihr beigestanden und sie aufgemuntert hatte. *Halt unbedingt an dem fest, was dir so geholfen hat.*

Plötzlich spürte sie ein Vibrieren an ihrem Bein. Sie schluckte und warf Herrn Paulsen, der ihr Gesicht während der letzten Momente genau beobachtet hatte, einen entschuldigenden Blick zu. Er lächelte beruhigend und wandte sich zum Wohnzimmer um.

Madita drehte sich zum Küchenschrank und nahm den Anruf aufgeregt entgegen, nachdem sie den Namen ihrer Schwester auf dem Display gesehen hatte.

»Thea, wie geht es dir? Was ist mit Björn?«, begann sie sofort das Gespräch.

»Er ist hier!« Theas Stimme klang fern, doch die pure Freude und die Aufregung waren klar herauszuhören. Madita sackte ein wenig in die Knie. Sie spürte, wie ihre Sorge beim Hören von Theas Stimme der Erleichterung wich, die warm und angenehm durch ihren Körper strömte. Da sprach Thea weiter: »Sie haben gestern schon alle Verletzten nach Tromsø gebracht. Das war wohl eine ziemlich schwierige Aktion, zum Glück waren die Wetterbedingungen nicht ganz so schlecht. Ich habe heute Morgen mit Björn telefonieren können, und er hat von Tromsø aus den nächsten Flieger nach Oslo genommen. In einer Stunde geht unser Flugzeug nach Hause!«

»Alle Verletzten? Was heißt das? Was hat er denn?«

»Nichts! Gar nichts! Habe ich das nicht gesagt? Er hat die anderen nur begleitet. Niemand ist schwer verletzt, zum Glück, aber er sollte sicherheitshalber durchgecheckt werden, auch psychisch. Ist ja nicht ohne, so einem Eisbären gegenüberzustehen! Aber jetzt kommt er mit nach Deutschland, bis der nächste Treck zurück zur Station geht – im Januar!« Thea lachte auf, und ihr war die Überdrehtheit anzuhören. Kein Wunder, bestimmt hatte sie kaum geschlafen, und die Erleichterung wirkte wie ein zusätzliches Aufputschmittel.

»Oh Gott, du weißt ja nicht, wie froh ich bin, das zu hören!«, rief Madita und spürte das Glück in sich übersprudeln.

»In ungefähr sechs Stunden sind wir zu Hause und trinken

zusammen Glühwein! Wir müssen jetzt zum Terminal. Bitte drück unsere Kleinen von uns, sag, wir feiern morgen so richtig groß nach! Tschüss! Ach, und frohe Weihnachten!«

»Frohe Weihnachten, Thea!«

Madita atmete erleichtert aus und spürte der Freude nach, aber auch der Bewunderung für ihre Schwester. Es war alles gut! War es das wirklich? War sie nicht eben noch so traurig gewesen, so zerfressen von Sorge und Trauer und Angst? Und war da nicht das heftige Gefühl, etwas verstehen zu müssen? Etwas Wichtiges … So durchdrungen von den überbordenden Gefühlen, verharrte Madita einen Augenblick lang vor der Küchentheke. Sie stützte sich auf das kühle Holz und folgte mit dem Blick dem Muster der Maserung, während sie versuchte, gedanklich nachzuvollziehen, was sich da gerade in ihr abspielte.

Thea hatte so viel Mut bewiesen und so viel Willensstärke gezeigt in einer Situation, die bei Madita nur Angst ausgelöst hatte. Es war, als hätte Theas Liebe für ihren Mann und ihre Familie alles andere überlagert. Als hätte die Liebe ganz einfach keinen Platz gelassen für die Panik, die Sorgen, die lähmenden Gefühle. In den letzten Jahren war Liebe für Madita etwas Zerstörerisches gewesen, eine Gefahr für sie und besonders für ihre Lieben. Hatte sie dabei völlig außer Acht gelassen, was Liebe an Gutem bewirken konnte? Ja, ganz klar, das hatte sie. Sie hatte es vergessen, es verdrängt, aus Angst. Dabei war die Liebe doch vielleicht das Wichtigste im Leben, das, was alles zum Laufen brachte und am Laufen hielt … Als sie darüber nachdachte, was ihre Schwester bewerkstelligt hatte und wohl noch hätte, hätte sich nicht bereits alles zum Guten gewendet, da realisierte Madita ihren eigenen Fehler. Einen Fehler, der sie womöglich bereits zu viel gekostet hatte.

Plötzlich war sie furchtbar ungeduldig, nach Hause zu gelangen.

»Ella, Janosch, eure Mama und euer Papa kommen heute Nacht wieder, es geht ihnen gut!«, rief sie in Richtung des Wohnzimmers und trat in den Türrahmen.

Sofort waren ihre Nichte und ihr Neffe an ihrer Seite, sie schrien vor Freude und Aufregung, und Janosch rannte sogar mehrmals im Zimmer auf und ab und schwang die lange Pudelmütze wie eine Siegesfahne im Kreis. Madita warf Herrn und Frau Paulsen einen halb dankbaren, halb entschuldigenden Blick zu. Da kam ihr ein Einfall, einer, der in dem wilden und laut tönenden Wirbelwind aus Gedanken und Ideen in ihrem Kopf beinahe unterging.

»Sagen Sie«, wandte sie sich den beiden zu, »hätten Sie nicht Lust, heute Abend mit uns zu essen? Ich kann nicht versprechen, dass wir bis dahin ein ordentliches Festmahl auf die Beine gestellt bekommen, aber gemeinsam Fertigmahlzeiten essen ist doch schöner, als es allein zu tun.«

Die beiden wechselten einen Blick, lächelten sich zu, dann nickten sie.

»Sehr gern«, sagte Herr Paulsen, »aber unter der Bedingung, dass ich die Klöße beisteuere. Das ist das Einzige am Weihnachtsessen, von dem ich weiß, dass ich es gut hinbekomme.«

»Einverstanden«, sagte Madita lachend. »Dann also um siebzehn Uhr bei uns über dem Teeladen. Und nun auf, ihr zwei. Wir haben viel zu tun. Schließlich ist Weihnachten!«

40 Emil

Endlich schafften es Emil und Laini zum Rodelberg. Es war bereits Nachmittag, und die Dämmerung brach an. Laini hatte es nicht einfach gehabt, Emil dazu zu überreden, überhaupt die Wohnung zu verlassen. Er wusste, dass er es ihr schwer machte, und es tat ihm leid, aber seit dem Verlassen von Maditas Wohnung am Vortag fühlte er sich, als hätte jemand seine Glieder mit Betonklötzen beschwert. Am liebsten wäre er einfach zu Hause geblieben, hätte weiter das Weihnachtsprogramm im Fernsehen geschaut und sich dann irgendwann eine Tiefkühlpizza aufgebacken. Doch davon hatte Laini nichts hören wollen. Schließlich war Heiligabend. Nach langer Überredung hatte er sich schließlich aufgerafft, und sie hatten sich auf den Weg zur Kita gemacht, um den Schlitten auszuleihen.

An den Stellen, die nicht von in bunten Schneeanzügen steckenden Kindern bedeckt waren, glitzerte der Hügel weiß in den letzten Strahlen der Wintersonne. Doch es war ein einziges lautes Gewusel aus Kindern und Erwachsenen, die ihre Schlitten den Hügel hinaufzogen, schreiend hinunterrodelten oder kreischend Schneebälle nacheinander warfen. Emil war stehen geblieben und nahm das Schauspiel in sich auf, wobei er sich selbst dabei ertappte, wie er nach einer Gestalt mit rotbraunen Haaren und einem kleinen, rot bemützten Jungen an der Hand Ausschau hielt.

Da rutschte plötzlich etwas Eiskaltes, Nasses seinen Nacken entlang und unter seinen Pullover. Er schrie auf und versuchte, danach zu fassen, doch erfolglos. Im nächsten Augenblick drehte er sich um und entdeckte die Verursacherin: eine teuflisch grinsende Laini, die in die Hände klatschte.

»Erwischt!«, schrie sie. »Du bist sooo langsam geworden, Emil Zimmermann! Ein richtig lahmes Dorfei!« Sie lachte auf, als er einen nach Rache lüsternen Blick aufsetzte, und rannte los, kaum dass er sich bückte, eine Ladung Schnee ergriff und ihr damit hinterherlief.

»Na warte, ich kriege dich! Von wegen Dorfei!«

Die Schneeballschlacht mit Laini und die anschließende ausgiebige Rodelpartie, bei der sie mehrmals in Schneehaufen und einmal sogar in einem anderen Schlitten landeten, ließ Emil seine Sorgen für einen Moment vergessen. Doch kaum, dass sie mit nasser Kleidung und in der Abenddämmerung auf dem Rückweg zu seiner Wohnung waren, um dort dem kleinen Tannenbaum den letzten Schliff zu geben und das Weihnachtsessen für sie beide vorzubereiten, kehrten die Gedanken in voller Wucht zurück. Ihn wurmte die Frage, ob er womöglich alles falsch gemacht hatte, ob er Madita am Vortag nicht unbedingt hätte beichten müssen, dass er die Briefe geschrieben hatte. Vielleicht hätte es nichts verändert, aber es war womöglich für längere Zeit die letzte Chance dazu gewesen. Was hätte er sonst tun können gegen die schwarzen Phantome, die Madita verfolgten? Wenn selbst der briefliche Austausch und die Gespräche ihr letztlich nicht geholfen hatten, gab es dann für sie – und für sie beide – überhaupt eine Hoffnung? Wohl nicht, dachte er bitter und trat nach einem kleinen Schneehaufen an der Straßenseite.

»Ich glaube nicht, dass der Schneehaufen etwas dafürkann«, kommentierte Laini trocken, warf ihm aber sofort einen besorgten Blick zu. Sie seufzte und legte einen Arm um ihn. »Du hast alles getan, was du hättest tun können. Sie ist einfach noch nicht so weit. Du weißt doch, wie das ist mit der Trauer ... Manchmal braucht es Jahre, bis jemand auch nur daran denken kann, wieder ein einigermaßen normales Leben zu führen.«

»Das weiß ich«, sagte er kraftlos, starrte auf seine Haustür und zog dann das Schlüsselbund aus der Jackentasche. »Aber ich war mir sicher, dass sie es geschafft hätte ... wenn sie mich gewollt hätte.«

Laini blieb stehen und hielt ihn auf, um ihn anzusehen.

»Sie hat Angst. Es liegt nicht an dir. Gib ihr einfach noch ein bisschen Zeit.«

Emil schüttelte den Kopf. Er wollte etwas erwidern, wiederholen, was Madita gesagt hatte, beschreiben, wie sich die Furcht immer stärker in ihre Stimme gedrängt hatte, wie sie davon völlig überrollt worden war. Dabei war er doch dort gewesen. Wieso nur konnte er ihr nicht die nötige Sicherheit schenken, die sie brauchte, um den nächsten Schritt zu wagen? Doch all das hatte er schon mit Laini besprochen, und er war es müde, die Szene ein weiteres Mal durchleben zu müssen. Dazu tat es einfach zu sehr weh.

Er zückte den Haustürschlüssel und wand sich an Laini vorbei, um die Tür zu öffnen. Dabei bemerkte er den Brief auf dem Boden vor der Tür erst, als Laini fragte: »Was ist das denn?«

Er bückte sich danach. Offenbar musste er in die Tür gesteckt worden und dann vom Wind hinuntergepustet worden sein. Er besah den weißen Briefumschlag mit seinem Namen darauf. Sofort beschleunigte sich sein Herzschlag. Die Handschrift war ihm nur allzu bekannt. Er schob einen Finger unter die Klappe und riss den Umschlag auf. Ein Bogen Papier kam zum Vorschein, dicht beschrieben – in ihrer Handschrift.

»Ist der etwa von Madita?«, fragte Laini und sah ihm neugierig über die Schulter.

Er nickte geistesabwesend, dann klappte er den Brief zusammen. Sie hatte dem Weihnachtsmann tatsächlich noch mal geschrieben. Er konnte es nicht glauben.

»Ich muss den in Ruhe lesen«, erklärte er in entschuldigendem Ton, da er merkte, wie aufgeregt er war und dass seine Gefühle kurz davorstanden, überzuschwappen. Emil hatte keine Ahnung, was Madita dem Weihnachtsmann mitzuteilen hatte, aber er war sich zu hundert Prozent sicher, dass es für ihn nicht gut ausfallen würde – und er wollte Laini nicht mit weiteren negativen Gefühlen konfrontieren, nicht an diesem Tag. Er würde den Brief alleine lesen, den Inhalt rasch verarbeiten und sich dann auf einen heiteren Weihnachtsabend einstellen.

Laini nickte verständnisvoll. Fragend zeigte sie auf die Tür.

»Möchtest du alleine hoch?«

»Nein, nein, geh du hoch, zieh dir was Trockenes an. Ich drehe eine kurze Runde und komme dann wieder.«

»Okay …« Laini nahm ihm den Schlüssel ab, den er ihr entgegenstreckte. »Falls du mich brauchst, ruf mich an, ja?«

Bevor sie sich zur Tür umdrehen konnte, legte er schnell einen Arm um ihre Schulter und flüsterte: »Danke dir für alles!«

Sie lächelte.

»Nicht dafür.« Dann blickte sie auf den Brief. »Viel Glück!«

Der Dorfplatz war seltsam leer und still ohne die Buden, die Musik, die Besucher. Nur die Lichterketten hingen noch in den

Bäumen und am Pavillon. Fast musste Emil bitter auflachen, als er sah, dass der Weihnachtsschlitten noch stand. Etwas einsam ohne die flankierenden Häuschen schien er mit dem eingespannten Rentier auf den Weihnachtsmann zu warten, der sich bei der allseits herrschenden Dunkelheit endlich auf seine Reise um die Welt machen musste. Emil dachte nicht eine Sekunde lang daran, sich hineinzusetzen. Stattdessen steuerte er den Pavillon an, der etwas erhöht stand, und setzte sich auf die Bank im Inneren. Er fröstelte unter der nassen Jacke, dem immer noch schneeballfeuchten Pullover. Doch sein Fokus lag nun bei dem Brief, den er nicht aus der Hand gelegt hatte. Er atmete tief ein und aus, bereitete sich innerlich auf das Schlimmste vor. Dann faltete er ihn auf und las.

Während er sich in die Zeilen vertiefte, nahm er nicht wahr, wie aus dem dunklen Himmel über ihm kleine weiße Flocken entschlüpften. Sie schwebten durch die Luft, tanzten um ihn herum und setzten sich neben ihn auf die Bank, als wollten sie ihm Gesellschaft leisten. Emil merkte nichts davon. Er hörte ihre federleichte Landung nicht und auch nicht das beinahe tonlose Knirschen von Stiefeln auf dem Schnee, die sich langsam näherten.

Erst als er jede der Zeilen mehrfach gelesen hatte, als er jedes Wort aufgenommen hatte, blickte er auf. Er sah mitten hinein in den Tanz der Schneeflocken, die sich verdichtet hatten und im Schein der Lichterketten umeinander kreisten und gemeinsam Pirouetten drehten. Sein Blick war auf den Schneetanz fokussiert, bis er eine fremde Bewegung darin wahrnahm. Eine dunkle Gestalt stand dort vor dem Pavillon, einen dicken Schal um den Hals. Wie von selbst stand er auf. Sie tat einen Schritt, kam auf ihn zu, eine rote Mütze auf dem Kopf. Er öffnete die Lippen, doch kein Wort kam heraus.

Lieber Weihnachtsmann,

weißt Du, dass ich lange nicht an Dich geglaubt hatte? Dass ich Tag um Tag verbracht habe in der Sicherheit, zu wissen, was es gibt und was nicht, was möglich ist auf dieser Welt und was nicht? Doch dann kam Dein Brief und dann der nächste und wieder der nächste. Und mit ihnen kamen Deine Worte, die meine Welt auf den Kopf gestellt haben. Ich musste einsehen: Es gibt mehr in meinem Leben, in den Menschen und, ja, in mir, als ich je gedacht hätte. Ich musste meine Glaubenssätze infrage stellen, musste meine Welt, mein Leben neu ordnen. Das war gut. Aber es hat mir auch Angst gemacht, unglaubliche Angst. Ich glaube, Du weißt, wie schlimm, wie lähmend und wie zerstörerisch sie sein kann … Durch Deine Hilfe war ich sehr gewachsen, und ich dachte, ich hätte sie im Griff. Aber dann ist da dieser eine Moment, diese eine Sache, die an etwas in meinem tiefsten Inneren rührt, und da ist sie wieder, die Angst: groß und finster und verschlingend.

Ein weiser Mann hat mir mal geschrieben, dass ein Lebensweg nicht immer nur vorwärts führen muss. Er schrieb, dass ein Schritt zurück nicht das Eingeständnis eines Fehlers sein müsse, dass er sogar völlig akzeptabel sei, sofern ich das Gefühl hätte, mir liefe etwas zu schnell.

Gestern hatte ich dieses Gefühl. Nach Björns Unfall habe ich mich von allem überrollt gefühlt. Ich dachte für einen Moment wirklich wieder, es müsse an mir liegen, dass ich das Unglück brächte. Und am meisten fürchte ich um die Menschen, die ich liebe. So wie um diesen Erzieher, von dem ich Dir erzählt habe. Da dachte ich, ich müsste diesen Schritt – diese hundert Schritte – zurückmachen, um wieder bei mir zu landen, bei der scheinbaren Sicherheit.

Weißt Du, was ich gemerkt habe: Manchmal muss man auf die Ratschläge des Weihnachtsmannes pfeifen! Manchmal ist es eben doch wichtig, statt zurückzugehen, etwas zu wagen und vorzuspringen, vorzupreschten, sich einfach ins Unbekannte fallen zu lassen – sofern es sich so gut anfühlt wie bei ihm. Bei Dir, Emil.

Ja, ich weiß, dass Du mein Weihnachtsmann bist. Bitte schimpfe nicht mit Ella und auch nicht mit Sofie, sie haben ihr Geheimnis so lange so gut bewahrt. Vielleicht zu gut. Aber Du bist es, bist es schon immer gewesen. Mein Weihnachtsmann, mein Briefeschreiber, mein Freund. Derjenige, der immer die richtigen Worte hatte und der mich so tief berührt hat. So wie Du es im echten Leben getan hast, immer wieder, bis zuletzt.

Ich habe Angst, Emil, große Angst. Ich habe Angst davor, Dich verlieren zu können, Dir Unglück zu bringen. Aber eine Sache weiß ich ganz sicher, und sie ist stärker als diese Angst: Ich möchte Dich sehen, jeden Tag, möchte Dir nahe sein, Dir, dem Weihnachtsmann. Aber vor allem Emil, dem besten Erzieher und liebsten Menschen, dem größten Gebrannte-Mandeln-Futterer, dem Witzbold, dem Freund und dem Liebenden.

Vielleicht habe ich alles verspielt. Vielleicht willst Du mich nicht mehr. Ich könnte es verstehen.

Aber trotzdem muss ich es versuchen. Ich bitte Dich um Verzeihung. Und wenn Du von einem Angsthasen wie mir nicht verschreckt worden bist, wenn Du mir verzeihen kannst ... dann hoffe ich, von Dir zu hören, denn ich glaube an Dich, lieber Weihnachtsmann. Ich glaube an uns, Emil ...

Frohe Weihnachten
Deine Madita

41 Madita

Da stand er. Die Lichterketten an den Säulen des Pavillons warfen ein undeutliches Licht auf sein Gesicht, die Augen lagen im Schatten. Er hielt den Brief – ihren Brief – in der Hand, wo der Wind ihn in leichtes Flattern versetzte. Die Worte waren aus ihr herausgeflossen, kaum dass sie mit den Kindern zu Hause angekommen war. Es hatte sich angefühlt, als wären sie die ganze Zeit schon in ihr gewesen und hätten nur darauf gewartet, aufs Papier gebracht zu werden. Hibbelig hatte sie auf die Ankunft ihrer Eltern gewartet und war dann zu Emils Haus gerannt. Er war nicht da gewesen, also hatte sie den Brief an der Tür festgeklemmt, in der Hoffnung, die Zeilen würden ihn noch am selben Tag erreichen. Unruhig war sie für einige Minuten noch die Straße seines Wohnhauses auf und ab getigert. Als sie ihn mit Laini entdeckt und beobachtet hatte, wie er sich allein mit dem Brief in Richtung des Dorfkerns bewegt hatte, war sie ihm unauffällig gefolgt. Sie hatte zugesehen, wie er den Brief gelesen hatte, alleine, den Kopf über die Worte gebeugt, die auf dem Papier und in ihrem Herzen noch so frisch waren. Und schließlich hatte sie sich ihm, Schritt für Schritt, genähert. Nun standen sie hier, getrennt nur von den Schneeflocken und wenigen Treppenstufen.

Maditas Herz klopfte wild, als sie einen weiteren Schritt auf ihn zutrat und sah, wie seine freie Hand eine ungenaue Bewegung zu seiner Mütze hin tat. Dieser vertraute Anblick gab ihr Mut, und sie machte den letzten Schritt zur Treppe hin, blickte zu ihm auf, erkannte jetzt endlich seine Augen, die verdächtig glänzten. Sie musste schlucken, als sie zu ihm hochstieg. So viel Ungewissheit, so viele Fragen lärmten in ihrem Kopf. Doch als sie vor ihm stand und ihr Blick wieder den seinen traf, verstummte alles in ihr. Sein Blick war so warm, so voller Sanftheit, dass er sie zu umarmen schien. Jeder Zweifel war vergessen, und selbst die Angst, die sie seit drei Jahren nie verlassen hatte, schwieg in diesem Moment.

Emil legte den Kopf schief, er fuhr sich über die Lippen, ließ den Blick nicht von ihr, als er sich leise räusperte und sagte: »Sie steht dir besser als mir.«

Fast hätte Madita die Weihnachtsmütze vergessen, die rot und baumelnd auf ihrem Kopf saß. Sie strich darüber und musste trotz der Nervosität schmunzeln.

»Sie hat mir Mut gemacht«, erklärte sie mit leiser Stimme. »Ich wollte einmal so tapfer und weise sein wie du ... wie der Weihnachtsmann. Weil ... ich dir noch etwas sagen muss.« In ihrem Bauch flatterte es, und sie hatte das Gefühl, die Kontrolle über ihren unter Strom stehenden Körper zu verlieren. Sie nahm all ihren Mut zusammen, blickte in Emils Augen, so fest sie konnte. »In dem Brief steht noch nicht alles.«

Doch Emil unterbrach sie behutsam.

»Deine Angst ... ich habe sie gestern in deinen Augen gesehen. Sie war so stark. Ich möchte dich unter keinen Umständen zu etwas drängen, wozu du vielleicht noch nicht bereit bist.«

Madita nickte tonlos. Seine Worte trafen sie mitten ins Herz.

»Aber«, sprach er weiter, als sie nichts sagte, nichts sagen konnte, »du musst mich nicht um Verzeihung bitten. Ich ver-

stehe dich. Ich weiß, wie schwer das alles für dich ist, und …
ich möchte, dass es dir gut geht. Wenn das nur ohne mich möglich ist … dann akzeptiere ich das.«

Nun erfasste ein Schütteln Maditas Kopf, das immer vehe-
menter wurde. Sie griff nach Emils Arm, und endlich kamen
die Worte.

»Es stimmt alles, was ich in dem Brief schreibe. Es hat immer alles gestimmt, was ich dir geschrieben habe. Ich habe
lange dafür gebraucht, aber heute habe ich verstanden, dass
meine Angst nicht weniger wird, wenn ich nicht mit dir zusammen bin.« Sie holte Luft und sah Emil so fest sie konnte in die
Augen. »Ich werde Angst um dich haben. Das kann ich nicht
verhindern. Aber ich möchte versuchen, dieser Angst nicht die
Kontrolle zu überlassen. Ich möchte mit dir zusammen sein.«
Ein flehentlicher Ausdruck trat auf ihr Gesicht. »Du gibst mir
so viel Kraft, mit dir fühle ich mich … stark. Durch dich und
durch die Liebe, die ich für dich empfinde.« Emils Augen fla-
ckerten überrascht, also hob Madita ihr Kinn noch etwas und
sprach endlich aus, was schon seit einer ganzen Weile als Gewissheit in ihrem Herzen schlummerte: »Ich liebe dich, Emil.
Vielleicht habe ich dich schon vom ersten Brief an geliebt, den
du mir geschrieben hast. Und vom ersten Mal an, als du mich
beim Backen in der Kita zum Lachen gebracht hast. Ich liebe
dich so, so sehr.«

Würden ihn diese großen Worte verschrecken? Doch zum
ersten Mal hatte sie das Gefühl, sich im direkten Gespräch
mit Emil über ihre Gefühle für ihn klar und wahrhaftig aus-
gedrückt zu haben.

Emils Blick wanderte über ihr Gesicht. Er schien alles an ihr
wahrzunehmen, wanderte über ihre Augen, die Wangen und
blieb schließlich an ihren Lippen haften. Er kam näher, ihre Ja-

cken berührten sich. Seine Hand hob sich, strich über ihr Haar, das ihr Gesicht umrahmte, und streichelte zärtlich über ihre Wange. Die Haut schien unter seiner Berührung zu erzittern. Madita spürte diese unfassbare Sehnsucht in sich, ein Ziehen, das ihre gesamte Haut zu umspannen schien.

»Madita«, flüsterte Emil, so nah an ihr, dass sie seinen Atem warm und sanft auf ihrer Haut spürte. Und plötzlich ergriff seine Lippen ein Lächeln, das in seine Augen überging und sie zum Leuchten brachte.

»Was?«, fragte Madita und konnte nicht umhin, das Lächeln zu erwidern, so verletzlich sie sich in diesem Moment auch fühlte.

»Ach, nichts, ich dachte nur gerade: Du hast bestimmt noch nie daran gedacht, den Weihnachtsmann zu küssen, oder?«

Nun vertiefte sich Madita Lächeln endgültig.

»Wenn du wüsstest, wie oft ich in den letzten vier Wochen genau darüber nachgedacht habe …«

Emil schien aus dem Innersten heraus zu strahlen, als er sich endlich vorbeugte und sie küsste. Nur kurz ließ er von ihren Lippen ab und strich behutsam ihr Kinn entlang.

»Ich liebe dich auch, Madita. Wenn ich darüber nachdenke: Eigentlich auch schon seit deinem ersten Brief an mich …«

Da konnte sie nicht anders, zog seinen Kopf wieder zu ihrem und küsste ihn mit aller Entschlossenheit, während die Schneeflocken sanft auf sie herunterrieselten.

Ein Jahr später

Schneeflocken zogen in dichten Schwaden vor der gegenüber-
liegenden Hausfront herab und landeten weich und lautlos auf
dem Fensterbrett vor Maditas Schreibtisch. Einen Augenblick
lang nahm sie den Bleistift vom Papier, tippte sich gedankenverloren mit dem hölzernen Ende gegen die Unterlippe und
verfolgte einzelne Flocken mit dem Blick, wie sie aus den tief
hängenden weißgrauen Wolken purzelten und, vom leichten
Wind erfasst, zur Erde tanzten. Jede Flocke hatte ihre eigene
Geschwindigkeit, vollführte ganz individuelle Bewegungen. So
wie wir, dachte Madita und wanderte in ihren Gedanken zu
Viktor, zu den gemeinsam verbrachten Jahren, zu seinem Unfall, zu ihrer Trauer danach. Ein trauriges Lächeln umspielte
Maditas Lippen. Im vergangenen Jahr war der Raum, den Viktor in ihrem Herzen einnahm, tatsächlich nicht ein Stück kleiner geworden. Noch immer waren die Erinnerungen an ihn
und die Sehnsucht nach seiner Nähe stark. Und doch hatte sich
das Gefühl verändert, das damit einherging. Es hatte nur noch
wenige Tage gegeben, an denen es sie zermürbt hatte, und an
diesen hatte sie Hilfe bei ihren Freunden und ihrer Familie gesucht und Trost gefunden. Die anderen Tage waren von einem
bittersüßen Schmerz begleitet, einem Gefühl des liebevollen
Vermissens und des schönen Erinnerns.

Ihr Blick wanderte von den Schneeflocken zu dem Bild auf ihrem Schreibtisch, das sie mit Viktor zeigte. Zärtlich strich sie über seine Wange.

Dann fiel ihr Blick auf die Unterlagen in der Schreibtischecke. Es waren die Übungen für das Fernstudium, das sie im letzten Semester begonnen hatte. Nach der Weihnachtspause würde es damit weitergehen, und sie würde parallel zur Arbeit im Teeladen pauken müssen. Doch das Interesse und die Freude am Studiengang der Lebensmitteltechnologie machten es ihr leicht, sich aufzuraffen. Und zum Glück hatte sie vom Stoff aus den ersten Semestern in Erfurt nicht alles vergessen.

Doch nun hatte sie etwas anderes zu tun. Ihr Blick richtete sich auf den Brief vor sich. Sie setzte den Stift wieder an und brachte die letzten fehlenden Sätze aufs Papier. Noch einmal las sie den Text durch, nickte dann zufrieden, faltete das Papier zweimal und steckte es mit dem schweren Gegenstand in den Umschlag, der dort auf dem Tisch bereitlag.

In ebendiesem Moment hörte sie, wie unten die Haustür krachend ins Schloss geschlagen wurde, Rufe und polterndes Fußgetrappel durch den Flur tönten. Ein Lächeln lag auf ihrem Gesicht, als sie Viktors Bild einen letzten Blick zuwarf, von ihrem Stuhl aufsprang, nach dem Brief griff und in wenigen Schritten bei der Treppe war. Stufe um Stufe hüpfte sie hinab, wobei sich ihr Bild dessen, was sich im Wohnzimmer abspielte, mit jedem Schritt vergrößerte. Vor ihr erblickte sie durch den Türrahmen hindurch den großen, hell erleuchteten Weihnachtsbaum. Am Morgen hatten Thea und sie ihn geschmückt, und die Kinder hatten nach dem Aufstehen staunend das Zimmer betreten. Nun saßen die beiden davor, naschten Lebkuchen, lauschten der Weihnachtsmusik, die aus dem Radio kam, und blickten zu dem Baum empor. Beinahe anbetungsvoll strich Janosch über einen Zweig, während Ella begann, leise auf ihn einzureden, woraufhin er dann und wann eifrig nickte.

Als Madita den Fuß der Treppe erreicht und den Brief auf der Kommode abgelegt hatte, trat gerade Thea aus der Küche und bemerkte sie. Mit bedeutungsvollem Blick sah sie kurz zu den Kindern und warf Madita ein herzliches Lächeln zu. Diese konnte es nur erwidern. Am liebsten hätte sie den friedlichen Moment eingefroren und für immer bewahrt.

Da blickte Janosch sich um, und kaum, dass er seine Mutter und seine Tante bemerkte, zupfte er an Ellas Kleiderärmel und rief: »Wann kommt er denn endlich?«

Theas Lächeln verzog sich zu einem Grinsen, sie warf Madita einen schnellen Blick zu und zuckte mit der Schulter. Dann gingen beide zu den Kindern und hockten sich neben sie zu Füßen der Tanne. Sofort war Ella neben Madita und legte ihren Kopf auf deren Schulter ab.

»Das weißt du doch«, sagte Madita, »sobald es dunkel ist, macht er sich auf den Weg. Wir essen Torte, und danach ist es so weit.«

»Ich hab's ihm schon hundert Mal gesagt«, meinte Ella mit gespielter Genervtheit in der Stimme.

Da sprang Janosch auf die Beine und stampfte hin und her, während er laut rief: »Aber ich bin so aufgeregt!«

Überrascht lachten die Schwestern und Ella mit dem Jungen, bevor Thea ebenfalls aufstand, Janosch an den Händen nahm und vorschlug: »Hilf mir doch beim Kochen. Dann vergeht die Zeit schneller!«

Begeistert folgte Janosch seiner Mutter. Im letzten Jahr hatte er tatsächlich viel Freude am Kochen und Backen entwickelt und liebte besonders das Würzen – weshalb Madita dazu übergegangen war, erst einmal ganz, ganz kleine Häppchen des Essens zu probieren, bevor sie zulangte. Die eine Chili-Erfahrung hatte sie gelehrt, vorsichtig zu sein.

Madita lehnte den Kopf gegen Ellas und fragte nach einem Moment: »Hast du Lust, mit mir die Torte fertig zu machen?«

Ella hob den Kopf von Maditas Schulter.

»Aber nur, wenn wir die Musik ganz laut machen und ihr mitsingt. So wie auf den Videos von früher«, sagte sie grinsend. Madita freute sich, dass ihre Nichte im letzten Jahr ein ganzes Stück ihrer Ernsthaftigkeit verloren hatte. Sie liebte die Kleine so oder so, aber Ella schien sorgloser, und das machte Madita glücklich.

»Natürlich!«, rief sie. Die beiden fassten sich an den Händen und zogen einander hoch. Dann hüpfte Ella zur Stereoanlage, drehte das Radio laut auf, in dem gerade »Little Drummer Boy« lief. Sofort hörten sie, wie Thea aus der Küche in das Lied einstimmte und Janosch offenbar mit dem Kochlöffel den Drummer Boy gab.

»Na, hallo«, rief da eine laute dunkle Stimme vom Flur her, und sofort rannte Ella in die Arme ihres Vaters. Er hob sie hoch und schwang sie einmal lachend im Kreis. »Eigentlich hatte ich noch einen Zoom-Termin«, erklärte Björn Madita in seinem vollen Bass. »Aber bei ›Little Drummer Boy‹ haben auch meine Chefinnen endlich gemerkt, dass heute Heiligabend ist.« Er grinste. »Danke!«

Nach dem Bärenangriff auf der Forschungsstation war Björn tatsächlich im Januar wieder in den hohen Norden gereist. Doch es sollte vorerst seine letzte Reise sein, hatte er nach der Rückkehr im Frühling beschlossen und ein Jobangebot akzeptiert, das ihm ermöglichte, von zu Hause und der nächsten Stadt aus zu arbeiten, sodass er nie länger als zwei Tage fort sein musste.

»Komm, Papa, wir machen die Torte fertig. Oma und Opa kommen bald!«

Und zu »I'll Be Home For Christmas«, das Björn besonders schön schmetterte, quetschten sich die drei tanzend zu Thea und Janosch in die Küche.

Endlich war der Nachmittag angebrochen und die Dunkelheit eingekehrt. Die Flocken rieselten nun langsam und vereinzelt durch das orangene Laternenlicht vor dem Fenster, und der Weihnachtsbaum im Wohnzimmer strahlte in voller Pracht. Auf dem Esstisch daneben stand die hohe Weihnachtstorte bereit, die Ella, Björn und Madita mit einem kleinen Schneemann, mit Tannenbäumen und Glitzersternen verziert hatten. Aus der Kaffeekanne dampfte es verlockend, und natürlich standen auch zwei Kannen mit duftenden Weihnachtstees bereit, die von Schlittschuhfahrten auf dem gefrorenen Bach und warmen Abenden vor dem knisternden Kamin träumen ließen.

Madita überprüfte noch einmal die Anzahl der Gedecke, als Stimmengewirr aus dem Flur näher kam. Sie drehte sich um und war sofort bei ihren Eltern, die sie herzlich in den Arm schloss. Ihnen war die Erleichterung über Maditas Entwicklung anzusehen, und oft genug hatten sie im letzten Jahr betont, wie glücklich sie seien, dass es ihr besser gehe. Manchmal wurde es Madita beinahe zu viel, aber dann erinnerte sie sich, wie schwierig die beiden es mit ihr in den ersten Jahren nach Viktors Unfall gehabt hatten, und da ließ sie sich von ihrer Freude gerne berühren.

»Frohe Weihnachten!«, rief auch Ludwig Paulsen, der mit seiner Frau, deren Hand schon in Janoschs steckte, direkt hinter ihren Eltern eingetreten war.

»Frohe Weihnachten«, wünschte Madita ihnen und drückte

auch sie an sich. Seit ihrem letzten gemeinsam verbrachten Fest hatte sie die beiden regelmäßig mit Ella und Janosch besucht. Gretel Paulsen hatte sich weiterhin gut erholt und wirkte kraftvoller denn je. Und es hatte nicht vieler Worte gebraucht, um zu beschließen, den Heiligabend wieder zusammen zu begehen.

Es klingelte erneut, und kurz darauf traten Sofie und Marius mit vereinzelten Schneeflocken im Haar ein, riefen laut »Frohe Weihnachten« und stellten lachend eine überdimensionale Weinflasche auf dem Esstisch ab, wobei sie sich neckend gegenseitig die Schuld an diesem Kauf zuschoben.

Als alle einander begrüßt und den Baum und die Torte bewundert hatten, setzten sie sich. Die Torte wurde angeschnitten und verteilt, und Tee und Kaffee wurden ausgeschenkt. Während Ludwig Paulsen in Verzückung über die Torte und wohl in generellem Übermut »Oh Tannenbaum« anstimmte, klinkten sich nach und nach alle ein und sangen furchtbar schief und teilweise schmatzend das Weihnachtslied, was Madita so zum Lachen brachte, dass ihr lautes Glucksen schließlich alle ansteckte und der Gesang in Gelächter überging.

Nur einer rührte seine Torte kaum an und ließ sich auch vom Gesang nicht ablenken. Janosch saß mit fiebrigem Blick und roten Bäckchen stockstarr auf seinem Stuhl und schob die Gabel hin und her. Madita beugte sich zu ihm und strich ihm über den Rücken.

»Geht's dir nicht gut?«, fragte sie, während alle anderen wieder in ihre Gespräche vertieft waren.

»Ich kann nichts essen«, erklärte er, was offensichtlich war. »Ich bin zu aufgeregt.«

Madita schmolz innerlich dahin.

»Aufgeregt, weil er gleich kommt?«

Janosch nickte in schnellen, zackigen Bewegungen.

»Bestimmt dauert es nicht mehr …«

In diesem Moment ging erneut die Türklingel, und Madita hatte nicht mal die Gabel abgelegt, da war der Kleine schon zur Tür gesaust.

»Er ist da!«

Ella folgte ihm auf den Fersen, und Madita ging ihnen nach, wobei auch sie nun die Aufregung und die Vorfreude voll erfassten. Er ist da, echote es in ihrem Kopf, und ein Lächeln nahm ihr gesamtes Gesicht ein.

Die Kinder hüpften auf und ab, als Madita die Tür öffnete. Und da war er: groß, dick und bärtig. In einen dicken samtroten Mantel gehüllt, mit einem breiten Gürtel um den Bauch und einem gefüllten Jutesack über der Schulter, stand er im Türeingang, hielt sich den Bauch mit der freien Hand und lachte: »Hohoho!«

Von Ehrfurcht erfasst, traten die Kinder einen kleinen Schritt zurück und starrten den Weihnachtsmann mit großen Augen an.

»Ich habe gehört, dass es hier brave Kinder gibt?«, fragte er in tiefer, donnergrollender Stimme, die selbst Madita ein Schaudern über den Rücken jagte. Ella und Janosch bewegten sich keinen Zentimeter, nur ein klitzekleines Nicken ließ ihre Köpfe wippen. »Na, wollen mal sehen«, sagte der Weihnachtsmann, stellte seinen Sack vor sich ab und zog eine eingerollte Liste daraus hervor. »Hmmm, aha! Hier steht es ja. Ella und Janosch. Seid das ihr?« Diesmal nickten die Kinder frenetisch. »Gut, gut. Hier steht, dass ihr euch das Jahr über brav verhalten habt, außer«, die Drohung schien in der Luft zu knistern, als die Augen der Kinder im Schreck noch größer wurden, »außer dass Janosch sich in Zukunft ein wenig besser an die

Ruhezeiten in der Kita halten könnte.« Nun zwinkerte er Madita zu, und sofort spürte sie ein warmes Kribbeln in ihrem Bauch. »Na ja, das ist aber nicht so schlimm«, sprach er weiter, und sofort war die Erleichterung der Kinder spürbar. Janosch wagte es sogar, einen Schritt auf den Weihnachtsmann und den Geschenkesack zuzumachen. Sofort beugte sich der Weihnachtsmann zu ihm vor, und Janosch sprach mit leicht zittriger Stimme: »Herr Weihnachtsmann. Ich habe ein Geschenk für dich gemacht. Darf ich dir das geben?«

Der Weihnachtsmann legte den Kopf schief. Er richtete sich auf und strich mit zufriedenem Lächeln über seinen Bauch. »Natürlich, mein kleiner Janosch.«

»Ich habe auch etwas für dich«, rief Ella sofort, und die Kinder stürmten ins Wohnzimmer, um etwas unter dem Baum hervorzuholen. Madita bedeutete dem Weihnachtsmann, ihnen zu folgen. Und als er das Wohnzimmer betrat, in dem bis dahin geschwiegen und gelauscht worden war, begrüßte ihn ein lautes Hallo von den Erwachsenen. Kaum dass er sich versah, saß er mit einem Stück Torte und einer Tasse Kaffee auf der Couch. Janosch war zuerst bei ihm und reichte ihm ein kleines Päckchen.

»Du darfst es gleich aufmachen«, erklärte er, und noch bevor der Weihnachtsmann auch nur den Tesafilm lösen konnte, schoss es aus ihm heraus: »Es ist Tee! Ich habe ihn selbst gemischt. Ich bin ein guter Mischer!«

Der Weihnachtsmann schmunzelte, während er das Teepaket aus dem Papier holte und bewunderte. »Das habe ich gehört. Ich hoffe nur, du hast den Chili in dem Tee weggelassen.«

Spitzbübisch grinste Janosch und zuckte mit den Schultern.

Nun war Ella an der Reihe. Sie rollte eine große Pappe auseinander und legte sie vorsichtig auf den Couchtisch. Staunend beugte sich der Weihnachtsmann darüber.

»Das hast du gebastelt, ganz allein?«

»Ja, nur Tante Maddi hat ein bisschen geholfen«, sagte Ella stolz und strahlte.

Es war eine Collage aus Fotos und Zeichnungen der Kleinen, an der sie das ganze Jahr über immer wieder gearbeitet hatte und die alles zeigte, was sie erlebt hatte: Thea und Björn in dünner Kleidung und mit großen Eiswaffeln auf dem Sommerfest im Dorf, Ella beim Besuch der Rentiere während ihres Familienurlaubs in Norwegen, Janosch auf seinem roten Laufrad am Bachweg. Da waren Ludwig und Gretel Paulsen unter dem Kirschbaum in ihrem Garten, Sofie und Marius mit dicken Kastanienketten um den Hals und buntem Blätterschmuck im Haar und Laini unter den Tannen im Wald mit Janosch auf den Schultern. Und da war der Schnappschuss von Madita und Emil, den sie nicht mitbekommen hatten. Sie standen vor dem geschmückten Weihnachtsbaum, der dem heutigen so ähnlich sah, und küssten sich – am Heiligabend vor einem Jahr. Eine Gänsehaut lief über Maditas Nacken und die Arme, als sie das Bild betrachtete. Sie hob den Blick und sah direkt in die Augen des Weihnachtsmannes, der sie beobachtet haben musste. Ein Strahlen lag in seinem Blick, und seine Hand fuhr wie von selbst zu seiner Weihnachtsmütze. Er schob sie etwas hoch und wieder hinunter, und Madita musste sich zurückhalten, sie ihm nicht mitsamt dem Bart und diesem schrecklichen falschen Bauch abzureißen und ihn zu küssen. Ihren Weihnachtsmann.

Wenige Augenblicke später beugten sich die Kinder und viele der Erwachsenen über die Geschenke unterm Baum, die der Weihnachtsmann dort verteilt hatte. Er winkte noch einmal in die Runde, dann ging er zurück zur Haustür, begleitet von Madita.

»Wir sehen uns gleich«, raunte er ihr unter seinem Bart zu. Sie legte ihm eine Hand auf den Rücken.

»Ich kann es nicht erwarten. Werd schnell die Sachen los, schnapp dir Laini und kommt!«

Als sie ihm nach einem raschen Blick in Richtung Wohnzimmer einen Kuss gab, drückte sie ihm den Brief in die Hand. Er sah sie überrascht an.

»Ich konnte es nicht lassen«, flüsterte sie, dann schob sie ihn aus der Tür. »Beeilt euch und kommt schnell wieder!«

Emil stand auf dem Dorfplatz. Die Buden des Weihnachtsmarkts waren bereits abgebaut, der Schlitten mit dem Rentier davor aber stand noch. Genau wie vor einem Jahr, als er Maditas – wie er dachte – letzten Brief gelesen hatte. Er sah kurz zum Pavillon hinauf, dann zum Schlitten. Dann zuckte er mit den Schultern, strich den Schnee von der Bank und setzte sich in den Schlitten hinein. Wenn jetzt jemand vorbeikäme und ihn, als Weihnachtsmann verkleidet, hier sitzen sehen würde … Er grinste vor sich hin, während er den Brief aus der Manteltasche zog und mit bedachten Bewegungen öffnete.

Ein Jahr lag hinter ihm und Madita, das wohl schönste seines Lebens. Wann immer sich morgens oder nachmittags die Kindergartentür öffnete und er ihr rotbraunes Haar und dieses einzigartige Lächeln erblickte, schlug sein Herz schneller. Daran hatte sich auch nach einem Jahr, das er mit ihr hatte verbringen dürfen, nichts verändert. Er liebte sie mit ganzem Herzen und jeden Tag ein bisschen mehr. Natürlich hatte es nicht nur einfache Tage gegeben. Und er wusste, dass in ihrem Herzen immer auch ein Platz für Viktor reserviert sein würde, doch das störte ihn nicht im Geringsten. Und das Wichtigste war: Sie hatten die schwierigen Stunden gemeinsam bewältigt.

Was Emil zuvor nur als Weihnachtsmann hatte schaffen können, gelang ihm nun als Emil, er war für Madita da. Und sie war es für ihn. Ein wohliges Gefühl der tiefen Liebe umfasste ihn und wärmte ihn von innen, während die kleinen Schneeflocken auf seinem Gesicht ein Prickeln hinterließen.

Er faltete den Brief auseinander, ein Gegenstand plumpste heraus und landete mit dumpfem Geräusch vor ihm im Schnee. Überrascht bückte er sich danach. Es war ein Schlüssel mit einem einfachen Anhänger, auf dem eine Straße und eine Hausnummer notiert waren. Es war die Adresse einer Dreizimmerwohnung, die schon länger leer stand und die Madita und Emil vor ein paar Wochen eigentlich nur aus Spaß besichtigt hatten. Er lächelte, lachte sogar glücklich auf. Einige Male schon hatten sie darüber gesprochen, ob es nicht schön wäre, zusammenzuziehen. Aber obwohl der Wunsch in ihm, Madita jeden Morgen und jeden Abend zu sehen, so stark war, hatte er sie nicht drängen wollen. Er spielte mit dem kühlen Schlüssel in seiner Hand. Madita hatte ihn wieder einmal überrascht – und er liebte es.

Nun wandte er sich endlich dem Brief zu, und ein angenehmes Schaudern erfasste ihn, als er die ersten Worte las:

Lieber Weihnachtsmann ...

Weite Lavendelfelder, warmer Sommerwind und der süße Duft von Macarons – manchmal braucht man einen Umweg über die Provence, um zu erkennen, dass das Glück schon um die Ecke wartet!

416 Seiten. ISBN 978-3-7341-0790-0

»Mathilde ist aus dem Fenster gestürzt!« Als Penelope vom Unfall ihrer Großmutter erfährt, lässt sie in Berlin alles stehen und liegen und reist in die Provence, um für sie da zu sein. Sich ganz um jemand anderen zu kümmern kommt ihr gerade recht, denn wenn es eines gibt, womit sie sich nicht beschäftigen will, ist es ihr eigenes Leben. Mit vollem Elan stürzt Penelope sich deshalb in die Arbeit in Mathildes kleiner Pension, wo sie sich bald nicht nur zwischen einer alten und einer neuen Liebe entscheiden muss, sondern auch an die Idylle ihrer sorglosen Kindertage erinnert wird. Zwischen weiten Lavendelfeldern und französischen Desserts fragt sie sich, wann sie verlernt hat glücklich zu sein. Was Penelope nicht ahnt: Die Sterne der Provence stehen günstiger für sie, als sie denkt …

Lesen Sie mehr unter: **www.blanvalet.de**

Auf den Spuren eines alten Liebesbriefs stößt eine junge Deutsche in den malerisch-verwinkelten Gassen von Florenz auf ihr eigenes Glück.

560 Seiten. ISBN 978-3-7341-0791-7

Die dreißigjährige Carli weiß nicht weiter: Das Architektur-
studium ist nichts für sie, ihr Zimmer in einer Zweck-WG
ebenso wenig, und ihr Job im Café erfüllt sie nicht. Einziger
Lichtblick: ihre beste Freundin Fritzi. Und dann ist da noch
ihr italienischer Stammgast Fabrizio, der Carli an ihre
eigene mediterrane Herkunft erinnert. Als Fabrizio eines
Tages nicht mehr auftaucht, und Carli kurz darauf zu seiner
Testamentseröffnung geladen wird, ändert sich schlagartig
alles: Denn Fabrizio hat ihr eine kleine Spielzeugwerkstatt
in Florenz vermacht. Völlig überrumpelt reist Carli ins Herz
der Toskana und entdeckt dort nicht nur ihre Liebe für das
Land neu, sondern stößt dabei auch auf einen alten Brief …

Manchmal braucht es eine ganze schottische Dorfgemeinschaft, um ein gebrochenes Herz zu kitten …

496 Seiten. ISBN 978-3-7341-1053-5

Liebe braucht keine Ferien? Dem kann Mila nur widersprechen. Wochenlang war sie in Theo verliebt, nun stellt sich heraus, dass er eine Verlobte hat! Für Mila bricht eine Welt zusammen. Bleibt nur die Flucht – das House-Sitting-Angebot in Schottland aus dem Internet kommt da genau richtig. Kurz entschlossen reist sie in das verschlafene Örtchen Applemore. Doch der Dorfgemeinschaft ist der Neuzugang nicht geheuer. Erst Milas Backkünste und die Idee, ihre Brote zu tauschen – gegen Musikstunden, knackige Äpfel oder Freibier im Pub – öffnen die Herzen der Bewohner. Und als plötzlich der gut aussehende Finley auftaucht, macht auch Milas Herz einen unerwarteten Hüpfer.

Lesen Sie mehr unter: **www.blanvalet.de**